未读｜文艺家

FURIOUS HOURS

Murder, Fraud,
and the Last Trial of
Harper Lee

谋杀、欺骗及

哈珀·李

最后的审判

疯狂时刻

〔美〕凯西·塞普〔Casey Cep〕_著

赵地 _译

海峡出版发行集团 | 海峡文艺出版社

献给我的父母，
是他们送我一只怀表，
教会我看时间和其他一切。

我们被一种共通的痛苦所联结。

——哈珀·李

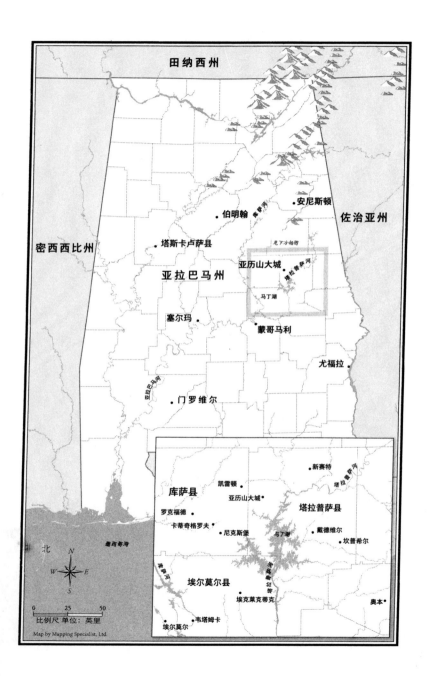

序言

　　没有一个人认出她来。哈珀·李（Harper Lee）虽然很出名，却不是因为长相。如果不做自我介绍的话，法庭上不可能有人猜得出她是谁。好几百人涌入旁听席，一动就吱嘎作响的木质长椅上挤得满满当当，来晚了没有座位的人只好在房间后面靠墙站着。9月底，亚拉巴马州的酷热仍盘桓不去，再加上法院的空调系统无法正常工作，女人们只好摇起扇子，男人们西服的腋下和领口处都被汗水浸湿。围观者不时小声低语，并发出阵阵哄笑，那是一种不自在的笑，只要法官一喊"肃静"，笑声就会像水蒸气一样消散在空中。

　　被告是个黑人，律师、法官和陪审团全是白人，指控罪名为一级谋杀。3个月前，在一个16岁女孩的葬礼上，这个坐在被告席、耐心地跷着二郎腿的男人，从夹克内侧的口袋里掏出一把手枪，朝威利·麦克斯韦（Willie Maxwell）牧师的头部连开三枪。当时在场的有300名目击者，他们中大多数人现在就在庭审现场。他们来这儿不是为了弄清楚被告为什么要这么做——三县的每个人都知道原因，有些人甚至惊讶为什么没人早点动手——而是为了了解，在他们目击的这场谋杀之前发生的，一系列令人不安的死亡事件。

　　在长达7年的时间里，与被害牧师关系密切的六个人一个接一个地死亡。几乎所有人都觉得他十分可疑，也有人认为这属于灵异事件。在接下来的所有调查中，牧师的代理律师都是一个名叫汤姆·拉德尼（Tom Radney）的人。庭审那天，若不是因为替杀死他前客户的凶手辩护，他也不会那么引人注目。身为亚拉巴马州南部一名支持肯尼迪的自由主义者，拉德尼擅长制造头条。这一次，他制造的新闻之轰动，足以登上比当地的《亚历山大城市观》（Alexander City Outlook）更大的报纸并成为头条。美联社和其他通讯社，以及《新闻周刊》（Newsweek）和《纽约时报》（The New York Times）等全国性报纸杂志的记者们，也纷纷涌入亚历山大城，来报道这个广为人知的"邪恶的巫毒牧师和替天行道的正义之士"的故事。

不过，其中一名记者并不受截稿日期的限制。哈珀·李住在曼哈顿，但每年仍会到她出生长大的小镇门罗维尔住些日子，那里距亚历山大城仅150英里。此时，距离她出版《杀死一只知更鸟》（To Kill a Mockingbird，1960）已经过去了17年，距她帮助挚友杜鲁门·卡波特（Truman Capote）调查堪萨斯罪案也已经过去了12年，该案后来被卡波特写成《冷血》（In Cold Blood，1966）一书。现在，她终于准备再次提笔。这个国家最优秀的庭审律师之一要替这个国家最扑朔迷离的案件之一进行辩护，而这个国家最著名的作家也在场，并打算写下这个故事。哈珀·李会花1年的时间在小镇上调查这起案件，随后用更多的时间把它写出来。那天，法庭上的谜团是：枪杀威利·麦克斯韦牧师的凶手会怎样。但是在判决结束了几十年后，谜团成了：哈珀·李的书到底写得怎样了。

目 录

第三部　作　家

第一部

牧　师

1. 断水截流

　　足够的水，就像足够的时间，可以让任何东西消失。100年前，在如今亚拉巴马州最大的湖泊所在的地方，分布着连绵的山林，当地的大部分穷人在此定居，一条美丽的小河穿流而过。塔拉普萨河由麦克林登和马德两条小溪交汇而成，这两条小溪从佐治亚州的阿巴拉契亚山麓流淌而下。在被大坝驯服以前，塔拉普萨河从此处继续前行，悠然南下，直到在韦塔姆卡镇附近遇到另外一条更古老、更有活力的姊妹河——库萨河。两条河流交汇成亚拉巴马河，继续向西南前进，直到涌入莫比尔湾，并经由莫比尔湾流入墨西哥湾，全程265英里①。几百万年来，塔拉普萨河就一直是这样，平静地走完通向大海的朝圣之旅。

　　终结这一旅程的，是人类对于权力及能源的需求。几乎在创世纪之初，人类就被赋予了对地球的统治权，但是直到进入19世纪，他们才开始迫切地行使这一权力。蒸汽机、钢铁和各种燃料提供了手段，命定扩张论②提供了动机。短短几十年，人类以哲学家威廉·詹姆斯（William James）赞成的所谓"战争的道德等价物"③的方式，站在敌对的立场上理解自然。在美国南部尤其如此。一场真实的战争刚刚过去，留下满目疮

---

① 1英里约为1.6千米。——编者注

② 又称天定命运论、美国天命论等，是19世纪美国人广泛持有的信念，认为对外扩张是美国的天命。——译者注（以下脚注如无特殊说明均为译者注）

③ 出自詹姆斯的著名文章《战争的道德等价物》（"The Moral Equivalent of War", 1910），文章称战争是人类的本性。

痎和财政危机，曾是经济发展主要动力的黑人奴隶得到了解放，由于不能再合法地奴役他人，富有的南方白人将目光投向了大自然。对他们而言，未被驯化的自然充满致命的危险，潜伏着各种疾病和持续不断的自然灾害，亟待人类改造；退一步讲，自然界未被开发的资源也是一种巨大的浪费：数不清的树木可以变成木材，森林可以成为农场，充满毒瘴的沼泽可以排干水变成坚实的土地，狼、熊及其他可怕的猎食者可以成为地毯、标本和晚餐。至于河流：为什么人类必须劳作，它们却能四处玩耍？用亚拉巴马州电力公司总裁托马斯·马丁（Thomas Martin）的话说："每一条游手好闲的河流都是对公共利益的损害。"

到了世纪之交，水电成了南方的希望。曾经大量使用人力和骡子的工厂已经改用机械，曾经只有蜡烛和煤油灯的家家户户已经亮起了电灯。一夜之间，梅森－狄克森线①以南的每一条河流都开始用立方英尺②/秒和千瓦时来衡量。1912年，几名来自亚拉巴马电力公司的勘察员，从当地一名妇女那里借了一辆温顿六型汽车，并载着她在塔拉普萨河盆地附近勘探，找寻一处合适的地点，以建造大型水坝。他们选定了切罗基断崖，由200英尺③高的片麻岩和花岗岩组成的悬崖构成了峡谷的边缘，河床上布满同样坚固的岩石。此处地理位置十分理想，早就有电力公司想在这里建造一座大坝了，而且计划了两次：第一次是在1896年，但因为突然暴发黄热病，投资人不敢前来考察，导致计划流产；第二次是在1898年，由于美西战争④爆发，投资人又一次退缩了，他们不愿冒险把钱投给边

---

① 为美国宾夕法尼亚州与马里兰州之间的分界线，于1763年至1767年由英国测绘专家查尔斯·梅森（Charles Mason）和天文学家、测绘专家杰里迈亚·狄克森（Jeremiah Dixon）共同勘测后确定，在美国内战期间成为自由州（北）与蓄奴州（南）的分界线。

② 1立方英尺约为0.03立方米。——编者注

③ 1英尺约为0.3米。——编者注

④ 1898年，美国为夺取西班牙的美洲殖民地，进而控制加勒比海而发动的战争。

远地区的基础设施建设。不过，当亚拉巴马电力公司来到切罗基断崖时，正好是20世纪初的繁荣年代，他们终于有了足够的经济支持，可以买下周边的土地。

这片地区的一部分人心甘情愿地卖掉了自己的土地。因为他们被告知，无论如何大坝都会建成，再加上担心深水中可能滋生的疾病，他们欣然接受了电力公司给出的每英亩①20美元的价格，搬到附近的小镇，开始了新的生活。但是其他人，包括下游的企业，都对修筑大坝的行为表示抗议。到1916年，他们已经一路抗争到了美国最高法院。在"弗农山伍德贝利棉帆布公司诉亚拉巴马州际电力公司案"中，高等法院维持了原判，认为州政府有权从私人手中攫取土地以做公共用途，也可将土地征用权转交给电力公司。"从河流中汲取能量，使其免于浪费，将其用作没有智慧的劳动力，方能使人类从本可避免的劳作之苦中解脱出来。"著名法官奥利弗·温德尔·霍姆斯（Oliver Wendell Holmes）将庭审意见写入判决书中，"这是人类一切成就和幸福的根基，重要性仅次于思维能力。"

对电力公司来说，这本是理想的结果，可时机却不怎么理想。判决后不久，美国加入第一次世界大战，人力和资本都流向了海外，于是切罗基断崖项目再次叫停。直到休战以后，亚拉巴马电力公司才又一次启动大坝建设工程，1923年才开始施工。那一年，先是由一百名木匠搭起营地，好让前来清理盆地、建造堤坝的火炉工、厨子、工程师、伐木工、泥瓦匠、技师、锯木工、集材工、监工可以入住；等到营地搭建完成，近3000名工人拖家带口住了进来，切罗基断崖摇身一变，成为附近最大的临时聚居地。除了黑人和白人劳工分开的住房，这里还开了一家面包房，一家理发店，一家咖啡馆，一家冰厂，一所学校，一座可以看电影

---

① 1英亩约为4047平方米。

和做祷告的休闲中心，还有一家医院，牙医在这里给人拔牙，医生在这里照X光片，婴儿在这里降生。

新建的小镇对亚拉巴马州来说虽然规模已经算大的，但是这座大坝无论放在哪里都能称得上是庞然大物。完工以后，拦截水流的闸门就会关闭，其中积蓄的水将会覆盖约4.4万英亩土地，这是当时全世界面积最大的人工湖。根据联邦法规，这片土地上所有高于船只最低吃水线的树都必须砍掉，而且根据公司政策，地面上的其他所有东西也必须清除：在电力公司到来之前，每一根树枝和每一块砖头都得移走，无论是自然生长的、风刮来的，还是人类活动留下的。于是，这3000名工人着手移除房屋，拆毁谷仓，迁走磨坊，从十几个墓地里挖出数百具尸体，把它们重新安葬在别处。不过，他们最主要的工作还是砍树：短叶松、长叶松、火炬松、山核桃，还有橡树。砍不倒的，他们就会把它烧掉。

接下来，骡队和蒸汽挖掘机一齐上阵，为了方便建造大坝，还新修了一条铁路。1923年12月，这队人马建成了第一个围堰，水泵开始抽干峡谷里的水，以便泥瓦匠修建大坝地基。大约两年后，在一场上万人参加的落成仪式上，大坝的最后一块基石落成。此时，它已经高168英尺、长2000英尺，宛如一只混凝土猛禽，双翼展开与切罗基断崖等宽。它被命名为马丁大坝，以纪念那个说河流应该停止闲逛并开始工作的人——亚拉巴马州电力公司总裁托马斯·马丁。

第二年，也就是1926年6月9日当天，那些曾经蜂拥参加落成仪式的男男女女，再次前来观看大坝闸门的第一次关闭。河水开始淹没他们身后的土地，形成后来被称为"马丁湖"的蓄水池。水流覆盖马车轧出的车辙和车轮留下的轨迹，涌入排水口和树洞，沟渠和河沟；水位渐渐升高，先是没过草坪，然后是杂草尖、玉米秆、栅栏、篱笆桩，以及最后仅存的几棵树的树顶。这些树注定会深深沉入湖底，连树冠都够不到任何船只的底部。

　　所有这一切都是缓慢发生的，与其说是洪水倾泻，不如说是点滴成海。数十亿加仑[①]的水没日没夜地流淌，花费了数周才漫过几十万英亩的土地。月光得以有时间将静谧的银光从山谷转移到更高的地方，而那些坚持与家园共存亡的家庭也能够不断向高地迁移，以免被水淹死。水库一旦深到可以蓄养鲈鱼和鲷鱼，人们便迫不及待地开始垂钓；孩子们在水库里游泳，从水里钻出来的时候，身上滑溜溜地沾满了流水冲刷下来的红黏土；农民们看着西瓜顺水漂走；在新出现的湖上划船的人，游玩一天回来后就找不到之前上岸的地方了，因为湖岸线变更得太过频繁。住在离死水1英里以内的人都分到了蚊帐和治疗疟疾的奎宁片，20条驱蚊船在新的水湾和湖湾喷洒杀虫剂。几个月就这样过去了，然后，某一天，曾经是木屋和牧场、田野和农场、教堂和校舍、商店和坟墓的地方，除了水之外什么都没有了。

　　在这场特殊的洪水到来之前和之后，世界上都有邪恶存在，但是未来的牧师威利·麦克斯韦恰恰降生在这中间。那年5月，就在亚拉巴马州电力公司为马丁大坝垒下最后一块基石的时候，威利·麦克斯韦出生了。他的母亲爱达（Ada）是一名勤杂工，父亲威尔（Will）是一名佃农，他劳作的土地在威利出生那年，迅速变成了马丁湖的西岸。威利在家里九个孩子中排行第六，五个男孩中排行第二。出生于一个政治和自然都发生剧变的时代，威利从未见过塔拉普萨河蜿蜒前行的样子，也不知道被水

[①]　美制1加仑约为3.785升。——编者注

利公司改造之前这条河的流域，或是吉姆·克劳法案①颁布之前河流周边的文化。他的童年时期对于这个州来说是极为糟糕的年岁：棉铃象鼻虫从墨西哥北上，摧毁了当地的棉花作物；共产党来到南方，组织佃农进行维权运动，权利意识觉醒后，随之而来的是可怕的暴力事件；大萧条从华尔街席卷而来，在亚拉巴马州停留了很长很长时间，比男孩们从新泽西或纽约来到当地参加平民保育团②劳动的时间还要长。

许多南下的年轻人完全不知道他们要去哪里。彼时亚拉巴马州还默默无闻，直到40年后，牧师马丁·路德·金（Martin Luther King Jr.）和州长乔治·华莱士（George Wallace）才使得这片土地在美国尽人皆知。这个州像一块墓碑一样坐落在密西西比和佐治亚州之间，它的顶部与田纳西州齐平，底部的大部分被佛罗里达州锅柄一样的狭长地带托住，但却有一个尖角戳进了墨西哥湾。就位置而言，马丁湖有点太偏东和南，无法成为亚拉巴马州的正中心。它自己的中心也很难找到，因为边缘像动脉一样呈放射状分布，它看起来不像一个水库，更像是一滴四溅开来的墨点，流入三县——库萨县、塔拉普萨县和埃尔莫尔县——无数的重峦叠嶂，沟壑山谷。该地区最大的城镇是亚历山大城，就在湖的北部；第二大的韦塔姆卡镇坐落在南部。马丁湖周围的其他城镇基本上都小得多，仅够容纳一所邮局或加油站。

威利·麦克斯韦和他的兄弟姐妹出生在凯雷顿，亚历山大城以西的一个小镇，在地图上就是一个圆点。他们在克鲁斯维尔一个零零散散的居民区长大，那儿小到甚至连村庄都算不上，只有几户人家，两三家店

---

① 1876年至1965年间，美国南部各州以及边境各州，对有色人种（主要针对非洲裔美国人，但也包含其他族群）实行种族隔离制度的法律。

② 1933年至1942年间，在19～24岁的美国单身救济户失业男性中推行的以工代赈计划，这些救济户都是在经济大萧条期间失业、难以找到工作的家庭。

铺和至少同等数量的教堂。因为白人和黑人信徒需要分开祈祷，卫理公会和浸礼会的教友也不能一起做礼拜，所以每种都至少需要一座教堂。街上有车辆，但也仅仅是从小镇经过，从未停留。那时，车流主要由马匹和骡子队组成，虽然偶尔也会有几辆福特T型车从邻县的沃克福特汽车公司开出来。一旦司机鸣笛，声音大得能让一部分人和大部分牲畜吓一跳。当火车开始通行时，孩子们学会了通过鸣笛声分辨不同的交通工具。其他时间，亚拉巴马州的这座小镇是如此安静，白天你可以听到鸟叫不停，晚上蛙鸣整夜。当时整个库萨县只有1.2万人，却有无数的松树，数量多到如果一个男孩模仿泰山在树上荡来荡去，他完全可以从小镇的一头荡到另一头不用落地。这里几乎没有什么犯罪案件，即使有，也不过是重婚、未婚生子、无家可归、违背安息日和当着女人的面说脏话。

然而，某些罪行在南方的血管中浸刻得如此之深，就连管理者也未能将其定为犯罪。库萨县的许多白人和几乎所有的黑人都是佃农，他们都是土地出租制度的受害者，困在这种残酷制度里的人几乎无法维持生计。他们不得不在春天购买种子和肥料，据说佃农们在开始播种之前就已经吃光了一年的收成，而他们后来在土地上辛辛苦苦种出的大多数作物，都直接到了地主手中。佃农签订的租地条款通常对他们极为不利，土地的产出不足以担负一个家庭的衣食，而且种地本身就极其辛苦，从日出干到日落，一周要干6天。这种家庭出身的孩子，一学会走路就要帮家里干活。

1936年，沃克·埃文斯（Walker Evans）和詹姆斯·阿吉（James Agee）记录下了亚拉巴马州西部白人佃农憔悴的面孔和悲惨的生活，随后出版《现在让我们赞美名人》（*Let Us Now Praise Famous Men*）①一书。那一年，威

---

① 1941年于美国出版，由詹姆斯·阿吉撰文，沃克·埃文斯摄影，记录了大萧条时期贫困佃农的生活。

利·麦克斯韦11岁，生活在这个州的另一端，同时也是种族隔离线的另一端。尽管未来，他会在亚拉巴马州的许多法院都留下文献记录，并登上全国各地的新闻头条，但人们对他的早年生活知之甚少，这是当时那里的典型特征，你几乎找不到任何有关非裔美国人的历史记录。麦克斯韦在收成时节以外的时间去学校，因为库萨县的生活主要是按照农耕的节奏来安排的。那里的佃农轮流种植玉米、棉花、小麦和燕麦，如果可以的话，还有花生、桃子或西瓜。春天，人们行洗礼、清扫墓地；秋天缝被子、剥玉米。和威利一样大的男孩们播种，锄地，采摘水果和蔬菜，从玉米地里吓跑乌鸦，从生菜圃中赶走兔子，同时学习射击，并在克鲁斯维尔周围流淌的所有溪流里捕捞一切能抓到的东西。

除此之外，威利接受了7年的正规教育。毕业后，也就是1943年的夏天，他和其他两百万黑人男性一起参了军。18岁那年，他在本宁堡接受了基础训练。这个基地以联盟军①一位将军的名字命名，横跨亚拉巴马州和佐治亚州的州界线。他分到了一件制服，头发被剪到仅剩贴着头皮的薄薄一层，并且在余生都保持着这个发型。虽然参加了战斗训练，但是他被军队分配到了密西西比州基斯勒战地的一个航空工兵营②，后来又被派到了犹他州的卡恩斯营地。

战争到来之前，卡恩斯营地曾是5000英亩的麦田，到了战时，庄稼都没了，这里就成了一个肮脏污秽之所。即使在白天，军用车辆也要开着车头灯才能穿透漫天尘土。大多数早晨，士兵们醒来时，身上都盖着一层从窗外吹进来的泥土（窗户是由胶合木板和沥青纸做成的）。那些士兵住在拥挤的军营里，地方如此狭窄，他们都把自己的床位叫作"鸡

---

① 美利坚联盟国的军队。亚伯拉罕·林肯（Abraham Lincoln，1809—1865）当选美国总统后，南部6个蓄奴州宣布脱离联邦，组成联盟国政权，从而引发美国内战。

② 隶属美国陆军航空军，负责军事工程保障任务的营级作战单位。

笼"，呼吸道感染像裁军的流言一样传播开来。麦克斯韦在那里住了两年，直到1945年11月，他拿着413.80美元的补偿金被裁军，并和其他数百万名军人一样，领到了一枚纪念第二次世界大战结束的胜利奖章。然而，他并没有返回亚拉巴马州，而是选择了继续服役，并被派往加利福尼亚州的811航空工兵营，这是美国驻扎在世界各地负责建造和维护机场的四十八个黑人部队之一。从那里，他去了太平洋战区，为美国陆军工程兵团开卡车。

当时，军队里的分裂程度几乎和威利·麦克斯韦离开了的深南部①一样。在美国加入了对抗纳粹的战争之后，这种不公正变得更加明显。"美国本土的'日耳曼民族'也患有大规模的精神病。"朗斯顿·休斯（Langston Hughes）②写道："他们以希特勒对待犹太人的方式对待黑人，只是残忍程度不同。"同样的种族歧视，使得平民在学校、教堂和汽水店里被按照种族分隔开来，士兵们在营地宿舍、食堂和前线也是如此。1948年，军队终于开始团结起来，但这对麦克斯韦中士来说已经太迟了。1947年1月，带着品德优良奖章③返回美国后，他自愿退伍。等到5月初，他就已经回家了。

回到库萨县以后，麦克斯韦在他出生的小镇凯雷顿定居了下来。他现年21岁，身高6英尺2英寸④，体重180磅⑤，高到几乎可以看到任意一个男人的头顶，瘦到可以从任意两个人之间钻过去。他长相英俊，面容瘦削，那双棕色的眼睛总是充满警惕，嘴唇上方有一条窄窄的、像警察佩

---

① 历史上的"深南"指美国南部依赖于棉花种植和蓄奴的各州，因此又称"棉花州"，一般包括佐治亚州、亚拉巴马州、南卡罗来纳州、密西西比州和路易斯安那州。

② 美国诗人、小说家、剧作家、专栏作家，是哈莱姆文艺复兴的代表人物之一。

③ 美军历史最悠久的军事奖项之一。

④ 1英寸约为2.54厘米。——编者注

⑤ 1磅约为0.45千克。——编者注

戴的V形臂章一样的小胡子。他谈吐优雅，总是用书面语讲话，而且每一个遇到他的人都可以感受到，他拥有一种大多数年轻人都没有的稳重的魅力，无论走到哪里，他都会称呼对方"先生"或"女士"，这就像指纹一样，已经成为他独有的特征。"在言谈方面，没有人能比他更让人愉快了。"人们这样评价他，"你会觉得那人是上帝的使者，同他相处让人感到那么舒服。"

到家一段时间以后，麦克斯韦用自己的一身军装，在制造这身军装的公司换了一份工作，即亚历山大城最大的纺织厂——罗素服装厂。这个年轻英俊的退伍军人还遇到了一个性格文静的当地女孩，名叫玛丽·卢·爱德华兹（Mary Lou Edwards）。玛丽·卢出生在库萨县的另一个小镇卡蒂奇格罗夫，她比威利小两岁，当威利向她求婚时，她仍然和父母住在一起。他们在3月的最后一周拿到了健康证明，并于1949年4月2日在罗克福德县政府遗嘱认证法庭结婚。这是未来的牧师威利·麦克斯韦的第一次婚姻，但绝不是最后一次。对于这场婚姻我们可以有各种各样的说法，只有一件事是千真万确的：正如他婚礼当天所承诺的那样，这段婚姻确实一直持续到了"死亡将他们分开的那一天"。

2. 福音牧师

　　玛丽·卢·麦克斯韦正在剥豌豆。这是8月的第一个星期，在夏天的暴雨摧残了鸟巢和野花之后，蝉在树上聒噪，蟋虫在草丛中肆虐。一旦玉米在茎秆上变得沉甸甸、其他蔬菜丰满而安静地待在藤蔓上，豌豆荚就成熟了，可以从女士宽檐软帽似的豆荚根部把它们摘下来，一个一个地去壳，整个过程需要重复成百上千次。女人和孩子把拇指压在豆荚上，沿着缝隙"啪"地挤开，然后把豌豆"吧嗒"一声丢进漏盆里。盛放农产品的篮子原本装着满满当当的绿色豌豆，等漫长的夏季过去，就只剩下了几碗，预备漂洗过后装袋放进冰箱。

　　玛丽·卢从罗素服装厂换班回到家后，就一直在剥豆子。服装厂的工作是她的第二职业，她还会从邻居那里拿来衣服和床单，在家替他们清洗和缝补。剥豆子是一项安静、不费脑子的活计，如果旁边有人，正好可以闲谈，如果是一个人，也可以沉思。然而一天晚上，当玛丽·卢的一个姐妹到她家时，发现她满身是汗，焦虑不安。当天早些时候，威利·麦克斯韦被罗素服装厂解雇了。这已经不是他第一次被解雇，以当时这对夫妇的经济状况来讲，这无异于雪上加霜。但是玛丽·卢还没来得及和她的丈夫商量对策，因为他也有第二份工作，而且那天晚上必须去做：麦克斯韦牧师，正如他当时为人们熟知的那样，会在奥本附近的复兴集会上布道。

　　那时和现在一样，南方的复兴集会上到处都是火和硫黄，在那些特别为这种场合搭建的帐篷里，集会可以持续办上几个小时。即使在晚上，帐篷内仍热得惊人，参与者会忍不住猜测：这里故意布置得这么热，就是为了提醒他们，如果不忏悔，死后等待他们的就是像现在这样炽热的炼狱。因为实在太热了，他们会有这种想法也不足为奇。但不管怎样，人们都会蜂拥而至，有时能达到上万人。教会一直在举办这种活动的原因其实很简单：它卓有成效。到1970年，亚拉巴马州每四个人中就有一个是浸信会教徒，这要部分地归功于这种充满活力的复兴集会文化。有时，几个教会会联合举办活动，但在大多数情况下，他们会把时间错开，夏天也因此成了一个让精神得到升华的漫漫长季。由于集会地点开车就能到，人们在家门口就能得到救赎。

麦克斯韦被马其顿浸信会教堂的牧师和里斯夫人邀请来参加这次特别的集会，但麦克斯韦太太不想和他一起去。在一个小镇上，牧师的妻子受到的审视似乎比其他任何人都更严格，她去了哪里、穿了什么、如何讲话、和谁讲话以及说了什么，她所做的一切都被观察、记下，而后是衡量和评判。"博爱始于自家"①，谦卑、虚心、忍耐、虔诚和体面也是如此，而牧师妻子的身上必须体现出这些美德。有时，她们面对的压力甚至比牧师本人还要大。这就很容易理解，为什么如果可以的话，处在这种位置的女性更喜欢一个人独处，并且在那天晚上，也就是1970年8月3日，麦克斯韦同意了独自一人去参加布道，但要求妻子保持电话畅通，这样他就可以在回家路上的某个地方停下来打给她。

接近6点钟的时候，牧师出发前往复兴集会。玛丽·卢的姐妹随后不久也离开了。当天晚些时候，玛丽·卢开车去看望了她的另外一个姐妹——莉娜·马丁（Lena Martin）。回家时，她把车停下来和邻居多尔卡丝·安德森（Dorcas Anderson）说了几句话。谈话中，玛丽·卢提到她的

---

① 谚语，大意指一个人的首要责任是照顾好自己的家庭，其次才是帮助他人。

丈夫去参加复兴集会了，并要求她不要给其他人打电话，以便能够联系到她。她们聊了几分钟，然后玛丽·卢回到自己房里里，等待夜晚结束。在她看来，这将会是一个漫长而孤独的夜晚。那时的她，已经对复兴集会有了充分的认识，知道奥本的集会可能会持续到深夜，并且对她的丈夫也有了足够多的了解，知道他习惯一个人在外面过夜。

按照威利·麦克斯韦牧师的说法，他就是在那天晚上几个小时后，以及在接下来的一生中，成了约伯[①]。在从复兴集会回来的路上，他把车停在坎普希尔镇的一个服务站，买了瓶可口可乐，并给他的妻子打了电话。自那之后，他始终坚持说她没有接电话。等他回到位于尼克斯堡的家中时，还不到11点，她不在家。他信誓旦旦地说，自己经过漫长而艰难的一天早已疲惫不堪，立刻就睡着了。直到深夜两点左右醒来，他才意识到，自己的妻子仍然没有回家。于是他打给岳母，对方说那天根本就没见过自己的女儿；他又打给邻居，对方虽然见过她，但是在很早的时候；然后他又打给了玛丽·卢的姐妹们，其中一人说她来过，但几小时前就离开了。直到这时，麦克斯韦才打电话报警。

派遣到尼克斯堡的警察在和麦克斯韦谈过以后，又去隔壁找邻居多尔卡丝·安德森问话。那天晚上，她被牧师的电话吵醒，并且过去和他谈了几句关于妻子失踪的事情。但当警察上门时，她告诉了他们一件她没有对牧师说起的事：那天晚上，麦克斯韦太太到她家来了不止一次，而是两次。第一次是从她的姐妹莉娜家回来之后，玛丽·卢提到了一件奇怪的事，她的丈夫让她不要使用电话。第二次是在10点之后，当时玛丽·卢的情绪非常不稳定。"牧师遇到了一起严重的事故，我准备去接他

[①] 《圣经·旧约》中的人物，原本是一位正直善良的富人，后被撒旦接连夺走了人生中最珍贵的事物，包括财富、子女和健康。

回来。"她告诉多尔卡丝，并解释说麦克斯韦打电话来，说他的车在新赛德附近坏了。

那是玛丽·卢对安德森太太说过的最后一句话。至于麦克斯韦称自己11点就到家了，安德森太太告诉警方，据她所知，他整夜都没回来。如果他早就到家睡着了，那么她就应该见过他或者听到他的动静。她可以确定，牧师到家的最早时间，就是打电话问她是否知道玛丽·卢在哪里的时候，那时早已过了深夜两点。安德森太太说她一挂电话就走到后门，朝牧师的车库张望，从那里她可以看到他的车。"我回到卧室，"她说，"告诉我的丈夫，事情有点不对劲。因为他的车完全没坏。"

牧师坚称一定存在某种误会：他没有卷入任何事故。当他从坎普希尔打电话回家时，玛丽·卢没接他的电话。他确信出事故的一定是他的妻子，并且强烈建议警察在22号高速公路上搜寻她的车。玛丽·卢从姐妹莉娜家回来时会走这条路，这也是牧师从新赛德回家的路。

虽然被叫作高速公路，22号高速公路其实只是一条穿过希拉比溪的寂静的双车道公路。到了晚上，空气变得比溪水还冷，雾从小溪上升起，像人在冬天呼出的哈气一样，笼罩在车道上久久不散。当警察终于沿着22号高速公路找到玛丽·卢的1968年福特菲尔兰汽车时，它正停在路肩附近的小树林旁，距离沥青路面12英尺，但事实上它并没有撞到其中任何一棵树。车身有一点损伤，但是不严重。总而言之，维修费用只需要几百美元。这辆车看起来完全不像出了事故，只是停在路边。汽车的发动机还在运转，车前灯茫然地照进黑暗。麦克斯韦太太在车里，已经没了呼吸。

结婚后的头5年，麦克斯韦夫妇都在麦克·艾伦·托马斯（Mac Allen Thomas）手下当佃农。麦克后来当上了县长，再后来，他成了一名遗嘱检验法官，在罗克福德郊外拥有一座种植园。当县长时，他是那种典型的笑面虎南方佬，知道如何修桥造路，也不介意人们开玩笑说他连县里猪跑的路都翻修了；当法官时，他也并不是一个拘泥于细节的人，他很乐意替执法人员预先签署一些逮捕令，让他们放在车里，以防意外遇到走私犯。麦克对这个替他种地的青年颇有好感：刚刚结婚，语气温和，说话得体。他一直都对牧师很友好，即使后来其他三县的几乎所有执法人员，在对待牧师的态度上都来了个180度大转弯。

只要麦克斯韦想，他随时可以变得既迷人又有说服力。但他并不总想这样，而且他的自制力也确实有限。例如，在罗素服装厂，一系列的旷工记录使得他背上了好逸恶劳的名声。1954年，就在汉克·威廉斯①因公开酗酒和行为不检点被捕后两年（当时他还被拍下了在亚历山大城监狱牢房外裸奔的著名照片），麦克斯韦因为旷工被工厂解雇。大约在同一时间，麦克斯韦夫妇不再给麦克·托马斯做佃农了，他们的家庭经济也因此陷入了困境。但是后来的事实充分表明，麦克斯韦其实是个生意人，而且很快就开始了一系列工作：采石、造纸和布道，并且余生一直在轮流做这些。

采石作业是在菲什庞德的一个采石场进行的，那里属于县界线附近的一个小镇，地方不大。这是一项艰巨而危险的工作，但麦克斯韦却十分擅长。"无论从哪方面看，他都是我拥有的最杰出、最可靠的一名员工。"他的主管杰克·布什回忆道。后来，布什当选为亚历山大城的第一位全职市长。这项工作需要在岩石下方几英尺处钻孔，这样一来，就能用爆破雷管或硝酸铵炸药，把岩石炸成较小的碎块，再用破碎机将其粉碎。每次爆炸后，采石场里每个人的身上都会盖上一层细细的岩石粉末，

---

① 汉克·威廉斯（Hank Williams，1923—1953），美国20世纪最富于影响力的创作型男歌手之一，被誉为"乡村音乐之王"。

所以等一天的劳动结束时，工人们看起来就像从头到脚撒了面粉一样。

然而和他的工友不同，麦克斯韦从不会长时间保持这种灰头土脸的状态。无论在采石场还是其他地方，他都同样擅长为自己所做的事情抹去证据。"我们只要把自己收拾干净就够了。"布什说，"但他总是要做到毫无瑕疵。"麦克斯韦不仅是掸去粉末、擦掉汗水，只在有必要时才会套上工服，而且他还把自己打扮成了亚拉巴马州东部最漂亮时髦的男人：鞋子总是擦得锃亮，西装永远都是黑色的，洁净挺括的白色衬衣上始终系着一条醒目的领带。后来，人们开始说，他的衣服一定是魔鬼亲手为他制作的，那些曾亲眼见过他穿着西装三件套将造纸用的木材送到贮木场的人，至今仍为此津津乐道。

比起在采石场，造纸的工作更干净一些，但也没有干净很多；即使是，也只是因为麦克斯韦牧师是一名团队管理者，不用亲自干活。早在20世纪初期，美国的造纸工业就已经迁到了南部。新英格兰①的森林被砍伐殆尽之后，佐治亚州的一位化学家克服了树脂含量高的难题，找到了使用南方松树制作报纸的方法。没过多久，遍布南方乡县的磨坊和锯木厂就都被造纸厂所取代，许多为铁路工业和建筑业伐树、刨木板的工人都投身造纸行业。为了争夺数百万英亩的森林资源，伐木工人和造纸商之间的战争随即展开，成了西部"土地争夺战"②的南方版本。在亚拉巴马州，国际纸业公司把总部设在了莫比尔；而海湾诸州纸业集团则落户塔斯卡卢萨；那些商业巨头和其他许多小公司，都依靠与私人土地所有者签订租约和雇用私人伐木团队来获得原材料。

作为其中一个团队的负责人，麦克斯韦的工作方式与大多数造纸商

---

① 美国东北部地区，包括缅因、新罕布什尔、佛蒙特、马萨诸塞、罗得岛、康涅狄格诸州。

② 指19世纪末和20世纪初的美国西部，农场主与牧场主之间就土地和水源的使用权所发生的暴力冲突。

相同：使用单轴卡车、链锯、斧头以及一支由两到六人组成的队伍。当团队完整时，其中一两个人锯树，一人跟在后面去掉树干上的枝杈，一人把去掉枝杈的树干劈成几块，一人将它们搬到卡车上，最后由司机运走。一支像这样的队伍每天可以收获八捆短木材。在造纸厂里，木材被削成木屑，木屑制成木浆，木浆压制烘干后成为纸张。这些造纸厂随时随地都散发着氨和硫化物的恶臭，并排放这些工业污染物，但它们却是亚拉巴马州为数不多较为繁荣的产业之一，为国家提供了无数必需和非必需的产品：报纸、笔记本、毛巾、午餐袋、酒类专卖店包装袋、生日贺卡、纸巾、牛奶盒，以及小说。

对麦克斯韦来说，造纸是一种能够在利润丰厚的伐木行业分一杯羹的方式。这项工作不需要太多开支，只需要投入几百美元，用于购买锯、链条、卡车轮胎以及所有发动机的燃料。造纸公司和麦克斯韦这样的队伍签订木材供应合同后，还会替他们租赁场地，并且经常会派木材专家提前去标记可以砍伐的树木。但麦克斯韦并不需要太多帮助。他在森林里时和在采石场一样可靠：从未错过一棵带标记的树，也从未伐倒过一棵客户想留下的树。"对其他人，我往往需要把所有树都标记出来。"位于蒙哥马利的巴马木材公司的经理说，"但是对麦克斯韦，我只要标记一小块地方，他就会按指令分毫不差地完成。我会找到一块地方，标记出其中1英亩的土地，然后告诉他：'行了，牧师，这就是我想要的样子，我希望其他地方也是这样'，他就会照做。"

然而，对于麦克斯韦来说，造纸和采石都是副业。正如他后来在宣誓做证时所说，他一直认为自己真正的职业是"福音牧师"。他于1962年在基诺的菲利皮浸信会教堂举行了任命仪式。这座教堂曾经叫作菲利皮卫理公会，直到所有的白人信徒都去世或搬离此地之后，才改了名字。教堂以马其顿地区的一座罗马城市命名，圣保罗①在第二次宣教之旅中去过那里。多年后，保罗从监狱给菲利皮人写了一封信，警告他们要提防假的传道人。麦克斯韦肯定知道《圣经·新约》里的这段故事，因为他对于经文的精通使他的教民都钦佩不已。"他的祷告可以使房屋移动。"其中一个人说，"他会唱歌，懂祈祷。只要谈到《圣经》，他什么都知道。"

自从被任命以来，无论是否站在讲坛上，麦克斯韦都以牧师的身份为人所知。在法律上，他的姓名是小威利·麦克斯韦；其他时间，在签署正式文件时，他就用首字母组合或简称，比如W. J. 麦克斯韦，W. M. 麦克斯韦，威尔·麦克斯韦，威利·麦克斯韦，有时则是不带中间名字的威廉，但大多数人都会称他为传教士或牧师。他过度华丽的衣着，对于采石场和木材场来说都不合时宜，却更适合神圣的教堂；他个性鲜明、古怪的说话方式，对于日常生活来说，过于古典和优雅，却使得他在亚拉巴马州的教会享有盛誉（如欧尔敦的锡安山西部浸信会教堂，埃克莱克蒂克的联合二号浸信会教堂，纽厄尔的芒特吉利德浸信会，诺塔萨尔加的雷埃尔敦浸信会，以及斯普林希尔的霍利·斯普林斯浸信会教堂）。

越来越多的人想听他讲道，于是麦克斯韦参加了塞尔玛大学分校的课程。塞尔玛大学是为黑人开设的圣经学院，自1878年成立以来为亚拉巴马州传教士浸信会培养了数千名牧师，而其分校则为麦克斯韦这样已经在教会工作的人提供课程，上课地点在亚历山大城西南50英里处，位于蒙哥马利的霍尔特街浸信会教堂地下室。15年前，受到罗莎·帕克斯

---

① 《圣经·新约》里的人物，公认其为对早期教会发展贡献最大的使徒，一生中至少进行了三次漫长的宣教之旅，影响深远。

（Rosa Parks）①的鼓舞，马丁·路德·金牧师曾在这座教堂呼吁抵制该市的种族隔离公交系统。

1970年，威利·麦克斯韦牧师获得了塞尔玛大学的神学研究证书，但无论讲道水平提高了多少，他的财务状况都没有改善。浸信会能成为亚拉巴马州最大的教派，一定程度上多亏了麦克斯韦这样的牧师，他们愿意同时做其他工作养活自己，因为乡下教区负担不起全职神职人员的费用。然而，即使同时做多份工作，牧师也承受不了他现在这样的生活方式，他的花销远不止购置精良的西装。牧师和玛丽·卢·麦克斯韦搬进了尼克斯堡的一座砖房，这个小镇位于亚历山大市西南部，在9号高速公路旁边。他因此向戴德维尔银行借了数万美元贷款，欠了亚拉巴马州花旗银行几千美元，另外还从安全互助金融公司借了1000多美元。他的贷款额度早已透支，又付不起买车的钱，并且在马丁湖附近多家小型家族企业的私人账户上都有欠款。

玛丽·卢是为了减轻债务压力，才到罗素服装厂和丈夫一起工作的。多出一笔收入固然是好事，但这并没有解决麦克斯韦家的财务危机。那时，这对夫妻已经结婚20年了，过了这么多年，婚姻中的问题开始慢慢凸显。玛丽·卢的体重和心情都变得越来越沉重，那些和她最亲近的人都能看出，她一直有事郁结于心，虽然没有家暴的迹象，但很明显，她的丈夫找到了其他的方法来伤害她。她不是一个爱抱怨的人，但寥寥数语就已经足够了。"她经常和我说，有不同的女人给牧师打电话。"多尔卡丝·安德森说，"她们打电话问她关于麦克斯韦牧师的事，想和他说话。她说他不在家，这些女人就觉得她只是不想让她们跟他说话。"

神职人员可能比大多数人都有理由避免性生活上的不检点，但他们

---

① 美国黑人民权行动主义者。1955年，她在公车上拒绝给白人乘客让座，因此遭到逮捕，引发联合抵制蒙哥马利公交汽车的运动。美国国会后来称她为"现代民权运动之母"。

也有更多不检点的机会。牧师的教区离家足够远，因此他有理由长时间远离他的妻子。传教士和信徒之间的信任意味着，和大多数男人不同，他几乎可以与任何一个女人独处一室。就算教众们不分白天夜晚地给牧师打电话，也实属正常。麦克斯韦并不是第一个利用职务之便的传教士，可玛丽·卢已经厌倦了这一切。在1970年以前，不管她是已经知道了丈夫的不忠，还是仅仅在怀疑，等到1970年年初，无可辩驳的证据就来了。1月21日，麦克斯韦牧师前往塔拉普萨县遗嘱认证法庭认领了一名6周大的婴儿，"我承认该婴儿为我所出，她能够继承我的遗产，包括不动产和动产，如同婚生。"并为女孩冠以自己的姓氏。

无论玛丽·卢对此如何不快，无论这场婚姻让她如何不幸，她都不太可能采取任何措施。"结婚的那一刻，她就永远和这个人绑在一起了。"她的一个姐妹说。通奸和破产都不会让玛丽·卢重新考虑丈夫人选，如果在麦克斯韦夫妇之间有人想结束这段婚姻，那也不会是她。

8月的夜晚，当警察打开福特菲尔兰的车门时，映入他们眼帘的是一幅可怕的景象：在玛丽·卢·麦克斯韦的白色棉布裙上几乎看不到原来的红色波点，它们全部被血迹覆盖；她的手、胳膊、头部和胸部都在血泊里，还有更多的血顺着她的腿流淌下来；她的身上满是肿胀和瘀伤，脸上有割伤，颚骨碎裂，鼻梁移位，一部分左耳不见了，丢失的部分最后是由警察在后座底下找到的；车的外侧也有血，包括车门、挡风玻璃和后窗上。从警方找到的证据来看，玛丽·卢是被殴打致死的，可能在她的车停在22号高速公路旁之前就已经被杀害了。

按规定，这起案件不属于亚历山大城警方的管辖范围，他们将案件移交给了塔拉普萨县警局和亚拉巴马州警队。几个警察从这条路向南，去麦克斯韦家找他问话，其他人留在现场勘察。他们搜查了汽车，看是否有袭击者留下的证据，从车内收集了纤维组织，并从后座拿走了一个空的面巾纸盒和一把羊角锤，接着，他们到路肩上寻找脚印或挣扎的痕迹。在距离汽车不远的地方有一座教堂，他们在那里的停车道上发现了血迹，并采集了血样。与此同时，其余几名警察将玛丽·卢·麦克斯韦的尸体带到了阿穆尔殡仪馆。

暴力总有办法摧毁除自身以外的一切，被害者的名字总是有可能成为杀害她的凶手的同义词，而被害人的死也预示着她的存在会被彻底抹除。对于亚拉巴马州一位处于经济底层的黑人女性来说尤其如此。爱她的人会记得玛丽·卢的缝纫才能，她对丈夫的忠诚，她的耐心、信仰和坚忍，但除了出生、结婚和死亡证明之外，她存在的唯一官方记录，就是死后对其尸体情况令人不适的详尽描述。

除了警察已经注意到的割伤和肿胀之外，验尸官还在玛丽·卢的脖子上发现了一条半英寸的深色瘀痕，同时还有捆绑的痕迹，从她嘴里还发现了沙粒和树叶碎片，她裙子的血迹上粘着更多的沙子和树叶，在中线和下摆处有油渍斑点。验尸官得出的结论是，凶手一开始试图用绳子一类的物品缠绕在麦克斯韦夫人的颈部，令其窒息而死，失败后则将其殴打致死，麦克斯韦夫人摔倒之前一直在进行反抗。尸检结束后，调查人员将结果，连同现场的证据，一起送到了奥本大学的亚拉巴马州毒理学与犯罪调查系。

35年来，奥本大学毒理学与犯罪调查系一直有着亚拉巴马州法医学领域的顶级实验室。它的建立源于该州的一起案件，该案件很快成了美国历史上最臭名昭著的冤假错案之一。1931年3月，九名黑人男孩遭到不实指控，他们中最小的13岁，最大的也不超过19岁，有人声称他们在火车上强奸了两名白人女性。随后，在亚拉巴马州的斯科茨伯勒举行了三次草率的审判，尽管没有任何可信的证据，而且其中一名控告人后来还撤回了证词，但是这九个人都被定了罪，有八人被判处死刑。接下来的6年里，男孩们在监狱里等待着案件的层层上告，他们大部分时间都被关在死囚牢房。在经过一系列的陪审团意见分歧、无效审判、复审，并两次上诉到美国最高法院之后，1937年，其中几名被告的指控被撤销，最后，所有的斯科茨伯勒男孩都得到释放。又过了几十年，那三个始终未被撤销指控的人才在死后得到平反。

正是在这场悲剧期间，州检察长托马斯·奈特（Thomas Knight）联系了在当时还是"亚拉巴马理工学院"工作的一些毒理学家。奈特认为，如果当局能够科学地收集并评估证据，或许就可以避免斯科茨伯勒男孩案件的误判。作为对比，他指出，同时期发生的另一起情节恶劣的刑事案件，就使用了严谨的科学方法进行调查：1935年，布鲁诺·豪普特曼（Bruno Hauptmann）因绑架并谋杀查尔斯和安妮·莫罗·林德伯格（Charles & Anne Morrow Lindbergh）尚在襁褓中的儿子而被定罪。奈特认为，后者为亚拉巴马州设立了一个可以通过努力达到的标准，他鼓励亚拉巴马州的检察官和执法人员把证据寄给农业实验室的教授休伯特·尼克松（Hubert Nixon）博士和化学教授卡尔·雷林（Carl Rehling）博士。只用了几年时间，亚拉巴马州立法机关就正式拨款建立了一个特殊的法医实验室。"我们不是为了证明谁有罪或谁无罪，"雷林博士评价实验室时说，"而是为了还原真相。"

到了20世纪70年代，毒理学与犯罪调查系每年都要为近6000起案件提供咨询，并在尸体解剖、弹道分析、指纹识别、字迹分析、显微镜检查和摄影方面提供协助。亚拉巴马州境内的任何犯罪证据都可以寄送给他们，由团队中的化学家、验尸官、犯罪学家、微生物学家、技术人员和毒理学家进行分析。雷林称自己为"犯罪博士"，称他的同事们为"犯罪团队"。他们的报告常常会让无辜的嫌疑人免于死刑或牢狱之灾，并帮助至亲惨死、只有通过尸检才能查清真相的家庭走出痛苦。

但是，在玛丽·卢·麦克斯韦的案件中，犯罪博士和他的团队都未能做到上述两点。当奥本的专家开始处理这起案件中的证据时，他们同意当地验尸官和现场调查人员的调查结果：她是在车外被勒住脖颈并被殴打的，地点可能是在教堂的停车道上，因为在那里找到的血迹与她的血型相符。但警察、当值巡警及州骑兵都没有找到法医团队确信存在的用来勒住她的绳索，当调查人员返回去搜查麦克斯韦牧师的家时，他们发现他最近焚烧了一批垃圾。技术人员分析了油桶里的残渣，只能辨别出带有接缝的棉布和带篮子编织图案的物品残骸，可能来自一顶草帽或一只手提包。他们怀疑这应该是麦克斯韦太太的衣服，或者谋杀当日牧师自己所穿的衣服，但他们没有办法确定。

在缺少物证的情况下，州调查人员开始在周围查访，以了解威利·麦克斯韦牧师的情况。邻居的证词使他成为最大的嫌疑人，她的"一直都有女性打电话到麦克斯韦家"的说法也得到了证实。因为调查人员找到了牧师的几位"女性朋友"，其中一位住在老凯雷顿路上，有一辆崭新的轿车，是牧师分期付款，或者说拖欠贷款买下的。警方还发现，麦克斯韦欠下了数目可观的债务。他们了解到，像不少传教士那样，麦克斯韦的私人生活与他的教民所以为的几乎完全不同，与他在布道中所提倡的也丝毫没有相似之处。

当警方调查他时，这位刚刚失业并丧偶的牧师，开始做一些配偶去世后的正常人都会做的事情。他的律师汤姆·拉德尼帮他安排了妻子的葬礼，麦克斯韦把她埋葬在了和平与亲善浸信会教堂的墓地，离他们在尼克斯堡的房子不远。房子的归属权没有太多争议，因为玛丽·卢没有留下遗嘱，名下遗产只有100美元，但牧师还是去了塔拉普萨县的遗嘱认证法庭，要求取走她在罗素服装厂的最后一份工资。在那之后，他找出玛丽·卢生前一直在替客户缝洗的所有衣物，均不同程度地处理过但都未完工，并将其一一归还给了衣物的所有者。

做完这一切以后，麦克斯韦坐下来，写了一封信。"尊敬的先生，"信这样开头，"兹告知阁下，（玛丽·卢·麦克斯韦）于1970年8月3日，发生车祸被死亡（*原文如此*）。"信中还包含了一个保单编号，署名为"牧师W. M. 麦克斯韦"，这封信被寄到了旧日美国保险公司。这张待赔付的保单金额有1.5万美元，而W. M. 麦克斯韦牧师是唯一的受益人。他以25美分的价格购买了这份保险，就在妻子去世前很短的时间内，短到他甚至无须支付续约所需的12美元。牧师写给旧日美国要求赔付的那封信日期是1970年8月19日，虽然信中没有提到，但当时他妻子的死已经被宣布为谋杀，并且他也已经因蓄意杀人被起诉。

3. 死亡抚恤金

在亨利·法利（Henry Farley）中尉向萨姆特堡①发射第一枚10英寸迫击炮弹之前，美国人寿保险业并不发达。当然会有针对船只和仓库的财产保险，而且令人震惊的是，还有针对奴隶的保险。但是，在这个富于创业精神的年轻国家中，即使是最有创业精神的人，也还没找到通过保障生命来赚钱的方法。要想知道需要在人们去世之前向他们收取多少费用，你必须知道他们大概能活多久，但这是不可能的，因为各家公司普遍缺乏精算数据。为了维持消费者的信心，保险公司手头必须有足够的钱来支付所有的赔偿金，无论那人死得多早或多意外，但由于难以筹集到资金，这一点也很难做到。内战解决了这两个问题：它不仅改变了美国人的死亡方式，还改变了他们为死亡做准备的方式。李将军投降后，当联邦士兵从阿波马托克斯私宅②中拿走所有物品做纪念③时，美国人也正以创纪录的速度给自己的生命上保险。

虽然人寿保险只用了短短4年就在美国占据了一席之地，但这项业务早已有了数千年的历史，尽管最初的时候它看起来不像是公司在出售保险，更像俱乐部在提供会员资格。罗马帝国时期，由独立的个人联合

---

① 美国南卡罗来纳州查尔斯顿港的一处石制防御工事。1861年4月12日，萨姆特堡遭到南军炮轰，南北战争由此爆发。

② 商人威尔默·麦克莱恩（Wilmer Mclean）位于阿波马克斯的私人住宅，因李和格兰特两位将军在此签署标志南北战争结束的投降协议而闻名。

③ 协议签署后，在场的北军士兵纷纷向屋主麦克莱恩购买房间内的物品，想要留作这一历史性时刻的纪念。

形成丧葬团体，收取入会费和定期会费，用来支付成员死亡时的丧葬费。同样地，宗教组织也经常筹集善款，替痛失亲友的教民支付丧葬费用，并为孤儿寡母提供帮助。几个世纪以后，这些兄弟会一般的组织才变成一种商业模式进入金融市场，代价是一个城市陷入火海，另一个城市几乎被夷为平地。

陷入火海的是伦敦。1666年的一个星期天早上，就在漫长而干燥的夏天快要结束时，布丁巷的一家面包店着火了，它周围的房子也接连起火，就像纸盒里的一排火柴一样。强风把火焰吹向泰晤士河畔，那里有装满煤、火药、油、糖、牛油、松节油和其他易燃物的仓库。星期一时，火舌和余烬从天而降；到了星期二，大火已经融化了圣保罗大教堂的铅顶和城门的铁锁；星期三，风向发生了变化，在火灾四周拆除建筑物形成的隔离带终于派上了用场。然而到那时，伦敦大火已经摧毁了超过1.3万座建筑物，10万人无家可归。

一名男子在火灾后的重建中大赚了一笔。他是一名医生，后来专注发展新业务。他的名字特别符合他火暴的脾气：尼古拉斯·如果不是基督为你而死下地狱的就是你·贝邦（Nicholas If-Christ-Had-Not-Died-for-Thee-Thou-Hadst-Been-Damned Barebone），这是他的父亲，一名千禧年①传教士，赞美上帝·贝邦（Praise God Barebone）给他起的劝告名②。凭借可观的利润，贝邦医生成立了一个"房屋保险办事处"，雇用自己的救火队以保护购买了保险的5000所房屋。伦敦的居民都恰如其分地称呼他为"该下地狱的·贝邦"，不仅因为他冷酷地无视住房条例以及当地人对他建筑项目的反对，还因为他的救火队员的冷酷无情，只有门口挂着一块小锡牌表明

---

① 笃信当未来基督再临地球时会出现太平盛世的信徒。

② 以姓名作为口号表明某种态度，劝告人们要做或者不要做某事，做法常见于17世纪英格兰清教徒家庭。

屋主买了保险的房子，他们才肯营救。很快，贝邦的"防火标记"就大量出现在伦敦一层住宅的窗户上，眼下付出一点钱以防未来更大的风险，这种做法开始流行。不到10年，贝邦又在该领域提出另一个创意，此举为火灾保险转变为人寿保险铺平了道路：他创立了一家联合股份公司，来为其保险业务提供资金。有史以来，投资者第一次能够购买并持有一家保险公司的股票——在此之前，他们仅能在工厂、矿山和香料贸易中持股。

用新的方式吸引投资者后，保险公司得以筹集到资金。但任何一条生命的价值都是不确定的，甚至比藏红花或黄金的价格波动还要大。比如，多佛的一位银行家买了一份保险，然后又活了40年，等到他去世的时候，他已经支付了40年的保险费，足够保险公司为他的遗孀提供全额赔偿并仍有盈余；但是，如果同一位银行家，在买了保险以后去了白崖，随即淹死在英吉利海峡，在这种情况下，银行家的妻子只需支付少量的费用就能获得全部收益，而保险公司不仅远远没有盈利，而且会遭受重大损失。保险公司能否赚钱，取决于能否在没有任何可靠信息的情况下猜测出哪种情况更有可能发生：是老死，还是从悬崖上摔下来，抑或是以其他无数种死亡方式。

缺乏相关信息的一部分原因是神学。虔诚的基督徒并不关心自己的死亡细节，对于他们而言，死亡就像耶稣的第二次降临一样不确定。正如耶稣在《马太福音》中宣称的那样，"那日子，那时辰，没有人知道，连天上的使者也不知道"。上帝一直在众生之上注视着他的子民，他会安排好一切。如果自己安排死后事宜，则代表对上帝的安排没有信心，是不虔诚的表现。因此，人寿保险业被卡在了一个数学问题和上帝之间。

更糟糕的是，整个保险业的声誉因出售投注保险而受到严重损害。这种保险与赌博几乎没有区别，你可以为任何一件事购买投注保险：从某对夫妇是否离婚，到某人何时会失去童贞；再或者，一个臭名昭著的例子是，一位著名的异装癖法国外交官在生理上是男人还是女人。这些保险可以秘密地购买，购买者不需要与"被保险人"有任何联系。这些下流的案例，以及谋杀被保险人的明显动机，已经使法国、德国和西班牙彻底禁止了人寿保险。与此同时，英国制定了保险利益标准，规定保险只能出售给被保险人本人，或者能从其生命中获得"利益"的人，即，如果被保险人还活着的话，保险行为本身需对其有利。但即使做出了这些改进，也没能整顿这个行业。他们又开始鼓励一种新的投注：老人、穷人或病人，会将他们的保险单拍卖给投资者，投资者按照他们估算的卖家的寿命长短进行竞拍。

在人寿保险业创立之初遇到的各种障碍中（包括信仰问题、数学问题、声誉问题），数学问题是最先得到解决的。每个人都知道，死亡，尽管不确定，但也是不可避免的。然而在17世纪之前，没有人试过追踪和记录死亡，更不用说统计特定人群或特定职业的寿限。当时最接近精算表格的是"死亡统计表"，这是英国的一项冷酷发明，它列出了全国各教区死于瘟疫的人。1629年，距离国王詹姆斯一世下令重新翻译《圣经》已经过去了1/4个世纪，他又指示他的神职人员，为所有死亡人口，而不仅仅是死于瘟疫的人，制作统计表。后来，在伦敦火灾发生的时候，约翰·格朗特（John Graunt），一个对人口统计学略有涉猎的伦敦男装店店员，整理了这些统计表，将20年内的所有死亡原因分成了81类，这样，大家就能一目了然地知道，人们最有可能在什么时候死，以及最有可能的死因是什么。

首次拥有了人口统计信息这一利器，保险公司开始着手对各种可能性进行计算。很快，一场自然灾害又帮助他们减少了宗教方面的困难。

1755年诸圣节①庆祝当天，早上接近10点的时候，有记载以来最可怕的一次地震袭击了里斯本。当地震终于彻底停止时（一些记录称，地震足足持续了6分钟），数万人因家园和教堂的坍塌而死亡，地面上裂开了一条宽达16英尺的缝隙。不久之后，葡萄牙沿岸的海水就像被抽走一样迅速退去，露出了港口的底部。无数惊讶万分的群众聚集到海边，围观海床上新露出的沉船遗骸。大约1小时后，大海将水尽数倾吐了回来，海啸席卷城市，造成数千人死亡。这场灾难的规模是如此巨大，现有的神学理论似乎都无法解释。整个欧洲都努力想要解答里斯本灾难提出的关于人类存在的问题。

在这一过程中，神学家们发现，自己是在与启蒙运动哲学家做斗争，后者利用这场地震，提出了另一种对自然世界运作原理的解释。如果地震不是神的惩罚，而是必然的地质活动，那么，或许给自己买保险以对抗死亡风险，并不违背上帝的安排，而是在用一种负责而又虔诚的方式为自己的家庭做贡献。到了18世纪末，这种说法在整个欧洲都得到了认同。一旦人们开始相信这种说法，最初完全反对人寿保险概念的宗教团体，就转而成了其最强有力的支持者，在某些情况下，甚至还开始向教派成员出售保险以筹集资金。

这种做法最终蔓延到了美国，即使在今天，仍有数百万美国人从与宗教团体有联系的保险公司那里购买人寿保险，比如天主教金融人寿和路德教会施利文金融，但这种转变经过了很长一段时间才完成。与欧洲自18世纪就有了可以预测数十年寿命的统计表不同，美国作为殖民地，几乎没有关于预期寿命的可靠信息，这使得保险公司很难定价和承保。当公司真正尝试理赔时，往往有太多的受益人想立即获得赔偿，然而保

---

① 又称诸圣瞻礼，天主教和东正教传统节日之一，在每年11月1日举行。

险公司很少有足够的钱来付给他们所有人。

此外，尽管大多数州都要求投保人拥有可保利益，但美国人寿保险业仍然特别容易成为诈骗的对象。一些投保人从一开始就撒谎，降低年龄或隐瞒病史；其他人则会在被保过程中撒谎，故意违反保险条例，去保险条例禁止前往的地方（如疟疾肆虐的南部），或以不被允许的方式（沿铁路，但不乘坐火车）旅行；还有一些人会在最后关头撒谎，假死或将自杀伪装成他杀。但是，揭露这些谎言很是麻烦——驳回任何索赔的代价都很昂贵，即使起诉，法庭也很少会判定保险公司不用偿付，因为陪审团成员更愿意看到自己的保险能得到兑现，并不关心保险公司的利润率。此外，无论何时，对于那些隐瞒自己疾病的父亲，或者在去世前几天购买了砒霜的丈夫，只要一家公司以骗保为由拒绝理赔，以保护自身利益，那它就得冒着名誉扫地的风险。公众一向多疑，他们担心自己的受益人也可能遇到保险公司违约的情况。

在试图发展壮大的过程中，保险公司由于判断失误而使自身面临了更多的欺诈行为。一些代理人为了获得更多佣金而随意承保，而一些管理人员则为了获得更大的回报而进行高风险投资。公司扩张到新的地区就意味着要招募新的代理，但并非每个人都足够严谨。一个公司覆盖的地域越多元化，对其潜在客户的背景、生活以及可能的死亡方式就了解得越少，因此，任何形式的套利①都变得极为困难。邮政服务在19世纪下半叶的扩张，让利用邮件进行销售和诈骗成为可能。这种诈骗是双向的：不存在的公司可以通过邮件推销不存在的保险，而不法顾客可以通过邮件购买和本人情况严重不符的保险。

为了保护消费者，各州试图给保险公司设定准备金要求并限制其投

---

① 指利用不同国家或地区短期利率的差异，将资金由利率较低的国家或地区转移到利率较高的国家或地区进行投放，以从中获得利息差额收益的一种外汇交易。

资。但是，这些保护措施同时也减缓了销售的速度，因为在此过程中，每个阶段都需要更严谨的审查，而且投资的收益变得更少——公司不能再按照自己的意愿采取冒进的方式让股票上涨。由于卖不出和以前一样多的保险，保险公司不得不把风险分摊给一小部分人，于是这部分人的收益骤减。然而最终，保险公司还是从股份制公司变为了互助公司，即公司由投资者所有，变成了保单持有人也可以同时成为股东。至此，保险公司才得以摆脱资本游戏，它们不用再吸引投资者，只需要发展客户就可以了。内战造成的大规模死亡加速了这一转变，这于美国来说，就相当于火灾和地震之于欧洲，它在全国范围内传播了一种恐惧感和责任感，创造了对于人寿保险的巨大需求。保单总值从1862年的1.6亿美元增加到1870年的13亿美元。不到50年时间，人寿保单的数量几乎变得与美国人口数量一样多。

保单数量的增长带来了更多的欺诈行为。等到威利·麦克斯韦牧师开始购买人寿保险时，这个行业已经变得像曾经的美国西部一样疯狂：规模巨大，目无法纪，代理人利润丰厚。报纸和杂志上都有定期寿险①的广告，人们只要花几美元就能从机场的自动售货机上购买航空保险，当地保险代理会挨家挨户上门推销可以分期付款的保险，每月只需支付几分钱保费。购买人寿保险的成本如此之低，方式如此多样，而且无须经过仔细的审查，致使诈骗数量激增。购买保险时几乎不用体检，最后偿付时也不需要进行尸检。所有这一切，使得任何骗术都有可能在这个行业发生：从捏造某人的健康细节，伪造他们在保单上的签名，到伪造死亡，或者更糟糕——进行谋杀。1944年的《双重赔偿》（*Double Indemnity*）、

---

① 又叫定期死亡保险，指只有被保险人在保险期内死亡，才可以得到保险金。若保险期满后被保险人仍然活着，保险公司不承担给付责任。

1946年的《邮差总按两次铃》(*Postman Always Rings Twice*)和《绣巾蒙面盗》(*The Killers*），它们虽然不是纪录片，但确实反映了当时常见的犯罪：代理人变成杀害被保人的共犯，受益人其实是凶手，而保险调查员化身侦探，与警察一起侦破杀人案件。

全国各地的报纸都写满了这样的故事。骗保行为如此普遍——和牧师同年出生、但生活在佛罗里达州的另一个威利·麦克斯韦也上了新闻头条，因为他承认自己杀害了一名男子，但是几周后，该男子被发现还活着。事实证明这是三个人在进行团伙诈骗：他们在海边放了一具骷髅，让这位麦克斯韦认罪，然后"死者"的堂兄就可以领取各个保险公司的赔偿金，之后"受害者"再偷偷复活。同样，在1957年，亚历山大城的一名丧葬负责人被判犯下一级谋杀罪，一名老人被活活烧死，而他正是老人的保险受益人。哈钦森殡仪馆是一家专门为黑人提供服务的丧葬公司，其创办人弗雷德·哈钦森（Fred Hutchinson）在死者詹姆斯·亨特（James Hunt）的尸体被发现的当天匆忙将其埋葬，因此成为该案的嫌疑人。后来，公司的一名员工承认，是自己把亨特灌醉以后放火烧了他的房子，因为就在3周前，哈钦森给亨特购买了一份保险，作为回报，哈钦森会把7000美元的保险金分给他一部分。

正如上述案件表明的那样，在人们不知情的情况下为他们购买保险是一件非常容易的事，而且不知从什么时候，威利·麦克斯韦牧师也开始养成这个习惯。到1970年，他已经为自己的妻子、母亲、兄弟、姑婶、侄女、侄子以及刚刚认养的女儿都购买了保险，虽然保险的种类不同，但地址总是一样的，受益人也都是威利·麦克斯韦牧师。亚历山大城当地的一个保险代理是麦克斯韦家的常客，不过牧师也通过邮件购买保险，填写完夹在杂志和报纸中的表格后，把它们寄到堪萨斯州、加利福尼亚州、佛罗里达州、内布拉斯加州、宾夕法尼亚州，以及亚拉巴马州周围的城市，还会随信附上首付款的支票，通常不到1美元。这些保险的赔偿金额从几百美元到几万美元不等，承保方包括帝国意外伤亡保险公司、银行家人寿保险公司、旧日美国保险公司、富达州际人寿保险公司、好事达人寿保险公司、宾夕法尼亚州人寿保险公司、福利标准保险公司、布克·华盛顿保险公司、明尼苏达州互助人寿保险公司、奥马哈联合保险公司以及独立人寿与意外保险公司。

这些公司中有许多家都对牧师的妻子承保，她去世后，牧师便开始与这些公司联系，不过他遇到的可不仅仅是普通的官僚主义障碍。玛丽·卢·麦克斯韦的死被宣布为谋杀，保险公司和执法部门一样，把配偶视为嫌疑人，特别是在妻子被杀前几周为其购买了大量保险的丈夫。但是，如果说麦克斯韦陷入了困境，那么保险公司很快就会发现，自己的处境更糟：牧师因谋杀妻子被捕后不久，由于证据不足，指控就被驳回了。

对于麦克斯韦来说，一切都恰逢其时。他于8月10日星期一被捕，5天后，大陪审团驳回了一级谋杀罪的指控。而提起诉讼的地区检察官多年来一直在与酗酒做斗争，即将被指控非法挪用公款，并且已经在那一年早些时候的连任竞选中败北。总而言之，这可能是亚拉巴马州第五巡回法院[①]到来之前、有史以来最好的时机，因为地区检察官托马斯·杨（Thomas F. Young）丝毫没有认真工作的心情。更糟的是，麦克斯韦一案的指控很容易就会被驳回，或者说不受重视，因为当时的司法制度对家暴及黑人内部的犯罪不感兴趣。

然而，还是有一些对此案感兴趣的执法人员的，尤其是亚拉巴马州调查局的探员赫尔曼·查普曼（Herman Chapman），他的固执为他赢得了

---

① 即联邦上诉法院，是美国联邦司法体系中的中级上诉法院，主要裁定来自联邦司法管辖区内对地方法院判决的上诉。美国共设有13个巡回上诉法院，其中11个以数字命名。

"狗熊追踪者"的绰号。查普曼是克莱县一位独臂警察局长的儿子，在执法方面已经有20年的经验，他一开始在"二战"期间担任宪兵①，然后加入了亚拉巴马州公路巡逻队，成为一名骑警。他不喜欢留下悬而未决的案件，在法庭审讯停滞期间，查普曼和另一名调查局探员拜伦·普雷斯科特（Byron Prescott）继续调查，后者后来成为该州公共安全部门的领导。两人从犯罪现场收集了更多证据，并从认识牧师的人那里收集到了进一步的证词。根据他们提供的额外证据，奥本犯罪实验室在10月初出具了另一份报告。

1971年1月，查尔斯·亚伦（Charles Aaron）在接任地区检察官后，立即着手对麦克斯韦提起新的诉讼，然而塔拉普萨县的大陪审团并未同意起诉。虽然这对于麦克斯韦和汤姆·拉德尼来说是个好消息，但比起庆祝，他们还有更重要的事情要做，"亚拉巴马州诉威利·麦克斯韦案"重新排进法院的诉讼议程只是时间问题，与此同时，他们还有大量的死亡抚恤金要领取。

当检方继续努力为重新提起诉讼收集证据时，牧师和拉德尼开始对那些拒绝理赔的保险公司提起民事诉讼，希望能在另一个大陪审团收到对麦克斯韦不利的证据之前强制执行赔偿。二人都心知肚明，悲惨的鳏夫比被起诉的凶手更适合当一名原告。拉德尼起诉了富达、福利标准和独立人寿与意外保险这几家公司。独立人寿与意外保险的律师于5月提出异议，坚持认为玛丽·卢·麦克斯韦的死并不是意外，因此不符合她保单上的意外死亡条款；富达的律师于7月提起了延期诉讼的动议，称新的地区检察官已向他暗示，8月的第一个星期将选出新的大陪审团，再次以谋杀罪起诉牧师。在巡回法院的法官面前，富达的律师辩称，该保单

---

① 即军事警察，是军队中的特殊军种，主要负责维持军队纪律，保障军队命令的执行和组织军事法庭。

很快就会失效，因为其受益人即将被判处犯有谋杀罪。法官并未被说服，否定了他的动议，陪审团随后站在了牧师那边，使他获得了全额的意外死亡赔偿金。

富达或许在7月输掉了官司，但是3个星期后的事实证明，它的律师说的有一部分是正确的：1971年8月6日，在妻子被发现死于22号高速公路旁差不多1年以后，威利·麦克斯韦牧师再次被大陪审团起诉，指控其犯有一级谋杀罪。汤姆·拉德尼负责应对提审和辩诉听证会，除此之外，他还有另外一项任务：他同意替麦克斯韦的一位"女性朋友"辩护，她也被指控参与了这次谋杀。这位"女性朋友"名叫奥菲莉亚·伯恩斯（Ophelia Burns），她被指控在教堂帮助牧师伏击了他的妻子，或者至少在当晚帮他移走了他或他妻子的车。最后，虽然两人都被起诉，但只有麦克斯韦牧师面临庭审。1周之后，他的审判在亚拉巴马州8月的酷热中开始了，12名陪审团成员是从收到传召的100多名居民中选出的。控方亚拉巴马州传唤了22名证人，辩方传唤了17名，但审判不到一天就结束了。

即使控方曾有过一丝胜诉的机会，也在牧师的邻居多尔卡丝·安德森站到证人席上时完全消失了。在早先的证词中，安德森肯定地说了两件事：第一件是在谋杀当晚，玛丽·卢·麦克斯韦接到了牧师的电话，说他发生了一起意外事故，于是她离开家去接他；第二件是牧师那天晚上很晚才独自回家，他的车没有任何损坏。但就像查普曼警长后来痛心疾首地抱怨的那样，多尔卡丝·安德森"在法庭上讲了一个和之前完全不同的故事"。

在法庭上宣誓后，多尔卡丝·安德森声称，她记不起在法庭之外说过的任何证词了，她不仅无法证明自己看见牧师妻子在接到丈夫电话后惊慌失措地冲出家门，也没有说起牧师当晚不在家，以及最后回来时汽车状况完好等情况；相反，多尔卡丝·安德森为她的邻居提供了不在场证明。让那些采纳了她原始证词的执法人员困惑和愤怒的是，现在多尔卡丝·安德森发誓说，牧师不可能是那个在黑暗的高速公路上和他的妻子见面的人，因为他根本不在玛丽·卢被残忍杀害的案发现场附近的任何地方。有了她修改后的，或者按警方的说法，"编造的"证词，再加上找不到任何对他不利的物证，麦克斯韦的一个邻居大声念出了陪审团的无罪判决，地方检察官亚伦眼睁睁看着牧师再次以自由之身走出法庭。

牧师被无罪释放后，汤姆·拉德尼开始重新处理民事诉讼。牧师同意把因诉讼得到的所有赔偿都分给他一半，所以律师没有放过为玛丽·卢·麦克斯韦承保的任何一家公司。他之所以能得到一单又一单的赔偿，部分归功于他作为律师的才能，但也因为事实站在了他这边，至少在法院看来如此。由于没有定罪，即使保险公司暗示是麦克斯韦杀害了妻子，也起不到任何作用，并且他们提出的"谋杀不属于意外死亡"的说法，更不为陪审团所接受。

截至 1971 年 10 月，拉德尼只剩下三张保单没有兑现，它们全部由独立人寿和意外保险公司所持有，后者仍拒绝理赔，因为牧师是在妻子被谋杀仅仅几天前购买的保险。拉德尼也想把独立人寿告上法庭，但他惯用的策略遇到了阻碍。面对律师生涯中罕见的阻碍，拉德尼写信给他的朋友和合伙人寻求帮助。那位朋友在亚拉巴马州的首府执业，拉德尼想知道他能不能在蒙哥马利替他起诉保险公司，因为，拉德尼坦言道："我和牧师麦克斯韦先生一起，几乎快把整个塔拉普萨县的陪审团都召集了一个遍。"

4. 第七子的第七子

　　一名被指控杀害自己妻子的男人，不太可能再娶得到另外一个。威利·麦克斯韦在玛丽·卢去世之前享有极高的声誉，但是这一切随着他被指控谋杀而土崩瓦解，这位谈吐文雅、优雅非凡的上帝使者似乎从此变得卑鄙可疑了起来。他之前所在的四家教堂全部将他解雇，当被邀请到派克县的霍利·斯普林斯浸信会再次讲道时，住在麦克斯韦家附近的人都猜测，那里的教民应该还没听说发生了什么。尽管如此，一个可以说服陪审团自己无罪的人，完全可以说服一个教区，并且，因为没有定罪，教众更愿意相信，一个神职人员不可能是凶手。但可以肯定的是，至少有一个人打心底相信牧师是无辜的。1971年11月，距离玛丽·卢的遗体被发现刚刚过去15个月，无罪释放不到4个月，麦克斯韦牧师娶了他的第二任妻子——他的邻居，本来可以成为该案主要证人的多尔卡丝·安德森。

　　第二位麦克斯韦太太1944年出生于塔拉普萨县，闺名多尔卡丝·邓肯（Dorcas Duncan）。她很久以前就已经认识，或者说知道自己的新婚丈夫。在多尔卡丝十几岁的时候，牧师已经在马丁湖附近因讲道闻名。因此，在她和第一任丈夫搬到位于尼克斯堡的麦克斯韦家隔壁之前，她早就听说过他了。和牧师一样，艾布拉姆·安德森（Abram Anderson）也在库萨县出生长大，并在军队服过役，然后回到家乡亚拉巴马州，在一家纺织厂找了份工作。他用从那里赚的钱养活妻子和两个年幼的孩子，但是，当他被诊断出患有肌萎缩侧索硬化症，或者说"渐冻症"之后，他和家人的生活就陷入了悲惨的境地。那时多尔卡丝才20岁出头，家里还有两个年幼的孩子，她就成了艾布拉姆的全职看护。

这种经历自有它的不幸。在玛丽·卢·麦克斯韦被谋杀之后，多尔卡丝和牧师交流得越来越多。虽然她比他小了18岁，但他们有很多共同之处：她有两个年幼的儿子，他有一个尚在襁褓的女儿，虽然不是玛丽·卢所出；他失去了妻子，而她眼睁睁看着"渐冻症"摧残自己的丈夫，这种疾病迫使他早早就坐上了轮椅，并会使他的肌肉不断萎缩，直至死亡。医生们认为，艾布拉姆至少还能再活几年。但在1971年2月的最后一天，他住进了塔斯基吉的退伍军人管理医院，就在大陪审团被召集起来听取对牧师的指控后不久。3个月后，艾布拉姆死在了那里，享年35岁。艾布拉姆的死亡证明上写着他死于肺炎，但没有进行尸检。当牧师与多尔卡丝于当年晚些时候结婚时，人们又开始议论纷纷。

其中一部分话题是关于年龄差异的，还有一些与一个鳏夫和寡妇竟然如此轻易就克服了丧偶之痛有关（麦克斯韦刚丧妻1年多，而多尔卡丝守寡只有几个月）。然而，大多数情况下，人们的议论还是有关艾布拉姆的死亡时机，简直恰到好处得惹人怀疑。有些人声称，是麦克斯韦用防冻剂或防腐剂毒死了他，但大多数人对此持有不同观点。在艾布拉姆·安德森去世后，巫毒谣言便开始蔓延。

"巫毒"这个词和这种信仰本身一样，历经了漫长的路程才来到美国南方，经过了港口城市如莫尔比和新奥尔良，在那之前，则是从多哥和贝宁①漂洋过海而来。在达荷美王国（贝宁的旧称）的语言丰语中，它的意思是"灵魂"或"神灵"。巫毒主要通过新闻报道和早期探险家的旅行

---

① 两个均为西非国家。

日志传到欧洲，它的名字经过演变有了许多变体；后来，却是被它的信众亲自带来美国：被锁链囚禁着的男人和女人，有的从非洲大陆直接被运到美国，有的则是先在加勒比地区被奴役了一两代之后才被带来这片大陆。没有人知道它到这儿的具体时间，因为在美国早期历史中，它都是被当时主流文化所禁止的。这种文化禁止奴隶进行土著宗教活动，强迫他们改变信仰，任何被认为是离经叛道的宗教活动都要受到惩罚。

早在1782年，人们就如此害怕巫毒，路易斯安那州当时的州长贝尔纳多·德·加尔韦斯（Bernardo de Gálvez）甚至禁止人们从马提尼克岛购买奴隶，理由是他们"过分信仰巫毒并会威胁公众生命安全"。那时，巫毒已经开始成了一个贬义词，这种信仰之下的种种习俗，尽管名称不完全相同，但会被称为胡都、奥比巫术、招魂术、民间医术和符咒术，它们正渐渐被视作违法犯罪行为。等到19世纪，巫毒俨然成为一种被妖魔化的文化，是从淫乱到献祭等一切称谓的代名词；到了20世纪，它成了电影中的猎奇元素，被简化为巫蛊人偶和僵尸。即使在黑人解放后，许多巫毒仪式在很长一段时间内仍然是非法的，直到今天，执法人员对其信徒和习俗仍然抱有敌意。

大多数早期人类学家和历史学家都对这种文化从整体上抱有偏见，结果就是他们对非洲的精神信仰不感兴趣，甚至持反对态度，其中又以巫毒教尤甚。第一个严肃对待它的学者是哥伦比亚大学的一名硕士研究生，她在南方出生长大，并渴望回去记录那里的民间传说，她就是作家佐拉·尼尔·赫斯顿（Zora Neale Hurston）。多年后，她因出版的一系列小说而闻名，包括《他们眼望上苍》(*Their Eyes Were Watching God*，1937)。1927年的冬天，赫斯顿从纽约市登上了一列前往莫比尔的火车，并在那里开始了贯穿整个南部的黑人城镇和村庄之旅。

赫斯顿开着一辆被她称为"时髦苏西"的纳什①汽车，并在行李箱中放着一把镀铬手枪，按照她称之为"迪克西故事地图"的路线行驶，并用受访者的方言记录下了他们最精彩的故事、药方、咒语、歌谣和风俗。赫斯顿对于这个研究课题所面临的障碍直言不讳："没有人能确切知道，美国到底有几千几万人在暗中信仰着巫毒。"她写道："因为这种信仰注定是秘密的。它不是这个国家所承认的神学，因此信徒们隐瞒他们的信仰，兄弟姐妹之间互相隐瞒，夫妻之间也互相隐瞒。没人能说出它的来龙去脉。除非倾听者富有同情心并且已经对它有所了解，否则这些人是什么都不会吐露的。"

人们之所以对巫毒三缄其口，其中一个原因就是它标志性的极端行为。即使是赫斯顿，如果想让她的采访对象开口，也不得不这么做：在答应与她分享自己的秘密之前，一位巫毒施术者要求她进行一系列的测试，包括带来三条蛇的蛇皮作为礼物，将一根手指的血滴到杯子里，杯子里还要有其他5名新入教的人的血，还要帮人宰杀一只黑羊。外号"卷毛雄鸡"的乔治·西姆斯（George Simms）老爹，向赫斯顿出售了他的药粉和药剂，但只有当她参加了烛光入会仪式之后，才会告诉她这些药品的使用方法。赫斯顿很快发现，因为外人长期以来一直怀着恐惧和怀疑态度看待巫毒教，所以巫毒群体现在也在用同样的方式对待外界。

因此，极为隐秘的巫毒活动把大多数学者都挡在了门外。在佐拉·尼尔·赫斯顿回到南方几年之后，一位名叫哈利·米德尔顿·海厄特（Harry Middleton Hyatt）的白人主教牧师也进行了一次类似的旅行，并将收集来的资料写成了五卷《胡都·招魂·巫术·符咒》（*Hoodoo-Conjuration-Witchcraft-Rootwork*，1970）。海厄特花了几年时间，开车跑遍了亚拉巴马州、

---

① 美国本土汽车品牌。

阿肯色州、佛罗里达州、佐治亚州、伊利诺伊州、路易斯安那州、马里兰州、密西西比州、北卡罗来纳州、南卡罗来纳州、田纳西州和弗吉尼亚州，使用一台爱迪生滚筒手摇留声机，采访了1000多人。这些采访被转录到纸上后多达5000页，里面什么都有：从包着胎盘出生的婴儿所拥有的灵力，到墓地土壤可能带有的毒性。

从这些内容里，海厄特和赫斯顿整理出了美国最早的一些巫毒记录，并写下了这个信仰体系最不重视的三个方面：第一，这个国家的巫毒教始终是一种融合宗教，它吸纳了基督教的圣徒和节日，并且获得了无数来自不同教派的各级牧师的支持。比如一位浸信会牧师可能会将他的基督教神学与巫毒教实践结合在一起，在公共场合做礼拜和讲经布道，私下却为那些丢了工作或想要娶妻的教民施法。第二，巫毒在某种程度上是一个蓬勃发展的医疗替代系统，服务于南方的大部分地区，药店店员和药剂师也会销售基本的原材料，如龙血、魔法粉末、鹰眼和"征服者约翰"根茎①。这些药据说可以治疗一切疾病，从消化不良到不孕不育症。对于长期出于种族、社会、经济地位等原因，或者离医生和医院太远而无法获得治疗的人群来说，巫毒在医疗方面的作用至关重要。巫毒教融合了许多其他宗教元素，和大多数融合型信仰一样，它也是强制移民、社会压迫和文化吞并的产物。第三，巫毒对于来自其他种族的人有着极大的吸引力，几乎从跟随非洲奴隶来到这里的第一天起，它就开始有了白人顾客、施术者和原料供应商。

巫毒在亚拉巴马州的角色，是由该州最声名狼藉的年代史编者卡尔·卡默（Carl Carmer）记录下来的。卡尔·卡默来自纽约，当时他原本是要前往塔斯卡卢萨的亚拉巴马大学任教，最终却写了一本关于深南部

---

① 征服者约翰（John de Conqueror）是美国民间传说里的英雄人物，人们通常会将他与一种据说带有魔法的植物联系在一起。

的"大全"，里面有一些内容是他自己编造的。这本《星星落在亚拉巴马》（*Stars Fell on Alabama*，1934）以奇特而浪漫的方式，解释了亚拉巴马人为什么沉迷于巫毒和其他迷信。根据他的说法，1833年美国东南部发生了异常密集的流星雨，这场令人眼花缭乱的流星雨使整个州都陷入一股魔咒之中，有些地方会比别的地方受到的影响更深，特别是一片他称为"施术之地"的区域。"我遇到麻烦了。"卡默告诉一位住在那里的黑人女子艾达·卡特（Ida Carter）说，"伯明翰周围的白人说你可以帮助我。"她显然这么做了，收了1美元25美分后，卡特告诉他如何避开那个给他带来麻烦的女人；再加1美元50美分，她又教给了他如何治疗背痛。

卡默更加敏锐地观察到，即使那些声称不相信巫毒的人，也会被吓到或想求助于它。想想马克·吐温（Mark Twain），他通过书中的主人公汤姆·索亚和哈克贝利·费恩①记录了几十种疗法、巫毒把戏和老妇人的神话故事。就像南方的文学那样，南方人也深深陷入了这样一种文化之中：当世界变得令人震惊或难以理解的时候，人们至少知道该怎么做。当然，他们并不孤独。就像爱尔兰女妖、苏格兰仙女谷或日本东北部的幽灵和地精一样，巫毒文化的影响遍布南方各个角落，它们迷惑世人，从黑人到白人，从尚在襁褓中的婴儿到即将进入坟墓的老人。

无论威利·麦克斯韦牧师是否真的是巫毒牧师，他所在的社区都愿意相信他是。库萨县很多虔诚的基督徒会在晚上拍打枕头，早上擦洗台阶，以抵挡鬼魂和诅咒。他们会警告自己的孩子，如果太晚回家，那个"胡都"巫师就会把他们抓走，并告诫自己的配偶，如果不停止饮酒，或撒谎说没有饮酒，巫师就会施法惩戒他们一番。亚拉巴马人或许可以随

---

① 两位主人公分别出自《汤姆·索亚历险记》（*The Adventures of Tom Sawyer*，1876）和《哈克贝利·费恩历险记》（*Adventures of Huckleberry Finn*，1884）。

意谈论"巫术",但他们并不会轻易说出"巧合"这个词。所以,当威利·麦克斯韦谋杀了他的第一任妻子并被无罪释放,又娶了邻居的年轻寡妇,加上她丈夫的死亡时间又是那么的恰到好处,这一系列事件之后,很多人都坚信,他绝对是利用了巫术来搞定陪审团,在邻居经过的路上安放死咒,并迷惑了一名年轻女子。也许是麦克斯韦点燃了一根"庭审蜡烛",或使用了一种"法律对他无效"灯油;也许他在一棵树朝北的一侧钉了一张艾布拉姆·安德森的照片,并且每天早晨都往上加一根钉子,直到9天后那人虚弱死去。至于多尔卡丝·安德森,好吧,他可能是在带有她笔迹的纸上洒了许愿精油,放在贴近心脏的位置,随身携带了9天,然后把它埋在了前门台阶下面。

不管这些说法听起来有多么不靠谱,它们总比真相更令人宽慰。对于牧师的许多邻居来说,他们更愿意相信执法和司法系统面对巫术无能为力,而不是面对穷凶极恶的犯罪无能且失职。超自然的解释在法律和秩序失效的地方会十分盛行,这就解释了为什么随着时间的流逝和死亡人数的增加,关于牧师的故事变得更言之凿凿,更为离奇,而且更加邪恶。

最广为流传的故事版本,就像童话故事一样,是从七姐妹和七兄弟开始说起。人们说,威利·麦克斯韦是第七个儿子的第七个儿子,这是一种罕见的命格,意味着他生来就具有掌控生死的能力。为了提升这种天赋,据说他去了新奥尔良找七姐妹学习巫毒之术。这可怕的七个人在整个南方无人不知无人不晓。"我去到路易斯安那州的新奥尔良,"一首古老的布鲁斯歌谣的开头唱道,"只因我听说了什么。七姐妹会告诉我一切我想知道的事,但她们一个字都不让我说出去。"在七姐妹帮助了这位歌手之后,人们认可他刚刚获得的力量,并对他说:"去吧,恶魔,去摧毁这个世界。"

尽管她们的历史,甚至连这几个人是否存在都存在争议,但自20世纪20年代以来，关于七姐妹的故事已经广为流传。人们认为她们能预见未来，长生不老，并且可以把她们的祝福、诅咒、蜡烛和魔药卖给任何人，只要你去拜访她们任何一个人——她们住在位于花园区剧院街上七所一模一样的房子里，挂着其他州车牌的车总是停在那里，人们不分白天黑夜地在各个时段进进出出。有一些访客仅仅是客户，但其他人都是门徒，据说其中就有一名来自库萨县的精瘦优雅、穿着得体的男子。

虽然威利·麦克斯韦牧师实际上只有四个兄弟，还有四个命不好的姐妹，但是关于他的谣言已经长得比火炬松还高了。他把白色的鸡倒吊在房子外面的山核桃树上，来阻挡不受欢迎的亡灵，并在家门口的台阶上涂上鲜血，以阻止执法人员入内。他身上总是带着装满死亡药粉的信封，他家里有一整个房间的巫毒道具，一排罐子上分别标着"爱情""憎恨""友谊"和"死亡"。如果他生病了，他就喝别人的血来进行自我治疗。从他的门前开车经过会让你的车头灯熄灭；对他说一个不敬的词，他就会给你下咒；要是直视他的眼睛，他就会永远地诅咒你。他跑步的速度超出了人类所能达到的极限，他能在20分钟内从伯明翰到达150英里外的亚特兰大。当想要更快地从人们视野里消失时，他就会变成一只黑猫。

和许多谣言一样，这些说法里可能包含了一些真相。威利·麦克斯韦后来邀请记者到他家里寻找巫毒证据，他们一无所获。但是考虑到佐拉·尼尔·赫斯顿经过了多重考验才看到巫毒术法的实施，所以记者们不太可能发现他是否真的会施展巫毒法术。至于七姐妹，可以说，麦克斯韦完全有可能见过她们，但绝不可能是在路易斯安那州。就像玛丽·拉沃（Marie Laveau），这个美国最有名的巫毒法师一样，据说她曾经在圣约翰水湾附近施展黑魔法，施法所需的时间久到拉斐德侯爵①在美国

---

① Marquis de Lafayette（1757—1834），法国贵族、将军、政治家，曾参与美国革命。

独立战争结束①途经新奥尔良时吻了她，等到第一次世界大战结束②时，返乡的士兵又在街头与她擦肩而过。但是七姐妹并不受时间和空间的限制，南方各地都有人声称自己是她们中的一员，或者受过她们七人的训练。许多女性都给自己取名为"七·姐妹"，卡尔·卡默就采访过这样一名巫师，她也被称为艾达·卡特，就住在佐治亚州边界附近，离麦克斯韦牧师不远的地方。如果麦克斯韦曾经跟任何人学习过巫毒的话，他可能不是跟七姐妹，而且也没有一路南下到新奥尔良。

然而，在北部的尼克斯堡，相较于麦克斯韦牧师从哪里学到了法术，人们更担心他会如何使用它。事实上，每个人都确信，是他杀害了他自己的妻子，并且大多数人都认为，不管艾布拉姆·安德森的死发生在牧师勾引他的妻子——这个年龄才到他一半的女子——之前、期间或之后，这位邻居的死亡都和他脱不了干系。人们认为，她在法庭上为他做伪证的唯一原因，就是她已经完全折服在他的魅力之下。由于警察因证据不足无法定谋杀罪，毒理学家也检测不出任何毒药，而且没有人能够说出多尔卡丝坠入爱河的原因，因此，马丁湖附近的居民相信，麦克斯韦牧师已经精通了巫毒法术的三个主要应用领域：正义、死亡和爱情。

又一年过去了，鲜花在玛丽·卢·麦克斯韦的墓前凋谢，青草开始漫过艾布拉姆·安德森的新坟，库萨县的人们一直在好奇和担忧，不仅仅是对威利·麦克斯韦做了什么，而是他还会做什么。与周围的人不同，牧师并不关心灵异志怪，而是把注意力放在了凡尘俗事上。1971 年 11 月 21 日，在各自的配偶去世后，鳏夫麦克斯韦和寡妇安德森宣誓结婚。第二天，牧师的保险代理人就找上门了。

---

① 即1783年。

② 即1918年。

5.纯粹恐惧

　　也许是出于一个丈夫的责任感，希望为新组成的家庭做好所有后勤保障工作，也许是出于更冷酷的算计。无论动机为何，事实都是：从1971年11月22日起，如果多尔卡丝·安德森·麦克斯韦夫人发生任何意外，独立人寿与意外保险公司需要按照保单No.71-0890563D支付给麦克斯韦牧师1000美元，另外还有保单No.71-0890563A上的1000美元，保单No.71-0890563C上的1000美元，再加上保单No.71-0890563B上的两千美元。不到两个月，银行家人寿保险公司也再次上钩，如果麦克斯韦夫人去世，他们需要支付两万美元的赔偿，而旧日美国保险公司则需要支付2.5万美元。

　　很明显，对于一个普通人来说，这是一笔很大的数额。婚后，牧师搬到了隔壁，住进了第二任麦克斯韦夫人和她已故丈夫曾经居住的房子。尽管他们的年龄相差了18岁，但这对新婚夫妇的大部分时间似乎都过得非常开心。为数不多的差别可能在于：他认为她开车开得太快了，她不喜欢他从来不去舞会或派对。多尔卡丝终于知道，住在牧师隔壁是一回事，和他结婚则是另外一回事。但他帮她照顾两个孩子，并通过法律程序领养了他们。新婚的麦克斯韦夫妇还一起签署了一份房产遗嘱，如果其中一个人死了，另一个将继承他们的房产。他们向库萨县遗嘱认证法庭提交了这份文件，把注册费交给了麦克斯韦的老朋友麦克·托马斯法官。

　　一个星期后，牧师又回到了这个位于罗克福德的法庭，不过是因为另一件事：来保释他的哥哥——约翰·哥伦布·麦克斯韦（John Columbus Maxwell），他因酒驾被县治安官逮捕。约翰·哥伦布（人们都叫他 J. C.）已经52岁了，在一家卖烟斗的商店工作。据他的弟弟说，他是个酒鬼，只不过不耍酒疯。"他是一个好人。"牧师说，"他喝了酒之后甚至更加彬彬有礼了。"牧师支付了300美元的保释金，并保证他的哥哥会在1972年2月7日出庭。

但他并没有出庭。就在开庭的前一天，约翰·哥伦布被发现死在尼克斯堡附近的道边。一个拒绝透露身份的人曾打电话给亚历山大城警察局，称一名行人在22号高速公路和9号高速公路的交叉口被汽车撞了。但是当警察在那个十字路口找到尸体时，它看上去并不像是被车撞过：没有明显的外伤，而且即使一整晚都暴露在寒冷的室外，尸体还是散发着强烈的酒气。县验尸官名叫吉米·贝利（Jimmy Bailey），曾是一名受过专业培训的电工。他无法立刻判断出死因，但因为知道 J. C. 麦克斯韦与 W. M. 麦克斯韦的关系，并且听说过关于牧师的传言，贝利把采集的血液样本寄到了毒理学与犯罪调查科。

犯罪调查小组的一名化验员发现，死者的血液里含有41％的乙醇，这个含量显然是在危及生命的范围内，甚至高到能让一名体重165磅的长期酗酒人士失去意识，并因酒精中毒死亡。警方并没有告知约翰·哥伦布的妻子和孩子这一发现，因为约翰·哥伦布既没有妻子也没有孩子，但他确实有多项人寿保险，受益人正是威利·麦克斯韦牧师。

从死亡证明上看，约翰·哥伦布死于因过度摄入酒精导致的心脏病发作，但几乎整个尼克斯堡地区的人都知道，约翰·哥伦布的死是因为他姓麦克斯韦。无论他以前的喝酒习惯什么样，没有人相信他血液中大量的酒精是自主摄入的，有些人认为他是被迫喝下去的，其他人则认为这是为了掩盖他血液中的某种毒素。现在，麦克斯韦在不到两年的时间内失去了一个妻子、一个碍事的邻居和一个兄弟。"他们说是有人拿枪指着他的脑袋才让他喝下那么多威士忌。"牧师轻蔑地说，"但我了解我的哥哥，他是自己这么做的。"

对此，尼克斯堡的居民虽然持怀疑态度，但他们的怀疑并不像那些仍把威利·麦克斯韦牧师当成客户的保险公司那样深。两年内，麦克斯韦已经累积了近10万美元的人寿保险金，相当于现在的50多万美元，而他索赔的速度已经开始让那些赔钱给他的公司沉不住气了，其中一些公司要求它们的代理律师事务所再调查一下第一任麦克斯韦夫人的死。很快，全国各地的保险律师都在检查笔迹样本，对比申请地址，派调查人员采访证人，并向位于奥本的犯罪实验室索要信息。

首批与牧师断绝合作关系的其中一家公司，就是总部位于得克萨斯州的中央安全人寿保险公司。除了拒绝再次向麦克斯韦出售任何保险之外，该公司的律师还要求他签署一份公开声明，他们将取消他持有的该公司的十项有效保险，并给他2812.55美元现金作为补偿，他还必须签署一份协议并进行公证："他和他的任何家庭成员，包括但不限于吉米·麦克斯韦、詹姆斯·希克斯、多尔卡丝·麦克斯韦、赫尔曼·麦克斯韦、弗罗拉·希克斯、亨利·麦克斯韦、艾德里安·安德森、艾布拉姆·安德森、艾达·麦克斯韦、梅·艾拉·麦克斯韦和萨曼莎·麦克斯韦，不得申请或以任何方式成为被保险人或受益人。"

大约在同一时间，位于伊利诺伊州的先锋保险公司拒绝对牧师的母亲承保，即使他们并没有在艾达·麦克斯韦的申请表上找到任何疾病记录。先锋保险公司向申请表上的通信地址（亚历山大城1号路273A信箱）写信，要求提供最新的健康评估报告，但并没有得到答复。同样的地址出现在每一张指定麦克斯韦牧师为受益人的保单上面。

人们并不确定多尔卡丝·麦克斯韦是否拆开并查看过寄到该地址的大量人寿保险单。当保险公司仔细调查她的丈夫时，她正忙于其他事情：1972年5月，与麦克斯韦结婚6个月后，多尔卡丝生下了第三个儿子。同月，亚拉巴马州州长乔治·华莱士遇刺，腰部以下瘫痪，而凶手只是一个渴望以此成名的年轻人。①那年夏天，美联社的一名记者爆料说，过去40年来，联邦政府蓄意欺骗数百名贫困的黑人佃农参与塔斯基吉的梅毒研究，对他们进行记录却不给他们治疗，其中许多人因此病重死亡。那一年，越南战争逐渐平息，而水门事件正在升温。9月中旬，电视剧《华生一家》（*The Waltons*）播出，并开始了长达10年的电视长跑；1周之后，穆罕默德·阿里（Muhammad Ali）在一场比赛中重创弗洛伊德·帕特森（Floyd Patterson），打裂了他的眼眶，终结了他的职业拳手生涯。

同一天晚上，也就是1972年9月20日，麦克斯韦的哥哥去世将近8个月后，三名男子——杰瑞·富勒（Jerry Fuller）、龙尼·沃茨（Ronnie Watts）和斯坦利·英格拉姆（Stanley Ingram）——在尼克斯堡的9号高速公路上开车向南行驶。10到11点之间的某个时刻，他们看到了一辆在路边空转的汽车，车头灯穿透雾气，形成长长的两道光柱。他们从卡车里跑出来查看，看到一个女人姿势古怪地蜷缩在前排座椅下面，一动不动。他们转过身，沿着道路争先恐后地跑到邓拉普杂货铺，用那里的电话报了警。大约10点20，亚历山大城紧急事件调度员给住在古德沃特附近的州警赖特（L. A. Wright）打了电话。赖特穿好衣服，跳上车，15分钟后找到了失事车辆。汽车停在距离道路约30英尺远的地方，与道路垂直，离一片小树林很近。车的右前角有轻微撞击的痕迹，挡风玻璃的下半部分破裂，

---

① 1972年，华莱士在马里兰州劳尔市演讲时被21岁的亚瑟·布雷默（Arthur H. Bremer）近距离射击4枪。后者为证明自己的男子气概，原本计划刺杀尼克松总统，失败后才将华莱士作为自己的刺杀目标。

但就严重程度来看，最糟不过是一场轻微事故。在车内，前排座椅下面，面朝下趴着一个人，头朝向副驾驶座，脚在驾驶座一侧，她就是多尔卡丝·安德森·麦克斯韦。

正如牧师后来描述的那样，那天晚上发生的事情是这样的：他的妻子为家人做好晚餐并让3个孩子上床睡觉之后，她离开尼克斯堡去亚历山大城看望她的母亲。她的母亲早些时候去钓鱼了，"我去拿些鱼。"牧师回忆道，他的妻子在离开家时这样说，并表示自己马上就回来。她母亲住的地方离他们仅仅11英里。多尔卡丝在晚上9点左右离开，麦克斯韦和他们的三个儿子在一起，分别是7岁、6岁和4个月大。

1个小时后，妻子还没回来，于是牧师打电话给他的岳母，她说从早上起她就没见过她的女儿或者收到她的消息。牧师说自己随后抱起婴儿，叫醒了两个大一点的孩子，出门去找多尔卡丝。然而，他并没有沿着她本来会走的那条路线，而是朝着相反的方向开车，并与邻居克利福德和安妮塔·科金斯（Clifford & Anita Coggins）说了一会儿话。这对夫妇没有电话，麦克斯韦是想问他们，自己的妻子是不是没去探望母亲而是来找他们了。可是他的妻子不在那里。不过牧师还是留下来和科金斯夫妇聊了一会儿，这才回到车里，朝着来时的路驶去。

那个时候，富勒、沃茨和英格拉姆早已找到了那辆车，在离牧师家只有1/4英里的地方，而且州警赖特还在车里找到了多尔卡丝·麦克斯韦。与第一任麦克斯韦太太不同，她身上几乎没有明显的外伤，但尸体已经开始僵硬。赖特用无线电呼叫援助，并请求他的上级威廉·格雷（William Gray）警长来一趟现场。格雷到达现场后，一看到现场和死者情况，他立刻转过身来，回到邓拉普杂货店，打电话调来了他能想到的所有支援：罗克福德的治安官、欧佩莱卡的探员，以及奥本的检验员和毒理学家。

当最后一名执法人员来到现场时，他从1英里外就能看到这样的景象：巡逻车的灯光在9月的密集雾气中形成了一个蓝色穹顶。在场所有人都清楚地知道，他们找到的是谁的妻子，并且他的第一任妻子也是在死后被留在车里，和现在的场景几乎一模一样。麦克斯韦在第一起凶杀案中被判无罪，而这一次，警察们决心将他绳之以法。亚历山大城警察局的一名警员拍摄了汽车外部和内部的照片，包括车里的尸体、车后面延伸的高速公路，以及周围的路肩。

9月的那一天，黎明之前发生了两件事：多尔卡丝·安德森·麦克斯韦的尸体被转移到了亚历山大城的阿穆尔殡仪馆，进行尸检；牧师打电话给他的律师汤姆·拉德尼。这场尸检中，验尸官没有找到的东西比找到的东西更加引人注目：多尔卡丝的棕色皮革凉鞋上沾着树叶，她的肩膀和肘部有一些小的擦伤，右眼上方还有一个较大的伤口，但在她的器官、组织和体液中没有检测出任何东西。她的血液里不含酒精，不含乙二醇，不含一氧化碳，不含氰化物，无金属毒物，无酸性毒物，无水杨酸盐，无苯酚，无巴比妥酸盐；她的肝脏里不含番木鳖碱，没有麻醉剂，也没有安非他明；她的胃里没有药物，也没有找到任何已知的中毒迹象。她的舌骨的确骨折了，这有时是被扼死的标志，但由于骨骼也可能是在尸体解剖过程中被损坏的，当局无法将其作为死因。最后，犯罪学博士雷林教授除了宣布多尔卡丝·安德森是自然死亡以外，什么都做不了。尽管她没有任何哮喘、支气管炎或肺炎病史，尽管除了一场小感冒以外，她在去世前整整1年内都没有患过任何疾病，但雷林的结论是，这位29岁的女性死于急性呼吸窘迫。

多尔卡丝·麦克斯韦的死没有目击者，但如果没有人能确切说出发生了什么，人们就会议论纷纷。在短短的两年里，牧师失去了他的第一任妻子、他的邻居、他的哥哥，现在又失去了他的第二任妻子。第一次婚姻持续了20年，而第二次婚姻才持续了不到1年。随着死亡人数的增加，再加上两位麦克斯韦太太死亡的方式极其相似，牧师本来就不好的声誉这下彻底变得糟糕透顶。"人们真的开始害怕他了。"多尔卡丝的一个朋友在她去世后这样评价麦克斯韦牧师，"白人和黑人都害怕他。"

麦克斯韦仍然会去派克县讲道，并在讲话中大量援引《圣经》的内容，但是在他家附近，大多数人都把他当作一个不能招惹的人，而不是邪恶的罪犯。关于他的流言变得更加隐蔽，而且并不是所有流言都与巫毒有关。"他们只是不知道他给谁买了保险。"库萨县的一名居民说，"人们不知道下一个会是谁。"亚历山大城一名殡仪馆负责人的妻子明确表示，"大多数人纯粹是被这个男人吓怕了。"尽管此前在人们眼里，牧师是个英俊的美男子；现在，女人们都形容他为"外表粗野"，并在私底下偷偷地互相提醒："不要让威利直视你的眼睛。"

在马丁湖附近，邻里之间玩着吓人的传话游戏，重复从别人那里听到的牧师所说的话，复述别人见过的牧师所做的事。晚上锁门是没有用的，因为他知道开门的咒语，如果没能成功，他还有办法隔着墙壁伤害你。一宗未解决的犯罪经常能引起恐慌，但尼克斯堡的人并不认为困扰他们社区的犯罪没有得到解决。他们知道罪是谁犯的，只是不知道是怎么犯的，或者如何阻止他。但他们确实知道：唯一比未知的凶手更可怕的，是一个已知的凶手。

如果说社区陷入了恐惧之中，警察感到懊丧无比，那么保险公司则是怒火中烧。又是这个来自库萨县的牧师，前来领取家人的数万美元人寿保险赔偿金。南方农场局和布克·华盛顿这两家保险公司别无选择，只能乖乖交钱，因为他们的三份保险，金额分别为1万美元、1000美元和500美元，是由多尔卡丝和她的第一任丈夫艾布拉姆购买的。麦克斯韦仅仅是现在的受益者。安德森还购买了房屋保险，这笔金额为 1.3 万美元的保险，连同他们的房屋，现在都依据房产遗嘱转到了牧师名下。

然而，其他公司并不打算就这样赔付而毫不抗争。由于无法确切知道麦克斯韦在多尔卡丝去世前到底给她买了多少保险，或者，说到这儿，没人知道他手里总共持有多少人的保险，因为人们无从知晓那些尚未提起诉讼的保险。但是，在那些最终进入法庭辩论环节的保险中，有 4 份是在 1971 年 11 月，麦克斯韦与多尔卡丝结婚的第二天购买的，第 5 份是在此后两天内购买的，第 6 份是在 1972 年 1 月购买的，第 7 份是在 3 月，余下的则是在那年春天结束之前。全部加到一起，牧师至少为多尔卡丝购买了 17 份不同的保险，为此，他每周需要支付 10 美元的保险费。现在，他拥有了一笔不小的补偿作为回报。

作为反击，帝国意外伤亡保险公司雇用了伯明翰的兰格、辛普森、鲁滨孙和萨默维尔律师事务所，银行家人寿雇用了欧佩莱卡的一家律师事务所，福利标准和旧日美国也是如此，独立人寿与塔斯基吉的一家律师事务所展开了合作，好事达在蒙哥马利找了一家律师事务所。很快，汤姆·拉德尼就会觉得，自己正在和该州的每一家律师事务所作对。如果他曾担心玛丽·卢·麦克斯韦死后，这个州已经快找不到陪审团了，那么他现在所做的就是把最后一点剩余人选也压榨干净。多尔卡丝去世 1 年后，三县地区几乎没有一个正处于投票年龄的男人或女人，没有陪审过牧师起诉保险公司的案子。拉德尼在塔拉普萨、克莱和梅肯县的巡回法庭以及亚拉巴马州中部地区的地方法院提起了多起诉讼，并在亚拉巴马州民事诉讼法庭跟进了其中一起的全程。

这些诉讼引发了一系列围绕当事人死因的复杂技术问题，即，第二位麦克斯韦夫人是否只是单纯地因为车祸而死，或是死于隐疾，还是死于因车祸引起的旧病复发？多尔卡丝死亡当晚，一接到牧师的电话，拉德尼就知道，等待他的会是一连串的刑事或民事诉讼，或两者兼而有之。他立即采取了一种不同寻常的预防措施：第二天一早，他就以1000美元雇用了一名私人验尸官，让他在官方尸检后，代表自己的客户再进行一次尸检。

两名验尸官就基本问题达成了一致：多尔卡丝死于急性呼吸衰竭。但是在细节上出现了争议，一旦诉讼开始，这些问题就会变得非常关键。在持续数小时的证人陈述和审查中，两名验尸官在支气管壁、间质性肺炎和黏液堵塞物这些细枝末节上被严加盘问。保险公司揪住其中的一些发现提出，如果不是因为潜在的呼吸道问题，多尔卡丝就不会死，而这些问题在购买保险时并未说明，因此保险无效。拉德尼则抓住其他证据反驳说，如果不是因为车祸，潜在的呼吸道问题就永远不会致命，因此她的死是意外，保险是有效的。

对在场的每一个人来说，他们一定会有这种感觉：这些人争论的问题，就好像在比较房间里大象身上虱子的大小。证人都禁止提及此事，而且律师也禁止就此事提起诉讼，但是在县里有数不清的人，从官方验尸官到平民，都确信多尔卡丝·安德森是被谋杀的。或许舌骨一直是个线索，表明她是被勒死的，就像第一任麦克斯韦夫人一样；或许她是被毒杀的，牧师使用了无法检测出来的方法，很多人认为，他用同样的手法杀死了艾布拉姆·安德森和约翰·哥伦布·麦克斯韦。几十年后，参与案件的一名验尸官仍然可以快速说出当时他们无法检测出来的毒物，其中一些则很容易通过邮购获得，就像人寿保险一样。但这些怀疑都不能作为证据。

最后，唯一还在坚持的是独立人寿与意外保险公司。虽然它的四份保险是牧师给多尔卡丝购买的保险中金额最小的，但该公司的律师哈利·雷蒙（Harry Raymon）并不愿就此放弃。汤姆·拉德尼因此找来一名外援，他在塔斯基吉的同事，名叫弗雷德·格雷（Fred Gray）。格雷不是保险专家，但他是全国最出色的民权律师之一。他在俄亥俄州的凯斯西储大学获得了法律学位，当时亚拉巴马州的所有法学院都拒绝招收非洲裔的学生。在那之后，他回到家乡，凭借自己学到的知识争取种族平等。当罗莎·帕克斯拒绝在一辆种族隔离公共汽车上让座后，格雷担任了她的代理律师，并在接下来的巴士抵制运动[①]中代表蒙哥马利改善协会[②]。在马丁·路德·金被指控逃税后，格雷在陪审团全是白人的情况下为他争取到了无罪释放；他还在华莱士州长试图阻止从塞尔玛到蒙哥马利的游行时和后者正面较量；并代表塔斯基吉梅毒实验的幸存者，从联邦政府那里拿到了一笔1000万美元的赔偿。除了打官司之外，弗雷德·格雷还在亚拉巴马州的众议院任职，是重建[③]以来的首批黑人立法者之一。

在立法工作中，格雷认识了汤姆·拉德尼，但他接下麦克斯韦的案子不仅仅是为了帮助朋友，这是一个机会，可以从法律上对另一种形式的种族歧视发起挑战。种族偏见在保险行业中无处不在。非洲裔的保单持有人通常需要支付更多的钱，才能获得较少的保险金，他们无法在购买多项保险时获得相应的折扣，还被迫支付超过总数额的分期金额，保险公司还会经常找各种理由拒绝理赔。有些公司对白人和黑人客户一直采取双重收费标准，使用不同的死亡统计表，以此对购买同一种保险的非白人客户收取更多的保费；有的公司一直使用两套方案、同一张死亡

---

① 自1955年年底开始的蒙哥马利巴士抵制运动是美国民权运动历史上的一座里程碑，当时的非裔美国人集体拒绝搭乘蒙哥马利的种族隔离公交车，在抵制运动持续了1年后，美国最高法院终于在1956年做出裁决，判定蒙哥马利市的公交种族隔离法违宪。

② 蒙哥马利改善协会（MIA）在蒙哥马利巴士抵制运动中起到了领导性的作用，其领导人为马丁·路德·金。

③ 美国重建时期（Reconstruction）是指1863年到1877年，当南方联邦与奴隶制度一并被摧毁时，试图解决南北战争遗留问题的一个时期。

统计表，但提供两种不同额度的保险，并且只有在少数族裔客户购买不合标准的保险时，才会向代理人支付全额佣金；有些公司则根本拒绝为黑人的生命承保。

黑人家庭也高比例地成为一种被称为"丧葬保险"的掠夺性保险的敛财目标。这是一种仅够支付丧葬费用的小额保险，一开始针对的是英国的工厂工人，它在那里被称为"工业保险"；1875 年以后，这种保险开始在美国流行起来，吸引了那些无法负担季度或年度人寿保险费用的人，这些人每周可以凑一些美分或镍币，以便在自己去世时给家人减轻经济负担。这些保险被成批成批地卖给了得到解放的奴隶，后来又卖给了他们的子子孙孙。这些保险的保费虽然数目微小，但累积起来的利润相当丰厚，由保险代理人每周挨家挨户地上门收取。其中一位代理人正是小说家菲利普·罗斯（Philip Roth）的父亲。正如罗斯在回忆录《遗产》（*Patrimony: A True Story*，1991）中所描述的那样，他的父亲"在瘆人的晚上到纽瓦克市穷人中最穷的那里收取分币"。罗斯的父亲回忆起一些黑人家庭"在被保险人去世 20 年、30 年之后仍在支付保费"，当他的儿子问起为什么他们还继续付钱时，罗斯的父亲说："他们从未跟代理人说过一句话。有人死了，他们也从来不提。保险代理人来了，他们就把钱给他。"

这种掠夺和欺诈十分常见。全国各地的保险公司都在通过剥削性销售、承销和行政技巧从非洲裔客户那里获利，而这种做法在南方尤为普遍。像弗雷德·格雷这样的民权律师知道，保险公司的歧视行为不仅耗尽了黑人手里仅有的财富，而且剥夺了他们后代的利益。给白人的丧葬保险和人寿保险为他们的后代提供了一张安全网、一份困难时的助力和一笔遗产——这是黑人的后代所不具备的。几十年后，还活着的客户和幸存下来的受益人集体诉讼保险公司，揭露了这种压榨的可怕程度：近百家公司就超过 1400 万美元的不平等保单支付了 5 亿美元的赔偿和法定罚款。

　　然而，当独立人寿与意外保险公司和牧师对簿公堂时，上述诉讼和赔款还没有发生。该公司对这个行业中的种族歧视无动于衷，他们试图证明多尔卡丝·安德森·麦克斯韦并非自然死亡，而且即便不是这样，也肯定不是由车祸引起的，因此不在保险理赔范围中。与此同时，拉德尼和格雷知道，他们的案子要想获胜，关键在于证明她的死亡在意外死亡保险的理赔范围内的，但是把问题放大到整个保险行业的歧视和压榨，以此引发陪审员的同情，也十分重要。"保险代理人每次来敲门拿到钱以后，把钱带回家寄给保险公司。"格雷在总结陈词时说，"然后到了赔偿的时候，他们就会说，'哦，不，我们不会付钱的。'这就是这些大公司的做法。他们想要你的钱，但任何时候，只要能逃避责任，他们就不会把钱从口袋掏出来。"

　　即使他们的客户可能是整个亚拉巴马州所有黑人里最不可能代表民权的人，即使和菲利普·罗斯的父亲所描述的保单持有人不同，麦克斯韦不可能替死人支付1分钱的保费，也不是无法获取赔偿，汤姆·拉德尼和弗雷德·格雷使用的策略奏效了：不仅在梅肯县，1973年4月26日，陪审团判定麦克斯韦牧师可以得到全部5000美元的保险金；而且1年后，在蒙哥马利，亚拉巴马州民事上诉法院维持了先前的判决。

　　针对多尔卡丝·安德森·麦克斯韦的保单赔付问题，一共有六起诉讼，这是最后一起。截止到牧师去世时，他已经从第二任妻子身上获得了13.1万美元的保险费，其中，汤姆·拉德尼成功替他收回了近8万美元。事实证明，对于威利·麦克斯韦牧师来说，成为一名鳏夫是一桩利润丰厚的生意。

6. 没有例外

水，就像暴力一样难以遏止。亚拉巴马州电力公司的大坝建成不久，塔拉普萨河的复仇就开始了，一场又一场的洪水不断地从马丁湖的边界溢出，一次又一次的干旱使湖水干涸。有时，似乎淹没在湖水下面的城镇也在替自己复仇。湖上划船的人和从湖岸沿线经过的人都声称，自从教堂沉入水底以后，一直都可以听到它的丧钟在深夜鸣响。

其他埋藏更深的历史也在这片水域阴魂不散。1814年3月27日，克里克族①的战士在战争中失去了大部分土地，剩余的土地也以条约的形式被割让。他们在马丁湖以北夺取了最后一块根据地，就在塔拉普萨河180度大转弯的地方，那个U形的河道被称为马蹄湾。正是在那里，未来的总统安德鲁·杰克逊（Andrew Jackson）和他的军队屠杀了557个克里克人，任由其余数百人在试图渡河逃跑时溺亡，并俘虏了活下来的人。后来，他强迫那些幸存者沿"泪水之路"②穿越密西西比河。淹没在马丁湖下面的是克里克人的坟场，马蹄湾环绕的腹地杂草丛生，河流及其血腥的历史在这里盘桓不去，一只乌龟从岩石上滑落到水里的声音都能让一个成年男子吓一跳。

幽灵的摇铃声、战争中的哭喊声、奴隶锁链的叮当声：如果有一个地方真的以闹鬼出名，那就非亚拉巴马州东部莫属。在那里，距离城镇间边界线几英里以内的地方空无一物；高速公路在山峦上起起伏伏，使

---

① 北美印第安人的一支，原本居住在佐治亚州和亚拉巴马州的大片平原上。

② 指1830年北美印第安人被驱赶到俄克拉荷马时所经过的路线。

得眼前的景象经常骤然变换；公路的尽头，是红得像铁锈或血一样的泥土；松树和橡树分列两侧形成林荫，破破烂烂的苔藓从树枝上垂下，好似幽灵。到了晚上，升起浓厚的大雾，可以让任何东西消失其中，或者从中现身。

麦克斯韦牧师说，他自己也害怕那里面的东西。终其一生，他都坚持说自己是无辜的，第一任妻子被杀、邻居的死、哥哥的死、第二任妻子的死，都和他无关，他没有犯下任何罪，也没有使用巫毒。他说，所有与此相反的说法，都是恶毒的流言蜚语，以牺牲一个短短两年内丧偶两次的正直鳏夫为代价。虽然他为所有死者都投了保险，但这并不代表他有杀人动机，仅仅表明他是一个思虑周全的配偶、兄弟。虽然镇上每一个人都在小声议论他，并且在他经过时避免目光接触，他还是坚持认为，真正的恶魔隐藏在他们中间，而他的敌人，无论它是谁，尚且丝毫没有引人怀疑。当一位来自《蒙哥马利广告报》（ *The Montgomery Advertiser* ）的记者问起，为什么死亡一直古怪地围绕着他身边的亲人，牧师说："关于这个问题，我已经祷告并思考了很多次，我的想法是这样的……"

他声称，他的第一任妻子是代替他被谋杀的，虽然他不知道凶手是谁，"我认为他们等的是我，当看到那辆车时，他们以为是我；但当他们拦下她的时候，发现那不是，于是决定杀了她来代替"。至于为什么会认为那些神秘的"他们"可能要杀他，他没有费心去解释。而对于其他人的死，他觉得自己受到了一股可怕力量的考验，或许来自人类，或许不是，"这样或那样的敌人紧跟在我周围，想给我的一举一动设置障碍，他们藏在我看不见的地方，但我请求主来看，他会看到的"。牧师至今不知道是谁或是什么东西夺走了他所爱之人的性命，并以此来折磨他，但他说："如果我亲近主，我就会看到。"

然而，牧师再也不能像以前那样亲近主了，因为他服务的教会都不愿意再让他去讲道。不甘不愿地，他从讲坛坐到了听众席，开始在位于卡蒂奇格罗夫的和平与亲善浸信会教堂做礼拜，那里离他在尼克斯堡的家不远，同样，离埋葬着他两个妻子的地方也不远。其他教民可能对此不以为然，但麦克斯韦始终高高昂着头，穿着他的精致西装，以他独有的奇特的正式语气说话，并且在不久之后再次回到了讲坛前，尽管是以不同的方式。在第一任麦克斯韦夫人去世3年，第二任麦克斯韦夫人去世两年后，牧师又娶了一位妻子。

当年玛丽·卢嫁给威利·麦克斯韦时，没有人会觉得奇怪：谁不想嫁给一个英俊勤劳而且刚刚服完兵役回家的年轻人呢？很多人想知道为什么多尔卡丝·安德森会同意嫁给他，不过考虑到她第一任丈夫去世的时机，其中一些人得出了他们自己的结论。但是，什么样的女人会同意成为第三位麦克斯韦太太呢？

仁者见仁，智者见智，但答案是显而易见的。1974年11月与麦克斯韦结婚的女人，比其他任何人都有理由不那么怕他，或者比其他人都更害怕他，但是无论哪一种情况，她都知道等待她的将会是什么。第三位麦克斯韦太太是奥菲莉亚·伯恩斯：这个女人曾因第一位麦克斯韦太太的死而遭到起诉，但从未受审。

"人们喜欢散布关于他的谣言，对此他也毫无办法。"奥菲莉亚·麦克斯韦谈到她的新丈夫时这么说。然而有些奇怪的是，她自己大部分都不受这种流言的困扰。虽然人们说牧师有一个同伙，把他送到谋杀现场，再把他载回来，就像冥河上摆渡亡魂的船夫卡戎一样；尽管无数的执法人员、目击证人和大陪审团成员一度知道奥菲莉亚曾因玛丽·卢的死被起诉，可是到了1974年，她参与谋杀的指控不知怎的被小镇居民集体遗忘了，她的嫌疑在牧师的恐怖之下不再引人注目。即使她自己对麦克斯韦的其他罪行知晓一二，她也从来没有泄露过一个字。和牧师一样，她总说自己是清白的。"仅仅因为他被指控做了一件事，"奥菲莉亚说，"就认为所有事情都是他干的，我认为这样不对。"

威利和奥菲莉亚两个人组成了一个庞大而复杂的家庭。她之前也结过婚，但是被发现和牧师有来往后，就和丈夫离婚了。两人在之前的婚姻中都有孩子，而且还有其他几个收养来的孩子。牧师需要照顾他最小的儿子，那是他和多尔卡丝的孩子；在娶了她之后他们还收养了两个大一点儿的男孩儿，这两个孩子目前和他们的祖父母一起住在戴德维尔。他后来又认领了一个女儿，女孩儿现在和她的母亲一起住在亚历山大城。奥菲莉亚有几个年龄较大的孩子，已经不和她一起生活了，但她正在抚养一个名叫雪莉·安·艾灵顿（Shirley Ann Ellington）的孩子，是她在第一次婚姻期间从亲戚那里收养的，但从未正式走过法律程序。

要肩负起一个大家庭，而且已经无法再继续讲道，牧师便全身心投入到造纸工作中。他在9号高速公路附近买了一些土地，并将他母亲的土地租给了一家名为巴马木材的分红制公司。其中一位经理，弗兰克·科尔基特（Frank Colquitt），后来称牧师是他拥有过的最好的员工之一，好到值得他花时间来消除那些胆小客户的恐惧，他们更希望让其他造纸工人在他们的土地上工作，除了牧师之外的任何人。科尔基特很快就明白，解决问题最好的方法就是迎难而上：他把牧师带到客户的家里，把他介绍给他们，然后"简单地说一下他被指控犯下的罪行，包括他当过牧师，也是个巫毒教信徒，以及其他相关的信息。然后所有人都会说，'我觉得他看起来像个好人'"。这种策略在非洲裔美国人中是不会奏效的，但是库萨县的大多数非洲裔美国人都没有那么多土地可以出租给一家木材公司。科尔基特说，那些把土地租给他们的白人，大多数都把麦克斯韦当作一个讲礼貌的稀罕物，一种令人毛骨悚然的乐子，以及可以向朋友吹嘘的谈资。如果别人问他在这个员工身边会不会感到不安全，科尔基特早就准备好了一个笑话："我总是说我一点也不担心，因为我**给他**投了保险。"

然而，其他许多人仍然害怕麦克斯韦，包括他团队里的员工。时常有人因为害怕而辞职，其中包括牧师的外甥，一个名叫詹姆斯·希克斯的年轻人，他的母亲是威利的姐姐——梅·艾拉·麦克斯韦，比牧师大两岁。希克斯22岁，身高5英尺8英寸，体重才120磅出头，有着瘦削的身材，脸上长着男孩似的纤细绒毛，勉强算一个成年人，但是年纪已经足够结婚了。不再为舅舅工作后，他在亚历山大城的一家工厂找了一份工作，然后带着他的妻子搬到了希索普，一座离麦克斯韦在尼克斯堡的家不远的小镇。1976年2月14日，希克斯失踪了。两天后的凌晨时分，一位女士打电话给亚历山大城的殡仪馆负责人——奥蒂斯·阿穆尔（Otis Armour），让他派车到9号高速公路。一开始她拒绝透露姓名，可是当她第二次打电话时，阿穆尔便决定去看看到底发生了什么。然而那个时候，詹姆斯·希克斯早已被发现死在一辆汽车中，在位于古德沃特以南10英里的地方，9号公路的路肩，第二任麦克斯韦太太的尸体也是在同一条高速公路上被发现的，现在牧师仍然和他的新妻子奥菲莉亚住在那里。

抵达现场的执法人员一定感到眼前的场景奇怪而可怕地似曾相识。发现希克斯尸体的1968年庞蒂亚克火鸟看上去好像是有人故意停在那里的，而不是遇到了事故，汽车附近的那片松树林没有受到破坏。在车内的希克斯已经死亡，但是没有外伤痕迹。县验尸官仍然是吉米·贝利，那时，他已经被与麦克斯韦牧师有关的一桩桩死亡案件打击得沮丧不已。他立即联系了地方检察官哈罗德·沃尔登（Harold Walden），后者下令展开调查。

等到星期一，又是在阿穆尔殡仪馆，一名来自犯罪实验室的验尸官对尸体进行了尸检。那是在2月中旬，所以在红色短袖衬衫之外，詹姆斯·希克斯还穿着牛仔夹克和牛仔裤，他还戴着库萨县高中的毕业纪念戒指，双腿、手臂、胸膛和下唇内侧有一些小的伤口，他的体内有少量咖啡因和微量酒精，但没有任何其他类型的药物。正如验尸官最后在尸检报告上指出的那样，没有任何发现"能够充分解释死者的死因"。

尽管尸检的发现，或者说没有发现，令人震惊，但威利·麦克斯韦对此完全没有感到惊讶。"不会有任何证据的。"牧师到汤姆·拉德尼的办公室和他讨论自己另一名亲人的死时向他保证道。就像麦克斯韦的大多数讲话一样，这种说话方式十分奇怪：它完全不像是无罪声明，反而像直接参与了犯罪的某种暗示。

这句话的措辞可能很奇怪，但它是正确的。如果说有什么东西能够作为詹姆斯·希克斯之死的证据，那都不是在他的身上或者在现场发现的，而是从他的遗物中。亚拉巴马州调查局在检查希克斯的物品时，发现了一份带有牧师笔迹的保险单。然而这只是推测，无法因此定罪甚至发起逮捕，但它确实引起了两名调查局探员的注意。詹姆斯·阿贝特（James Abbett）虽然刚刚加入调查局，但是已经对之前调查麦克斯韦的几起以失败告终的案件十分了解。他和他的搭档，被称为"狗熊追踪者"的赫尔曼·查普曼，都迫切希望这次会有不同的结果。

当阿贝特找詹姆斯·希克斯的遗孀问话时，她立即告诉探员，她确信是麦克斯韦牧师杀死了她的丈夫。在他失踪前1周左右，玛丽·迪恩·莱利·希克斯（Mary Dean Riley Hicks）说，晚上9点之后，她和詹姆斯一起坐在车里，麦克斯韦牧师开车追上他们，让他们停下。她的丈夫让她在车里等着，然后下车去看自己的舅舅到底要干什么。

希克斯回到车上以后，并没有说他的舅舅想要做什么，但希克斯太太后来得知，奥菲莉亚·麦克斯韦一直在给他们的亲戚打电话，试图获得詹姆斯的社保号码。"他们一定想把它写在他的保单上。"希克斯太太告诉阿贝特说，"因为已经有这么多人被杀了。"而且并不是随便的什么人，"都是麦克斯韦给他们购买了保险的人。"她说她的父亲甚至听到过一个女人吹嘘自己持有詹姆斯的价值3.8万美元的保险。

玛丽·希克斯的言之凿凿让阿贝特想要继续调查下去。在确信自己已经找到犯罪动机之后，他开始寻找作案手法，这花了他两个月的时间，但是最后终于让他找到了一些确凿的罪证。4月14日，阿贝特询问一名叫作亚伦·伯顿（Aaron Burton）的当地男子时，他赌咒发誓说，在詹姆斯·希克斯被发现死亡的两周前，牧师曾到史密斯杂货店找到他，让他坐进自己的棕色德国马牌汽车。"在车里，"伯顿说，"他问我的手'有多脏'。"伯顿回答说，他需要自己多脏，自己就有多脏，于是两人商定几个小时之后会面。从那时起，麦克斯韦便让伯顿答应说，他们接下来的谈话内容只能带进坟墓。

牧师想知道的是，亚伦·伯顿是否可以帮助他谋杀他的外甥和侄子。"杀死他们的原因，"伯顿说，"是因为两人欠了他很多钱。"牧师的态度非常认真，还与伯顿协商了费用，他们最后达成协议：伯顿以4000美元一个人的价格，帮牧师杀掉詹姆斯·希克斯和他的兄弟吉米·麦克斯韦。

他们交谈了差不多1个小时，然后在那个星期的晚些时候再次碰面。牧师开车载伯顿沿着9号高速公路行驶，给他指出自己认为合适的杀人地点。牧师将他的德国马牌汽车停在伊拉姆教堂附近的一座小山上，向伯顿提议，一旦希克斯来到那里，他们就可以制服他。"威尔告诉我，我要做的就是躲在树林里，当詹姆斯·希克斯现身以后，他会和他说话，分散他的注意力，这样我就可以从他后面偷袭，剩下的事情交给他来做。威尔告诉我，他给我们准备了两副手套，防止留下指纹。"

就在麦克斯韦从汽车座位下面拽出一副蓝白相间的工作手套时，伯顿害怕起来。他告诉牧师自己改变了主意，不想再参与其中了。但是从教堂回家的路上，麦克斯韦仍然在9号高速公路上指给伯顿看另一处隆起的地方，他认为他们可以将他外甥的车推到路边，使谋杀看起来像是一场车祸。"他告诉我，他会用他的车将詹姆斯的车推进路边的沟里。我跟威尔说，他的马牌汽车上的橡胶保险杠太低了，威尔说他会用他的福特都灵。"

当伯顿再次拒绝参与谋杀时，麦克斯韦给了他一些钱，让他保守秘密。伯顿告诉他自己不想要钱，但是等过了1周，詹姆斯·希克斯的尸体被发现之后，牧师去拜访了伯顿的父亲和兄弟，警告他们两个"最好让亚伦闭嘴"。伯顿还告诉阿贝特探员，在9号高速公路上的那处隆起附近、牧师停车的地方，有一户姓爱德华兹的人家，并建议调查人员找爱德华兹夫人的儿子了解威利·麦克斯韦牧师的情况。

第二天，阿贝特探员走访了曾经在麦克斯韦造纸团队工作过的卡尔文·爱德华兹（Calvin Edwards）。如果不是找亚伦·伯顿问过话，阿贝特可能永远不会相信爱德华兹说出来的故事。爱德华兹发誓，牧师也曾经找他帮忙杀掉自己的侄子和外甥。"麦克斯韦牧师来到我家，问我的手有多脏。"卡尔文·爱德华兹回忆说，"我问麦克斯韦他是什么意思，麦克斯韦说他需要做掉两个人。"

爱德华兹称，谈话发生在1975年2月，距离詹姆斯·希克斯的死差不多1年时间，距离麦克斯韦将爱德华兹从位于罗克福德的库萨县监狱保释出来大约1个月。麦克斯韦让他在自己的造纸团队里工作，并询问他是否愿意再次违法。根据爱德华兹的说法，麦克斯韦抱怨他的侄子和外甥欠了他很多钱，并承诺，在他们被杀后4个月内，他就会有足够的保险金来付给他，报酬是杀一个人4000美元。

正如阿贝特听过的那样，爱德华兹精准地描述了牧师是如何计划杀死他的侄子和外甥的："麦克斯韦告诉我，他有一些药，可以让他们陷入昏迷。他想让我先把他们灌醉，然后打电话给他，和他会面。"一旦两个年轻人喝醉了，爱德华兹要做的就是把他们带到塔拉西附近的一个教堂，牧师会等在那里。他向爱德华兹保证，他会做那个动手的人，他将会"让他们窒息而死，然后把他们的车从伊拉姆教堂上方的悬崖上推下去"。

阿贝特探员认为爱德华兹和伯顿说的话都是可信的，但是他们的证词都没有公开。虽然阿贝特发现的证据足以使牧师成为主要嫌疑人，但是仅凭自然死亡是无法指控他或者其他任何人的。可能根本不存在所谓的"凶手"，因为，至少根据验尸官的说法，詹姆斯·希克斯不是被谋杀的。又一次，调查人员要想证明嫌疑人有罪，其难度有如登天。即使对于住在马丁湖附近的人来说，他们也同样难以接受无法确定死因这个事实，就像难以接受牧师没有受到任何指控一样，更不用说那些和詹姆斯·希克斯关系亲密的人了。但事实就是如此，一向如此。

因此，当牧师将詹姆斯·希克斯保单的理赔申请提交给帝国人寿保险公司、伏尔甘①人寿保险公司、约翰·汉考克保险公司和全球保险公司时，探员阿贝特和其他所有人对此都无计可施。汤姆·拉德尼代表他的客户威利·麦克斯韦牧师接受了赔付的支票。每一个亲人的死，牧师都被判无罪，自从他的第一任妻子死后，他就再也没有受到过指控。他兑现了他的支票，投身他的事业，而那些相信巫毒流言的人以及许多不相信的人都怒火中烧，因为他们恐惧和仇恨的对象此刻正扬扬自得：法律永远无法触及威利·麦克斯韦牧师。

与此同时，这漫长而难熬的1年一直持续到美国建国两百周年庆典。7月下旬，一名男子在布朗克斯持枪射击两名少女，其中一人死亡，另一个人幸存了下来。这是使用.44口径左轮手枪作案的连环犯罪的首例；1977年1月，当另一名受害者死亡后，当局组建了一支搜寻凶手的特别行

---

① Vulcan，罗马神话中的火神和锻冶之神。

动小组。3月，一名大学生在上学回家的路上被杀；4月，一对夫妇在一辆停在路边的汽车里被杀，那一次，凶手留下了一封信，署名"山姆之子"；随后他留下了更多信件，并制造了更多起杀人案。很快，由于害怕成为下一个受害者，女人们开始改变她们的发型，情侣不再把车停在路旁。警察、记者和市民对杀手在信中留下的线索都感到十分困惑，纽约陷入了巨大的恐惧之中。

因为每次有关犯罪的报道都是新闻头条，美国其他地方也了解到了纽约的暴力事件，包括南部的亚拉巴马州，甚至《亚历山大城市观》都报道了"山姆之子"。几年之前，一名联邦调查局探员曾在一次演讲中使用了"连环杀手"这个词，然而现在，整个国家都因"连环杀手"这个概念而感到揪心：一个人，在一段时间内杀害多人，有时出于愤怒，有时为了复仇，有时则是为了获得心理上的满足，而有时就只是为了钱。纽约的这几起杀戮在美国各地都引起了轰动，勾起了人们关于曼森杀人案①和黄道十二宫杀手②的记忆，并奠定了未来连环杀手新闻报道写作的基调。

在山姆度过的这个夏天让麦克斯韦夫妇饱受煎熬。起先是因为他们的养女雪莉·安的青春期叛逆。正处在16岁的年纪，她比小时候要乖戾得多，她的父母，尤其是奥菲莉亚，特别担心她。雪儿（朋友和兄弟姐妹都这么叫她）已经离家出走好几次了，奥菲莉亚难过地叹道："她变成了另一个人，不再是雪莉了，她满脑子想的都是要去别的地方。她待在

---

① 查尔斯·米勒·曼森（Charles Milles Manson，1934—2017），是一名美国罪犯、前音乐人和邪教领袖，他在20世纪60年代末领导的犯罪集团"曼森家族"犯下了多起连环杀人案。1971年，曼森因杀害女星莎朗·塔特（Sharon Tate）和拉比安卡（LaBianca）而被判入狱。在美国，曼森被称为"最危险的杀手"。

② 又译作"黄道星座杀手"，是一名于20世纪60年代晚期在美国加州北部犯下多起凶案的连环杀手。

家里一点帮助也没有。"和许多青少年一样，雪莉十分叛逆，奥菲莉亚回忆说："她相信自己可以不需要别人的帮助。只要用自己的方式做事，她就会很开心。"

奥菲莉亚认为，一份暑期的工作可能会让她的女儿安定下来，于是大二学年一结束，雪莉·安就在亚历山大城的一家快餐店找了一份服务员的工作。她还没有驾照，因此不得不让别人送她到工作的哈迪快餐店和其他地方。两周后，在6月的第二个星期六，奥菲莉亚开车载雪儿去佩里维尔看望女孩的一个姐妹，在回来的路上她们停下来吃了冰淇淋，7点钟左右回到家。但雪莉对当天的行程十分不满，抱怨着要再次出门。奥菲莉亚告诉她，她们的车快没油了，为了避免争吵，让她等牧师巡视木材厂回家以后和他谈。

然而，根据奥菲莉亚的说法，雪儿跑上了车。奥菲莉亚没看到她去了哪里，但猜想可能是回了佩里维尔。她很生气，但没有追上去，而是决定等女孩的姐妹打电话过来。然而她没有接到电话，雪莉也没有回家。于是奥菲莉亚打电话报了警，等牧师回来后，两人一起出发去寻找雪莉。到了晚上，他们仍然没有找到或听说女儿的任何消息。在回家的路上经过亚历山大市警察局时，在那儿，他们被告知，女孩已经找到了。

麦克斯韦夫妇被带到距离他们家1英里左右的9号高速公路旁，旁边是一个旧墓地，围栏东倒西歪，墓碑被苔藓覆盖。早些时候，一名男子在这里找到了牧师的1974年福特都灵。麦克斯韦夫妇来到现场时，警方只允许奥菲莉亚靠近。"他们不让我离开我的车。"牧师说，"他们说这不关我的事。这让我非常愤怒。"从远处看，似乎是驾驶座那一侧的前轮轮胎出于某种原因瘪了，所以雪莉用千斤顶顶起福特车，并用一根撬胎棒松开了车轮螺母，然后费劲儿地想把车轮从车轴上拆下来，结果却只是让轮辋从千斤顶上滑了下来，并将整台车的重量砸到了她瘦弱的身体上。

而情况之所以看起来如此，是因为有人本来就想让大家这样认为。但其实雪莉·安想要更换的那个轮胎并没有瘪。她的手很干净，没有油污。福特都灵的车轮螺母并不在她旁边，而是压在她身体下面。那个星期天早上，所有人都不需要电话，因为他们就坐在教堂的长椅上互相窃窃私语，库萨县的人吸入的八卦比空气还要多。谁听说过一个16岁的女孩会去换一个汽车轮胎？她本来可以走回1英里外的家里。为什么牧师巡视木材厂到那么晚，而且还是在周末？为什么麦克斯韦的亲人总是被发现死在这些道路的两旁？为什么总是没有证人说出究竟发生了什么？警察为什么不早点儿采取措施？谁会对一个孩子下毒手呢，更别说是他自己的孩子？什么时候才能有人阻止这一切？在雪莉·安的死和她的葬礼之间漫长的1周里，流言和愤怒都在发酵，威利·麦克斯韦牧师的疑心病也一样。"我知道他们都在议论我。"牧师说，"我觉得他们在针对我，他们说的不是真的。"

　　1977年6月18日星期六，父亲节的前一天，牧师和他的妻子走进亚历山大城的一家殡仪馆，在小教堂的前排找位子坐了下来。盛夏似乎已经到来了，教堂前面草坪上的橡树并没有提供太多阴凉。哈钦森殡仪馆只有一层，热量无处可去。天花板上的电扇搅动着房间里的空气，但天气实在太热了，在300名吊唁者中，有许多人在入座的途中从引座员那里领取了纸扇。所有人面前，在第一排座位的正前方，雪莉·安·艾灵顿的尸体就躺在一口敞开的棺材里。等每个人都找到座位坐了下来，房间里的悲戚声也渐渐变小，来自附近大贝瑟尔浸礼会教堂的牧师小伯波（E. B. Burpo Jr.）主持了这场追悼会。他在为雪莉·安写的悼词里高度赞扬了她的热情与活力，同时提醒在场所有人，这些品质和其他任何品质，都不能使一个人免于死亡。无论年轻人或老年人，有人照料还是只影伶仃，每个人早晚都会经历同样的命运。"我们每个人都注定会走上同一条道路。"伯波牧师哀叹道，"没有例外。"

一声集体的"阿门"结束了仪式。在祷告之后，所有吊唁者都走上前去和雪莉的遗体告别。看到棺材里的人后，奥菲莉亚·麦克斯韦悲恸过度，不得不再次坐下来，于是她的丈夫把她带回第三排座位。在那里，她头靠着他的肩膀，他手里拿着一块白色的手帕。人们始终在教堂前徘徊不去，最后几排的吊唁者从座位上站起来，排队上前，其中包括女孩的一个姐姐——路薇尼娅·李（Louvinia Lee）。"她看起来和平时有些不一样，那时我才开始哭了起来。"李回忆起看到妹妹的尸体时的情形，"我看向麦克斯韦先生，他似乎对什么都不挂心。他的眼里没有泪水，什么都没有。就在那时，我说出了那句话。"她用手指着牧师，提高了音量，当天在场的所有人都听到了，她说的是："你杀了我妹妹，现在你要付出代价！"

就在教堂里的所有人还没来得及做出反应之前，一名身着绿色西装的男子从内侧口袋里掏出一把手枪，朝麦克斯韦牧师的头部连开了三枪。射击的距离比近距离射程还要近。枪手当时坐在刺杀目标前排的长椅上，如果离得再近一些，他那把贝雷塔手枪的瞄准镜就会蹭到麦克斯韦的胡子。牧师试图举起手帕擦拭脸上的鲜血，但是在白色的棉布碰到皮肤之前他就已经死了。

枪声使殡仪馆内的数百名吊唁者惊慌四散，有的从大门逃跑，有的从窗户跳出。"他们把我的小教堂搞得一片狼藉。"教堂的所有者弗雷德·哈钦森回忆说。20年前，弗雷德·哈钦森自己被判犯有谋杀罪和保险诈骗罪，他先是纵火烧死了一名老人，然后令人可疑地迅速将其埋葬。从监狱提前释放以后，他又重操旧业，但这次枪击让他的殡仪馆变成了一片废墟。"地上到处都是破了的照片、女士的口袋书、眼镜和遮阳伞。"

调查这起混乱的是当地报纸的一名记者，吉姆·厄恩哈特（Jim

Earnhardt）。高中毕业没几年，厄恩哈特就倒霉地抽到了牺牲休息日报道雪莉葬礼的任务。当大家开始起身和遗体告别时他就离开了，在教堂外面开始记下脑子里的故事。就在那时，他听到了第一声枪响，当其余所有人都从教堂里争先恐后地跑出来时，他转过身，迅速跑了进去。"有人开枪了。"他听到有人说。"威尔被杀了！"另一个人惊呼道。

厄恩哈特从哈钦森殡仪馆出来时，用隔壁的电话打给他的编辑，然后再次返回现场采访目击者。"我以为有人开了相机的闪光灯，因为我旁边就有一台。"管风琴师米莉·西斯特朗克（Millie Sistrunk）对他说。其中一名吊唁者约翰尼·露丝·明尼菲尔德（Johnny Ruth Minniefield）说她听到了两声枪响；但另一个女人默特里斯·萨顿（Myrtrice Sutton）则说她根本来不及计数："我当时太害怕，只顾着逃跑了。"

没过多久，在验尸官将尸体从长凳上移走之前，厄恩哈特的编辑阿尔文·本（Alvin Benn）带着相机赶到这里，拍下了所有东西的照片，其中包括一张他们知道永远无法刊登的，威利·麦克斯韦牧师的照片。他看上去仍然惊人地年轻且英俊，头向后仰，黑色的眼睛睁着，茫然地望向殡仪馆上方的天花板。在接下来的几周里，本和厄恩哈特的采访文章将占据《亚历山大城市观》的头版，内容是麦克斯韦牧师的生前与身后：他的三次婚姻，五个家庭成员的离奇死亡，他的从未被定罪，以及那天在教堂里，他的生命终于走向了终点。

谋杀案发生后，警察几乎是立刻赶到哈钦森殡仪馆，因为警察局就在几个街区开外。但是，当他们穿过一群群困惑的目击者和旁观者时，凶手已经向两名被派来指挥葬礼交通的黑人警官投降了。他在去警局的警车上对自己的罪行供认不讳。他是一位英雄，也是一个冷血杀手，这取决于你询问的对象。但是有一件事很清楚：枪杀牧师的人需要一位好律师。而且，现在看来，镇上最好的律师也需要一个新的客户。

第二部

律　师

7. 是谁在锅里？

汤姆·拉德尼希望他们一家看起来像肯尼迪家族一样，有着时髦的父母，可爱的孩子。俨然一个迪克西①的卡美洛②。他的妻子玛德琳几周前就买好了女孩们的裙子，但是把裙子带回家以后，她甚至都不让孩子们试穿一下，直到那天早上，她才将它们拿出来。她不希望衣服弄出褶皱或是被弄脏，即使对最乖巧的孩子也放心不下，因为她们分别只有6岁、4岁和两岁。汤姆雇用的摄影师会在蒙哥马利州议会大厦前与他们碰面，那里距离联邦第一白宫③只有一个街区。4年前，在同一个十字路口，马丁·路德·金向刚刚从塞尔玛步行而来的2.5万名民权抗议者保证，他们不会退缩。

摄影师指挥着拉德尼一家，每当他摆手，他们就移动位置，当他像示意停车似的举起手，他们就站住微笑。小霍利斯累了，他们只好抱着她，但是埃伦和弗兰很兴奋，以小孩子的理解能力，她们知道这些照片非常重要，并在最大程度上明白，这是因为她们的爸爸正在竞选副州长。在作为威利·麦克斯韦牧师的律师声名大噪，或者说声名狼藉之前，汤姆·拉德尼早已在亚拉巴马州因致力于另一项几乎不可能完成的事业而闻名：在深南部推行自由主义政治。

---

① 美国南部各州及其人民的俗称，与代指美国北部人的"洋基"相对。

② 传说中亚瑟王宫廷所在地，是亚瑟王朝的政治权力中心，四海英雄皆向往之。

③ 美利坚联盟国（1861—1865）定都蒙哥马利时，总统杰斐逊·戴维斯（Jefferson Davis）及其家人居住的地方，被认为是现代白宫的雏形。

他第一次参加政治竞选是在7年前，当时是1962年，他提前体验了一名自由主义者在南方的生活，输掉了一场结局已定的比赛。5月的第一天，汤姆击败了亚历山大城的一名家禽农场主和戴维斯顿的一名伐木工人，在亚拉巴马州众议院获得了一个席位。后来，他和他的竞选经理去了佛罗里达州的墨西哥湾庆祝，正是在那里，他被告知，本该属于他的议席席位已经重新分配，不复存在了。

自1901年以来，亚拉巴马州的席位分配几乎没有发生过改变。然而那一年，该州通过了一部新宪法。就在汤姆庆祝的时候，联邦法院发现亚拉巴马州的人口分布发生了巨大变化，于是命令该州重新划分选区。法院并没有改变席位的总数，但是要求各县重新分配席位。重新绘制的选区地图给了一些县更多的席位，但是其他县的席位就相应减少了，其中包括塔拉普萨县。汤姆的席位就是这样消失的。摆在他面前的是一场特殊的选举：竞争一个他本已收入囊中的席位。8月的最后一个星期二，当结果出来时，汤姆·拉德尼输了。

然而4年后的事实证明，这条重新分配席位的命令对汤姆的政治生涯至关重要。1966年，拉德尼参与竞选亚拉巴马州第16区的州参议院代表。在重新分配之前，该地区由埃尔莫尔和塔拉普萨两个县组成。当地的政治机器在这两个县之间制定了所谓的"参议员轮换制"：他们轮流管理两个县的居民，每次选举，席位就从一个县转移到另一个县。但是重新分配以后，塔斯基吉学院①所在的麦肯县也加入了第16区，从而使这种做法无法继续施行，并以另一种方式改变了候选人所处的形势。1964年至1966年，归功于《选举权法案》，麦肯县的选民名单上增加了4000人，登记选民总数超过1.1万人，其中将近7000人是非洲裔美国人，这意味着，历

---

① 由美国著名黑人政治家和教育家布克·T.华盛顿担任首位校长，在黑人教育中起到重要作用。

史上第一次，第16区的候选人必须在一个黑人占大多数的县开展竞选活动。

这种情况并没有让汤姆感到困扰。1月初，在几百名朋友面前，拉德尼宣布自己要竞选这个席位。虽然形势不明朗，但是候选人却十分理想：这位在亚拉巴马州小镇上出生并长大的年轻律师是卫理公会教徒，同时也是共济会、施里纳俱乐部①和厄尔克斯会②成员，美国退伍军人协会的一员，商会成员和基瓦尼俱乐部③成员；大学时代曾是奥本老虎队④的队员，一进入法学院就成了红潮橄榄球队⑤队员；他还是主日学校⑥的老师，也曾当过军医。

汤姆在初选中的对手是一个来自埃尔莫尔县名叫"矮子"奥丹尼尔的人。"矮子"从商的时间比汤姆的岁数还要长，这个农民出身的汽车经销商有很多的客户，可以在竞选时投票给他，但他并不像汤姆那样等不及在麦肯县展开竞选活动。相反，他计划拿到第16选区种族隔离主义者的票，并且得到了帮助——来自一个强大的盟友：州长小乔治·科利·华莱士（George Corley Wallace Jr.）。

人们现在常常忘记，乔治·华莱士其实是一名民主党人，当时各政党在种族问题上的地理分布还没有发生改变，大老党⑦在南方仍被斥为林肯政党，因此种族隔离的支持者和反对者都以民主党的身份参与竞

---

① 一个基于共济会精神的兄弟会，成员来自世界不同国家，其最知名的是下属的施赖纳斯儿童医院。

② 一个成立于1868年的美国兄弟会组织，前身为纽约市的社交俱乐部。

③ 成员以工商业人士为主。

④ 奥本大学的校橄榄球队，曾多次参与国家级联赛。

⑤ 亚拉巴马大学的橄榄球队。

⑥ 英、美等国开办的在星期日为儿童提供宗教和识字教育的学校。

⑦ 美国共和党的别称，英文字面意思为"大老党"（Grand Old Party，缩写为GOP）。

选。然而乔治·华莱士漫长的执政生涯从几年前就已经开始了，其从政时的初衷与他后来的那句名言"现在隔离，将来隔离，永远隔离"差了十万八千里。作为遗嘱认证法官的孙子，华莱士早就在法律领域一路晋升到助理司法部长，然后担任该州第三巡回法院的法官。在这个过程中，他赢得了黑人律师的钦佩，他们认为他是亚拉巴马州法官中更偏向自由主义的那个，他也是少数几个会在法庭上将白人和黑人都称为"先生"的法官之一。1958年第一次竞选州长时，他得到了全国有色人种协进会（NAACP）的支持，而他的对手得到了三K党①的支持。华莱士以超过3万票的劣势落败，这让他暴跳如雷。"你知道我为什么输掉了州长竞选吗？"随后，他对一名竞选助手坦白说，"因为我跟黑鬼扯上了关系。"这是一个恶毒的评价，它催生了一个同样恶毒的政治理念："我现在就跟你讲，我再也不会跟黑鬼扯上任何关系了。"

华莱士在亚拉巴马州的黑暗统治时代就这样开始了。在那些阴暗压抑的岁月，白人选民受到各级政府政客的蛊惑，后者承诺将赋予白人更大的、而非洲裔美国人绝不会获得的权力。1963年6月，时任州长的华莱士站在亚拉巴马大学门口阻拦两名黑人学生入学；3个月后，他又下令州警阻止年龄只有他们一半的黑人孩子进入伯明翰的公立学校。他可以在任何场合打出"种族主义"这张牌，并用其打压所有反对他白人至上民粹主义的人。他说，任何批评他的人都是"卑鄙下流的外来投机分子、流氓无赖、杂种和骗子"。

按照华莱士自己的说法，他是一个尊崇法律和秩序的人，但在现实生活中，他却喜欢自己制定规则。尽管他有着极高的人气，但也无法在1966年参与连任竞选，因为亚拉巴马州的法律禁止州长连任。立法机关

---

① 指美国历史上和现代三个不同时期奉行白人至上主义和基督教恐怖主义的民间团体，也是美国种族主义的代表性组织。

拒绝修改州宪法以让他获得竞选资格，此后，华莱士便转而让一名代理人替他参与竞选：他的妻子卢琳。在竞选活动中，卢琳刚讲几分钟，华莱士便上台接过话筒，慷慨激昂地说上一个多小时。他走遍了整个州，不仅替他的妻子站台，还替麾下继承他思想的所有候选人摇旗呐喊，包括第16区的候选人伦特·奥丹尼尔（Runt O'Daniel）。

亚拉巴马州长期以来一直是一党制，20世纪60年代中期，执政党就成了华莱士一派。然而，汤姆·拉德尼并不是其中一员。拉德尼于1932年6月18日出生在位于塔拉普萨县界线上的小镇沃德利，是南希·比阿特丽斯·辛普森和詹姆斯·门罗·拉德尼（大家一般叫他们比阿特丽斯和吉姆）的第六个孩子。他的出生证明上写着"约翰·托马"，但是在他的一生里，这个名字会不时被记者、学者、书法家和编辑写成"托马斯"。

虽然后来汤姆在亚历山大城和亚拉巴马州附近被人们称为"大汤姆"，但他的姓氏其实是拉德尼，而且是家中最小的宝贝，他的母亲显然也是这样认为的。虽然汤姆后来称，他的父亲从未对他说过"我爱你"，但比阿特丽斯极其偏爱这个小儿子。早上丈夫去上班以后——他在岳父的贸易公司里负责一个分部，并管理他的种植园，比阿特丽斯就会把汤姆从床上抱起来，带到她的床上，那里比较暖和；如果晚餐没有汤姆喜欢吃的食物，她就等家里其他人都睡着了以后，给汤姆做他想吃的任何东西。汤姆的一个姐姐曾经回忆说，他们的母亲恨不得替汤姆把食物嚼碎了喂给他。

然而，这些溺爱行为并没有把汤姆惯坏，反而使他成了一个善良的人。比阿特丽斯会派她的儿子去给其他家庭派送牛奶或果酱，并告诉他，虽然他们家今天过得很幸福，但是明天可能就会变得不幸，所以他们需要让人们记住他们的善意。汤姆从他母亲身上学到了做人的道理，从父亲身上学到的则恰恰相反。吉姆·拉德尼管理的产业包括一片名为"营房"的地区，29个佃农家庭在那里耕种和居住，与麦克斯韦一家在库萨县干的活计类似。"营房"里有一户人家，那家的儿子比汤姆大1岁，两个小孩成了亲密的朋友。可是，当男孩的父亲被轧棉机轧断右臂以后，吉姆拒绝帮助这个家庭，并把他们赶出了营地。这种无耻行径并没有给父亲造成什么影响，却深深地打击了儿子，对此，汤姆这一生都难以忘记。

与此同时，汤姆还深受另一件事的困扰。有一年夏天，他参加了在沃德利教堂举办的复兴集会，就是麦克斯韦牧师曾经主持的那种集会的白人版本。他是和两个朋友一起去的，三个男孩惊诧地瞪大眼睛，看着人们传阅带有熊熊火焰的照片。如果他们犯了任何一个他刚刚喊出的罪行，那么同样的火焰也会在地狱里等待着他们，牧师在一旁说道。男孩们夺门而出，随后，汤姆发誓，如果一个地方只宣扬上帝的审判而不提上帝的爱，那他绝不会去那里做礼拜。他在卫理公会找到了自己的精神家园，并且余生一直都说，是他的信仰让他相信种族平等，相信所有人类都有尊严。

正是这种信念促使汤姆在1966年竞选州参议员，并催生了他的竞选方针。从他的角度来看，麦肯县的非洲裔美国公民和该地区其他地方的白人公民一样，值得他花费时间和精力。他认为，选民就是选民，选票就是选票，他要做的就是赢得选票，无论从谁那里。与此同时，汤姆的竞争对手已经接受了输掉麦肯县的这一事实，却依然打算从汤姆眼皮子底下把他家乡的选票赢过来。伦特知道，汤姆很可能获得50%以上的选票，以绝对优势赢得初选，但是如果他能迫使对手进入决胜选举①，那么他就可以利用汤姆的非洲裔支持者来打败他。要做到这一点，他需要分散选票，这就是为什么在初选的两个月前，一个搅局的人出了名：此人名叫吉恩·"穆特"·拉尼尔（Gene "Mutt" Lanier），是个留着小胡子的乡村歌手。他戴上牛仔帽，宣布自己将竞选议员。拉德尼对穆特无计可施，他也无法证明是伦特在幕后操控着最后这位候选人，但是他看穿了他们的计划。伦特和穆特两人将获得足够的选票，阻止汤姆在初选中直接获胜，然后，用拉德尼自己的话说："在决胜选举中，用黑人的选票给我搭一个绞刑架。"

5月的第一个星期，穆特、伦特和汤姆的名字都出现在了投票名单上。拉德尼获得的选票最多，但是仍然比避免决胜选举所需的数量少了大概500票。塔拉普萨县和埃尔莫尔县一样，都分别支持了自己人，但是《塔斯基吉新闻》（The Tuskegee News）的报道中这样写道，"黑人的支持是集团式的"，他们把这种支持给了汤姆·拉德尼。按当时的话说，这就是伦特"一路'隔离'向胜利"所需要的全部信息。他将这个种族主义策略直接带到了印刷厂和广播电台。决胜选举直到那个月底才开始，伦特想要的，就是让所有白人选民在那之前了解到，他与华莱士是多么相像，以及拉德尼与该地区的非洲裔美国人又是多么相像。铺天盖地的传单，鼓励那些犹豫不决的支持者打电话核实，华莱士是否希望伦特获胜。当选民拨打传单上印的电话号码时，接电话的是华莱士的州财政主管，他会为伦特背书，同时接受捐款。"你很容易就能看出来谁代表谁。"谈到他年轻的自由派对手时，伦特说，并承诺代表"亚拉巴马州的权益及南

---

① 亚拉巴马州采取两轮选举制,如果第一轮投票时没有候选人得票超过50%,则举行第二轮选举,即所谓的决胜选举。在第二轮投票时,以得票相对多者当选,而不考虑所得选票是否超过总票数的一半。

方的生活方式"，与"乔治·华莱士夫人的政府一起对抗华盛顿的左翼自由派"。

"亚拉巴马州的权益和南方的生活方式"是对白人至上主义的一种几乎毫不遮掩的呼吁。但是，伦特为针对汤姆·拉德尼而编造的最恶毒的材料并不是它，而是一本折叠手册，封面上画着一个卡通人物，黑得像焦油一样，光着脚，除了一条夏威夷草裙之外几乎一丝不挂，双唇之间叼着一根白色的骨头，搅动着一个煨在火上的锅子。在他上方，用滴血的红色字样写着**"是谁在锅里……"**"打开手册。"选民们被警告说：**"确保在锅里的不是你！"** 在下面，伦特印上了初选结果，清楚地指出，拉德尼就是那个备受非洲裔美国人青睐的候选人。

这种宣传手段十分卑鄙，但很有效，起初汤姆不知道该拿它怎么办。他知道伦特已经把这本手册寄给了两县的白人选民。他忍不住一直盯着这本手册，愤怒又无助，他把它拿在手里翻来覆去地看，并在脑海中反复思量。这时，他注意到手册封底有一个小小的工会标志。他打电话给印刷厂，得知他们仍然有小册子的校样，于是付钱让他们再印1500份，然后汤姆亲自把它们分发给麦肯县的黑人选民，还给他白人乡村俱乐部的朋友带了一些。这些人中虽然没有一个是自由主义者，但是塔拉普萨县如此阴暗的政治斗争仍然让许多人感到失望。亚历山大城是一个正在崛起的城镇，棉花纺织工厂带来了大量资金，城市领导人正试图从全国各地吸引投资，干净齐整的拉德尼是新南方的理想代言人。很快，商会的人也加入了他的阵营。

拉德尼竞选的根基是他的妻子——玛德琳·博伊德·安德森

（Madolyn Boyd Anderson）。对他来说，她就像埃莉诺[1]之于罗斯福，杰基[2]之于肯尼迪。她在蒙哥马利长大，父母仍然住在那里。安德森夫妇早已向他们的女婿保证，如果他在议会开会期间有需要的话，他们家可以为他提供一个房间。玛德琳和汤姆相遇时，她正在教一年级，非常关心公共教育。汤姆在奥本大学获得了教育学的学士和硕士学位，对这个领域的思考十分深入，并且热切地希望促进公立学校的平等和社会流动性[3]，这给玛德琳留下了深刻的印象。玛德琳很快就确信，汤姆符合自己的择偶标准，她十分清楚自己要嫁的这个人是什么样的：一个理想主义和野心并重的男人，一个同时着眼于蒙哥马利和华盛顿的政治家。他们于1962年9月8日在第一联合卫理公会教堂结婚，并搬进了亚历山大城市中心的一间小公寓。后来他们攒够了钱，在里奇韦大道附近买了块地。玛德琳的父亲是一名工程师，他在那里为他们建造了一座房子，并担任监工。房子和这对夫妇的思想一样现代，在汤姆的余生，他们一直都住在里面。

汤姆第一次参与竞选时，玛德琳和他一起出席了大部分的竞选活动。为了能让汤姆在车内写完演讲稿，玛德琳负责开车。不仅如此，她还要在到达以后调动媒体的情绪，调动选民情绪的则是汤姆。他的政治理念激励了那些持有相同政见的人，他的热情、真诚和乐观甚至让一些持不同政见的人也改变了观点。选举的几天前，汤姆在当地一家报纸上发表了一封公开信，恳请第16区的选民投票给他。作为回报，他承诺会"勤

---

[1] 埃莉诺·罗斯福（Eleanor Roosevelt，1884—1962），美国前总统富兰克林·德拉诺·罗斯福（Franklin Delano Roosevelt，1882—1945）的妻子。

[2] 杰奎琳·李·鲍维尔·肯尼迪·奥纳西斯（Jacqueline Lee Bouvier Kennedy Onassis，1929—1994），昵称杰基·肯尼迪（Jackie Kennedy），美国前总统约翰·菲茨杰拉德·肯尼迪（John Fitzgerald Kennedy，1917—1963）的妻子。

[3] 个人和群体社会地位的变化，即社会阶层的转变。

奋工作，廉政奉公，并在参议院发出令选民骄傲的声音"。

决胜选举开始时，汤姆在家乡的领先优势已经下降了500多票，而在埃尔莫尔县，伦特又获得了1500名支持者。但是汤姆·拉德尼以将近2000票的优势赢得了梅肯县，这便足以让他赢得决选和参议院席位。1965年的《选举权法案》未能使亚拉巴马州的白人集体放弃民主党，所以当时，或许这也是最后一次，民主党初选获胜意味着赢得大选，就像如今亚拉巴马州的共和党赢得初选一样。等到11月，他轻松击败了他的竞选对手，一名60岁的农场主。

接下来，时年34岁的汤姆·拉德尼宣誓就职州参议员。正如玛德琳第一次约会时就知道的那样，他雄心勃勃，已经开始打算竞选一个他的资历还达不到的职位。但是他永远都到不了华盛顿。事实是，在被选入州议会之后，和家人去蒙哥马利为副州长竞选拍摄那些完美的照片之前，在这期间汤姆·拉德尼几乎完全脱离了政治。

8. 玫瑰是红的

在亚拉巴马州，当一名自由主义者都很困难，想要执政几乎更不可能。汤姆·拉德尼在立法机构的同僚别无选择，只能接纳他进入议院，但是他们并不想通过他提出的任何法案。任职1年后，汤姆向奥本的一个教会团体坦言道，他觉得自己"不得不用更多的时间来反对糟糕的法案，而不是通过有益的法案"。

糟糕的法案包括：让亚拉巴马州退出联合国，这项严肃而令人费解的提议在众议院获得了通过，但是被参议院驳回了；以及使立法机构有权批准或驳回公立学校的教师任命，汤姆成功阻止了该法案的通过，这部分归功于他在奥本大学进行的一场公开辩论，他在辩论中为维护学术自由慷慨陈词；还有一项华莱士支持的法案，提议撤销对塔斯基吉大学的资金支持，该大学自1881年以来一直获得政府的拨款，但汤姆凭一己之力进行阻挠，最终使该法案流产。由拉德尼提出的有益法案包括：将亚拉巴马州的投票年龄降低到18岁（理由是，如果人们的年龄大到可以参加越南战争为国捐躯，那他们就有资格投票选举自己国家的领导人），修改选举法中有关缺席投票的内容，以及取消亚拉巴马大学购买联邦旗帜的预算。这些提议都被断然否决，或被拒绝进行投票表决。

汤姆·拉德尼的价值观是从他的母亲和教会那里继承的，但是，他对于有益法案的看法是从肯尼迪总统那里获得的。1960年，汤姆参加了民主党全国代表大会，本想为阿德莱·史蒂文森（Adlai Stevenson）投票的他在鸡尾酒会上遇到了约翰·肯尼迪（John Kennedy），当场更改了投票人选。"虽然这么做听起来有点傻。"数年后，拉德尼回忆道，"但是他会让你感到，他是在和你说话。他的眼睛可以看透人心。"

这是一个恰当的描述。从本质上来说，一场"政治外遇"就此展开。那些年，汤姆对肯尼迪夫妇的钦慕使他投身于他们的竞选活动，带他们去马丁湖休养，并把他们的名片用画框裱起来。当得知肯尼迪遇刺身亡后，他完全崩溃，无法工作，并回到家中痛哭。但是他从未放弃肯尼迪提出的"政府能为它的公民做些什么"的美好愿景。当他再次带妻子玛德琳前往芝加哥参加提名大会时，他心中又有了另一个肯尼迪。

1968年充满了动荡，在那一年召开的民主党全国代表大会也是一届异常混乱的大会：4个月前马丁·路德·金被暗杀，会议结束两个月后罗伯特·肯尼迪（Robert Kennedy）被暗杀；越南战争的抗议者和芝加哥警察在会场外发生了暴力冲突，会场内也发生了同样程度的骚乱，总统林登·约翰逊（Lyndon Johnson）宣布他不会连任，所以副总统休伯特·汉弗莱（Hubert Humphrey）和参议员尤金·麦卡锡（Eugene McCarthy）对他的职位展开了争夺。罗伯特·肯尼迪也曾是一个有希望当上总统的候选人，但是6月的那场暗杀使得数百名与会代表失去了投票对象。除此之外，南方几个州派出的代表团政见不一，有的主张种族隔离，有的主张种族融合。4年前，几乎整个亚拉巴马州代表团都在会议中离席，以此抗议支持种族融合的密西西比与会代表；这一次，亚拉巴马州来了3个独立的代表团，委员会不得不将他们彼此区分开来。

事情发生时，汤姆·拉德尼也在会场，他立即在自己的西装外套上别了一个"投给泰德"①的徽章，出门去寻找记者。"爱德华·肯尼迪对南方及其存在的问题表现出了极大的热情。"拉德尼说道，"他在南方将

---

① 爱德华·摩尔·"泰德"·肯尼迪（Edward Moore "Ted" Kennedy），是约翰·肯尼迪和罗伯特·肯尼迪的弟弟。

会十分受欢迎。我不会支持其他任何总统候选人。"这是一项令人震惊的声明，哥伦比亚广播公司因此在会场外采访了他，他的麻烦也随之而来。"沃尔特，"面带稚气的现场记者丹·拉瑟（Dan Rather）对主持人沃尔特·克朗凯特（Walter Cronkite）说，"你肯定认为亚拉巴马州的每个人都是华莱士的支持者，但事实并非如此，在亚拉巴马州的代表团中，至少有一个人坚定不移地支持参议员爱德华·肯尼迪，他就是来自亚历山大城的汤姆·拉德尼。"

汤姆在电视上的言谈举止和克朗凯特本人一样自如，他形容泰德·肯尼迪是"我们拥有的最强大的民主党候选人"，并且在谈笑之间，他预言肯尼迪议员将"横扫南方"。哥伦比亚广播公司的采访结束之后，汤姆不断地接受采访，自愿充当了"新南方"①大使，向任何愿意听他讲话的人宣传自己的政治理念。

旧南方立即奋起反击。那一年，乔治·华莱士将作为独立候选人②参与总统竞选的消息，让他的家乡亚拉巴马州和其他较远地区的人民都高兴不已。他最终将会赢得亚拉巴马州、佐治亚州、密西西比州、路易斯安那州和阿肯色州，外加一名来自北卡罗来纳州的失信选举人③的总共46张选票，这是自前总统西奥多·罗斯福（Theodore Roosevelt）以进步党的身份参选以来，第三方候选人首次赢得这么多选票。但是，即使最终华莱士没能参与竞选，亚拉巴马州关注这场大会的人中，也没有一个人想让另一个肯尼迪入主白宫。看着这名州参议员以他们的利益为代价在电视上哗众取宠，他们立刻就让他明白了他们的感受。几乎是同一时间，

---

① 1877年以后美国南部曾使用的口号，与"旧南方"相对，改革者以此呼吁建立现代化的社会，以开放心态更充分地融入美国，反对传统的经济模式和奴隶制为主的耕作体系。

② 即不经政党和团体提名、不代表任何党派参选的候选人。

③ 即没有将票投给自己宣誓支持的总统或副总统候选人的选举团成员。

寄给汤姆的电报就到达了会堂，他居住的旅馆也开始成堆地收到寄给他的信件。几乎所有信都是匿名的，并且用词都十分恶毒。其中有一封从伯明翰发来的电报，只署名"亚拉巴马州相关市民"，上面写着"玫瑰是红的，紫罗兰是蓝的。两个肯尼迪已死，下一个就到你"。

汤姆过去也曾因为他的政治理念受到嘲笑，并让他觉得，自己是所属州和种族的叛徒，但他从未真正受到过威胁，在此之前，也从未让他感觉到害怕。玛德琳立刻忧心忡忡，尤其担心他们尚在亚历山大城家中的孩子。她的父母带着当时只有5岁、3岁和10个月大的三个孩子，一起住在里奇韦大道的房子里，那里的电话也同时响了起来。汤姆要求亚历山大城的警方派一辆警车过去保护他的家人，与此同时他和玛德琳努力想着对策。最后，他们提前离开了芝加哥，不过不是立刻动身，汤姆不想没有履行完代表的职责就离开。尽管肯尼迪拒绝参选，汤姆还是投了他的票。

拉德尼一家回到亚历山大城以后，大会随即结束，但是威胁并没有停止。现在，大多数威胁是通过电话打来的，不管早上、中午或晚上，一刻不停。打来威胁电话的匿名者甚至都懒得确认电话那头的人是不是汤姆，他们威胁他的妻子、女儿和他本人。"我会在凌晨三点被电话惊醒。"汤姆说，"一个声音告诉我，早上我发动汽车的时候会被炸成碎片。"一两天后，汤姆不再数总共接到了多少通电话。他试着保持乐观，但还是受到了冲击。他说他知道自己在芝加哥的行为不会受到欢迎，"然而，我不认为一名公职人员发表意见时应该迎合群众，只说大家喜欢听的话。我做了我认为正确的事，我不需要道歉"。他说他尊重那些和他意见不同的人，只希望他们能给予他同样的尊重。

然而，不管那些匿名来电者是谁，他们都没有这样做。很快，他们就不仅是打电话而已了。有人偷走了拉德尼家院子里旗杆上的美国国旗，他们家门前的铭牌也被打碎了。拉德尼家在马丁湖附近有一间小木屋，有一天，汤姆开着他的黑色西姆卡，一辆速度极快、外形独特的小型法国汽车，载着孩子们去到那里。他们驾船在湖上兜了几圈后孩子们去游泳，接着他们回到车上。然而，当他们到达停车的那片山顶时，那辆西姆卡不见了。

为了分散女儿们的注意力，汤姆让她们去采黑莓来做酥皮水果馅饼。女孩们采摘浆果，汤姆同时领着她们朝高速公路移动，他想，或许可以在那里招手搭个便车。在通往小屋的土路与柏油路交叉的弯道，他们发现了位于马路中间的西姆卡，车身整个翻了过来。他对女儿们说，一定是风把它吹到这里来的，并和她们一起哈哈大笑。随后，当他发现他们的小屋被毁时，他也是这么做的；后来，当他们的船因为被人在船身上凿了一个洞而沉没后，他又说了同样的话。

汤姆的女儿们很容易安抚，但他的妻子却并非如此。尽管他试图对发生的一切轻描淡写，但玛德琳还是越来越担心。到了晚上，她坚持让孩子们进他们的卧室睡觉，并让她们睡在窗户下面的地板上，希望这样一来，她们就不会被任何破窗而入的东西伤害了。"乔治·华莱士在这里埋下了恐惧的种子，这很可怕。"她对《华盛顿邮报》(*The Washington Post*)的记者说，该报与《纽约时报》以及其他多家报纸，都报道了大会后拉德尼一家受到的骚扰。"我的丈夫之所以饱受责难，仅仅是因为他和这里的当权者政见不同，因为他拒绝做一个传声筒。"

她说的当然是对的。华莱士煽动了无数亚拉巴马人替他铲除异己。正如拉德尼一家所知，数不清的活动家和无辜群众因此而惨死，罪名仅仅是他们是黑人或是该州的黑人支持者：卡车司机小威利·爱德华兹（Willie Edwards）在蒙哥马利被4个三K党成员逼迫坠桥而死；来自巴尔的摩的威廉·刘易斯·摩尔（William Lewis Moore）徒步385英里送信给密西西比州州长以谴责种族隔离时，在途中的阿塔拉被枪杀；4名年轻女孩：阿迪·梅·柯林斯（Addie Mae Collins）、丹尼斯·麦克奈尔（Denise

McNair）、卡罗尔·罗伯逊（Carole Robertson）和辛西娅·韦斯利（Cynthia Wesley），死于伯明翰第16街浸信会教堂的炸弹袭击；在同一座城市，13岁的维吉尔·拉马尔·韦尔（Virgil Lamar Ware）在兄长的自行车车把上被枪杀；马里昂的吉米·李·杰克逊（Jimmie Lee Jackson）因试图在抗议活动中保护他的母亲和祖父，遭到州警的殴打和枪杀；独神论派①的牧师詹姆斯·里布（James Reeb）在塞尔玛被殴打致死；维奥拉·格雷格·留佐（Viola Gregg Liuzzo）在运送游行者往返塞尔玛和蒙哥马利的途中被三K党射杀；威利·布鲁斯特（Willie Brewster）从安尼斯顿步行回家时被枪杀；神学院学生乔纳森·迈里克·丹尼尔斯（Jonathan Myrick Daniels）在登记黑人选民时被捕，罪名是参加抗议活动，随后在海恩维尔被一名副警长枪杀；小塞缪尔·利蒙·杨格（Samuel Leamon Younge Jr.）因种族隔离洗手间向一名加油站老板进行抗议，后被对方杀害。

亚拉巴马州见证了如此多人的殉难，未来还会见证更多，这些人因为一些小事而死，而汤姆被指控犯下的罪行比他们"严重"得多。随着威胁加剧，汤姆开始像他的妻子一样担心家人的安全。"到了晚上，"他说，"我会拿出枪，检查床底，搜查衣橱，然后锁上卧室的门。"当他的大女儿接起电话，听到有人大喊大叫时，汤姆吓坏了；当她开始做噩梦时，他终于下定决心，是时候结束这一切了。"我眼睁睁看到这些人对玛德琳和孩子们都做了什么，对我们这个家庭做了什么，我们一直生活在恐惧之中。"他说，"我认为这代价太高了。"为了保护家庭，汤姆宣布，他将在任期结束后远离政坛。"我和我的妻子已经决定好了今后要过的生活。"汤姆告诉《蒙哥马利广告报》记者说，"我的三个女儿对我来说太珍贵了，在她们身上不能有任何闪失。"

---

① 又称一神论派，是基督教派别中的一种，否认三位一体，强调上帝只有一位。

抱着让威胁停止的希望，汤姆开始散播消息说，他不再是一个威胁。"我只希望能在亚拉巴马州表达自己的观点而不用担心失去生命。"他告诉一名记者。但因为这是不可能的，所以他强调了自己的决定："永远不会再成为任何公职候选人。"拉德尼坚持认为，家人的安全比他的政治生涯更重要。

新闻发表之后，随之而来的是各家报纸的社论，谴责了政界的野蛮，哀叹在华莱士的国度持不同政见所要付出的代价，并赞扬了拉德尼的勇气。汤姆小时候在沃德利当报童时送过的《伯明翰新闻》（*The Birmingham News*）呼吁"停止攻讦"，称赞汤姆能够"公开地表达立场"，并说无论他的政治理念是否"与这个州盛行的政治思想相匹配"，他都值得尊敬。《亚拉巴马纪闻》（*Alabama Journal*）写道，汤姆"离开政坛的决定，只会导致亚拉巴马州在政治领域的进一步孤立"。路易斯安那州的另一家报纸宣称："拉德尼做出这样的决定无可指摘，但是对冷漠的亚拉巴马公民来说则并非如此，是他们的漠视造成了巨大的损失，使我们失去了一个珍贵的人才，我们需要的正是汤姆这样的人，带领这个州的政治走出黑暗，走向光明。"

伴随着这些公开支持言论的，还有私人的支持，而且不光是支持汤姆的政治理念，还支持他个人。他的律师事务所收到了近200封电报，还有大概100封信寄到了他的家里。有一些信上仅仅简短地写了一句话，"我为你感到骄傲"；还有更长的手写卡片，说汤姆有权发表自己的观点，尽管"我不同意你的观点"；有些信的抬头是打印出来的，信里安慰汤姆，"有很多人的感受和你一样"，或者恳求他，"我们多么希望这糟糕的日子有一天会过去，你能够重回到公众的视线里，做出只有你才能做到的伟大贡献"。

这些信来自亚拉巴马州周围的城镇，它们来自马萨诸塞州和纽约，来自肯特州立大学的学生和伊利诺伊州的记者，来自密苏里州和密歇根州；来自宾夕法尼亚州的一名妇女，她希望汤姆搬到那里竞选公职；来自艾奥瓦州、俄克拉荷马州、肯塔基州、佐治亚州、佛罗里达州、弗吉尼亚州、得克萨斯州、阿肯色州和美利坚合众国副总统办公室；来自得克萨斯州的一名学生，他在信的末尾写道："我是一个黑鬼，我可以理解你现在所经历的那种恐惧"；一个来自汤姆老家的选民，曾担任过全国有色人种协进会的领导人，他讲述了自己曾经饱受过的骚扰，"那些持续了近20年的电话和威胁太可怕了，我不得不将我的电话对公众保密。在塔斯基吉这里，我有几个文件夹，里面放着近百封满是辱骂和威胁的匿名信"。

9月底，在铺天盖地的支持涌来后的几个星期，汤姆被邀请参加一个由卫理公会制作的全国性广播节目。他和阿肯色州的前议员劳伦斯·布鲁克斯·海斯（Lawrence Brooks Hays）一起接受了采访，后者失去了在众议院的席位，因为在艾森豪威尔总统批准黑人学生可以进入小石城中央中学就读后，他对此表示了支持。当二人谈起各自家乡的"种族问题"时，来自亚拉巴马州的那一位似乎有点意兴阑珊，而不是充满希望。虽然距离全国代表大会只过了1个月，但汤姆的声音听上去苍老了许多。他没有再说任何像"肯尼迪横扫南方"或者像他那样的人会入主南佩里街的州长官邸这种话；相反，这位亚拉巴马州的参议员告诉《夜间呼叫》节目主持人德尔·希尔兹（Del Shields），他要去大学校园里转转，告诉学生们"我继承了一些人未竟的事业"，并让他们"继承汤姆·拉德尼未竟的事业"。

事业终结之后，汤姆·拉德尼终于清静了。随着1968年的夏天慢慢降温，其他一切也都平息了下来：谩骂停止了，威胁结束了，他的整个家庭都长舒了一口气。当汤姆接起最后一通匿名电话时，他听到有人在电话里大笑着说："嘿，我们想让你滚出议会——我们做到了。"

9. 为正义而战

你永远都打败不了黄狗民主党人①。汤姆扔掉了所有威胁信，但保留着每一张鼓励他继续投身政治的卡片、信件和电报。他一遍又一遍地阅读它们，同时还阅读名人传记，沉浸在耶稣、杰斐逊②和希特勒等人的事迹中，无论后世对他们的评价是褒是贬。从这些传记中，他了解到哈里·杜鲁门（Harry Truman）③曾在钱包里放着丁尼生④的诗（"在那里，大多数人的共识将约束住一个焦躁不安的国度／在普世的法律之中，仁慈的地球将陷入沉睡。"⑤）；他还背诵"石墙"·杰克森⑥的遗言和杰斐逊·戴维斯（Jefferson Davis）⑦的语录。那年秋天，他写了一篇关于大学校园内部政治动乱的文章；第二年春天，他为位于亨茨维尔的亚拉巴马大学写了一篇客座社论，将20世纪60年代美国的混乱放在世界背景下考察，并同历史上的其他危机时期进行了分析比较。他在广泛阅读的同时思考过去、企盼未来，就这样过了5个月。1969年春末，他开始跟玛德琳说到，下一

---

① 美国政治术语，指美国南部坚定支持民主党候选人的选民，以"宁愿投票给黄狗也不投给共和党"的口号而得名，现泛指民主党的铁杆支持者。

② 托马斯·杰斐逊（Thomas Jefferson，1743—1826），美利坚合众国第3任总统，《独立宣言》主要起草人，美国开国元勋之一。

③ 美国第32任副总统。

④ 阿尔弗雷德·丁尼生（Alfred Tennyson，1809—1892），英国桂冠诗人。

⑤ 出自丁尼生的《洛克斯利大厅》（*Locksley Hall*），此句描述了战乱终结、议会诞生后的景象。

⑥ 托马斯·乔纳森·"石墙"·杰克森（Thomas Jonathan "Stonewall" Jackson，1824—1863），美国内战期间南方军著名将领。

⑦ 曾在美国内战期间任总统。

年副州长选举的大门将完全向他敞开。

卢琳·华莱士在任职期间去世，她的职位由副州长艾伯特·布鲁尔（Albert Brewer）接任。为保住这个位子，布鲁尔已经宣布将参加下一次选举，但是乔治·华莱士已经计划在"强制不得参选期限"①结束后再次参加选举。这是亚拉巴马州历史上最肮脏的竞选之一。理查德·尼克松（Richard Nixon）②总统连任委员会秘密注资支持布鲁尔，以阻止华莱士重新站回高处后利用这个平台再次向总统职位发起冲击。与此同时，华莱士则相应发起了回击，只不过从各种意义上来看都相当低级廉价：他散布谣言说布鲁尔是同性恋，他的妻子是酒鬼，他的女儿和黑人上床。造谣无须成本但是回报丰厚，不过布鲁尔并没有退缩，他不安于只当一个副州长。因此，排名第二的位置就空在了那里，无人争取。

几个星期以来，汤姆不断地用各种有关竞选的信息"轰炸"他的妻子，后者被他搅得烦不胜烦。起初，他没完没了地向她解释为什么参加这次竞选会非常安全，然后他开始列举他认为自己能获胜的全部理由。虽然她最不想看到的就是汤姆再次参加竞选，但是她可以看出**他**对此是有多么渴望，而且她已习惯了屈服于他的意志，这在当时并不奇怪。汤姆所有的孩子都很看重他的陪伴，但他不是那种会出席啦啦队训练或家长会的父亲，他更喜欢让他的孩子服从**他**的所有安排。玛德琳帮孩子们为去学校做好准备，而汤姆则每天早上坐在客厅里翻阅三份报纸；玛德琳负责安排他们的日程，就像航空公司负责安排中转、批准飞行计划的调度员一样。最终，汤姆还是决定在没有她支持的情况下参加竞选，她只不过接受了他的这个决定，因为她知道，虽然他们的家庭会变得越

---

① 当时的亚拉巴马州法律禁止连任，但对任职次数不做限定，乔治·华莱士就曾三次出任亚拉巴马州州长。

② 美国第37任总统。

93

来越糟，且亚拉巴马州会变得更好。

　　然而，亚拉巴马州已经声势浩大地向汤姆说了再见。这让他面临一个问题：一个已经公开谢幕的人，如何才能优雅地再次登上政治舞台？汤姆知道，有些人可能会指责他故意夸大家人受到的威胁以赢取同情票，所以他的第一步就是进行解释：他之所以做出这个决定，不是投机取巧，而是反应过度。"有些阴谋论者可能认为我这么做是为了替我或我的家人博取同情，但是我并没有。"他解释道，他只是"像一个普通人可能会做的那样"，对暴风骤雨般的威胁做出了回应而已。"我不会为自己改变决定而辩解。"他说，但是，"我认为自己变得更加成熟了，我希望过去一年的历练让我变成了一个更好的人"。

　　汤姆于1969年9月6日宣布参选。"这一次，我是为正义而战。"他向报道他重新参选的各路媒体宣布，"我是为州政府所有部门的诚实和正直而抗争……也是为理性和进步的改革而战，为全体人民的团结和正义而战。"民主党初选在第二年5月，汤姆还有8个月的时间尽可能多地争取亚拉巴马州67个县的选票。他所做的第一件事，就是模仿肯尼迪的风格，在蒙哥马利拍摄了全家福，然后用这些照片制作了彩色的宣传册和广告牌，并将它们铺满整个州的大街小巷，宣传标语是"汤姆·拉德尼关心你"。他去了所有能找到的炸鱼店、烤肉铺和市集，并在用餐时段去任意一间愿意接纳他的市民俱乐部演讲。

　　很快，汤姆就开始获得了支持：教师联合会和工会都支持他，亚历山大城、赫夫林和安尼斯顿等地的新闻媒体也支持他。3月，他向迈尔斯学院的一群黑人学生承诺，将会贡献自己的"鲜血、汗水和泪水，继续纠正那些阻碍我们全面发展的错误做法"。4月，他的家乡沃德利举办了"汤姆·拉德尼日"活动，用音乐和演讲来招待他们最喜欢的这个儿子。到了5月，他已经精疲力竭，并且耗尽了预算，光是广告牌就花掉了1.8

万美元。这场活动总共花了5万美元，汤姆自己贡献了两万美元，并从玛德琳的父母那里拿了1万美元，剩下的钱则由朋友和支持者提供。

拉德尼在副州长竞选中面临7个对手，他们的政纲与他截然不同。首先，当其他人承诺加强法律和秩序以吸引选民时，他主要依靠的是教育和经济。他想将教育投入的预算增加一倍，修建高速公路以连接州内的小城镇，并向电力公司问责，因为它们污染了亚拉巴马州的水道，且没能控制好像马丁湖这样的水库的水位。但是他知道，所有这些措施都需要提高税收才能做到，这是60年来从未发生过的。他四处宣扬合理交税的重要性，并努力让人们了解各级政府能为人民做些什么。汤姆解释道，要想获得发展的机会，代价是昂贵的，但还可以负担，相比之下，不这样做的代价则要昂贵得多，那样一来只会让亚拉巴马州更加落后于全国其他地区。"论及对历史的热爱，我不输给亚拉巴马州的任何人。"他在巡回演讲中反复说，"但我们不能沉浸其中，不思进取。"

然而最重要的是，拉德尼和他的对手在民权问题上背道而驰。汤姆从不游行，也不登记黑人选民。当自由乘车客①的种族融合巴士抵达亚拉巴马州时，他并没有去迎接，当他后来发现自己因此而受到攻讦时，他毫不避讳地告诉众人："我为我的南方传统感到骄傲，在我心中，联邦旗帜是光辉和美好的象征。"但他不相信败局命定论，并且总是小心翼翼地补充说："我并不是'见鬼，做梦去吧，没门儿'那种顽固不化、目中无人的类型。"

让大汤姆显得更与众不同的是，作为第六代亚拉巴马人，他敢于经常说这个州的一些做法是错的，而联邦政府有时则是对的。在法院强制推行种族融合制度后，他成了种族融合的坚定支持者，不仅在大众视野里，在私人生活中也是如此。有一次，当他听说当地一家餐馆拒绝为一

---

① 20世纪60年代，美国南部一些人有组织地通过乘坐公共交通工具来抗议种族歧视。

个全部由黑人组成的行进乐队服务时，他告诉玛德琳，他会带一些学生来用午餐，不久之后，他就和那200名乐队成员一起现身。1970年，当亚历山大城的所有学校都开始实行种族融合的那天，许多白人家庭把孩子留在了家里，但是汤姆在7岁的女儿埃伦坐下来吃早餐的时候告诉她，这将是非常特别的一天。"载有黑人孩子的巴士会到你们学校来。"他告诉她，"这些孩子会感到害怕，所以你要友善，要让他们知道你是他们的朋友。"在这个州，立法者会为了避免种族隔离政策被废而提议干脆关闭学校，汤姆的行为足以让他被打上激进分子的标签。

亚拉巴马州并没有很多登记在案的激进分子。英勇无畏的民权活动组织者已经使该州的非洲裔美国选民人数从1960年的6.6万人增加到了1970年的31.5万人，但他们的行为引发了强烈的抵制，主要来自白人至上主义者的高效反击。事关南方选民登记，有一些事实虽然鲜为人知，却令人瞠目结舌：1965年，进行了投票登记的合法选民中有79%是白人；5年后，这个数字上升到了97%。最后，根本没有足够的选票来支持像汤姆这样的改革派人士进入最终选举。

我们喜欢说有些人领先于他们的时代，但是对汤姆·拉德尼而言，"领先于他生活的地方"则更接近事实。在竞选副州长失败的那天晚上，汤姆说他感到的"不是挫败，只是失望"。他曾想给亚拉巴马州带来一种新的政治理念，"政治由律法主宰，而不是种族；以团结为目的，而不是分裂；对所有公民一视同仁，而不是为了一部分人的利益，冷血无情地漠视另一部分人"。像深南部的大多数自由主义者一样，他拒绝相信这个地区永远僵化不变，并动情地说，他愿意为此努力，直到发生改变的那一天。他知道，争取公民权利和政治平等的斗争仍未结束，并承诺会以公民的身份继续为此而战。他在所有选票统计出来之前就退出了选举，发表了他政治生涯中最伟大的演讲，然后再次谢幕。这一次是永远。

10. 麦克斯韦府

在亚拉巴马州，早在法院出现之前就已经有法庭了。19世纪初，鲍德温县的一名法官就曾在一棵橡树杈上主持审判，陪审团在他的右侧，旁听者在他的左侧，不远处还有另一棵橡树用来绞死犯人。在沃克县的行政中心贾斯珀，法官坐在一块大石头上，陪审团坐在一块更大的石头上。在兰道夫县，法官的座椅是一个树桩，而那些被判监禁的人则被关押在塔拉普萨河边的空心木头里，其中一名囚犯在河水泛滥时差点淹死，被连人带木头一起从河边抬走，后来法庭就把马车翻过来，把囚犯关在底下，让一名治安官坐在上面。

然而，当亚拉巴马州真的有了像样儿的法院以后，它们都建得十分辉煌。一般来说，大多数南方城镇都抵制联邦政府，并憎恶除了邮局以外的所有联邦机构，但是他们都欢迎法院，不管它里面容纳的是什么法庭：市级、县级、区级还是联邦级别的，什么都好，只要头上有屋顶、四周有围墙就行。正如美国殖民地女性协会（National Society of the Colonial Dames of America，缩写为 NSCDA）[①] 亚拉巴马分会在1860年指出的，没有比"在新领地建立法院"更能彰显自己文明程度的方式了。该州最早的法院只是一些简单的小木屋，但没过多久，即使是破败的村庄和不起眼的县城，也开始互相攀比，试图建造更华丽的法院：用更多的砖瓦，采用立柱式的希腊复兴风格，并加上圆顶、钟塔和镀金老鹰之类的华丽装饰。

---

① 美国公益性组织，成员皆为女性，其祖先于1776年以前来到北美殖民地，并在殖民地时期参军服役。

内部是法院、政府办公室和档案室，还有宴会厅，可以举办一个南方小镇上可能发生的所有活动：狂欢节①舞会、音乐会、猎狐者晚宴、联邦聚会、竞选集会、土地拍卖、三K党会议、丰收舞会；地下室就不用说了，人们聚集在那里乘凉、玩扑克或多米诺骨牌。

就在汤姆·拉德尼打算放弃仕途的当口，他加入了一个新的律师事务所，就在亚历山大城市法院旁边。虽然塔拉普萨县的行政中心在戴德维尔，但是亚历山大城有一个逾百年历史的法院，而且在很长一段时间内，该县的巡回法庭都会在那里审理部分案件。最初的法院在1902年被烧毁了，但其精华未被破坏，后来搬进了一栋新的大楼。这栋大楼建于大萧条之后，一侧是法院，另一侧是市政厅，还有多余的房间留作他用。人们来这里缴税、公证遗嘱、打遗产官司、从图书馆借书、更新驾照或者和爱人结婚。对当地人来说，除了做礼拜和购物，那里几乎包揽了他们要办的所有事情。

尽管如此，法院依然算不上亚历山大城最重要的地方，这份荣誉应该属于服装厂。整个南方都以棉花种植为主，而亚历山大城专门生产运动服、保暖内衣和连衫衬裤。1902年，在城镇建立30年后，当地一位名叫本杰明·罗素（Benjamin Russel）的人开了一家服装厂，厂里有六台针织机、十台缝纫机、一台蒸汽动力铣床和十几名员工。按照最初购进纱线为妇女和儿童制作针织衫的计划，这家公司勉强能够维持收支平衡；但是，当罗素转而制造连衫衬裤后，生意开始蒸蒸日上。连衫衬裤在当时被称为连裤紧身内衣；到了1932年，工厂可以将纤维从原材料直接加工为成品，产量也大幅增加；10年后的第二次世界大战期间，公司迎来了另一次经济腾飞，当时罗素通过生产军装赚了数百万美元，就是威利·麦

---

① 基督教四旬节斋期前饮宴和狂欢的节日，一般在二、三月份举行。

克斯韦牧师穿过的那种。

那些让本杰明·罗素赚得盆满钵满的衣服是由同一批人制造出来的，他们中的一部分住在亚历山大城内，但剩下的大部分都不住在那儿，这其中就包括麦克斯韦一家。在附近县里的乡下和不发达的小镇上，到处都住着纺纱工、浆纱工、裁床工、织布工、叠衣工和卷轴工，他们每天去亚历山大城打卡上班，在罗素服装厂或者它的竞争对手埃文代尔服装厂里工作，整个地区似乎都是靠着工哨声来运转的。服装厂的工作令人垂涎，但是那里的大多数工人都没有固定工资，而是领取计件工资，挣的钱大部分又直接回到了公司的口袋：要么是在轮值期间，从穿梭在各个车间里的小推车上购买苏打水、巧克力棒、三明治和薯片，要么是在下班后付房租、买衣服和食物。

无论你是否在这些工厂工作或住在市内，亚历山大城都显然是一个以工厂为中心的生活区。开办工厂的十几年间，罗素雇了一名教师在市中心的一所教堂里教课。很快，他的员工就开始把孩子送到罗素学校，在罗素医院接受治疗，并在罗素所有的商店购买食品、杂货。本的兄弟托马斯在1907年到1947年担任市长，罗素家族出资建立了商会，并经营着镇上最大的银行。如果棉花是国王，那么就是它将罗素这样的人变成了公爵和伯爵，并让亚历山大城比周边地区富裕得多。

汤姆·拉德尼很好地适应了亚历山大城的繁华，最终，他还会将罗素服装厂纳入自己的客户名单。他曾在亚拉巴马大学学习法律，并在弗吉尼亚州的阿普舒尔营地和海军陆战队队员们一起度过暑假。他比麦克斯韦牧师年轻一点，因而错过了战争，并且比后者富有了不止一点。他在1955年参军时加入的是军法署①，后来在南卡罗来纳州的杰克逊堡晋升为中尉，并在阿肯色州的查菲营地接受任命，成了一名助理出庭律师。

多亏了在军法署的经历，拉德尼回到亚拉巴马州东部的家乡时，已经有了丰富的庭审经验；多亏了法学院，他回家时才能带回一名合伙人，是他在学校上课时结识的朋友。由汤姆提议，他们在亚历山大城开了一家律师事务所，一方面是因为他在那里有几个表亲，另一方面是他想在一个能够施展抱负的大城市工作。他和他的朋友在家具店上方挂了一块招牌，等待顾客上门。他们等了太久，以至于他的合伙人最终放弃并离开了这家私人律师事务所。但是汤姆坚持了下来，渐渐地，他招揽的业务足够他把公司搬到亚历山大城市法院的二楼，并且在他的整个政治生涯期间一直都在那里。

然而，当政治生涯宣告结束的时候，汤姆已经做好了各方面都要随之改变的准备。副州长竞选失利后，他把头发留长了。这是真的，他换掉了标志性的平头，令人们震惊不已，就连当地报纸都对此进行了报道。他的西装变得宽松了一些，车也换了台更好的。从一系列竞选活动的压力中解脱出来以后，他的婚姻生活也开始渐入佳境。最重要的是，他和玛德琳又生了一个孩子名叫托马斯，这是他唯一的儿子，出生于竞选后的5月。从那以后，汤姆就永远变成了大汤姆。

大汤姆比州参议员拉德尼更富有。现在，他全职从事法律工作，因此需要稍大一点的办公空间。他在法院隔壁56号法院广场上租了一块地，建造了自己的房子：一座砖砌建筑，内部有中庭，四周是办公室。后来，镇上的另一家大型工厂，"谣言制造厂"，开始攻击拉德尼，质疑他到底是从哪里得到的这么多钱，盖得起这种豪宅。人们开始把这栋建筑叫

---

① 为部队官兵提供法律帮助的美军法律事务部门。

作"麦克斯韦府",但因为来往客人络绎不绝,大汤姆更喜欢称其为"动物园"。

络绎不绝的一部分原因是,大汤姆认为,每个人都有获得律师帮助的权利,他希望每个潜在客户都能在他那里感到宾至如归。不过,与人交流也是他生活中的一大乐趣,他会和任意一个走进那栋大楼的人交谈,不管对方是不是客户,必要时,他还会跟事务所图书馆放着的那具名叫哈维的骷髅聊两句。这些年来,"动物园"接待过农民、州长、服装厂工人、法官、警察、医生、银行家、餐馆老板、竞选顾问、传教士、邮局职员、门卫、少年犯和参议员。当乡村音乐歌手塔米·威内特(Tammy Wynette)①来到亚历山大城参加罗素公司成立75周年庆典时,她唱着《站在你的男人身边》走下观光巴士,然后,就像亚历山大城每个人都会做的那样,来到了56号法院广场。

每当有客人打电话到"动物园",拉德尼的助手知道,他们要立即把电话转接到大汤姆那里,如果他不在,就说他在法庭上,即使法院不开庭,汤姆也坚持让他们这么说。当客户亲自前来时,他们会被直接带进汤姆的办公室。在那里,他会请他们坐下,从桌子的糖果抽屉里拿出一个麦芽糖球放进嘴里,往后靠回他的绿色皮椅上,然后认真听。周围是他收藏的大量自由主义艺术作品:肯尼迪总统的半身像、驴子②漫画,以及他和一系列政要的合影,从泰德·肯尼迪到吉米·卡特(Jimmy Carter)③。

当客户说明需要什么样的法律服务后,汤姆就会开始考虑怎么收费。他并不耻于向那些他知道负担得起的人开更高的价格;对于那些囊中羞

---

① 美国乡村音乐巨星,活跃于20世纪60—70年代。

② 驴子是民主党党徽上的标志。

③ 美国第39任总统。

涩的人，他只有在胜诉后才会收取费用，或者收下蓝莓酥皮馅饼和小鸡崽儿作为报酬，要不就是山核桃派，有时仅仅是山核桃。有一次，诉讼费是用家具支付的。他时常想起他的母亲让他去给邻居家送牛奶和果酱时告诉过他的话，并且他自己也常常说，对任何客户收费都不应超出他们的支付能力。和他的政治生涯一样，大汤姆的法律生涯似乎也是对父亲的残酷的反抗和对母亲的慷慨的投射。只有当收取的费用比应得的少时，他才感到自己的时间和才能用得其所，没有辜负母亲的教诲和上帝的期望。

他将同样的信念教给了自己的儿子和女儿。大汤姆不是那种从不把工作带回家并引以为豪的人。他**总是**把工作带回家。他喜欢和妻儿一起预演他的案子，鼓励他们提问，并拒绝透露哪一方才是他的委托人，直到他的家人做出裁决。他的"餐桌陪审团"审理了他在法庭上辩护过的每一个案件。随着埃伦、弗兰、霍利斯和托马斯越来越大，他会在他们过生日时分别送给他们一本袖珍《宪法》。他们都在父亲的律师事务所打过杂，给他煮咖啡、跑腿、打字，因为拉德尼本人从未学过打字。大汤姆也雇用了一些助手，都是住在马丁湖附近的年轻人。在"动物园"工作期间，他们学到了一点法律知识和大量自由主义思想。大汤姆会毫不客气地支使他们给办公室的植物上油（通常用婴儿油就可以，因为他喜欢叶片闪闪发光的样子），或者让他们穿上他为政治集会买的黄狗服装。

不再参加竞选后，汤姆仍然喜欢穿着这类服装或其他衣服去参加政治活动。玛德琳不想让他再次竞选公职，但拉德尼会为其他候选人筹集资金。民主党在方圆五县举办的活动，几乎每一场他都会参加，并时刻带着选票，以便随时向别人展示如何把票只投给民主党。甚至，他的名字偶尔也会悄悄出现在选票上，但只与党内的领导职务有关，不再牵涉到任何公职。不过，如果说拉德尼怀念他的政治生涯，那么在法庭上辩护的感觉则弥补了这种遗憾，对他来说，出庭就像竞选时的巡回演讲一样。和许多政客一样，他性格外向，总是富有魅力，并很享受作为一名出庭律师受到万众瞩目的感觉。在花了几年时间努力争取上万名选民的支持后，他发现，说服12名陪审员要容易得多。

大汤姆从政治生涯的失败中找到了自己的角色，从法律事业的成功中获得了个人特色。身为局外人，他的热心拥护不会再对民主党构成威胁；如果他能帮助你未成年的儿子免于法律诉讼，那么他的自由主义倾向也就可以容忍了。很快，大汤姆就成了小地方的大红人，在工作日，大部分时间他都要和塔拉普萨县的商人、律师、银行家和服装厂经理轮流共进午餐。他们会在早上打电话，中午在餐馆见面，在回到办公室之前再闲聊一两个小时。镇上的餐馆会一个接一个地把他们赶出去，因为他们待的时间太长，点的菜太少，或者使用了让其他顾客感到不适的语言。最后，当镇上已经找不到场地足够大或者脾气足够好的餐馆接待他们时，这群人在圣詹姆斯圣公会教堂旁买了一栋复式公寓进行改建，然后雇了一个厨子，共同成立了"午餐会"。会费不高，只有两条规则：1.每顿午餐都以一轮"挑选陪审团"的游戏开始，以此决定谁来支付当天的费用（客人们也参与游戏，但不需要付钱；最后站着的人支付饭钱，倒数第二个支付小费）；2.每次午餐结束后，大家还要玩几轮"21点"游戏。

尽管听上去很奢靡，但无休止的社交正是大汤姆成为如此优秀的出庭律师的重要原因。他知道司法圈里每一个有政治影响力的中间人，知道他们喜欢喝什么，他们对邻居的看法，以及他们是否喜欢那个替他们修剪草坪的人。但是大汤姆也了解替他们修剪草坪的人以及**这个人**喜欢喝什么。大汤姆是一个行走的名片夹，里面装满了人们的偏见和冲突。

他知道谁出于什么原因被解雇了，谁在得到现在的工作之前在哪里工作；为什么一个人会宽恕情节严重的攻击，而另一个人却希望对小偷小摸处以死刑。他是卡什①的《南方的思想》（The Mind in the South）中"老妇人"的律师版，是那个"有着荷马时代游吟诗人般记忆的人，能够在大量错综复杂的名字和关系之间游刃有余，相比之下，量子理论只是小孩子的游戏"。对见过他的人来说，大汤姆是一名系谱学家和社会学家，这使他成为挑选陪审员这门艺术的大师。任何见过他工作的人都惊叹于，他是如何将陪审员资格审查变成一场家庭聚会的，他和候选陪审员叙旧聊天的时候，就好像对方是他的远房表亲。

然而，陪审员的选择只是他施展魅力的开始。和克拉伦斯·达罗（Clarence Darrow）②一样，拉德尼认为，"陪审员很少会判他们喜欢的人有罪，或者判他们不喜欢的人无罪。审判律师的主要工作就是让陪审团喜欢他的委托人，或者至少同情他。犯罪事实相对来说并不重要"。拉德尼知道，让正确的人进入陪审团只成功了一半，真正的关键在于，让他们了解案件的正确版本。作为法庭上的卡萨诺瓦③，大汤姆一次又一次地做到了这一点。他的陪审团或许并不总是喜欢他的客户，但他们肯定喜欢他。曾经有一次，陪审团在审判结束时塞给他一个信封，里面是一张生日贺卡，上面有十二名成员的签名。

然而，每当一个律师打赢一场官司，就意味着有另一个人成了输家。对于像大汤姆这样的人来说，他赢得的无罪释放的数量就像高高堆起的柴火，自然有很多对方律师和委托人心怀不满，这种不满不仅针对判决

---

① 威尔伯·约瑟夫·卡什（Wilbur Joseph Cash，1900—1941），美国作家、记者，以对南方的描写而闻名。

② 美国著名律师，曾是李奥波德与勒伯案、斯科普斯案、干草市场暴乱等大案的辩护律师。

③ 贾科莫·卡萨诺瓦（Giacomo Casanova，1725—1798），极富传奇色彩的意大利冒险家、作家，据称他为人风趣、博学多闻，极富魅力。

结果，也针对造成这个结果的律师。并不是每个人都会被大汤姆的"乡村律师人设"迷住，比如，有人贬低他朴实热情的风格，认为那只是滑稽的表演。小地方的人记性都很好，仇恨也持续得更久。有些人因为大汤姆的成功而讨厌他，有些人因为他的自我营销而讨厌他，还有一些人因为他私人生活中的一项污点而讨厌他。

因为乐意为少数族裔以及穷人服务，大汤姆也会因为自己的辩护对象受到指责，威利·麦克斯韦牧师出现以后，他受到的指责更多了。针对一项谋杀指控为牧师辩护是一回事，帮助他赚钱和从他身上赚钱是另一回事。就拉德尼而言，他从不会问潜在客户，他们是否真的犯下了指控的罪行，而且即使面对穷凶极恶的客户，他也不会对自己的能力有丝毫保留。他会尽一切可能阻止证据被采纳，如果最后还是被采纳了，他就会针对提供证据的人。等轮到大汤姆发言，如果做证的毒理学家是动物学出身，或者法医以前做过屠夫，他就一定会让陪审团知道。如果一个医生的证词可以让己方被定罪，大汤姆就会拿出一长串现已经死亡的病人名单，在法庭上一个接一个地询问医生是否治疗过每个人，如果回答是肯定的，他就会询问，病人现在在哪里。

随着大汤姆一次又一次地胜诉，一次又一次地帮助客户免于刑罚，他的律师事务所的规模、名气都越来越大，请求庭外和解的也越来越多。他替年轻人的破坏财产罪辩护，替老年人的公然酗酒罪辩护；他阻止州政府像对待成年人一样对一名14岁少年提出谋杀指控；还让一名男子免于抢劫指控，即使他被捕时身上还有一张带着商店收银台序列号的钱。他替客户处理契约、离婚、遗嘱和财产，为涉嫌受贿的县长辩护，为医疗事故和过失致死起诉医生和医院辩护，他在交通法庭和联邦上诉法院都办理过案件。每一个委托都不是小事，每一次绝境都能找到生机，人们对他抱有多少敌意都无关紧要，因为他们不知何时就会需要大汤姆的帮助。即使镇上的警察始终对拉德尼满怀怒气，因为他屡次使犯人无罪释放，让他们的努力功亏一篑，但是每当有朋友或亲戚需要一个好律师时，他们就会立刻原谅他。

替麦克斯韦在民事和刑事审判中辩护的那些年，大汤姆并不讨马丁湖附近居民的喜欢，但这一系列案子为他积累了大量名气，成为以"能够处理任何案件"而著称的知名律师。这就是为什么，那天，当一个名叫罗伯特·伯恩斯（Robert Burns）的人当着300名证人的面枪杀了牧师之后，他的兄弟告诉他不用担心，并向他保证，"大汤姆会救你出来的"。

11. 和平与亲善

　　为威利·麦克斯韦牧师守灵①的那天有100华氏度②。那是1977年6月中旬的一天，比为他继女守灵的那天晚了1周。夏季暴雨期间，酷热短暂地退去，闪电划过头顶，狂风从哈钦森殡仪馆街道对面的树上扯下一根枯死的树枝，带着它穿过层层枝杈，一路摔下来砸到地上。步行前来的人们用手按着帽子，急匆匆地往殡仪馆门口走去，汽车一辆接着一辆停到这座几天前麦克斯韦被枪杀的教堂前。无论当地有多少人会在牧师生前特意避免与他碰面，现在，亚拉巴马州东部有一半的人都来参加了他的守夜。"他们可能是来看看他是否真的死了。"有人猜测道，"有人说他没死，有人说他还会回来。"

　　在哈钦森殡仪馆外面，记者们带着笔记本和照相机四处游荡。在库萨县阴暗的小巷里酝酿了7年的故事，一夜之间暴露在光天化日之下，霸占了全国的头版头条。来自各地的记者在殡仪馆的停车场徘徊，寻找着采访人和阴凉地，其中包括《新闻周刊》的撰稿人维恩·史密斯（Vern Smith），他在密西西比州的纳奇兹长大；还有白人摄影师迈克·凯萨（Mike Keza），他和维恩一起来到亚历山大城报道本案；《蒙哥马利广告报》的费利斯·韦斯利（Phyllis Wesley）也在其中，她的同事卢·埃利奥特（Lou Elliott）从雪莉的谋杀案开始就一直跟进麦克斯韦的报道，并且是少数几个在牧师被枪杀前采访过他的记者之一；还有哈蒙·佩里（Harmon

---

① 按照美国的传统，一般是葬礼前一天的晚上，在尸体下葬之前，人们聚集起来缅怀死者。

② 约37.8摄氏度。

Perry），他曾是《亚特兰大日报》(*The Atlanta Journal*) 的第一位黑人记者，现在担任《墨色喷气机》(*Jet*) 杂志亚特兰大分社总编。除了这些从外地过来的人之外，吉姆·厄恩哈特和阿尔文·本两人一起，也在为《亚历山大城市观》进行跟踪报道。

哈钦森殡仪馆外的每个人几乎都拒绝暴露在镜头之下。其中许多人根本什么都不想说，即使那些接受采访的人，也很少愿意公开自己的名字，他们中大多数人虽然声称知道牧师的事，但是结果往往证明，那都是第二、第三甚至第四手资料。没有人亲眼见过麦克斯韦牧师的所谓"巫毒密室"，但是每个人都声称自己有熟人认识见过它的人；每个人都知道麦克斯韦涉嫌谋杀了他的五名家庭成员，或许还包括其他人，但是没有人有任何证据，或者确切知道他是怎么做到的。当然，这并不能阻止媒体将这些故事写成新闻稿。现在，亚历山大城流传多年的这些谣言终于在新闻头条上找到了新的归宿，其中一个标题这样写道，"巫毒术士在亚拉巴马州被害，葬礼举行"；另一个标题写的是，"巫毒萨满离世，小镇如释重负"，报道称，牧师的某个不愿透露姓名的邻居表示，对此，每个人都"欢欣喜悦"，因为他们"怕他怕得要死"，报道中的另一个邻居，也是匿名，说自从麦克斯韦死后，"整个城镇都如释重负"。

然而，并不是每个人都在威利·麦克斯韦牧师被杀后松了一口气。有些人认为，他的鬼魂可能会回来纠缠或伤害他们，有些人担心他还有帮凶。"没有理由放松警惕。"一名妇女说，"可能还有其他人参与其中，对以前的事情做任何评论都是不安全的。"还有少数人认为牧师是无辜的，真正的罪犯仍然逍遥法外。"威尔·麦克斯韦，"他的一个朋友说，"是被公众舆论害死的。既然现在他已经走了，我希望调查人员可以开始调查雪莉·艾灵顿的真正死因，以及到底是谁害死了她。"

牧师悲痛欲绝的家人也持有同样的观点。在牧师被杀害的第二天，

《亚历山大城市观》的阿尔文·本上门采访了奥菲莉亚·麦克斯韦。她坚持认为他是无辜的，并说她觉得自己好像"活在一场噩梦中"。除了他的遗孀，牧师留在身后的还有几个孩子、一个孙子、他的母亲、三个姐妹、三个兄弟和无数个侄子侄女（外甥和外甥女），其中大多数人都亲眼看见了他被杀害的过程，同样目击了整个经过的还有他在教会、服装厂和采石场的多名同事，对于那些相信他无辜的人来说，麦克斯韦无疑从恶毒谣言的受害者变成了残忍谋杀的受害者。

"我讨厌所有这些报道。"牧师的老朋友麦克·托马斯说，"我不认为这会对任何人有好处。"麦克斯韦的一名亲人因为无法避开殡仪馆外汹涌的记者，对他们大声咆哮，说她已经受够了"巫毒"这个词，并警告他们，麦克斯韦的家人会起诉任何刊登诽谤性文章的记者。

第二天是星期四，和前一天守灵时一样热，但是有更多的人前来参加葬礼，到场的媒体甚至也更多了。中午时分，在9号高速公路和22号高速公路的交叉处，离牧师4名亲属的尸体被发现的地方不远，执法人员倚靠着他们的汽车，一边抽烟，一边注视着前往和平与亲善浸信会教堂的车辆。他们中许多人都曾处理过麦克斯韦某个亲人的案子，也有许多人为他的死感到难过，不是伤心他的离世，而是觉得失去了将他绳之以法的机会。除了玛丽·卢的案子之外，与之前所有案件不同的是，雪莉·安·艾灵顿的死已经被正式宣布为谋杀，死因已经确认为是被绳索勒死，并且牧师是唯一的嫌疑人。当局本来打算等验尸官的报告一确认就起诉他。

然而，现在起诉威利·麦克斯韦牧师已经太迟了，那天聚集在那里的探员、治安官、助理警官和州警，只是为了维持他葬礼上的秩序。很快，他们就回到各自的车里，跟随车流前往和平与亲善教堂，并分头在停车场和教堂巡逻。查普曼警长曾为亚拉巴马州调查局调查麦克斯韦案，当多尔卡丝·安德森推翻了玛丽·卢·麦克斯韦死亡当晚的证词时，他在回家的路上懊丧不已，而他的搭档则拿到了两个潜在同伙的证词。现在，他带着自己的儿子，两人站在门边，观察进入教堂的男士们的西装外套的底端，看衣摆是随风飘动还是保持静止，里面有枪时，衣襟会被重量压得垂下来。葬礼开始后，查普曼和其他警察一起进到里面，分散开来，分别守着讲坛和通往至圣所的全部三个入口。

讲坛上有一个银蓝色的钢制棺材，敞着口，所有人都可以看到牧师的遗体。尸体下半身覆盖着美国国旗，周围摆满了红色和白色的康乃馨花环。在葬礼的新闻报道首页有一张照片，从上面可以看到，牧师那双曾经被众人避之唯恐不及的眼睛，现在死死地盯着每一个吊唁者。棺材里放着征兵令、幸存者名单，以及乡下传教士偶尔会在讣告中使用的一段诗句：**"他们的烦恼和悲伤灌注他的双耳，老人、年轻人、病人、健康者、穷人、富人、黑人、白人和每一个人。他的使命已经完成，他的奖赏在等待。在一片寂静之中，他最终垂下了头颅。"**

奥菲莉亚坐在第一排。当一名助理治安官从讲坛旁看向她时，她和麦克斯韦牧师的母亲都在垂泪。那一周来到亚历山大城的每一个记者，都在教堂后面注视着她。麦克斯韦的家人曾要求禁止媒体入内，但是主持仪式的切斯特·马蒂斯（Chester Mardis）牧师不想把记者拦在门外。77岁的马蒂斯当天早上从伯明翰驱车80英里前来主持葬礼，和麦克斯韦的家人相反，他对聚集在外面的记者表示欢迎，并告诉他们"我们没什么好隐瞒的"，然后强调自己名字的拼写，以确保记者不会在报纸上搞错。

在悲痛的家属、其他吊唁者、猎奇者、媒体和警察当中，那天的和平与亲善教堂里其实并没有多少和平与亲善。在仪式中的某个时刻，一把靠墙放着的折叠椅滑了下来，砸到地上发出"哐当"一声巨响，惊得所有执法人员都伸手去掏枪，但好在没有人在死于葬礼的人的葬礼上被枪杀。唱诗班唱了几首歌，牧师读了几段经文和赞美诗，人们做了祷告，一位助理牧师唱了托马斯·多尔西（Thomas A. Dorsey）①的《上帝总会开路》，最后是追悼词。马蒂斯牧师用《圣经·新约·约翰福音》（Gospel of John）第十章的内容布道，提醒会众，好牧人耶稣会带领他的羊群，包括麦克斯韦牧师，进入永生。然后马蒂斯把麦克斯韦比作摩西，"一个杀人犯和流离失所之人"，上帝曾利用其给他的子民带来自由。"魔鬼不能把摩西从上帝身边夺走。"马蒂斯牧师在唱诗班的"阿门"声中说道；但是，当他补充说魔鬼也不能从上帝那里带走牧师时，唱诗班安静了下来；当他说麦克斯韦将会回来审判那些审判他的人时，教堂里所有人或不赞成，或惊慌地摇头，有一个人用清晰可闻的声音说："我希望他妈的不会。"

当天下午3点，仪式结束。抬棺人将棺材抬出教堂放到车上，沿着公路，一路驶向和平与亲善墓地。在坟墓边上，马蒂斯又说了几句话，人们一起背诵了主祷文，美国国旗被取下，折叠起来，交给了奥菲莉亚，然后棺材被下放到墓坑里。威利·麦克斯韦牧师被安葬在离家不到1英里的地方，离玛丽·卢·麦克斯韦、多尔卡丝·麦克斯韦、约翰·哥伦布·麦克斯韦和詹姆斯·希克斯最后长眠的地方只有几英尺。

汤姆·拉德尼没去参加威利·麦克斯韦的葬礼，但是他和许多报道这件事的记者谈过话。他想让所有人知道，他并没有打算在雪莉·安·艾灵顿谋杀案中为牧师辩护，同时他也想提醒他们，麦克斯韦从未被定罪。事实上，虽然人们固执地将一系列死亡案件与他联系在一起，可在所有事件中，他只被指控过一次。这位牧师生前的律师很

---

① 美国音乐家，被誉为"黑人福音音乐之父"。

快会告诉你，牧师在第一任妻子的谋杀案中被判无罪；约翰·哥伦布是自己饮酒过量而死；艾布拉姆·安德森得了渐冻症，死于肺炎；多尔卡丝·麦克斯韦死于呼吸窘迫；至于詹姆斯·希克斯，他死得是有点莫名其妙。在这场即将结束的演出末尾，大汤姆向人们指出，从法律上来讲，牧师从过去到现在，一直是完全无辜的。

当着众人的面，大汤姆忙于为他的老客户辩护；而私下里，他正努力思考如何为他的新客户辩护。在牧师被谋杀之前，大汤姆对罗伯特·伯恩斯这个人一无所知。伯恩斯以前在镇上并不像他的受害人那样尽人皆知，事实上，他根本就不住在镇上。伯恩斯在亚历山大城出生和长大；高中毕业以后，他离开家乡去了克里夫兰，在那里做了卡车司机；后来，他又搬到了芝加哥，在那里开公共汽车；在芝加哥期间，他应召入伍，越战时在第四步兵师服役。

退伍后，他遇到了妻子薇拉，这对夫妇回到亚历山大城定居，薇拉在"领先计划"①组织找到了一份工作，伯恩斯则继续做长途卡车司机。两人搬进了马蹄湾附近的一所房子，他们搬家是为了能和家人住在一起，其中包括罗伯特的一个兄弟——纳撒尼尔，他那时已经和未来的奥菲莉亚·麦克斯韦结了婚，后来又离了婚。因此，奥菲莉亚的孩子，包括雪莉·安·艾灵顿，都和罗伯特·伯恩斯有血缘关系，而且关系很好。雪儿被杀的那天晚上，伯恩斯正在俄亥俄州运送货物。当调度员联系到他，告诉他发生了什么以后，他发动卡车，一路开了800英里回到家。

大汤姆第一眼看到的罗伯特·伯恩斯，是一名36岁、身材高大匀称、面容英俊沉着的男子。他和薇拉已经结婚8年了，他们一起抚养着她和前夫所生的一个十几岁的儿子，并收养了一个严重残疾的7岁女孩，她的母

① Head Start，是由美国健康及公共事业部推行的综合性儿童服务项目，主要为低收入家庭的幼儿提供教育方案，并为他们的家庭提供各种机会和支持。

亲在怀孕期间得了风疹。从表面上来看，伯恩斯是一个低调、勤奋、心地善良的顾家男人，直到他在众目睽睽之下拔出枪，从3英尺外射杀了麦克斯韦牧师。

麦克斯韦葬礼过后的几个星期，亚历山大城的温度几乎就没降到过100华氏度以下。6月的持续酷热变成了7月的滚滚热浪，平时的7月份、8月份，牧场通常已经割过两轮草了，但是今年一次都没有割过，棉花仅仅是往常高度的1/3，玉米秆已经完全干枯，大部分大豆作物甚至还没开始播种。沙尘暴在公路边缘盘旋，每天太阳都在闷热的早晨升起，烤焦地面上的一切，然后沉入热得令人窒息的夜晚。云彩偶尔汇聚到一起，摆出下雨的阵势，但从来没有一滴水落下来。到了7月的第三个星期，干旱已经十分严重，卡特总统宣布，库萨县和塔拉普萨县，以及佐治亚州和亚拉巴马州的其他地方，全部被划为灾区。

那年夏天的高温让农民发了疯，让伐木工不再理智，让服装厂工人变得疯狂，基本上，除了制冰工人和马丁湖里的孩子之外，所有人都热疯了。大汤姆开始为罗伯特·伯恩斯辩护时，就是在这样的一天。7月中旬，当伯恩斯被塔拉普萨县的大陪审团起诉时，他按照拉德尼告诉他的，提请以精神障碍为由做无罪申辩。然后，穿着蓝色工装裤、戴着一顶卡特棒球帽的伯恩斯，在交了1万美元保释金之后走出了法院。

想要证明被告人患有精神障碍并不容易，通常只有到迫不得已的时候才会使用这一辩护理由。精神病可以使人免予处罚的做法有着十分悠久的历史，久到在基督诞生的1700年前，就被刻在了《汉谟拉比法典》上，刻在它旁边的是同态复仇原则，即以眼还眼。但是当汤姆·拉德尼提出这点时，以精神错乱为由的辩护方法在过去的一个世纪已经不再受到欢迎。维多利亚女王曾在19世纪中叶试图废除它，因为害怕它会激发潜在犯罪；100年后，理查德·尼克松总统也曾试图取消其合法性，因为有太多的被告只有在无罪释放前是"精神失常"，检察官和精神病学家都担心，此类辩护只是让杀人犯逃脱制裁的一种手段。在全国范围内就有过这样的例子，在陪审团判定被告精神失常后，犯人立即被送往州立精神病院，只是为了让那里的负责人和工作人员确认他们精神正常，然后就会放他们出院。因此，有些州如艾奥瓦州、堪萨斯州、蒙大拿州和犹他州，则完全禁止了以精神错乱为由的抗辩。但是亚拉巴马州仍然允许这么做，而大汤姆已经确定，这是他最好的选择。事实上，这可能是他**唯一的**选择。他的委托人带着一把手枪来到教堂，当着数百人的面朝一个人连开三枪，然后在死者尸体还没凉透的时候就已经向警方自首了两次。这个案子，一年级的法律系学生闭着眼睛都能起诉成功。

这么说吧，汤姆在罗伯特·伯恩斯谋杀案的审判中遇到的律师对手可不是一年级的法律系学生。此案开庭时，托马斯·杨已经担任了16年的地方检察官，并刚刚开始另一个6年任期。人们也叫他汤姆，据说他审理过的刑事案件比亚拉巴马州历史上的任何一位地方检察官都要多。说到麦克斯韦一案，他多少与此有关：牧师的第一任妻子死亡时，他正担任地方检察官，但没能及时对牧师提起诉讼。他和汤姆·拉德尼曾在另外五十多起谋杀案的审判中对簿公堂，两人都有着骄人的胜率，只是风格大相径庭。

"如果说拉德尼像丝绸，那杨就像砂纸。"阿尔文·本在《亚历山大城市观》中写道。本是一个见惯了反差的人：作为一名在宾夕法尼亚乡下的阿米什社区①长大的犹太记者，他却来到南方报道民权运动，还留下来组建了家庭；他曾坐立不安地听着三K党成员在集会上谴责犹太复国主

---

① 从新教门诺派分裂而出的保守派别，被称为"简朴的人"，提倡过传统的农耕生活，拒绝使用现代技术。

义者，随后又被他们带去一起喝酒；他还曾经为同一件事①分别采访了牧师马丁·路德·金和警察局长布尔·康纳（Bull Connor）。即使这样，本也从未见过像两个汤姆那样差异如此巨大的两个人。杨并不想当着数百名观众的面输掉一场谋杀官司，而拉德尼也不打算输掉一桩整个州乃至半个国家都在关注的案子。与八卦新闻中的描写和小说里的佩里·梅森②不一样，就像本说的："大多数审判就像一锅熬过头的玉米糊，你得在其中努力保持清醒才行。"但是伯恩斯的案子不同。

从一开始，大汤姆就很清楚，他需要让陪审团知道两件事，而且不能让他们知道另外两件事。他不能让他们知道的两件事是，他的当事人有犯罪记录和他承认过自己杀害了麦克斯韦。对此，汤姆·杨则声称自己手里有一份联邦调查局档案，上面表明，伯恩斯曾在俄亥俄州因袭击他人和二级谋杀罪被捕、在马里兰州因入店行窃被捕，并且在伊利诺伊州因严重企图伤害罪被捕。但其实文件上写得很含糊：谋杀指控被撤销了，袭击指控缺少了案件编号，旁边有人写了"不实"两个字，并且没有表明最终的处理方式。因此拉德尼先发制人，提出了不得在庭审中提到任何相关内容的动议。认罪一事也同样复杂。教堂里的两名警察听到伯恩斯站在威利·麦克斯韦牧师的尸体前说："你欺负我的家人已经够久了。"但在拉德尼看来，这更像是偷听而不是获取供词。伯恩斯后来还在警车的后座招供。"我没有别的选择。"他说，"如果可以重来，我还是会这么做。"当时汽车正驶出殡仪馆，但等到了警察局，他才被宣读米兰达权利③；更糟糕的是，听到伯恩斯认罪的那个人是他的兄弟，尽管在过去

① 指抵制种族隔离的伯明翰运动，接受采访的二人分属不同阵营。

② 一位虚构的小说人物，出自厄尔·斯坦利·加德纳（Erle Stanley Gardner，1889—1970）所著的侦探小说。他在书中是一位刑事辩护律师，擅长解开看似不合情理的案件。

③ 美国刑事诉讼中犯罪嫌疑人保持沉默的权利。在询问刑事案件嫌疑人之前，警方必须明白无误地向嫌疑人宣读米兰达权利。

几年里他一直担任治安官助理，但也只是负责运送收押的嫌疑人和囚犯，并且葬礼那天他没有当值。

即使大汤姆成功避免了伯恩斯的供词和犯罪记录在法庭上出现，他也不能高枕无忧，还有300名目击证人的问题等待解决，不过至少他能按照自己想要的模样去塑造这件案子了。为此，他需要确保陪审员在进入评议时脑子里只有两件事：巫毒和越南。为了赢得官司，大汤姆决定，他要把威利·麦克斯韦牧师塑造成南方有史以来最邪恶的巫医和最"巫"的巫毒牧师，一个神秘而强大的人，没有任何法律的力量能够约束他，邻居们非常害怕他，没有人敢直视他的眼睛。就像大汤姆需要让他的前客户变得异常邪恶一样，他也需要让他的现客户变得异常正义：他是一位战争英雄，在世界的另一端倾注着他对祖国的爱和勇气；回国以后，他敏感的心和脆弱的神经极易受到之前创伤的影响。

然而，对汤姆·杨来说，他只需要做一件事：证明罗伯特·伯恩斯看上去精神正常。为此，他提出动议，要求被告出示所有相关的医疗报告，并着手对以精神障碍为由辩护这件事展开抨击，公开嘲讽州立精神病院布赖斯医院的"旋转门"。他声称，那些因精神障碍而被无罪释放的人通过这扇旋转门迅速地重新进入社会。并没有证据表明，当时布赖斯医院在这方面比其他公立医院差。但是，临床医生除了释放一名被诊断为精神正常的病人囚犯之外别无选择，无论他在监狱里待的时间有多短，也不管他犯下的罪行有多令人发指，这也是事实。作为反击，拉德尼提出另外一项动议说，杨的言论是在操控陪审团的思想。整个夏天，直到初秋，这两位律师就这样在法庭上你来我往，唇枪舌剑。终于，在9月的最后一个星期一，在第一任威利·麦克斯韦夫人被残忍杀害7年后，汤姆·杨和汤姆·拉德尼走进亚历山大城市法院的大门，**"亚拉巴马州诉罗伯特·刘易斯·伯恩斯案"**的庭审，也由此正式开始了。

12. 汤姆对汤姆

詹姆斯·艾伯特·埃弗里（James Albert Avary）不是那种喜欢拘泥礼节的法官。他不喜欢在法庭上穿长袍，却非常喜欢在自己的房间里抽雪茄，并把烟灰敲进桌子一个特定的抽屉里。埃弗里出生于拉格兰奇，那里恰好位于佐治亚州与亚拉巴马州分界线上。他曾经在纽约市读预科，在普林斯顿大学研习宗教学（后来，他为同学会写了一篇《翡翠海岸①观光指南》），然后回到南方的埃默里大学学习法律。在亚特兰大的一家公司工作了几年后，他在亚拉巴马州的拉内特开了自己的律师事务所，直到他被选为第五巡回法庭的法官。选举发生在伯恩斯案1年前，和埃弗里竞争这个职位并落败的人就是汤姆·杨。

考虑到他即将审理的这个案件受到的广泛关注，埃弗里曾希望在伯恩斯的庭审过程中允许摄像机出现在法庭上。然而，根据亚拉巴马州法律，这需要得到双方当事人的同意，而汤姆·杨不希望任何人在审判进行期间拍照或录像。《亚历山大城市观》迫切希望以某种图像形式展现这一场景，所以当吉姆·厄恩哈特提到他在报社工作的表亲玛丽·林恩·巴克斯特擅长绘画时，报社立即委托她来画法庭速写。尽管后来埃弗里法官做出了让步，禁令因此放宽到允许在休庭期间拍照，但是记录庭审过程的图像依然为数不多，巴克斯特的画是其中一部分。

1977年9月26日上午9点，法官宣布开庭。9月马上就要结束了，天

---

① 原文为Redneck Riviera，美国佛罗里达州沿海地区的非官方称谓。

气仍然热得让人抓狂。更糟糕的是，空调坏了，法庭上又挤满了人。几十名将任陪审员中，有5名必须被立即取消资格，因为他们不仅被传唤来当陪审员，同时还是证人：其中4人是被告的人格证人①，1人是枪击事件的目击者。这种现象很常见：小地方的审判，律师们要考虑的不是人们是否互相认识，而是他们之间的熟悉程度、关系好坏以及对对方抱有多深的同情或厌恶。汤姆·杨和他的助手，助理地方检察官保罗·琼斯（E. Paul Jones），都希望立刻开始陪审员审查，利用陪审团的选任来破坏对方以精神失常为由的抗辩企图。他们首先询问，是否有任何候选陪审员听到过"这个人应该被释放"之类的说法，然后询问他们能否判断所谓"专家证人"证词的真假。大汤姆习惯在一开庭就引燃战火，他对此立刻提出强烈反对：检方是在编造故事，检方在证人做证之前就诽谤他们。埃弗里法官挥挥手表示驳回，并让杨和琼斯继续。

　　轮到大汤姆的时候，他便开始着手打造一个对他来说方便说服的陪审团。这意味着，陪审员要认可专家的证词和精神障碍辩护。但最重要的是，陪审员必须是12名白人男性：男性，在拉德尼看来，不会对出于正义的谋杀大惊小怪；而白人，则代表他们与麦克斯韦或他丧恸的家属毫无关联，这样就可以从伯恩斯的角度看待这件事情，也就是说，认为枪杀牧师是一种必要和勇敢的行为。

　　最后，大汤姆得偿所愿：走上陪审席的两排陪审员，每排都由6个白人男性组成。所有人就座后，埃弗里法官立刻看了看他的手表，发现已经11点半了，于是宣布休庭。陪审团在法警的紧密监视下出去吃午餐，大汤姆和汤姆·杨来到法官席前，立即开始唇枪舌剑。拉德尼提起了两项关键的动议。第一项是特定宽免（specific relief）：他不希望检方提到任

---

　　① 在法庭上为涉诉一方的品格做证的证人。

何关于布赖斯医院"旋转门"的事，也不想让杨在抗辩时说精神障碍辩护是非法的。第二项与所谓的伯恩斯的犯罪记录有关：除了可信度存疑之外，大汤姆还提出，当被告的辩护理由是精神错乱时，这样的证据是不能采用的。埃弗里法官注意到，如果拉德尼计划传唤人格证人，却不允许对方出示犯罪记录，这似乎有些矛盾。但当他问起杨打算如何交叉询问那些证人时，杨气冲冲地大声说道："我可不喜欢在这个节骨眼儿上就被吓倒，谁知道最后结果什么样！"随后，杨向法官滔滔不绝地讲起精神障碍辩护的弊端，直到拉德尼**也**发了火，厉声说道："阁下，我现在没有时间听你的高见。"

所有这些问题只有一部分得到了解决。还没正式开始庭辩，讨论就已经如此深入，埃弗里法官决定，被告有权以任何理由辩护，包括精神错乱；犯罪记录暂时不被采用，但当人格证人开始做证时，可以重新拿出讨论。说完以后，埃弗里宣布，午餐休息时间结束。

陪审员和听众回来时都已经饱餐了一顿，饭后有点犯困，再加上身上热得黏糊糊的，他们坐在法庭硬背长椅上昏昏欲睡。被告在法庭左侧就座。汤姆·拉德尼的协理出庭律师李·西姆斯（Lee Sims）来自戴德维尔，他面前的桌子上放着两摞法律书籍，每一摞都有大概七本书那么高。汤姆坐在他旁边，手里拿着几张纸，面带微笑。罗伯特·伯恩斯坐在律师的左边，身体放松，表情平静。他穿着一条浅色宽松长裤和一件抽象格纹衬衫，西服上的翻领尤其引人注目。

法庭的另一边，在距离12名陪审员最近的位置、为新闻媒体保留的座席旁，坐着汤姆·杨和保罗·琼斯，他们首先进行了开场陈词。杨一开始就提醒陪审团的先生们，今年早些时候，"在数百人面前发生了一起冷血的谋杀"。杨说，现在，州政府起诉罗伯特·伯恩斯，并将证明是他犯下了那起谋杀案，以及他"只不过是一个不得人心、滥用私刑的暴民"，亚历山大城这样遵纪守法的地方容不下他。

在大汤姆提出反对之前，杨一共说了143个字。这位地区检察官刚要对被告的辩护理由发表意见，拉德尼就跳出来抗议说检察官对辩护理由无权置喙。埃弗里法官判定反对有效。杨穿着浅蓝色西装，早已经汗流浃背，继续他的发言。"你们是来判断被告有罪还是无罪的。"他提醒陪审团，并要求他们做出一个问心无愧的裁决，"这是为了让你自己可以安眠，不仅是今夜或明晚，还有你的余生。"

"不，先生，我方反对。"大汤姆又一次打断了他，称这并不是本案中陪审团的职责，接着他的协理律师提出了反对，随后他又提出了反对。汤姆·杨很难完整地说完一句话而不被对方的某位成员从桌子后面站起来打断。开场陈词仅仅进行了几分钟，杨就对陪审团抱怨道："我看今天正义的河流要被倒进很多浑水！"

大汤姆很高兴己方在一开始就成功让检方的引擎熄了火，但是很快，杨就用了同样的方式来回敬他。拉德尼喜欢像吟游诗人吟唱史诗一样发表开场陈词，讲述他的委托人的一生，从出生讲起，说到他是遭遇了种种麻烦、不公和命运的转折，才让所有人聚在法庭之上。按照这一策略，大汤姆开始介绍罗伯特·伯恩斯的孩提时代，他在当地的塔拉普萨县北部出生和长大；然后，他带领陪审团回顾了伯恩斯在克里夫兰和芝加哥以开车为生、在越南为国效力的那段时光，大汤姆说到这里停顿了一下，接着开始详细描述委托人的勇气和在海外目睹的可怕暴力；然后，我们的战争英雄回到了他的家乡，在那里，大汤姆提到，伯恩斯有很多亲戚，包括他的前嫂子奥菲莉亚·麦克斯韦。

听到这个姓，汤姆·杨从座位上跳了起来。"拉德尼先生，"他刻薄地说，"明显想要开始做一些法庭警告过他不许做的事情。他将讲述一个与本案毫无关系的故事。"杨知道大汤姆打算同时审理两起案件：为他的现客户辩护，并起诉他的前客户。拉德尼并没有被杨的反对吓住，他先是感谢埃弗里法官驳回了对方的反对，然后对陪审团说了一句俏皮话，"我不得不跟你们说一点题外话。"他说，"每当杨先生像刚才那样站起来的时候，就意味着他的衣服穿着太热了。"

"在被粗鲁地打断之前，我想说的是……"大汤姆继续他的开场陈词，开始列举威利·麦克斯韦牧师涉嫌杀死的所有亲人，于是地方检察官再次打断了他。"好吧，如果法庭允许的话，"杨厉声说道，"州检方提请无效审判①。"

这是检方多次要求埃弗里法官宣布无效审判里的第一次。杨称审判太失格，已经无法再继续进行下去了。在第一次申请之后，仅在大汤姆的开场陈词中，杨就又提请了四次无效审判。当其中四项请求均被驳回时，杨申请休庭，也被驳回了，随后他又提出反对，并被再次驳回。

当汤姆·杨这边毫无进展、焦头烂额时，大汤姆才刚刚开始。他说，他无意否认不可否认的事实，也不会宣称罗伯特·伯恩斯没有杀死威利·麦克斯韦，只不过杀死威利·麦克斯韦时的罗伯特·伯恩斯并不是罗伯特·伯恩斯。他执意表现出自己勇于直面真相，并以一个堂皇的认罪结束了自己的开场陈词："我们承认他杀了牧师，我们承认他朝牧师开了三枪，我们承认他开枪打在了杨先生指认的任何地方，不管是头部、腹部还是哪里，只要他指出来，我们都承认。我们承认威利·麦克斯韦死于罗伯特·刘易斯·伯恩斯给他造成的枪伤。"辩方承认了所有这些以后，提醒陪审团，这些事实中的哪一个都不意味着被告应该被关进监狱。

---

① 通常指在审理中出现程序上的错误或困难后，法官宣布此次审判无效，该案必须另行选取成员组成新的陪审团，从头开始审理，包括举证和辩论。

说了这么多以后，检方传唤了己方的第一个证人——卡洛斯·拉伯伦（Carlos Rabren）博士，他是一名毒理学家，还是麦克斯韦牧师的验尸官。拉伯伦博士简要说明了自己的背景和受过的培训，然后证明他确实从牧师体内取出了三颗子弹。交叉询问开始之前，一切都按照汤姆·杨当初的设想发展。交叉询问开始后，人们发现，拉伯伦已经在毒理学系工作了15年，在此期间，他不仅负责过威利·麦克斯韦的尸体解剖，还为他的几个亲人做过尸检。西姆斯负责替辩方进行交叉询问，他开始一个接一个地询问拉伯伦那些死因成谜的尸体：博士是否调查过玛丽·卢·麦克斯韦的死因？汤姆·杨对此提出反对。博士是否调查过约翰·哥伦布·麦克斯韦的死因？汤姆·杨再次提出反对。"他们在诬蔑死者，企图混淆视听。"杨抗议道，与其说是为了说服法官，不如说是为了说服陪审团。

埃弗里法官驳回了反对意见，西姆斯继续按照计划进行询问，利用控方自己的证人来质疑被害人的品格。"第二位麦克斯韦夫人和第一位麦克斯韦夫人一样，被发现死在汽车的驾驶座上。"他问道，"是这样吗？"并不完全是，拉伯伦博士解释说，第二位麦克斯韦夫人的尸体是在汽车底下发现的。西姆斯接着问到詹姆斯·希克斯的死。拉伯伦博士说他没负责这个案子，但是他知道警方关于此案的一些发现，或者说，什么都没有发现。"阁下，"他解释道，"法医部门没有公布这起案件的死因。我不知道这是不是一起谋杀——"

"巫毒，这是巫毒！"西姆斯大叫起来，一只拳头戏剧性地在空中猛挥了一下。汤姆·杨又提出反对，但是这层窗户纸已经被捅破。7年来，在马丁湖附近的居民中间一直流传着关于牧师的谣言，麦克斯韦被枪杀那天，八卦小报似的新闻标题在报纸、电视上漫天飞舞，检方现在已经没有任何机会将流言封锁在法庭之外了。大汤姆制定的两条辩护策略：

将被告人的审判变成被害人的审判，将被告变成英雄，已经在1小时内成功实现了第一条，即使汤姆·杨在己方证人做证期间提出了30次反对，也没能阻止大汤姆。

当检方传唤第二名证人出庭做证时，同样的事情又发生了。奥本犯罪实验室的另一名成员泰利斯·哈德逊（Tellis Hudson）对弹道分析报告进行了解释说明，报告显示，枪手开枪时距离牧师只有3英尺远。但是在询问过程中，大汤姆问哈德逊，他在实验室工作了多久，然后又问起詹姆斯·希克斯的死。与拉伯伦不同的是，哈德逊曾参与此案，他证明希克斯的死因从未确定。"你的调查显示，他是一名健康强壮的22岁青年，在棉纺厂工作了一整夜，然后在回家的路上被发现死于自己的车中，找不出死因。"拉德尼说，"是这样吗？"

哈德逊承认的确如此。事情正朝着对他有利的方向发展，大汤姆当然不可能就此打住，他问证人是否知道那盒据说是从死去牧师的口袋里发现的黑胡椒，还有传说中涂在牧师家前门上的血迹，以及流言中牧师前院山核桃树上倒挂的鸡。哈德逊证实说，这些事情他一件也不知道。不过没关系，现在陪审团知道了。另一名证人，为雪莉·安致悼词的伯波牧师，做证说，他也没听说过这样的事，但他后来在询问中承认麦克斯韦被任职的所有教堂解雇，因为有谣言说是他杀了那些亲人。

辩方正一步步将麦克斯韦塑造成自玛丽·拉沃以来最臭名昭著的巫毒术士。但是大汤姆还想证明另一点：罗伯特·伯恩斯是一个好人，只不过从越南回来以后精神出现了问题。后来，控方证人帕特里夏·伯恩斯·波格（Patricia Burns Pogue）出庭做证时，无意间帮他证明了这一点。波格是罗伯特·伯恩斯的另一个侄女，在雪莉的葬礼上，她一直和伯恩斯坐在哈钦森殡仪馆的第二排座椅上，并证明他在整个葬礼过程中一直在哭，情绪激动得说不出话来。她说，在他开了第一枪后，她冲他大叫起来，但他似乎处于某种精神恍惚的状态，甚至连看都不看她一眼。现在情况变成了：控方证人一个接一个地宣誓、站上证人席，最后他们听起来就像是辩方的证人。

但是，詹姆斯·威尔（James Ware）出现了。威尔是一名退伍海军，还是塔拉普萨县任命的首批非洲裔美国警察之一，为亚历山大城市警察局工作了12年。与其他证人不同的是，他拥有大量出庭做证的经验。牧师被杀的那天，他一直在雪莉·安·艾灵顿的葬礼外面指挥交通，并在第一声枪响之后就冲了进去。他在教堂里清楚地听到了罗伯特·伯恩斯认罪，然后在去往警局的路上，又在警车里听到了一次。

大汤姆知道，假如詹姆斯·威尔警官说出其中任何一件事，那他听起来肯定就不像辩方证人。任何形式的认罪对拉德尼来说都是一个麻烦，特别是伯恩斯的这两句话，"你欺负我的家人已经够久了"和"如果可以重来，我还是会这么做"，这绝对不像是短暂处于精神失常的人说出来的。审判开始以来，大汤姆第一次处于守势，几乎对杨或威尔发出的每个音节都表示反对。当巡逻车里发生的事马上就要被说出来的时候，他要求埃弗里法官在威尔说完证词之前让陪审团回避，这样法庭就可以先解决伯恩斯的招供是否有效的问题，毕竟供词是在特殊情况下获得的。

埃弗里法官同意了。陪审团一离开，律师们立即继续就他们在午餐时争论的问题展开辩论，记者和观众全神贯注地听着。大汤姆争论说，在招认1小时之后，警方才对罗伯特·伯恩斯宣读米兰达权利，并且仅有的两个听到他招认的人都是执法人员，供词是通过非正当手段获取的，因此不能采用。汤姆·杨反驳说，他们两人都是无意间听到的，是被告人自动自发说出来的，在听力所及范围内的任何人都可以听到，因此他们作为证人再合适不过了。此外，杨说，虽然其中一个听到罗伯特·伯恩斯招供的人，即他的兄弟威廉，或许曾经在治安部门工作过，但谋杀发生时，他已经不在那里工作了，因此他听到的任何供词都是可以采用的。

陪审团还在法庭外面，检方让威廉·伯恩斯出庭做证，令杨沮丧的是，伯恩斯的招供最终被证实并不是完全自发的。实际上，威廉问了他："罗伯特，你为什么要这么做？"更糟糕的是，当杨试图核实威廉的就职记录，以证明他已经多年没有为警方工作时，法院了解到，事实上他仍然偶尔会到治安部门做志愿者。汤姆·拉德尼随后指出，威廉能够摘掉他兄弟的手铐，这是只有执法警察才能做的事情。埃弗里法官因此判定伯恩斯的招供无效。

彼时已经是下午4点钟了，汤姆·杨想及时止损，改日再审，但是大汤姆认为有陪审团的庭审就像舞台剧一样，他想确保每一个场景都按照他的剧本进行转换，他不想让陪审团有一整晚的时间去思考他的当事人在去警局的巡逻车里到底说了什么。因此，大汤姆反对下午这么早就休庭，对此埃弗里法官表示同意，认为他们应该继续。陪审团被带回法庭，威尔警官继续做证，汤姆·杨用尽一切方法，想让伯恩斯的供词重新回到法庭上，而大汤姆就像一个节拍器一样，一刻不停地提出反对。

45分钟后，每个人都受够了。在正式宣布这一天的审判结束之前，埃弗里法官提醒陪审团，他们将被隔离一晚。这在巡回审判中是很少见的，大多数巡回审判往往以上诉告终，通常不到几个小时就结束了。在埃弗里法官的道歉下，陪审员甚至不能回家拿衣服，而是由他们列出需要的物品清单，然后助理警员会到每个人的家里，从他们的妻子或女友那里取来他们所需的各种物品。埃弗里法官要求他们不要理会电视和广播上的新闻，然后送他们去街道对面22号高速公路和280号高速公路交叉处的马蹄湾汽车旅馆休息。

13. 小镇的来客

　　唯一让人感到安慰的是，至少空调修好了，星期二的法庭比星期一的时候凉快了许多，但旁听席仍然挤满了人。亚历山大城市法院里被挤得满满当当：辩方和控方分别传唤了对方的证人，并要在出庭做证之前将其隔离，因此会议室里挤满了控方的证人，图书馆里挤满了执法人员，辩方的证人则在走廊上你推我搡。汤姆·杨确信其中一些人可以听到空调噪声掩盖下的审理过程，他特别注意到有一名辩方证人似乎在声音传出来的地方鬼鬼祟祟地偷听。

　　那天上午庭审一开始，检方就传唤了亚历山大城警局里仅剩的另一名非洲裔美国警官，名叫乔·恩尼斯·贝里（Joe Ennis Berry），牧师被杀的那天，他和詹姆斯·威尔被分派到哈钦森殡仪馆外指挥交通。贝里少年时期就开始为国家服务，16岁那年，他将年龄瞒报成18岁参了军，曾经跟随伞兵部队登陆诺曼底海滩，后来一直在空军服役，直到返回家乡亚拉巴马。到了1966年，那时南方还很少有执法机构愿意接收黑人，是亚历山大城的市长亲自将贝里招募进了警察队伍。

　　从那以后，贝里警官就一直在警察局工作。因此，当交叉询问开始后，被告律师团开始问他警方对于麦克斯韦几名亲人死亡的调查情况，包括玛丽·卢·麦克斯韦、约翰·哥伦布·麦克斯韦、多尔卡丝·安德森·麦克斯韦、詹姆斯·希克斯以及最后的雪莉·安·艾灵顿。汤姆·杨几乎对每个问题都提出了反对，并再次要求法官宣布此案为无效审判，但埃弗里法官驳回了他的请求。

作为反击，汤姆·杨重新把威尔警官叫回证人席，希望最终能找到某种方法引出罗伯特·伯恩斯的供词。他再次问起麦克斯韦牧师被枪杀那天的事。汤姆·拉德尼立即打断他说："等一下，杨先生，你闭嘴一秒钟。"

　　"那个，我认为——"杨说。

　　"闭上你的嘴。"拉德尼喊道，"我的意思是让你闭嘴。"

　　"你去死吧。"杨回答。

　　埃弗里法官已经习惯了为他两个年幼的女儿派伊和斯科蒂调解矛盾，于是他为两个汤姆叫了暂停，让两人回到各自的桌前，给他们几分钟时间冷静一下，然后开始批评检察官汤姆。"杨先生，"他说，"我们已经一遍又一遍地讨论过这个认罪的问题了，我已经判定该供词无效。"拉德尼以宽宏大量的姿态告诉法官，他不希望宣布此案为无效审判，只想继续审理下去，以还他当事人一个清白。埃弗里决定继续审判，并告诫两位律师要举止得体，但是杨打断了他："法官大人，当一个人被辩方律师像吆喝狗一样对待时，他怎么能做到举止得体？"

　　埃弗里法官先让陪审团离开法庭，然后向律师们说明了原因。他告诉他们，他应该让那些记者带摄像机进来的，也许那样的话他们就不会像现在这样当众出洋相了，把庭审变成了"狂欢节"和一场"马戏表演"。他恳求拉德尼和杨表现得专业一些，对媒体和观众也做了同样的请求，这位处境艰难的法官已经无数次要求他们保持肃静。有两百人前来旁听对罗伯特·伯恩斯的审判，亚历山大城市法院挤得水泄不通。人们被验尸官的证词吓得倒抽一口冷气，对证人发出嘲笑，在出现任何新的证词时互相窃窃私语，每当他们倾身与邻座的人交谈时，身下的长椅都吱嘎作响。法官一再要求他们安静下来。从现在开始，他宣布，从律师到观众，每个人都必须遵守规矩。

在严厉地训诫了法庭众人，使其暂时顺从之后，埃弗里法官让陪审团回到了法庭。很快，检方10名证人中的最后一名便出庭做证。这个人名叫吉米·伯恩斯（Jimmy Burns），是奥菲莉亚的一个儿子。他毫不意外地做证说，他看到叔叔罗伯特在雪莉·安的葬礼上开枪打死了他的继父。这是一个毫无争议的事实，辩方律师和法庭都无人反对。就在几分钟前，法庭还闹哄哄的，现在似乎变得有些沉闷。但是等到交叉询问环节，吉米·伯恩斯说的一些话让在场的每个人都僵在座位上。吉米说，在为雪莉守灵的时候，他的家人得知，在附近一个叫作埃克莱克蒂克的小镇上，有一个男人到处跟别人说，麦克斯韦牧师曾经想雇用他杀死雪莉。

　　就像"波洛克来客"①一样，这位来自埃克莱克蒂克小镇的不速之客戏剧性、不可逆转地打断了上午的庭审。调查发现，该男子名为阿方索·墨菲（Alphonso Murphy），实际上现在住在韦塔姆卡附近，位于埃尔莫尔县，在马丁湖西南部。他现年24岁，曾经在牧师的造纸队工作过1个月，担任锯木工。当得知雇主肮脏的过去之后，他就辞职了。他开始猜测牧师都为谁投了保，并担心自己会成为下一个被杀掉的人。

　　不过现实正好相反，5个月后，墨菲在法庭上做证说，牧师曾经来到他家，对他说："我十分确定你听说过关于我的传言。"然后麦克斯韦告诉他，如果他能帮助他杀死自己的继女，他愿意付出任何代价。"你想用什么方式兑现都可以。"牧师说，"现金、一辆新车，或者帮你买块地盖房子。"价格可以商量，工作的性质也是："我可以全权交给你，由你来杀了她；要是你不想杀她，就只要假装是你弄坏了车就行。"

　　汤姆·杨完全不希望墨菲出现在法庭上，但汤姆·拉德尼已经迫不

---

①　典故出自英国诗人塞缪尔·泰勒·柯尔律治（Samuel Taylor Coleridge，1772—1834）。据称他在根据梦中得到的灵感写作《忽必烈汗》（*Kubla Khan*，1816）一诗时，被一名来自波洛克的访客打断，因此该诗歌从未完成。"波洛克来客"因此也指不受欢迎的访客。

及待地想让他出庭。他是辩方传唤的第一个证人，提供了审判中最黑暗的证词，也是最接近公众推理的证词。墨菲说，牧师称会将雪莉杀死后再放进车里，并建议阿方索给自己制造几个伤口，这样"事故"才会看起来更加真实。牧师说，他只需要待在那里，直到警察抵达现场。计划就是这样，除非他内部有问题或者担心被出卖。"如果你害怕你妻子会说出来，"牧师给墨菲提议，"我建议你把她也干掉，放进车里。"

仅仅几分钟的证词，就让所有巫毒谣言在法庭上烟消云散。没有毒药或药剂，也没有诅咒、符咒或咒语，7年来看似超自然的邪恶行为，现在突然变得平淡无奇：一个男人敲开另一个男人的门，要他帮忙杀人。这个来自埃克莱克蒂克的男人引发的集体震惊，转而成了不约而同的窃窃私语，旁听席上的人开始回忆其他所有可疑的事故，并猜测谁有可能是其中的帮凶。

在对墨菲进行询问之后，汤姆·拉德尼在法庭上传唤了一个不会对墨菲的证词感到惊讶的人：亚拉巴马州调查局探员詹姆斯·阿贝特。几年前，他曾经录过另外两人关于詹姆斯·希克斯之死的类似口供。阿贝特也找阿方索·墨菲问过话，他在那次谈话中做的两页半笔记，比墨菲当天在法庭上的证词要详细得多。

根据阿贝特的正式调查记录，墨菲提供了牧师给出可怕邀请的确切日期：5月19日星期四，"牧师麦克斯韦"开着一辆1974年的双门老爷车来到他家，承诺给他一栋房子或一辆拖车，或者现金，只要他能在下月中旬帮他杀死他的继女。麦克斯韦牧师声称雪莉曾试图用某种胶囊毒死他，还"四处跟人打听为什么他没有死"。

因为时间紧迫和心烦意乱，牧师说，他可以预先满足墨菲开出的任何条件，除此之外，他还可以把雪莉死后拿到的保险金分给他一部分。

他告诉墨菲，他早已经选好了"事故"地点，就在风溪州立公园附近，马丁湖西岸的一个露营区。公园周围和内部有很多僻静的道路，方便抛弃车辆，而且位于埃克莱克蒂克和亚历山大城之间，位置便利。几天后，牧师再次前来确认阿方索的决定，墨菲拒绝了他，并拒绝以任何形式参与其中。

辩方再也找不出比他更好的证人了，这是能讲给陪审团听的最好的故事。即将第六次被选为县治安官的阿贝特，专业、缜密、权威。在他做证后，拉德尼和杨真正辩论的不再是"**亚拉巴马州诉罗伯特·伯恩斯案**"，而是"**公众诉威利·麦克斯韦案**"。在此案中，每一个人的角色都反转了：被枪杀的牧师不再是受害者，而是冷血的杀人犯；伯恩斯和300名目击者在现实中本来都是冷血杀人犯，现在却是替天行道的正义使者，在被恐惧笼罩的小镇上勇敢完成他们的使命。

当然，并没有人直接把这些话说出来。埃克莱克蒂克小镇的来客回到了韦塔姆卡，阿贝特走下了证人席，案件的审判，无论是哪一个，都继续进行。拉德尼传唤了他的两名专家证人中的第一个，朱利安·伍德豪斯（Julian Woodhouse）。伍德豪斯在欧佩莱卡的东亚拉巴马精神健康中心工作，现年31岁，曾在新墨西哥州立大学学习心理学，然后在佛罗里达州立大学获得了临床心理学硕士学位。他在得克萨斯大学实习临床心理学，在佛罗里达州立医院法医心理学部门工作，并完成了博士学位的课程，但是还没有写完论文。伍德豪斯博士和罗伯特·伯恩斯的兄弟威廉·伯恩斯警员一样，后者不是一名真正的警察，前者也不是一名真正的博士。

"我只知道他不是一名博士。"在拉德尼第一次试图暗示伍德豪斯是一名博士时，杨反对道。哦，看在上帝的分上，拉德尼反唇相讥，他和真正的博士就差一篇论文，这点区别相当于没区别。尽管他的证人还没有拿到学位，但大汤姆坚持认为此人完全有资格对伯恩斯进行精神检测，并宣读已得出的检测结论。拉德尼同意称伍德豪斯为"先生"而不是"博士"，但是在问了几个问题之后，他就把答应过的事情抛到了脑后，又开始夸大证人的资历。"现在，博士，"大汤姆说，接着改口，"抱歉，朱利安。"然后让伍德豪斯讲一讲他丰富的临床工作经验，包括在佛罗里达州圣彼得堡退伍军人管理医院度过的一个夏天，以及在英国参加过的其他进修。

杨再次提出反对。"如果法庭允许的话，"他改变策略，彬彬有礼地说，"我不认为这位先生是一名博士，我知道拉德尼先生想让他的证人受到博士般的礼遇，但是伍德豪斯先生已经表明自己不是博士了。"法官判定反对有效，伍德豪斯则继续他想说的关于被告心理健康的话题。那年夏天，他对罗伯特·伯恩斯进行了两次精神状态评估，每次评估持续了3个小时，并在7月的前两个星期给他做了六项心理测试，他向陪审团说明了每项测试的大概方法和具体结果。拉德尼抓住一切机会，频繁地请伍德豪斯"博士"做详细的解释。杨反对了又反对，反对了又反对，最后终于放弃了。拉德尼是一名洗脑专家，他能不停地重复说一件事，直到人们相信它是真的。朱利安做证结束时，就连汤姆·杨也开始称呼他为"伍德豪斯博士"了。这种服从现象本身就值得心理学家解释一番。

在拉德尼的刻意推动下，这场精神鉴定俨然成为人类历史上耗时最长、最严格的精神鉴定。解释完鉴定过程之后，拉德尼要求他的专家证人描述被告在枪击当天的精神状态，伍德豪斯医生回答道："那天，当罗伯特·刘易斯·伯恩斯扣动扳机时，他正饱受精神疾病的折磨，这使他无法分辨是非，进而做出正确的选择。"拉德尼想让伍德豪斯多说一点，于是问他"不可抗拒的冲动"是否是对伯恩斯在殡仪馆状态的准确描述。伍德豪斯表示同意，并补充说，他诊断出伯恩斯患有"暂时情境性人格异常"①。

从伍德豪斯那里得到了想要的答案以后，拉德尼请出了他的第二位专家证人，弗朗西丝·古德里奇·冈纳尔斯（Frances Goodrich Gunnels）博士。冈纳尔斯是大汤姆在亚历山大城专科学校的老朋友，大汤姆偶尔在那里教授政治和历史，而弗朗西丝曾担任学校社会科学部和心理学系的主任。当冈纳尔斯出庭时，杨瞬间怒不可遏，但奇怪的是，并不是因为明显的利益冲突。冈纳尔斯就是杨一开始确信试图偷听审判的那个证人，所以他要求陪审团离席。陪审团一离开，杨就大发雷霆。他是担心大汤姆的第二名专家证人想确保她的证词与第一名证人的相符，或者抄袭任何专业性问题的答案，但是他并没有说出他真正担心的事，而是将矛头指向了法官。

"昨天我曾来到法官席告知法庭，并且法庭也已经知道，我将会坚决反对这个证人，冈纳尔斯博士，为此案做证。"杨对埃弗里法官说，"不仅昨天，还有今天，她一直站在法庭门前的通风口处。"他声称，"就在距离证人席不到8英尺的地方，窃听证词。"但是当埃弗里法官询问冈纳尔斯博士时，她说虽然如此，但她一直在走廊上，因为空调的缘故什么也听不见。此外，她的听力很差，即使把耳朵贴在通风口上，也听不清法庭里面在说什么。

汤姆·杨的争辩在埃弗里面前再一次失效，法官将陪审团带回法庭。冈纳尔斯开始做证，证明自己的资历，包括心理学、特殊教育和心理咨询学位，以及在伯明翰儿童辅导诊所和退伍军人管理局参与的大量工作，还有她与罗伯特·伯恩斯的交流。那年夏天她和伯恩斯进行过三次面谈，时长总共有6个小时。冈纳尔斯做证说，她发现伯恩斯的智力属于平均水

---

① 一种暂时的情境性人格障碍，是当人们在承受了巨大或不寻常的压力后出现的一种急性症状。

平，但具有被动攻击型人格障碍，具体表现为他会压抑自己的愤怒，而这种愤怒往往容易在悲剧发生后"爆发"，比如侄女被谋杀，她甚至做证说，罗伯特·伯恩斯"根本无法避免"在哈钦森殡仪馆发生的事情。

杨以贬低冈纳尔斯的资历作为开场，开始了对她的交叉询问，就像他对"不算博士"伍德豪斯所做的那样，但之前他还算有正当理由。"实际上，你就相当于一名学校心理咨询师。"他这样评价冈纳尔斯在伯明翰儿童辅导诊所的工作。"本质上讲，你也的确如此，我说得对吗？"事实并非如此。正如冈纳尔斯博士向杨和陪审团解释的那样，她做过10年的临床心理学家，评估并治疗过从诵读困难到精神分裂等各种精神疾病。

杨未能破坏证人的可信度，于是试图从整体上贬低心理学。"心理学，"他问道，"是一门艺术、一门科学还是什么？"在对伍德豪斯的交叉询问中，他已经采取过同样的做法，他问伍德豪斯，伯恩斯接受的其中一项测试，明尼苏达多相人格测验[1]，"对于黑人的测试效果是否也和白人一样"，还有"像老鼠这类实验对象，能否可靠地代替人类"。但是当他又对新的证人故技重施时，杨发现自己踢到了铁板：冈纳尔斯在专科学校管理着一间老鼠实验室，对于这一问题比伍德豪斯有着更充分的准备，足以证明自己研究的可靠性。

当由辩方开始提问时，汤姆·杨的处境变得更糟了。李·西姆斯问冈纳尔斯博士，她以前有没有作为专家证人出庭做证的经历，结果发现，她不仅有，而且还为亚拉巴马州检察院当过证人。现在，这名受到地方检察院官方认可的证人告诉陪审团："如果我不认为一个人精神失常，那就没有任何人和贿赂可以让我说谎。"她认为罗伯特·伯恩斯在枪杀威利·麦克斯韦牧师时的精神是不正常的。她说，他不是一个暴力的人，

---

① 由明尼苏达大学教授哈瑟韦（S. R. Hathaway）和麦金力（J. C. Mckinley）于20世纪40年代制定，是迄今应用极广、颇富权威的一种纸－笔人格测验，最常用于鉴定精神疾病。

在此之前，除了服兵役期间，他没有过任何暴力行为。

汤姆·杨坐在座位上，怒火中烧，他手上有一份伯恩斯的联邦调查局档案，上面满是与之相反的指控。但是无论他如何逼迫，证人就是不向陪审团透露被告人之前的任何暴力行径，因为冈纳尔斯从未和伯恩斯谈过他在俄亥俄州、马里兰州和伊利诺伊州的经历，因此对他在那些地方受到的指控一无所知。大汤姆传召的每个人格证人都是如此。他们做证说伯恩斯是一个多么好的人，来自一个多么好的家庭，但是对他在克里夫兰、劳雷尔或芝加哥的经历毫不知情。因此在陪审团看来，枪击案发生之前，伯恩斯是一个无论走到哪里都会受到钦佩和爱戴的人。

为了加深这种印象，大汤姆将自己委托人的妻子叫到了证人席。薇拉·伯恩斯谈到了他们8年的婚姻生活，以及她的丈夫是如何尽心抚育他们年幼的儿子和有残障的养女的。她还做证说，雪莉·安·艾灵顿和他们的女儿很亲密，她的丈夫和雪莉关系也很好。她最有力的证词或许如下：她告诉陪审团，她听说了麦克斯韦牧师找埃克莱克蒂克那个人做的事，而且在枪击发生之前告诉了她的丈夫。她说，一听到这个消息，伯恩斯就变得心烦意乱。"他告诉我他只是觉得不舒服，很难受。"她做证说，"他说他害怕麦克斯韦先生会杀了纳撒尼尔家的其他孩子。"而且，"他甚至害怕麦克斯韦先生可能会对我们做些什么。"

"让我来问你个问题，薇拉，"大汤姆用他最温柔的语气问道，"伯恩斯家族的每一个成员都极度恐惧麦克斯韦牧师，这是真的吗？"

薇拉说是的，的确如此。当拉德尼问起她自己是否特别害怕麦克斯韦时，她也说是。当拉德尼问起巫毒时，伯恩斯太太说之前早就有很多与之相关的流言，雪莉死后，他们了解到的关于牧师的事情都太可怕了，在葬礼上和他见面简直让人无法承受。她的丈夫走到哪里都带着他的手枪，所以当他带枪到葬礼上时，她完全没有多想。他开枪的时候，她甚至都没在现场，因为雪莉的一个姐妹在葬礼过程中情绪太过激动，所以她很早就和她一起离开了。

这段证词很有效，但是大汤姆非常清楚，即使陪审团同情地点头拭泪，他们仍然可能投票判定一个人有罪，因此他想再传唤一名证人出席：多萝西·莫林（Dorothy Moeling）是亚历山大城的一名市民，她曾在几年前参加了一个当地社区组织的给海外部队写信的活动，并与罗伯特·伯恩斯成为笔友。虽然她只见过罗伯特·伯恩斯一面，不过当他在越南打仗时，他们通过很多信。"我和我的丈夫都认为他的信写得太了不起了。"她在法庭上说，"他非常爱国，非常忠诚。"

汤姆·杨提出反对，声称莫林的证词与本案无关，并要求将该证词排除，但大汤姆搬出了更权威的说法："最高法院说过，对于精神障碍辩护而言，被告人从生到死的每一个行为都可以作为呈堂证供。"埃弗里驳回了杨的请求，于是大汤姆读了罗伯特·伯恩斯退伍证书上的大部分内容，使其记入笔录，其中包括他的服役总结、荣誉和奖章。然后，他又大声朗读了伯恩斯从越南写给多萝西·莫林的一封信的节选。在信上，伯恩斯首先感谢她抽出时间给自己写信，并讲述了他在马蹄湾附近的成长经历，接着他告诉莫林，他已经在越南待了134天，还有232天才能回家。"我想让你知道，我一天也没有后悔过。"他写道，然后即兴改编了内森·黑尔（Nathan Hale）[1]的名言："我唯一的遗憾，是我只有一次生命可以献给我的祖国和像你这样的人。"

他是在烛光下写的这封信，伯恩斯继续写道。两天前，他所在的代号"阿尔法"的连队参与了"一场大型战斗，我们杀死了58个男人和3个女人，还打伤了3个女人"。"莫林夫人，"士兵在信的结尾写道，"我们会

---

① 美国独立战争期间的一名士兵和间谍。他自愿参加纽约市的情报收集工作，但被英国人俘虏并处决，一直被认为是美国的英雄。

赢得这场战争的胜利，即使还要牺牲更多的人，包括我自己。如果这是我必须付出的代价的话。"这个证据选得十分巧妙，而大汤姆努力让法庭采纳该证词，事实证明他的做法是正确的。不管陪审团是否认为那天在哈钦森殡仪馆的伯恩斯是一名英雄，现在他们都牢记于心：他在越南是一名英雄，服役的经历给他的精神造成了创伤，就像战争可以改变任何一个人，不管他以前的性格有多么温和。

还差10分钟下午4点，汤姆·拉德尼的证据全部提供完毕。15分钟后，检方紧随其后，双方都准备好了结案陈词。助理地方检察官首先发言，重新回顾了证人的证词，直截了当地给出陪审团检方的结论：罗伯特·伯恩斯开枪射杀了威利·麦克斯韦牧师，三次扣动扳机时都神志正常。猜到辩方的结案陈词会说什么，于是他提醒陪审团，他们可以认定威利·麦克斯韦牧师有罪，但这并不是他们来到这里的目的。"牧师是否有罪与本案无关。"保罗·琼斯对他们说，"毫无关系。即使威利·麦克斯韦牧师犯下了那些谋杀罪，也不能因此判定本案嫌疑人无罪。"在结案陈词的最后，琼斯强调了检方辩论的关键和美国司法系统的基石。"即使威利·麦克斯韦当着你们所有人的面，在法庭上公开承认了这些罪行。"他说，"这也并没有赋予罗伯特·伯恩斯夺走他生命的权利。"

李·西姆斯为辩方做了第一份结案陈词，他无视琼斯刚才所说的一切，条分缕析对牧师的指控，并提醒陪审团专家证人对于罗伯特·伯恩斯精神状态的评价。接下来，他把舞台让给了大汤姆，后者从辩方的桌子后面站起来，松了松领带。

审判是大汤姆生存的全部意义，当所有的动议、反对、证词和证据都结束以后，他站在陪审团面前，除了侃侃而谈之外不用考虑任何事情，在那短短几分钟里，他才是最真实的自己。陪审团知道了他所知道的一切，或者说，他们知道了他想让他们知道的一切，于是他终于可以像在家里和"餐桌陪审团"聊天一样与他们交流了。他先是谦虚了一番，说琼斯形容他"口若悬河"是不正确的，因为毕竟他汤姆·拉德尼不是伟大的演说家，只是一名普通的乡村律师。接着，大汤姆为自己在辩论白热化时的任何不当言辞道歉，请求陪审团原谅他，因为他所做的一切都是为了他的委托人，那个人的自由正岌岌可危。然后，他对于在审判过程中带来的不便向陪审团道歉，因为他们不仅需要参与陪审，还必须在旅馆里待上一晚，与自己的家人分离。

说完所有这些以后，大汤姆紧接着提醒陪审团，罗伯特·伯恩斯是一个好人，不仅报效国家，也是家人的依靠。在他做那件事之前，库萨县一半的人都夜不能寐，心里想着："牧师的下一个目标会是谁？"大汤姆让陪审团成员在脑海中勾勒出一台正义的天平，把他的当事人罗伯特·伯恩斯放在天平的一端，把威利·麦克斯韦牧师放在另一端。最后，大汤姆用他标志性的结语请陪审团仔细考虑，他指着被告人说，他知道，至少有几个陪审员"永远——**永远**——都不会放过他"。

这是除了判决之外，该案的最后一句话，出自汤姆·杨，他用这句话再次呼吁法律和秩序。"我们不是在狂野混乱的西部时代。"他说，"我们生活在亚拉巴马州的亚历山大城"，而不是"亚拉巴马州的'私刑'城"。他强烈谴责了媒体的不良行径，指责他们煽动起群众对于威利·麦克斯韦的仇恨，无异于害死他的帮凶。接下来，他把关注点放到被告身上，恳求陪审团回答一个问题，只有这一个问题。1977年9月27日星期二，5点40分，在亚历山大城第五巡回法庭上，詹姆斯·埃弗里法官也问了他们同样的问题："罗伯特·刘易斯·伯恩斯是否非法蓄意谋杀了威利·麦克斯韦？"

14. 霍姆斯的话

80分钟后，陪审团回来了，不是因为做出了裁决，而是因为埃弗里法官想要陪审团主席报告一下进展。60岁的退伍老兵本顿（L. D. Benton）曾在第二次世界大战中获得铜星勋章①和紫心勋章②，后来担任罗素服装厂的主管，他向法官、律师和仍然聚集在法庭上的众人报告说，陪审团意见可能形成了僵局。③他的报告让辩方和控方都忧心忡忡，但是埃弗里法官让他回到陪审团休息室，说晚餐可能对他们的商议有帮助，并下令让法警按他们的要求去购买汉堡和三明治。

晚上9点，埃弗里法官再次召回陪审员。他失去了耐心，想知道他们当晚到底能不能做出裁决。本顿报告说，他们仍然未能做出裁决，但是已经进行了投票。埃弗里要求他报告投票结果，不要说出来哪方倾向于判有罪，哪方倾向于判无罪。虽然现在的结果并不代表最后的结果，但是对被告和他的律师来说，这仍然是令人屏息的一刻。无罪释放对于检方来说是一种失败，虽然他们以前也失败过；而一级谋杀罪的裁定对于伯恩斯来说可能意味着终身监禁。本顿宣布投票结果是9：3，埃弗里法官再次让陪审团回去，并提醒他们可以提出任何问题，只要对他们的商议有帮助。

---

① 美军跨军种通用勋章，可以用于表彰任何军人在战斗中的英勇行为。

② 美军荣誉奖章，一般颁发给对战事有贡献或在战斗中负伤的人。

③ 在需要一致决议或设置了高票数门槛的司法系统中，若陪审团经过长时间讨论仍然无法得出结论，即构成陪审团僵局，此时法官需要将陪审团解散另选，重新审判。

几分钟后，法警带着一张写着问题的字条回到法庭。陪审团想知道，"如果以精神障碍为由的无罪判决成立，法院将会对当事人采取什么措施？"埃弗里法官很乐意回答他们的问题，并建议这样告诉陪审团："我会把他送到布赖斯医院，在那里对他进行精神评估，如果医生认定他在评估时精神正常，他就会被释放。"

这是唯一一次，律师们的意见达成了一致。大汤姆担心重新引发"旋转门"的话题，他提出，在陪审团已知的量刑选项之外再给出其他答案，并不利于陪审团达成一致；检方担心如果给出的指示不恰当，这次庭审就会变成无效审判，因此对拉德尼的观点表示赞同。埃弗里法官被说服了，于是给陪审团送回一张字条，上面写道："这并不是陪审团在做出裁决时适合考虑的问题。"

10点钟的时候，仍有50个人滞留在法庭等待判决，包括罗伯特和薇拉·伯恩斯。埃弗里法官第四次把陪审团召回法庭。本顿说他们仍然处于僵局，而且已经问过了他们唯一想问的问题。埃弗里法官告诉他们，法院已经再次在马蹄湾汽车旅馆安排了一晚的住宿。他提醒他们做好准备，公平公正的审判可能需要花上几天，但现在他只能再给他们半个小时的时间讨论，然后就会派人把他们送到汽车旅馆过夜。大汤姆提出反对，他把这叫作打破僵局的"炸药指示"①，认为埃弗里法官事实上是在用监禁威胁陪审员。这是自宣布开庭以来，大汤姆第一次提请无效审判。"不过是放了个炮仗。"埃弗里反驳道，驳回了拉德尼的动议，"炸药还在我手里拿着呢，一会儿再用也不迟。"

他不需要用到它了。在法官给出的30分钟结束时，经过整整5个小时

---

① 又叫艾伦指示或强迫性指示，是当陪审团难以达成一致意见而形成僵局时，法官向陪审团做出的指示，要求陪审员重新考虑，努力做出一致裁断。

的讨论，陪审团通过法警向法庭传达了他们的一致裁决。彼时汤姆·杨已经回家休息了，牧师的遗孀也回家了，但是法庭上还有几十个人，包括大汤姆，他已经填好了上诉申请表，随时准备交给法官。不过，陪审团主席也有一张纸，要先交给埃弗里法官。法官接过来，大声宣读道："陪审团众人因被告患有精神障碍而认定其无罪。"

罗伯特·伯恩斯垂下头，用手捂住脸。他的妻子开始哭泣。法庭上充满了欢呼声和掌声。陪审团一离开，法官就叫伯恩斯上前，再次宣读裁决结果。伯恩斯的朋友和家人冲上来拥抱他，和大汤姆握手。埃弗里法官想马上把伯恩斯送到布赖斯医院，但是拉德尼请求让伯恩斯回家和他的家人度过一晚，埃弗里同意了。

第二天早上，所有人重新回到法庭，现在几乎全镇的人都知道了埃弗里法官当初想要告诉陪审团的答案：如果当事人因为精神障碍被判定无罪，他会被送到一家州立精神病院接受评估，一旦该院的负责人认为合适，他就会被释放；即使是杀人犯，也没有最短扣留期限。汤姆·杨昨晚想让陪审团也知道这些，但又不想冒无效审判的风险。那天早上，他带着一份给新闻媒体的声明来到法庭。"现在，冷血的杀人犯成了英雄。"上面写道，"精神障碍辩护从未得到过证实。事实上，它已经完全被证伪。伯恩斯在布赖斯接受的任何治疗都将是彻头彻尾的笑话，是对纳税人金钱的浪费。如果被送到那里，他甚至都不用准备换洗的衣服，但是可能需要自带一份午餐。"

杨错了，不过错得不多。当布赖斯医院的工作人员对罗伯特·伯恩斯的精神状态进行评估时，他们不同意庭审中出庭做证的专家给出的诊断。这并不奇怪，因为在当时，甚至连那些专家本人都不同意自己的观点。"在某种程度上，"冈纳尔斯博士后来说，"杀死威利·麦克斯韦是整个夏天人们所做的神志最正常的事。"塔拉普萨县没有陪审团会判伯恩斯有罪，她继续说道，伯恩斯"只是做了法律本该早点做到的事情"。接着，她态度诚恳地补充道："唉，要不然我可能会自己动手杀了那个人。"

1977年9月28日，罗伯特·伯恩斯被带到塔拉普萨县，并于几个星期之后从布赖斯医院释放，比他从实施谋杀到被判无罪的间隔还短。他甚至来得及回家和家人一起庆祝感恩节。

伯恩斯案的核心是它激发了两种原始主义①概念：对超自然力量的信仰以及对私人法庭的信仰。这并不是亚拉巴马州的白人陪审团第一次面对确凿的谋杀证据却还是以某种理由做出无罪裁决。复仇和暴力的历史一样悠久，南方的许多白人可以从家族争斗和绅士决斗中一窥他们先祖的品性，这种品性可以漂洋过海，一直追溯到中世纪法庭和《圣经》诞生的时代。就是这样一个社会，不久之前还曾把夺取土地写进与北美洲原住民签订的条约，把奴隶压迫写进掌控非洲裔美国人生命的法律；直到最近，它还认为法律必须足够灵活，即使随意歪曲也不会有任何后果，比如，可以将私刑排除在谋杀罪之外。就像上面提到的那些杀戮一样，威利·麦克斯韦牧师在众目睽睽之下被杀，凶手却仍然无罪释放。

伯恩斯案中以精神障碍为由的无罪裁决，印证了奥利弗·温德尔·霍姆斯在其所著的关于美国普通法②的书中所写的："健全法律体系的首要要求是，它应该与社会的实际感受和需求保持一致，无论它们是对是错。如果人们宁愿在法律之外满足强烈的复仇情感，如果法律没有帮助他们做到这点，那么法律别无选择，只能使这种热切渴望的本身得到满足，从而避免更恶毒的私下报复"。《蒙哥马利广告报》在麦克斯韦一案的社论中引用了这段话，文中说道，马丁湖附近的居民已经习惯了

---

① 与"现代主义"相对的一种概念，只关注情感而非理性。

② 指12世纪前后发展起来的、英国王室法庭用于全国的习惯法和判例法，注重法典的延续性，以传统、判例和习惯为判案依据，在西方国家中历史悠久，影响较大。

生活在对牧师的恐惧之中，他们对霍姆斯的话感同身受，因为法律辜负了他们。然而，当陪审团宣告杀害麦克斯韦的凶手无罪时，这家报纸对这一判决痛心疾首。私刑主义既浪漫又令人反感：这种做法切实有效，让人无法谴责；危害巨大，因此不可饶恕。可无论是对是错，这个案子现在都已经结束了，即使一些人仍然对事情的真相心存疑虑，除了牧师的直系亲属和受挫的执法人员之外，几乎没有人为牧师漫长而奇特的一生的终结感到悲伤。

就像塔拉普萨河上的大坝一样，麦克斯韦一案的闸门已经关闭，水位开始极其缓慢地上升。等到几个星期、几个月以后，故事开始发生变化，案件卷宗开始不见，法庭记录也渐渐消失。这些消失的档案，有一部分是人为的。想当英雄的人希望为更多人所知，被抹黑的一方希望得到清净，幸存者们都希望生活能够继续。另外一些记录的消失，则源于记忆不可避免的衰退和时间侵蚀的力量。现在不断覆盖掉过去，而过去不断跌落得更深。在威利·麦克斯韦牧师的生与死之间为人们所了解的真相，即使在当时，也难以捉摸。最后，终于变成了断壁残垣、被淹没的教堂和坟墓，深埋在150英尺下，马丁湖底的泥沙之中。但是，在一切消失殆尽之前，有一个人出现，并试图打捞失落的记忆。

第三部

作　家

15. 消失行动

　　马里昂·皮特曼·艾伦（Maryon Pittman Allen）在华盛顿的任何地方都找不到一本《杀死一只知更鸟》，这简直太糟糕了。身为大亚拉巴马州资浅①参议员詹姆斯·布朗宁·艾伦（James Browning Allen）的第二任妻子，艾伦不仅要出席参议院的夫人午宴，还要向美国第一夫人罗莎琳·卡特（Rosalynn Carter）赠送一本代表她家乡的书。艾伦十分清楚自己应该带哪本书，因为在亚拉巴马州，最家喻户晓的故事莫过于一个叫斯科特的假小子和她英雄般的律师父亲阿提克斯·芬奇的冒险经历，但是即使当时内尔·哈珀·李（Nelle Harper Lee）的这本小说发行量达数百万册，在这个国家的首都，艾伦却一本都买不到。

　　艾伦和李一样大，她们几乎同时从亚拉巴马大学辍学。李曾是法学院的学生，辍学是为了写作；艾伦曾是新闻专业的学生，辍学是为了抚养孩子。她的第一次婚姻以失败告终，家里有三口人要养活，所以她开始在伯明翰附近的几家报纸当记者。就这样，她遇到了自己的第二任丈夫，当时的副州长詹姆斯·布朗宁·艾伦，丧偶并带着两个孩子。去采访他的路上，艾伦听到教堂传来钟声，希望这并不是什么预兆，然而4个月后他们就结婚了，4年后，他们搬到了华盛顿，以便詹姆斯进入参议院就职。艾伦不喜欢大肆宣扬自己参议员夫人的角色，但她也不想让她的丈夫或她的州丢脸，所以她决心一定要给卡特夫人带去合适的礼物。当

---

　　① 每个地方州在参议院里有两个席位，两位参议员中任期较长的一位通常被称为"资深"参议员，另一位则被称为"资浅"参议员。

找不到这本书时，她就去联系了它的作者。

艾伦知道她和李在塔拉普萨县有一个共同的朋友，她想他可能知道如何联系到她。亚拉巴马州的每个人几乎都能辨认出约翰·福尼（John Forney）的声音，其中一半人——他的粉丝——认为这是上帝的声音：福尼十多年来一直为亚拉巴马州红潮队的比赛进行实况解说。"约翰，"接通这位体育解说员的电话后艾伦说，"你知道内尔·李在哪儿吗？我只需要拿到一本她的书。"在她解释了原因后，福尼告诉她，李在亚历山大城。

艾伦对亚历山大城十分熟悉，她的第一任丈夫就是在那里出生长大的。彼时，她自己的父亲还在密西西比河上修建堤坝，和她的母亲一起住在河边的帐篷里，她前夫的父亲还在亚拉巴马州参议院钻营人脉。后来，桑福德·马林斯（J. Sanford Mullins）去亚历山大城当了30多年的律师。艾伦清楚地记得，马丁湖附近发生过的最激动人心的事，莫过于她的公公爬上卡车车斗，向民众发表演讲，这些热情洋溢的演说每次都能吸引来三县的听众。但是这位查南胡奇溪出身的演说奇才早已去世，她想不到塔拉普萨县还有什么能吸引这位闻名世界的大作家。"她到底……"艾伦难以相信地问福尼，"在亚历山大城做什么？"

李在那里写作，福尼说。如果艾伦能给他一点时间，他会设法联系她。几个小时后，福尼打电话回来说，他找到了李，她现在住在马蹄湾汽车旅馆，或许艾伦也知道这家旅店，就是280号高速公路上的一栋六边形建筑。这位作家还允许福尼把自己的私人电话号码给艾伦。"就好像她躲在一片讨厌的树林后面。"艾伦回忆道，"但是我得到了可以找到她的秘密号码，我们聊了1个多小时。"

她们谈到小镇上的律师，因为艾伦想知道李是否听说过她前夫的父亲；谈到新闻业，因为李经常阅读艾伦发表在各家报刊上的专栏《女新闻记者之沉思》。当艾伦终于问起，为什么李会在亚历山大城时，这位作家并没有透露太多，只说她已经在那里待了几个月，工作内容与一个巫毒牧师有关。不过，李的确答应说，她会寄一本自己的小说到华盛顿，并确保在1978年5月15日前送到，以便能及时赶上午宴。

李信守诺言，寄了一本首版小说过去，在扉页题写了"致罗莎琳·卡特"，还附上了《箴言》①里一首智慧赞歌中的一句："她的道是安乐，她的路全是平安。"艾伦夫人在参议院夫人午宴上向卡特夫人献上了这本书——这成为艾伦出席的最后一次午宴。两星期后，她和丈夫因参议院夏季休会返回亚拉巴马州，随后参议员詹姆斯·布朗宁·艾伦在位于格尔夫肖尔斯的海滨别墅因心脏病发作去世。此后不久，乔治·华莱士州长任命马里昂·皮特曼·艾伦接任她丈夫的席位，使其成为该州第二位女参议员。由于生活和工作上都事务缠身，艾伦完全忘记了那位藏身在马蹄湾汽车旅馆的普利策奖获得者。

在那段日子里，忘记哈珀·李是一件很容易的事。《杀死一只知更鸟》已经出版了18年，在此期间，李几乎没有发表任何其他作品——除了为两本铜版纸杂志撰写的三篇短文、帮朋友杜鲁门·卡波特写的两篇短小的简介和一本廉价烹饪书里带有讽刺意味的油渣面包②菜谱——这就是近20年来她呈给世界的全部作品。第一本小说出版后，她没有再接着出版第二本书，而且她已经14年没有接受采访了。她最后一次同意把自己的话付诸印刷，则是为了帮卡波特另一个忙。1976年，卡波特曾邀请李和他一起接受《人物》（*People*）杂志的采访，该杂志正在筹备他的传记。根据记载，李一共说了12个单词，其中7个连起来是："我们被一种

---

① 《箴言》内含智慧之言和发人深思的哲理，是《圣经·旧约》的一卷，通常被认为是古以色列王所罗门在中年时所作。

② 美国南方的一种特色食物，是由玉米粉加入鸡蛋、牛奶和猪油渣烤制而成的玉米饼。

共通的痛苦所联结。"

《杀死一只知更鸟》让李变得非常富有，但你从她的生活方式上绝对看不出来。在纽约时，她住在上东区一间租来的小公寓里；回到亚拉巴马州时，她和家中一个姐姐住在老家门罗维尔的一座朴素的砖砌农舍里。不管在哪里，她都避开媒体、粉丝，以及任何与文学关系密切的东西。她试图过自己的生活，就好像她从未出版过美国历史上最受欢迎的小说之一。1962 年，根据她的书改编的电影问世了，这部电影帮格利高里·派克（Gregory Peck）拿下了奥斯卡奖，并进一步在全国人民心中强化了李所描述的那个南方小镇的形象。李告诉《莫比尔选民报》（*The Mobile Register*）的记者，她想从公众视野里消失，并且她基本上已经做到了。

现在，她独自一人住在一家偏僻的汽车旅馆里，世界不再关注她，她几乎和在写《杀死一只知更鸟》时的小公寓里一样自由。这就是为什么，那天在电话里她选择不告诉马里昂·皮特曼·艾伦自己在亚历山大城的原因：这么多年之后，哈珀·李终于要写另一本书了。

16. 某种灵魂

在生命的前34年中，她一直使用"内尔"（Nelle）这个名字，倒过来拼写就是"艾伦"（Ellen），也就是她外婆艾伦·里弗斯·芬奇（Ellen Rivers Finch）的名字。她的中间名，还有那个后来世人皆知的名字，则是塞尔玛一位儿科医生的姓，这位医生曾经救过她姐姐的命。当她的书出版时，李要从负载着家族传承的两个名字中选择一个，另外一个则要从封面上去掉。"我们有必要讨论一下我'出道'时使用哪个名字。"《杀死一只知更鸟》出版前的那个夏天，李给她的经纪人写信说，"我选择使用'哈珀·李'这个名字，仅仅是因为'内尔'的拼写太奇怪，大多数人都会把它读成'内莉'（尤其当它出现在支票和求职申请上的时候），这是我无法忍受的。去掉这个名字只是为了避免混淆。"事实证明，这个选择只是把一种误解变成了另一种：它使得李一生都被一些读者误以为是个男人。但是，那个和男孩儿们一起踢足球、穿着男士睡衣睡觉、抽烟抽得很凶的假小子，已经习惯了让她周围的人感到困惑。

内尔·哈珀·李生于1926年，比麦克斯韦牧师晚1年，比汤姆·拉德尼早6年。她是弗朗西丝·坎宁安·芬奇（Frances Cunningham Finch）和阿马萨·科尔曼·李（Amasa Coleman Lee）的第四个孩子。即使按照南方对待反常事物的灵活标准来看，李的家族也是由一群古怪的人组成的。阿马萨的父亲是南部联邦的一名士兵，但不是那个著名人士[1]。阿马萨通常

---

[1] 指罗伯特·李（Robert E. Lee，1807—1870）将军。

被人叫作A.C.，有时也用科利（Coley）这个名字。他在佛罗里达州的一个农场长大，只接受过几年的正规教育。不过他很早就知道，自己并不想在田间度过一生，于是尚未成年就通过了教师资格考试，然后在他几乎没怎么上过的学校里找到了一份工作。在那之后，他先是在一家锯木厂当记账员，后来又成了会计，并因此来到门罗县，遇到了他的妻子——住在芬奇堡的芬奇家族中的一员。两人于1910年结婚，最终定居在门罗维尔。在那里，A.C.为当地的巴尼特与巴格律师事务所管理一条邻近的铁路线。

门罗县政府所在地门罗维尔最初被称为"中心维尔"，但这明显是个谎言。①据说是负责确定县中心的测量员在酒精的贿赂下，将其移动了几英里，但是在詹姆斯·门罗（James Monroe）总统逝世后，小镇居民放弃了这个骗人的伎俩，最终改了名字。就这样，"中心维尔"变成了"门罗维尔"。到了20世纪30年代，该镇的人口刚刚超过1300，比尼克斯堡略多一些，但和亚历山大城相比就少了很多。再加上远离河流和铁路，人们很难进入门罗维尔，却容易被困其中。

在巴尼特与巴格律师事务所工作时，A.C.开始自学法律。他一直在那里工作，直到通过了州律师考试——那时没有学位也可以参加考试。等他成为合伙人后，公司改名"巴尼特、巴格与李"，即使是在大萧条时期，生意也蒸蒸日上。1929年，当美国大部分公司濒临破产时，A.C.买下了当地的报纸《门罗日报》（ *The Monroe Journal* ），并一直是该报的所有者，直到1947年。他还在亚拉巴马州众议院赢得了一个席位，并将其一直保留到了1938年。

金钱能为不合群的人创造奇迹。由于父亲声名显赫，李家的孩子们

---

① 小镇原名Centerville，字面含义为"城镇中心"，但小镇并非门罗县的中心。

可以随心所欲地行事，怎么古怪都不为过，而这种古怪从他们的年龄可见一斑：内尔，这个家里最小的孩子，比她最亲密的哥哥埃德温·科尔曼·李（Edwin Coleman Lee）小6岁，比二姐弗朗西丝·路易丝·李（Frances Louise Lee）小10岁（后者一直被称为路易丝），比长姐爱丽丝·芬奇·李（Alice Finch Lee）小15岁。孩子们之间巨大的年龄差距，部分原因是路易丝在婴儿时期差点死去。他们的母亲因此承受了种种折磨，压力让她患上了当地医生难以治疗的"神经紊乱症"，于是她去往莫比尔的一名专家那里治疗，将近1年后才重新回家。

由于年龄的差异，李家的四个孩子在成长过程中感觉都有点像独生子女。内尔学会阅读时，她的长姐已经去上大学了；她得到一辆自行车作为圣诞礼物的那一年，她的二姐有了丈夫。14岁时，她已经有了侄子。她和哥哥的关系最亲密，而姐姐们对她来说更像是母亲。她真正的母亲，因为在寄宿学校多年的学习而获得了极高的美学素养，她教内尔弹羽管键琴，让她对纵横字谜产生了浓厚兴趣，并大声朗读给她听——但这些只有在她身体好的时候才能进行，而她的身体一向不怎么好。弗朗西丝有严重的过敏症，这让她在以农耕为主的南方饱受折磨，因为那里有运煤火车、轧棉机和沙尘季节，和已经实现工业化的北方差不多一样糟糕，而且她的精神状况始终未能从第二次怀孕后的崩溃中完全恢复。她有时会花很长时间出去散步，就算在门罗维尔时，她也不管理家务，而是把这份工作交给她大一些的两个女儿和几名黑人女佣。李家的孩子们都说他们的母亲温柔善良，但是在他们居住的小镇和那个时代，其他人并没有对她羸弱的身体抱有同样的包容。邻居们嚼舌说弗朗西丝总在奇怪的时间弹钢琴，在门廊前大喊大叫，经常重复自己的话，而有时则正相反，她会一言不发地盯着一个地方看，从不会像一个人们印象中的南方女人那样热情寒暄。

由于母亲生病，父亲整天都在工作，并偶尔去蒙哥马利的立法机关，内尔的童年缺少监护。但这对门罗维尔的孩子们来说并不罕见，他们想惹出什么麻烦都行——只要能按时回家并在晚饭前洗手，去教堂之前记得把自己的头发弄服帖。那个时代不仅允许，而且鼓励青少年自娱自乐。极少数能花上10美分去看一部电影的那些人，有义务为其他孩子重演所有情节。[内尔当时还太小，鲍里斯·卡洛夫（Boris Karloff）主演的《弗兰肯斯坦》（*Frankenstein*）上映时她没法去看，姐姐的重新演绎把她吓坏了；等到多年后，其准确性又让她十分惊异。]然而，大多数时候，他们用来找乐子的东西都是免费的。他们把玉米地变成葛底斯堡①的战场，把香蒲丛变成西非的丛林。他们盯着地面看时，是在带领一队蚂蚁越过田野和山脉；他们仰望天空时，是在像阿梅莉亚·埃尔哈特（Amelia Earhart）②或"幸运林迪"（Lucky Lindy）③一样飞越大西洋。人数足够多的时候，他们就一起玩各种游戏；一个人的时候，他们就百无聊赖，但对此早就习惯了。

生活不无聊，但也很少一直令人兴奋，门罗维尔就是这样一个小镇。如果你的姐姐在星期五给大家端上蛋糕，她就会因为"宴请了宾客"而上报纸；如果你朋友的8岁生日聚会上有水果潘趣酒和奖品，这可能会被放上头条，并用5个版面进行报道。打开几乎任意一期20世纪30年代到40年代的《门罗日报》，你都会发现上面提到了李一家人——不仅仅是因为他们的父亲是该报的所有者，并主笔了许多社论，还因为报纸页数太多了，没有足够的新闻来填满这些页面，内容包括：路易丝千里迢迢去

---

① 葛底斯堡战役是美国南北战争中的关键一战，美国总统林肯还曾在此发表过重要演讲。

② 单人飞越大西洋的第一位女性飞行员。

③ 美国首次单人飞越大西洋的飞行员查尔斯·奥古斯都·林德伯格（Charles Augustus Lindbergh），"幸运林迪"是他的绰号。

往华盛顿特区参加美国四健会（4-H Club）①露营；埃德温和冠军足球队的其他成员受到盛宴款待；卫理公会的埃普沃思联盟（Epworth League）②举办了一次关于十字军的讲座，随后12岁的内尔发表了一篇以世界形势为主题的演讲，题目为《是什么造成了这种混乱？》。

这些对于一个小镇来说，已经是十分重要的大事了。而对孩子们来说，只有去学校才能给自己无所事事的日子找点事情做。睡眼惺忪、头重脚轻的内尔去了门罗县的公立学校，这些学校仍然实行种族隔离制度；她和兄弟姐妹都不太可能踏进镇上的罗森沃尔德学校——由布克·华盛顿（Booker T. Washington）③规划、慈善家朱利叶斯·罗森沃尔德（Julius Rosenwald）资助的学校，共有5000所，用于南方各州黑人儿童的教育，这里提到的是其中一所。内尔上的那所学校就在家的旁边，但是上学的感觉和在家完全不一样。她不是穿错了衣服，就是头发太短。她和男孩子摔跤，不喜欢和女孩子玩。当邻居们从自家窗户往外看时，他们经常能看到内尔穿着工装裤跑来跑去，大喊大叫，好像她是一个在克里克战争中和老疯子杰克逊（Old Mad Jackson）④战斗的红棍⑤。

内尔在和同学们的交往上显得格格不入。如果要从字面意义去理解的话，即使在班级照片上，她也和他们不在一个高度。而且她在学业上也比同龄人领先好几年，主要是因为她学会阅读的时间太早了。她

---

① 一个"从行而学"的非营利性青年组织，成员年龄在10到21岁之间，主要在美国和加拿大活动。

② 卫理公会青年组织，成员年龄在18到35岁之间，于1889年在美国成立。

③ 美国政治家、教育家和作家。

④ 指安德鲁·杰克逊（Andrew Jackson，1767—1845），美国第7任总统，在克里克战争中被印第安人称为"老疯子杰克逊"。

⑤ 北克里克印第安人的自称。

先从长发公主①、流浪男孩（Rover Boys）②和长耳维格利叔叔（Uncle Wiggily Longears）③看起，接着又开始看鲍勃西双胞胎（Bobbsey Twins）④和汤姆·斯威夫特（Tom Swift）⑤的冒险故事，很快，她又和绿山墙的安妮（Anne of Green Gables）⑥一起去埃文利，和塞克特里·霍金斯（Seckatary Hawkins）一起参加"正义俱乐部"（Fair and Square Club）⑦的聚会。到了一年级，她已经每天都读《门罗日报》和《莫比尔新闻》了，这是门罗维尔很多成年人都做不到的壮举。

如果说，内尔是个不同寻常的孩子，那么与她最好的朋友相比，这还算不了什么。那个小男孩像被仙女带来的一样，某天突然出现在李家的隔壁。他的母亲莉莉·梅·福克（Lillie Mae Faulk）在门罗维尔和四个表亲一起长大，但在17岁那年嫁给一个名叫阿丘鲁斯·珀森斯（Archulus Persons）的人后就离开了。阿丘鲁斯是一名专业律师，金色头发，戴厚底眼镜。他就像小一号的巴纳姆（P. T. Barnum）⑧，谋生手段是给一名拳击手

---

① 格林童话中的一个角色。

② 亚瑟·温菲尔德（Arthur M. Winfield）[美国作家爱德华·斯特拉特迈耶（Edward Stratemeyer，1862—1930）的笔名]所著系列童书中的主人公。

③ 美国作家霍华德·加里斯（Howard R. Garis，1873—1962）所著系列童书中的主要角色。

④ 斯特拉特迈耶辛迪加出版公司旗下系列儿童小说的主人公，作者为多名美国作家。

⑤ 由斯特拉特迈耶辛迪加出版公司自1910年起出版的系列青少年科幻小说的主人公，创造这个角色的是爱德华·斯特拉特迈耶，但五个系列、上百卷小说由多名作者执笔，多用笔名维克多·阿普尔顿（Victor Appleton）。

⑥ 加拿大女作家露西·莫德·蒙哥马利（Lucy Maud Montgomery，1874—1942）出版于1908年的长篇小说《绿山墙的安妮》中的主人公。

⑦ 美国作家罗伯特·舒克斯（Robert F. Schulkers，1890—1972）创作的一系列儿童小说的主要角色。"正义俱乐部"是小说中由包括霍金斯在内的一群男孩建立的组织，基地在河边。

⑧ 19世纪美国商人，被称作"马戏之王"。

当经纪人、代订游轮旅行团，并参与一系列的演出，海报上把和他搭档的表演者描述为"世界上最神秘的人"。（当珀森斯把演出带到门罗维尔时，他把这个神秘人埋入地下两天——就在内尔就读的小学——让他只用一根管子呼吸，感兴趣的人可以花上1美元透过一个小洞来观察他。）他们在蜜月结束前就把钱花光了，除了莉莉·梅之外，没人对此感到惊讶。她怀孕了，想堕胎。而他想要个儿子，并且取得了胜利。当这个孩子出生时，他的父亲用一个老同学的名字给他取名为杜鲁门，并用密西西比河上的一家轮船公司的名字——施特雷克富斯——作为他的中间名。

杜鲁门·施特雷克富斯·珀森斯（Truman Streckfus Persons）于1924年来到这个世界，1928年到1932年主要居住在门罗维尔。莉莉·梅的表亲在她结婚前照顾她，她结婚后又照顾她的儿子，他们住在李家隔壁的房子里，中间只有一堵低矮的石墙。当内尔不再是蹒跚学步的婴儿后，她和杜鲁门已经成了"犯罪"伙伴，他们什么事都一起干：放风筝、在杜鲁门家的鱼塘里举办洗礼仪式，一起在李父亲在后院楝树上建造的树屋里，一待就是几个小时。在他们能自己阅读之前，由内尔的哥哥先读书给他们听，然后他们三个人会表演出书里的剧情，凭借年龄、体形或固执程度争夺最佳角色。等到内尔和杜鲁门终于可以自己阅读之后，当他们没有故事可读时，就开始自己写，从南亚拉巴马大路上熟悉的人里面找他们的主角和反派。内尔的父亲给了她一台破旧的打字机，她每天会花上几个小时在上面创作诗歌和剧本，偶尔也会和杜鲁门一起分享这个装置。

学校或许有时对内尔来说是种折磨，但对杜鲁门·施特雷克富斯·珀森斯来说更加糟糕。他的个头只有他名字的一半大，性格又十分古怪。内尔年纪更小，但是个头更高，性格更冲，更倾向于反击，所以他都是从她那里得到保护。不过，大多数时候，就他们两个人待着，远离其他人，他们都是"不合群"的人——后来，在杜鲁门·卡波特这个名字家喻户晓之后，他解释道。他的母亲在和一个叫约瑟夫·加西亚·卡波特（Joseph Garcia Capote）的男人私奔后，就同他的父亲离婚了。约瑟夫·加西亚·卡波特是一名古巴裔办公室经理，在华尔街的一家公司工作。一场激烈的法庭诉讼后，莉莉·梅（现在改名叫尼娜）获得了儿子的完全监护权。她带他搬到了纽约，改了他的姓，但在夏天仍会把他送回家和她的表亲待一段时间。比如，《门罗日报》就报道了他在1935年6月的一次探亲："纽约市的杜鲁门·卡波特少爷于周日抵达门罗维尔，与福克家的小姐们一起度过了几个星期"。

无法每天都和杜鲁门少爷做邻居对内尔来说是一个打击，但能一起过夏天总比什么都没有好。现在，无论杜鲁门何时穿过梅森－狄克森线，他都会带来全世界的消息：地铁辅币、摩天大楼、预科学校、男士无尾礼服、外语等等。但是当他再次离开时，世界又只剩下了门罗维尔，而门罗维尔对内尔的意义只在于她的家人：父亲专注的爱和母亲精神涣散的爱；长姐爱丽丝关切、鼓励的目光（去了一趟蒙哥马利动物园后，李就一直叫她"大熊"）；埃德的守护（他正在学习成为一名军事飞行员）；还有二姐路易丝的喜爱（她被称为薇姿，在内尔还不满10岁、尚被家里人叫作"多迪"时，她就搬到了亚拉巴马州另一端的尤福拉结婚成家）。

内尔·哈珀·李在高中终于交到了另一个朋友：不是她的同学，而是老师格拉迪丝·沃森·伯克特（Gladys Watson Burkett）。她脖子上挂着一副眼镜，脸上洋溢着对文学的热爱。"她是我所知道的少数几个对自己所教的学科完全热爱的老师之一。"内尔说，"我所有与英语有关的知识都是她教给我的。"伯克特就住在李家对面的街上，对内尔十分关心，两人一直保持着亲密关系，直到伯克特去世。"她是我这辈子在门罗维尔最好的朋友。"李曾经这么说过，这不仅表达了她对于智性友人的渴望，也反映出一个聪明的年轻女子与家乡深深的疏远。

到了该上大学的年纪，卡波特没有去上学。他知道自己想成为一名作家，他完全可以投入全部精力亲身实践，因此不觉得学习写作有什么意义。内尔比他小两岁，当她面临同样的选择时，卡波特早已住到了派克大街①上，在《纽约客》当勤杂工。他在西44街28号的大厅之间走来走去，拿着笔，穿着斗篷，像一名芭蕾舞演员。主编哈罗德·罗斯（Harold Ross）第一次看到他时，问道："那是什么东西？"

答案很快就出来了，卡波特成了《纽约客》的一名撰稿人。内尔也想成为一名作家，但她的父母都还在，不像卡波特已经没有了父母的约束。李夫妇希望他们所有的孩子都能接受教育，尤其是女孩。于是，1944年，李离开门罗维尔去了亨廷顿学院。

亨廷顿学院是卫理公会开办的一所小型女子学院，校园美丽，离弗朗西斯·斯科特·菲茨杰拉德和泽尔达·菲茨杰拉德（Zelda Fifzgerald）在蒙哥马利时居住的地方不远。爱丽丝也在这里上过学，并十分喜欢这所学院。但是内尔觉得它又小又闷：58英亩的校园里有500个女孩，而且所有人每天早上很早就要去教堂。她加入了姐妹会文学荣誉社团和合唱团，但从未完全适应学生生活。就像在小学时一样：同龄人在做的，内尔都不想做；她想做的，她们却都不想做。她从不戴帽子或者化妆，也不会跳舞或者约会，只是不停地抽烟，彻夜不眠地阅读维多利亚时期文学，并且像同学母亲会警告她们远离的那些男生一样说脏话。

唯一让内尔·李感觉自在的就是阅读学校的出版物。在亨廷顿的那一年，她重读了贝蒂塔·哈丁（Bertita Harding）的《失落的华尔兹》（*Lost Waltz*，1944）（她抱怨说，这位小说家对哈布斯堡家族过于宽容了）和诺曼·卡森斯（Norman Cousins）的《好遗产》（*The Good Inheritance*，1942）（读

---

① 纽约市一条豪华大街。

他的学术文章，"某种程度上是从当今所谓的'现实主义'写作中解脱出来"）。她还在学校文学杂志《序曲》（The Prelude）上第一次发表了两篇小说：《噩梦》（Nighmare）讲述一个小女孩透过篱笆桩的缝隙看到的一场私刑；《向正义眨眨眼》（A Wink at Justice）描述了法庭上的一个场景，一名法官让8名被指控赌博的非洲裔被告人排成一队，检查他们的手掌，看谁的手比较粗糙，以此证明他一直在工作。尽管明显是青少年读物，这两个故事都带有一丝未来那部文学巨著的味道：梅康镇众多居民滥用私刑的暴民心态，以及法庭作为道德剧场出现在书中。

　　内尔在亨廷顿从未开心过，1年后她去了亚拉巴马大学。李上大学期间，位于塔斯卡卢萨的校园里有8000多名学生，她从一开始就更喜欢这里，因为有很多时间可以自己安排：不会强制学生去教堂，想多晚睡都可以。她可以只睡三四个小时，靠香烟、糖果和热水澡保持清醒。她在校报中说，她心目中的天堂是"勤奋的法学院学生和作家死后去的地方，不靠苯丙胺①也可以永远不睡觉"。

　　李宣誓加入了姐妹联谊会，但是其成员和亨廷顿的女生一样被她搞糊涂了；在她之前，从来没有人会如此大胆，在入会仪式上纠正即将成为姐妹的人的发音。而且她们中大多数人在这件事上甚至比她们的教授更吹毛求疵。很快，李就把姐妹会基地变成了她常驻的一间宿舍。不过，她把牙刷放在哪里并不重要，因为她实际上只住在学生会那栋存放着所有学生出版物的大楼里。

　　对于像内尔这样的人来说，这可是她除了自己家以外找到的第一个圣地，在这里她可以整天蜷缩在打字机前，也可以引用《罗兰公子》

――――――――――

① 一种兴奋剂。

（*Childe Roland*）①或者大段大段地背诵斯温伯恩②的作品，没有人会说什么，也没有人会表示不满。学生会也是她结交到另一个好友的地方——这次同样不是同学，而是一位名为詹姆斯·麦克米兰（James McMillan）的教授。吉姆（詹姆斯的昵称）是新成立的亚拉巴马大学出版社的负责人，在学生会也有一间办公室。大多数早晨，他来到学生会，会在开始工作之前先煮上一壶咖啡，一夜未睡的内尔就会跌跌撞撞地下楼来喝一杯。他们会谈论历史、植物学、文学和语言学，谈论她在写什么或他在编辑什么，最后她会回到自己的宿舍，睡上几个小时。

内尔刚进入校园时曾试图给报纸投稿，但是她发现，当编辑不是你自己的父亲时，想让对方采纳你的稿件就十分困难了。不过，她的投稿很快就在幽默杂志《捶捶打打》（*Rammer-Jammer*）上发表了，等到第一学期结束时，她的文章已经登上了该杂志的主页；1年后，在1946年的秋天，她成了主编。这一职位不仅体现出她的才华，也反映了她所处的时代：第二次世界大战期间，大学里新闻专业的男性和其他专业一样，都被派到国外参战，给女性创造了机会。除了担任主编，内尔还为很多期刊撰写文章，其中包括校园版的《罗密欧与朱丽叶》（*Romeo and Juliet*），模仿乡村小报的《杰克逊思想民主报》（*The Jackassonian Democrat*）——与她父亲的《门罗日报》并无太大不同，还有一篇模仿《时尚先生》（*Esquire*）的搞笑文章，她取名为《我们时代的一些作家》（"Some Writers of Our Time"），其中罗列了一名成功作家身上应该具备的所有特征：一个虐待狂父亲，一个酗酒的母亲，"某种灵魂"；最重要的是，要出生在一个南方小镇。她的朋友杜鲁门·卡波特在那篇文章中倾情客串，大着舌头抱怨他正在写

① 英国诗人罗伯特·布朗宁（Robert Browning，1812—1889）于1855年创作的一首诗。
② 阿尔盖蒙·查尔斯·斯温伯恩（Algernon Charles Swinburne，1837—1909），英国诗人、剧作家、小说家和评论家。

的鸿篇巨制："亲爱的，我太逊了。我的小缩讲的四一个多愁散感的男孩子从思二岁到曾年的故四。"不过，她最好的作品《现在是所有好人的时机……》（"Now Is the Time for All Good Men…"），是一部关于《博斯韦尔修正案》的独幕剧，基于1946年真实发生过的事件写成：为阻止亚拉巴马州的黑人注册选民，州议会制定了这部修正案。在她的诙谐改编中，"市民根除黑祸委员会"主席、高贵的雅各布·F. B.麦克吉拉克迪先生，设计了一项艰难的识字测试，甚至连他自己都无法通过，只能请求美国最高法院的豁免。

内尔为《捶捶打打》写的作品大多天真幼稚（这在当时也不奇怪），但这些文章并不差，而且数量很多，足以让她在学生报纸《红白》（The Crimson-White）上开一个专栏。那些没在教室里领教过内尔·李的刻薄的同学，现在都通过她的"尖酸评论"专栏知道了。她在那里严厉指责了每一个人，从学校保安到教务主任。她还在一篇专栏文章中猛烈抨击了图书馆里没文化的工作人员：他们先是拒绝给她朋友一本《尤利西斯》（Ulysses），之后给他的那本书里则缺失了"佩内洛普"那一章，还让他不要再找麻烦。

内尔烟灰缸里的烟头堆得越来越高，打字机上打出的纸也越来越长，这时她的姐姐爱丽丝回到了父母身边，在巴尼特、巴格与李律师事务所得到了一份工作。她跟随父亲的脚步进入了法律行业，精通税法，部分是因为战后的"胜利税"（Victory Tax）①使得每个人都需要国内税收署的帮助，即使是那些没多少收入的人。因为父亲和姐姐的缘故，内尔多年来经常在门罗县法院旁听案件审理。电影可能要花一分钱，但审判是免费

---

① "二战"后美国国会通过的一项法令，向所有美国公民征收所得税。

的。头顶的镀锡天花板和脚下的桉木地板闪闪发光，她身处其中，静悄悄地听完了各类案件的全过程，从伤害罪到谋杀。

甚至在内尔还读不懂法律书籍时，她的父亲就已经想着把公司改名为"A. C. 李父女律师事务所"。不管这个梦想对内尔有没有吸引力，她都一直渴望取悦父亲。在亚拉巴马大学待了1年后，她申请提前进入法学院。到1947年，她正式成为一名法律专业的学生，合同和侵权诉讼剥夺了她更多的睡眠时间。后来她说，入学只是为了进入法学院图书馆。但当时她告诉家人，学习法律可以让她获得成为作家所需的自律，并教会她如何思考。

到了第二年夏天，内尔·李认为自己是时候离开亚拉巴马大学了。她被牛津大学国际教育交流项目选中，1948年6月16日，就在威利·麦克斯韦牧师刚退伍回家的时候，她乘"伊丽莎白女王号"起航去了南安普敦。她在玛格丽特夫人学堂度过了那个夏天，广泛阅读了大量英国文学作品，并四处旅行。对于一个生长在深南部辽阔土地上的人来说，这个国家似乎太袖珍了。和许多南方人一样，内尔认为英国是文明的摇篮，并痴迷于它的历史，甚至连默默无闻的辉格党人①和英国国教会的小主教也不放过。她十分热爱英国乡村，因此当课程结束时，她租了一辆自行车，独自骑着到处旅行，住青年旅社。当她的冒险经历传到门罗维尔时，邻居们都很震惊。但其实李夫妇很久以前就放手让内尔做她自己了，他们只是期待着阅读《假小子国外旅行记》的下一章——后来的内容包括骑自行车到伦敦，以及喝茶时偶遇温斯顿·丘吉尔（Winston Churchill）。

无论如何，这都称得上一次具有纪念意义的邂逅。但说到与人交往，

---

① 英国旧时的激进党派，自由党前身。

她的朋友杜鲁门·卡波特自始至终都让她自惭形秽。那年夏天，卡波特也在欧洲，但他并没有研究文学巨匠，而是和他们成了朋友：他在英格兰和诺埃尔·科沃德（Noël Coward）、萨默塞特·毛姆（Somerset Maugham）还有伊夫林·沃（Evelyn Waugh）共进晚餐，然后跑到巴黎去见格特鲁德·斯坦因（Gertrude Stein）的伴侣爱丽丝·托克拉斯（Alice B.Toklas），据说还和阿尔伯特·加缪（Albert Camus）上了床。这可真是令人羡慕和向往的行程。李仍然是个大学生，但卡波特已经在成为国际名人的道路上高歌迈进。8月的第一个星期，他和田纳西·威廉斯（Tennessee Williams）[①]乘坐"玛丽女王号"回家，在船上与克拉克·盖博（Clark Gable）[②]和斯宾塞·屈塞（Spencer Tracy）[③]结交。两周后，内尔坐上了同一艘轮船，除了几个像她一样参加交换项目的学生之外，谁也没遇到。

内尔在8月的最后一天到达纽约。她乘坐新月有限公司的火车回到亚拉巴马州，那里，宪法和民事诉讼程序在等着她。当她花着钱在教室里如坐针毡、为考试坐立不安时，人们却为卡波特写的每一个字付钱。他是在地球上昂首阔步的孔雀，而她是一只在窝里踱步的鸽子。无论她之前是怎么说服自己来法学院的——获得自律还是实现父亲的梦想——这些理由现在都不足以让她留下了。离毕业仅剩6个星期，内尔·李退学了。显然对她来说，作家就是写作的人，而且每个人早晚都会让父母失望的，所以她想：最好现在开始两者都做。

---

① 美国剧作家，代表作有《欲望号列车》等。

② 美国著名演员，曾饰演电影《乱世佳人》男主人公。

③ 美国奥斯卡金像奖历史上唯一——位连续两年获得影帝称号的演员，代表作品有《怒海余生》《孤儿乐园》等。

17. 礼物

内尔·李刚搬来曼哈顿时23岁，那时，杜鲁门·卡波特早已厌倦了纽约，踏上了另一次星光熠熠的长途旅行。那年夏天他在摩洛哥，由于无法迎接李，他去丹吉尔邮局给另一个朋友寄了一封信，请对方帮忙照顾她。两年前，迈克尔·布朗（Michael Brown）从得克萨斯州的梅希亚搬到了纽约，想成为一名写词人，他觉得同为背井离乡的南方人，自己有必要去见见这位曾经在亚拉巴马小镇和卡波特做过邻居的年轻女士。

"内尔和我是好朋友。"布朗说。除了都是南方人之外，他们之间还有很多共同点：母亲去世后，他也是由一个年纪比他大得多的姐姐抚养长大的；他也崇拜他的父亲，后者是一名医生，赚钱养家并资助布朗读完了大学和研究生；布朗迫切渴望摆脱自己的小镇出身，于是改了名字，就像内尔后来所做的那样。他的原名是马里昂·马丁·布朗（Marion Martin Brown），"二战"后他来到纽约，和内尔的哥哥一样在美国陆军航空军部队服役，并向每个人都介绍说自己叫迈克尔。

布朗一边当打字员谋生，一边在书皮和纸巾上写歌。很快，内尔也找到了一份全职工作。1949年春天，她去了一家名为《学院行政》（The School Executive）的专业杂志当助理编辑。该杂志是美国学院出版公司发行的月刊，读者一年只需付3美元，就可以从杂志上了解到一系列最新消息，包括教学方法、教科书、教学工具、教育政策评论以及全国学校系统概况。然而杂志社的工作耗费的恰恰是内尔自己写作所需的脑力，仅仅6个月后，她就离职了。接着，她又找到了一份票务代理的工作，先是在比利时航空公司，然后去了英国海外航空公司。在那个年代，航空旅行既昂贵又激动人心 [令她高兴的是曾经接到过劳伦斯·奥利弗爵士（Sir Laurence Olivier）①的电话，他需要一张返回伦敦的机票]，内尔认为，除了维持生计，这份工作还可以帮助她像奥利弗一样买到去英格兰的机票。然而事实证明，她只能使用员工票返回亚拉巴马，那个她曾试图离开的地方。和《学院行政》的工作一样，票务代理的工作既与她渴望的生活有联系，却又使她离那种生活越来越远。

大约在同一时间，李搬进了位于上东区约克维尔街区第二大道1540号的公寓。公寓离东河只有几个街区，离门罗维尔似乎有100万英里那么远，远到她穿着网球鞋和蓝色牛仔裤在街上走都不会有人多看一眼，远到她可以忘记自己没有拿到的法学学位，远到她可以尝试着用文字做点什么。不工作的时候，她就写作，写短剧和初稿，就像大学时那样。不写作的时候，她就和其他从南方来纽约漂泊的人一起谈论迪克西，包括在亚拉巴马大学时的朋友，比如约翰·福尼，他在这座城市的一家广告公司工作，后来制作了乔·狄马乔（Joe DiMaggio）在当地的电视节目。

这些异乡人中没有卡波特，此时的他仍然待在国外，正在写另一部小说。他的第一部作品，就是内尔在《捶捶打打》上恶搞的那部，于1948年1月出版，书名是《别的声音，别的房间》（Other Voices, Other Rooms），这是一部以路易斯安那州和密西西比州为背景的哥特小说。很快，卡波特又出版了一部短篇小说集。他现在正在写的另一部小说，是关于门罗维尔和抚养他长大的福克家小姐们的。尽管《竖琴草》（The Grass Harp，1951）这本书里满是门罗县的楝树、大捆棉花、黑莓酒、舞毒蛾、浮肿病疗法和鲇鱼，但是卡波特创作这部小说时不是在那不勒斯附近的

---

① 英国著名演员、导演、编剧、制片人，曾两度获得奥斯卡金像奖荣誉奖，代表作品有《哈姆雷特》《呼啸山庄》《蝴蝶梦》《傲慢与偏见》等。

伊斯基亚岛上，就是从摩洛哥眺望着直布罗陀海峡，或是躲在西西里岛埃特纳火山的阴影下。他和伴侣杰克·邓菲（Jack Dunphy）住在一起，外加队伍日益壮大的动物朋友们：两只鹦鹉，一只暹罗猫，还有一只他们认为相当听话的绿色小青蛙，他们大多数时候都不在纽约。

卡波特全职写作，仿佛不用费什么力气，他脑海中的故事就能出现在杂志页面和书店的书架上。内尔却整日忙于生计，以负担在纽约市过最俭朴的生活所需的费用，她已经被这个城市本身分散了注意力。和许多小镇来的书虫一样：她博览群书，因而不算是个真正的乡巴佬；但是没见过什么世面，就算已经去过蒙哥马利和塔斯卡卢萨，曼哈顿也能轻易迷住她。她有太多书要读，太多电影要看，太多的博物馆要参观，足够花上几辈子时间。这座城市让她眼花缭乱，同时也让她欢欣雀跃。在早年的一封信中，她描述了自己对大都会艺术博物馆的热爱，尽管它"一团混乱"；还写到她阅读了一部六卷的犹太教史，只因为"想了解一下犹太人"；看了一部关于珠穆朗玛峰的纪录片，觉得它非常"雄伟庄严"。她不是很喜欢根据《厄舍古厦的倒塌》（*The Fall of the House of Usher*，1839）这本书改编的电影，于是在看电影的时候加入了自己的旁白，这一举动逗乐了一个朋友，但也让她受到了影院管理员的批评。

在纽约待了将近两年后，内尔被迫回到门罗维尔的家中。她的母亲病了，但不是过敏或精神原因，当地医生无法诊断是哪里出了问题，于是他们把弗朗西丝·李送去塞尔玛做检查，她的丈夫去卫理公会参加会议时顺路把她送到了那里，等他回来接她的时候，弗朗西丝已经被诊断出患有肝癌和肺癌，并被告知只有几个月的生命。

虽然内尔搬到了纽约，但她的三个兄弟姐妹都还在亚拉巴马。爱丽丝住在家中，在家族企业里从事法律工作；埃德温是一位杰出的飞行员，

"二战"期间曾参加过欧洲战区和太平洋战区的战斗，都幸存了下来，后来在门罗维尔组建了家庭，但在朝鲜战争开始后又被军队召回服役，就驻扎在蒙哥马利的麦克斯韦空军基地；路易丝和她的丈夫以及两个孩子住在巴伯县。三人住的地方都离母亲不远，开车就可以回去，但是内尔却远在千里之外。

内尔在一个星期五的晚上接到电话，得知了母亲的消息，可是父亲让她先不要回家，再等等。周六早上，内尔还在纽约等电话的时候，李家的其余成员已经聚集在了塞尔玛的沃恩纪念医院。那是一栋宏伟的砖砌建筑，正面有高耸的圆柱，离亚拉巴马河不远。他们在医院待了几个小时，后来出去吃晚饭。他们走后，弗朗西丝突发心脏病。等家人回到医院时，她已经陷入昏迷，当天晚上，在确诊仅仅1天后，她就死了。

内尔从未像在1951年6月2日星期六那天那样感激过自己的工作，航空公司及时送她回到了家。她参加了葬礼和填土仪式，看着她的母亲成为李家第一个长眠于家族墓地的成员。那年内尔25岁，失去亲人的伤痛令她无法承受。多年后，当世界上所有人都以为她只有父亲时，内尔的姐姐路易丝说，他们的母亲对内尔的影响同样很大："爸爸是个务实的人，母亲则正好相反。"她强调说，他们的母亲无论从哪方面来说都是个艺术家，不管是自己选择的还是被迫的，她反抗着人们施加在南方女性身上的期望，允许她的女儿做她们自己。虽然父亲让内尔能够"脚踏实地"，但是弗朗西丝让她"敢于梦想"。

母亲去世后，内尔·李开始了一段艰难的日子。回到纽约后，她白天勉强恢复在航空公司的正常工作，晚上写作。这时，又一个电话从亚拉巴马州打来，带来了更糟糕的消息。7月12日，就在她母亲去世6个星期后，她至亲的兄长因患脑动脉瘤死在了蒙哥马利空军基地的营房里。又一次，内尔在震惊又悲痛的状态下从纽约飞回了家。失去母亲令人痛苦，而失去年仅30岁的哥哥则令人难以置信，且无法承受。他是她唯一真正一起长大的同胞，他给她读故事、听她读她自己写的故事，在树屋和她玩耍，和她坐在一起吃一日三餐。终其一生，她都不曾叫过他埃德温或埃德，只叫他哥哥：她自始至终唯一的哥哥。在失去他不久之后，她又失去了他们共同拥有的家。或许是无法忍受曾经一家人在一起的地方，A.C.卖掉了他们在南亚拉巴马大道的房子，搬到了几条街外一个小一点的房子里和爱丽丝一起住。

失去亲人的痛苦如影随形。内尔返回了纽约，试图再次让自己沉浸在工作中。她早就想写下她的童年，用文字来保存正在消逝的生活方式；现在，她保留记忆的渴望变得更加迫切，情感也发生了变化。但是，就像那些年里似乎经常发生的那样，她的老朋友先这么做了。那年8月，卡波特从欧洲回来，10月就出版了《竖琴草》，这是他根据在门罗维尔那些年的经历创作的小说。内尔看到，他们曾经一起在门廊上听的故事和在后院做的游戏，是如此令全世界着迷，她也渴望为她的哥哥还有他们一起长大的小镇做同样的事。

然而与卡波特相反，李写东西往往要耗费巨大的力气。她从未上过创意写作课；虽然为那些校园报刊写过文章，但长度都不超过几页。写出一页令她满意的内容，可能要花上一整天的时间。"我更像是在改写，而不是在创作。"李说。并解释道，她无论写什么，都至少要重写三次以上。她宣称，虽然"没有什么能取代人们对于优美的英文语句的热爱"，但是也"没有什么能替代作家的挣扎和困顿，如果这是必不可少的"。

那场困顿持续了5年，那段时间，李始终在追求完美和陷入绝望之间来回切换，除了做着不喜欢的工作而拿到的工资单，她什么都没有留下。

李仍然住在廉价的无电梯公寓里，也就是现在的约克大街 1539 号三楼，那里不仅没有热水，也没有用来加热的炉子。对李来说，更糟糕的是没有桌子，于是她给自己做了一张：从地下室拖回来一扇废弃的门，放在几个装苹果的板条箱上。

每当写不出来时，她就画画，以此让眼睛获得享受。上一次这么干还是在高中，当时她正学习摄影，在暗房里摸索技巧。画笔比钢笔更容易挥动，李模仿爱德华·霍普（Edward Hopper）笔下朴素的房间和荒凉的自然景色，把宁静的景色定格在画布上，以此平息情感上的暴风骤雨。那段时间，李画了一幅海景寄回家给"大熊"，还画了另一幅给薇姿：画上有一扇窗户，窗户下面是一张虽然空无一人但极富表现力的长椅。

当李靠花生酱三明治过活的时候，她的朋友们不仅名利双收，比如卡波特，而且还成立了家庭，比如迈克尔·布朗——用他自己的话说，爱上巴黎芭蕾舞团里唯一一个来自美国的芭蕾舞女演员后，他就从"查尔斯·亚当斯（Charles Addams）①似的阴郁人物"变成了"叮砰巷②的微笑男孩③"。女芭蕾舞演员乔伊·威廉斯（Joy Williams）将迈克尔的美国优秀大学生全国荣誉学会标志（一把金钥匙）像希望钻石④一样戴在脖子上。布朗的事业一有起色，这家人就在镇上买了一栋房子，开始生儿育女。

终其一生，内尔都在找寻已婚夫妇和家庭的陪伴，为此，她会即兴

---

① 美国著名漫画家，以黑色幽默漫画著称，迷恋棺材、骨骼、墓碑等阴暗的事物。

② 美国百老汇附近的地区，起初是音乐出版商大量聚集的地方，后成为19世纪末到20世纪初摇滚乐出现之前美国流行乐的代名词。

③ 《微笑男孩》（*Laughing Boy*，1929）是美国作家奥利弗·拉法基（Oliver La Farge，1901—1963）所著的一本小说，于1930年获普利策奖，1934年同名改编电影上映。

④ 世界著名珍宝，也称"厄运之钻"，据说会给拥有者带来厄运。

表演吉尔伯特和沙利文①的搞笑歌剧逗侄子们开心，每当想逃离成人聚会的沉闷时，她就会和孩子们躲到一边。迈克尔的上流社会生活比卡波特选择的吉卜赛式流浪生活更吸引她。杜鲁门最初住在曼哈顿的公园大道上，但是他更喜欢待在布鲁克林米德尔格街的一所房子里，里面住着奥登（W. H. Auden）、理查德·赖特（Richard Wright）、本杰明·布里顿（Benjamin Britten）、吉普赛·罗斯·李（Gypsy Rose Lee）、卡森·麦卡勒斯（Carson McCullers）和一只黑猩猩。等房主搬到附近柳树街上的另一所房子里，并开始在那里召集放荡不羁的同类人物以后，我们这位文学神童、马戏团经理的儿子，就租了一间地下室，并开始把布鲁克林高地叫作自己的家。内尔走到公寓所在街道的尽头，向南望去，可以看到东河对面卡波特住的区。这种情形和在亚拉巴马时别无二致：一个不属于她的圈子，到处是她不喜欢参加的派对，无穷无尽的乐子分散着写作的注意力。和许多自我放逐的人一样，她进退两难：在纽约时想写关于亚拉巴马的事，在亚拉巴马的家里想念纽约。

　　李回家的次数比预期的要多。她的父亲得了关节炎需要人照顾，爱丽丝一个人忙不过来，加上他后来又心脏病发作，所以内尔回到门罗维尔帮忙。注射的缓解疼痛的可的松导致他内出血，溃疡令他难以进食，状态好的时候一次只能吃下一罐婴儿食品。1956年夏天，看到父亲衰老了这么多，而且衰老后的身体变得这么脆弱，内尔震惊不已。"我为他做了一些事。我从未想过自己会为别人做这些，即使是布朗家的小婴儿。"她给一个朋友这样写道。曾经像所罗门一样睿智的父亲，突然间看起来和亚伯拉罕一样衰老。"我发现自己盯着他英俊而衰老的面庞。"有一次，李和他一起坐在餐桌旁时，她这样在信中写道，"突然间，一阵恐慌涌上

---

① 指维多利亚时代幽默剧作家威廉·S. 吉尔伯特（William S. Gilbert）与英国作曲家阿瑟·沙利文（Arthur Sullivan）的合作，两人共同创作了14部喜剧。

我的心头，对我来说，这是在面对他即将死亡这一事实时，充溢着我内心的恐惧和孤独感的映射。"

尽管李十分崇拜她的父亲，但是待在家里对她来说是一种折磨。她开始从门罗维尔往外写信，用"弗朗西丝卡·达里米尼"和"曾达的囚徒"作为笔名，前者取自《神曲》（ *The Inferno* ）中一位年轻的意大利女人，但丁对其被困地狱的遭遇扼腕叹息，以致昏厥；后者取自一部19世纪小说中的主人公，有人想阻止他登上王位，于是在主人公加冕前夕下药监禁了他。让李不堪重负的不仅仅是她父亲糟糕的健康状况，到了30岁，她已经不再像10岁时那样喜欢同龄人的陪伴，"坐在那儿听你儿时的同学滔滔不绝1个小时，这简直痛苦无比。日复一日地听同样的话，这比古代中国的酷刑还残忍"。更糟糕的是，她坦诚道："我在这里根本无法工作，这不是什么借口，'天才能够克服一切障碍'之类的话并不适用。"那年夏天，她带着特有的自嘲说道。但她也越来越迫切地渴望回到自己小公寓的自制书桌前，做些事情。

不过，某种程度上，内尔还是在亚拉巴马做了一些事的。她在纽约的朋友被她从门罗维尔寄来的信吸引，等那年秋天她回到纽约时，迈克尔·布朗让她去找一名文学经纪人谈一谈，或至少是那种他认识的经纪人。"安妮·劳丽·威廉斯股份有限公司"实际上是一家戏剧和电影代理公司，安妮·劳丽·威廉斯（Annie Laurie Williams）本人负责出售舞台剧和电影版权，而她的丈夫莫里斯·克雷恩（Maurice Crain）在隔壁办公室做文学经纪人。克雷恩和威廉斯是在纽约的得克萨斯俱乐部相遇的，他们喜欢南方的作品和南方的作者。布朗认为，他们可能是同情这个立志成为作家的亚拉巴马人：她仍然带着很重的口音，并声称自己害怕发辅音。

1956年11月27日，内尔出现在这家公司门口。公司的办公地点位于市中心的东41街，距离纽约公共图书馆和守护它的两座高大石狮——

"耐心"和"毅力"——只有半个街区。既缺乏耐心又缺乏毅力的内尔，绕着街区走了三圈才鼓起勇气进去。走进去以后，因为太胆怯了，她除了说自己是杜鲁门·卡波特的朋友之外，什么都说不出来。她给安妮·劳丽·威廉斯留下了一些自己写的故事，一共有五篇：《永远甜蜜的土地》《粗粮满屋》《这就是演艺圈》《观察者和被观察者》和《山上的雪》。没有一篇被选中。但是，文章中不知道什么东西使得莫里斯·克雷恩一反常态地冲出办公室，对他刚刚读到的东西大发感慨。要知道，克雷恩曾被关押在德军17号战俘营，那段经历造就了他忧郁的气质，他公司的工作人员带着爱意地称他为"老木头脸"。

克雷恩对《山上的雪》印象特别深，故事是关于一个患癌症的女人和她珍视的山茶花。但是，当他终于和李见面时，他建议李不要再写短篇，而是试着写些更长的东西。他解释说，长篇小说比短篇小说更有市场。"你为什么不根据自己熟悉的人写一部小说呢？"克雷恩鼓励她说。

那是12月的第一个星期，李从未如此充满希望，或者说，如此绝望。她花了7年时间才写出这些故事，现在，克雷恩想让她写一整部小说，她不知道该怎么做，而且因为还在航空公司上着班，她几乎没有时间去尝试。她把这次会面告诉了布朗一家，然后计划圣诞节去看他们，因为基督降临节的时候她想回家，而不打算在假期回亚拉巴马。

她和布朗一家在他们镇上的房子里度过了圣诞夜。就像男孩子们在圣诞节都会做的那样，布朗家的一个男孩一大早就叫醒了李，随后她跟他下了楼。身边环绕着一家人的感觉好极了，即使那不是她的家人；住在一栋真正的房子里的感觉也很棒，即使她不是房子的主人。男孩们拆开玩具火箭的包装，而内尔按惯例，给这家人送了她用仅有的钱能买到的最好的礼物，这让他们十分感动。她为这两位喜欢英国的朋友准备的是一名英国牧师的画像，悉尼·史密斯（Sydney Smith），他那时还不怎么出名，以及英国作家、女伯爵玛戈·阿斯奎斯（Margot Asquith）的全部作品，她稍微更出名一点。终于轮到内尔打开礼物了。布朗一家指向了圣诞树上、在挂着的拉花彩带和装饰品之间的信封，信封里是一张数额可观的支票，收款人是李。还附了一张字条，上面写着："你可以给自己放一年假，去写你想写的任何东西。"

　　这是李一生中收到的最令人震惊的圣诞礼物。后来证明，这也是美国文学史上至关重要的一件礼物。布朗一家并不富裕，但过去一年收入不错，他们觉得，如果内尔能把销售机票的精力放在自己的小说上，她一定能写出了不起的作品。这是曼哈顿引入的一种古老的赞助模式，帮助艺术家专心工作，让他们不用担心下一顿饭从哪里来，也不用担心付不起电费。"他们存了一些钱，并认为这正是他们能为我做点什么的好时机。"多年后，内尔在一篇为《麦考氏》（*McCall's*）撰写的文章中谈起布朗一家的慷慨相助。"他们想用自己能做到的最好的方式，来表达他们对我的认可。我之前写出过什么、是否受读者欢迎，这都无所谓。他们只想给我一个充分的、公平的机会来施展我的能力，不用受每日工作的干扰。"

　　内尔立即辞去了固定工作，开始写作。她告诉家乡的一个朋友，她买了三条百慕大短裤，预备穿一整年，因为她觉得自己会因为勤奋写作连门都不出。布朗一家"不在乎我写的东西能否赚到一分钱"，她说，"他们想促使我严肃地对待自己的才华。"她也希望如此，并直白地表达了自己的喜悦和感激之情。然而，对于一个人生最大愿望刚刚得到满足的人来说，她听起来又像一个古怪的妄想症患者。李写道，严肃对待写作"毫无疑问会毁掉我性格中可亲的部分，但是会让我走上职业作家的道路"。"我有一种可怕的感觉，"她接着说，"这将会成就我。"

确实如此。朋友们对她的信心，就像一阵风助她扬帆远航。只不过短短几周，她完成的页数就比她在过去整整几年里写得都多。等1月再次见到克雷恩时，她已经完成了一个新的故事——《猫叫》，她觉得克雷恩或许能找到一家杂志发表它。不过，更加令人振奋、同时几乎令人难以置信的是，她构思了一部小说，并且已经写了50页的初稿。小说的名字很大一部分源于以赛亚对于巴比伦陷落的预言，但是《守望之心》(*Go Set a Watchman*)讲述的却是一个南方小镇和那里一个名叫阿提克斯的律师的故事。故事的叙述者是他26岁的女儿，简·路易丝·芬奇，小名斯科特。小说开篇，她坐在从纽约回家乡的火车上，在老家，她年迈的父亲和所有白人邻居正集结武装，以反抗联邦政府下达的建立种族融合学校的命令。

克雷恩十分喜欢这个故事，并请求她再多写一些。从此，每星期一和莫里斯会面，成了这位年轻作家的惯例。第一次见面后一周，她带来了50页书稿，再下一周，她又带来了50页。2月的第一个星期两人没有见面，但是在下个星期一，她带来了书稿的第153页到第206页，再下一周又完成了将近40页。最后，在1957年2月27日，她带着最后48页前来赴约。至此，书稿全部完成。

这简直不可思议。7年来，她几乎什么也没写，而在两个月内，她就写出了一整部小说。交上最后一部分书稿后的第二天，也就是2月的最后一天，克雷恩把整部书稿寄给了普特南之子出版公司，几个星期后，稿件被那里的一位编辑退回了。4月，克雷恩又把书稿寄给了哈珀兄弟出版公司，1个月后，他们对克雷恩在投稿信中所说的"李小姐的作品让许多北方人了解到南方人在种族隔离斗争中的态度及原因"表示不同意。被退稿的当天，克雷恩又把书稿寄给了利平科特出版公司。

当《守望之心》还在找出版商的时候，李取回了她的短篇小说《山上的雪》和《猫叫》，5月底的时候，把二者合并成了一部111页的小说，取名为《漫长的告别》(The Long Good-Bye)。克雷恩认为这部小说比第一部要好，并鼓励她继续写下去。6月中旬，当李完成整部书稿后，他又把书稿寄到了利平科特。克雷恩在投稿信中写道，这本书的出彩之处是斯科特·芬奇的"童年时光"，它具有"异乎寻常的吸引力"，还说"比之前那本书更适合出版"。利平科特出版公司对他的说法表示赞同，他们拒绝了《守望之心》，但对这本没有标题的书表示出了兴趣。

克雷恩立刻安排编辑和李见面，但事实证明，在出版行业，"兴趣"是对复杂情感的一种善意的表达。如果说当李走进利平科特时，要比她第一次走进文学代理公司时更加自信，那只是因为，她并不知道那里的大多数编辑有多不看好她的书稿。出版社唯一的女编辑是唯一被书中角色吸引的人，在6月的这次见面中，特蕾莎·冯·霍霍夫·托里（Therese von Hohoff Torrey）又被角色的创造者吸引住了。人们一般都叫她泰·霍霍夫，她经常穿一身细条纹西装，头发紧紧扎成一个髻，声音因吸烟变得沙哑，头上的白发暴露了她从事编辑工作的时间。她在布鲁克林出生和长大，曾与其他南方作家共事，包括佐拉·尼尔·赫斯顿——她的小说和有关民间传说及巫毒的人类学研究著作，于20年前由利平科特出版社出版。

霍霍夫还没准备好立刻买下这部小说，但是她告诉李，她对这本书很感兴趣，并让李回去做一些修改。李被震住了，她对每一个建议视若珍宝，并保证会按霍霍夫的建议修改，随后，她一边喃喃着"是的"和"好的"，一边走出了门。尽管不断向莫里斯·克雷恩和布朗一家抱怨将《漫长的告别》和《守望之心》合并成一部小说有多难，她还是在7月寄出了一部分修改稿。克雷恩提出了一个虽简洁但令人恼火的解决方案：不要再试图把两本书合二为一，而是继续写斯科特的童年。8月时，李的改写初有进展，到了10月，她已写出了一个新的版本。这位未来的作家居然没有因这项修改任务而恼怒，令霍霍夫印象深刻。她阅读了新的书稿，发现"每一行都闪烁着一名真正作家的光芒"。然而，她同时也发现，结构上的缺陷使得这本书"情节线索混乱不清"，书稿"更像一连串逸事，而不是一部构思完整的小说"。不过她仍然喜欢书里的角色，最后，也是这四个角色——斯科特、迪尔、杰姆和阿提克斯——促使霍霍夫买下了这本书。

霍霍夫付给李1000美元，买下了这本被她们称为《阿提克斯》（Atticus）的书稿，对出版社来说这不算大钱，但对它的作者来说却是一笔巨额财富。月底时，利平科特出版公司给李支付了1/4。霍霍夫解释说，如果她交上来的修改稿能获得出版社的认可，她就会得到剩下的钱。李简直不敢相信自己的运气（或者说她的命）能这么好，此时，距离布朗一家让她辞职仅仅过去了10个月，她就已经卖出了在他们的帮助下写成的那本书。不过，她的赞助人对此并不惊讶。"她打骨子里就是一名作家。"迈克尔·布朗后来谈到那令人惊奇的一年时说，"不管有没有我们，她都会成为作家，我们所做的只是稍微加快这一进程而已。"

总之，泰·霍霍夫又花了两年时间，说服李进行结构、政治和美学上的必要改动，并最终将《守望之心》和《漫长的告别》改编成了一本书，名为《杀死一只知更鸟》。"这本书是我们反复讨论的结果。"霍霍夫说，"经常一讨论就是几个小时。有时她会接受我的想法，有时我会接受她的想法，有时我们会讨论出一个全新的句子。"

最棘手的是叙事角度。故事的主角始终都是斯科特，但是她对自己和周围人的看法在两本书中却有很大的不同。李一开始写的是成年的简·路易丝，她回到门罗维尔，用成年人的眼光看待自己小时候的世界，因儿时的天真破灭而痛苦。但是霍霍夫已经敏锐地看出，两本书中最有感染力的场景往往都是有小孩子的部分，她认为，年幼的斯科特会是最好的叙述者。李用第三人称写了她的第一部小说，用第一人称写了第二部，并最终决定，在《杀死一只知更鸟》中使用由儿童和成人互相补充的第一人称作为叙事角度。

随之而来的其他改动，虽然有时很难，并且很耗时间，但都是必需的。小说的背景设定从未发生改变：一直是以门罗维尔为原型、位于亚拉巴马黑土带①上的一个红土小镇。即使在《守望之心》中，简·路易丝也只是会在脑海中**想到**纽约而已。时间范围也越来越窄，到最后，故事发生的时间被限定在简·路易丝·芬奇童年的3年里（从1933年夏天到1935年秋天），而不是她生命的前26年。

因为不用把剧情推到20世纪50年代，李得以免除两个难题：第一，她不必写恋爱情节了，这让李松了口气，因为在《守望之心》中，简·路易丝和亨利·克林顿的恋情似乎是由一个从未真正谈过恋爱的人写的，而且每个人都知道，事实的确如此；第二，这意味着李的读者读的是一本背景设定在20年前的书，这使得民权运动在小说中处于边缘地位，不会与任何角色发生冲突。

然而，这样做又给李带来了最关键的挑战：与《守望之心》不同，《杀死一只知更鸟》会有一个男主角和一个女主角。在第一个版本中，简·路易丝回家看望她崇拜的父亲，在她心里，父亲一直是高尚和平等的化身，但是她惊恐地发现，父亲居然参加了白人公民委员会②，以抵制

① 最初指美国南方富含肥沃黑土的地区，后演变成由白人统治、以种植业为主、压迫黑人的地区。

② 美国白人至上组织的联合会，主要集中在南方。

全国有色人种协进会。通过将视角局限于年幼的斯科特，李可以让阿提克斯成为一名道德楷模，一个为无辜黑人辩护、反抗种族主义暴徒的律师。对于他的女儿来说，阿提克斯是一个领先于所处时代的人，但是在《守望之心》中，他不仅没有领先，还被时代超越了。不过，在《杀死一只知更鸟》里，他永远都是一个英雄。

毫无疑问，泰·霍霍夫帮助李写出了一本更好的书，莫里斯·克雷恩说得对，她的第一部小说尽管存在很大的缺陷，但其中对南方种族主义的分析，还是让北方人大开眼界。霍霍夫或许很难想象会有种族隔离主义者鄙视三 K 党，但是李知道，这种人在南方到处都是。她认识无数个像《守望之心》中的阿提克斯这样的人：他们会在法庭上为一个黑人辩护，那也只是为了不让他靠近投票箱，更不用说使用电话亭和坐上酒吧的凳子了。事实上，亚拉巴马州的大多数白人可能永远都不会加入暴民组织，却能公开反对在学校里推行种族融合及其他一切举措。不过，因为试图展现出这种复杂性，李把《守望之心》变成了一场"开明的女儿"和"愚昧的父亲"之间说教式的舞台表演，角色无法承载他们身上背负的政治意义。

霍霍夫想让李的小说摆脱这种虚伪的说教，她认为温和的情节比说教更能打动读者。霍霍夫是一名贵格会教徒，当时正在为约翰·拉夫乔伊·埃利奥特（John Lovejoy Elliott）写传记。埃利奥特是一名伦理教化运动[①]社会活动家，他的叔父被一群暴民杀害，霍霍夫因此希望李讲述一个以宽容为中心的救赎故事。霍霍夫在纽约被称为"贵格会希特勒"，这可不是巧合，因为她通常都能得到自己想要的东西。霍霍夫指出，围绕鲍勃·尤厄尔这样的人安排一些情节，要比试图说服天真、自以为是的

---

① 是 19 世纪由费力克斯·阿德勒（Felix Adler, 1851—1933）发起的伦理、教育和宗教运动，运动的核心思想是将伦理教条作为生活的中心，实现生命的意义，创造更美好的世界。

读者，让他们相信阿提克斯这样的人是种族主义者容易得多。毕竟鲍勃·尤厄尔是一个贫穷、懒惰的白人，一个尽人皆知的恶棍，而阿提克斯看上去更值得尊敬。她还坚持认为，在梅康镇法庭举行一场为正义而战的审判，比举行种族主义集会更好，相比成年女儿心目中的英雄形象破灭，孩子的童真过早被残酷现实浸染则更有感染力。与其控诉和谴责读者，不如促使他们投身种族平等的事业中去。

两年间，李和编辑就小说内容翻来覆去地进行讨论和修改，李父亲的健康状况越来越糟，她不得不在纽约和深南部之间多次往返。这虽然不利于她的工作，但也意味着，她有更多的机会接触到她的写作素材，包括她出生的地方和在那里长大的人。她和姐姐一起照顾她们的父亲，爱丽丝白天在法律事务所工作，晚上接内尔的班。"等她回家照顾爸爸，我就会下楼到这里来写作。"她说的是巴尼特、巴格与李的办公室。办公地点位于门罗维尔的法院广场，当周遭陷入沉睡时，这个小镇就被她变成了梅康镇。每当那时，她就深深地沉浸于斯科特的视角，甚至变成了斯科特。"一天晚上，我坐在这里写最后一章，当写到老恶棍追着孩子们时，"李后来说，"我害怕得跑回了家。"

1959年11月，这一切终于完成了：杰姆骨折的胳膊，卡波妮的黑人教会家庭，在披巾下藏着手枪、为人刻薄的杜博斯太太，亚历山德拉姑姑和杰克叔叔，阿提克斯和他的怀表，住在隔壁的小小"巫师"，汤姆和海伦·鲁滨孙，拉德利家摇摇欲坠的门廊，长着神秘树洞的橡树，法院的露台；还有斯科特，圣母般纯洁的女主角。11月的第十天，李取回了利平科特出版公司开给她的支票。她当时认为，这将是最后一张支票了，她接下来要做的就是等待，看世界会如何看待梅康镇。

18. 深渊召唤

　　哈珀·李不是卡波特的第一选择。他本想带上他的朋友安德鲁·林登（Andrew Lyndon），另一位年轻的南方作家，但林登说他做不到，于是卡波特找到了李。他解释说，自己要离开纽约，去一个他几乎没听说过的地方调查一起案件，想找个人做他的"助理研究员"，帮他进行采访和收集材料，和他一起去堪萨斯州。

　　1959年11月15日，在堪萨斯州西南部霍尔科姆的一个小村落里，一个名叫赫布·克拉特（Herb Clutter）的农场主和他的妻子邦妮（Bonnie Clutter），还有他们16岁的女儿南希（Nancy Clutter）和15岁的儿子凯尼恩（Kenyon Clutter）一起被发现死在家中。克拉特一家富有且受人尊敬，这个消息太令人震惊了，《纽约时报》都对此进行了报道——尽管非常简略。卡波特从报纸上看到了这则简短的新闻，决定为《纽约客》写一个更加丰满的故事：不仅仅是描写案件或受害者，而是从心理层面对整个小镇进行侧写。

　　"他说这将是一份需要投入大量精力的工作。"李后来回忆道。由于时间上的巧合，当时她正好有大量的精力。克拉特一家被谋杀的5天前，她刚交上了《杀死一只知更鸟》的终稿，不知道接下来该做什么。事实证明，交上终稿和卖出初稿一样，要想在书店里看到它，还需要很长一段时间：这就好比怀孕一样，当你以为自己大功告成时，却还要再等上9个月才能看到成果。李刚刚开始这段漫长的等待。她十分迷茫，不想回到航空公司工作，但又没有太多其他选择，卡波特的"助理研究员"提议可以给她一些事情做，帮他为《纽约客》做一个专题或许还能帮自己找到工作。"她一直想写一本非虚构作品。"卡波特说，"并想跟我学习撰写报道文学的技巧。"

卡波特一如既往地狂妄自大，似乎忘记了他的朋友是一位报纸编辑的女儿，对新闻业早已有所了解。尽管后来事实证明，在堪萨斯州的经历为她在亚历山大城的工作打下了基础，但是卡波特并没有教给她什么。相反，对他们来说，两人的关系更像是回到了童年：他们再次成为"犯罪"伙伴，不过这次是真正意义上的。"这是来自深渊的召唤[①]，"她引用赞美诗中的句子说，"罪恶对他有吸引力，对我也是一样。所以，天知道我有多想去。"他们定下了她的薪酬，900美元，几乎和她小说的稿费差不多，加上旅途的花费，然后一起登上了纽约中央车站的火车。很快，他们就会在大平原上看到比车站穹顶更广阔的星空。

从纽约市的曼哈顿到堪萨斯州的曼哈顿市要走很长一段路。他们乘夜班火车抵达后，还要再驱车400英里，才能到达离霍尔科姆最近的市镇加登城。霍尔科姆是一个只有270人的小村庄，克拉特一家就是在那里被杀害的。他们在路上有足够的时间交谈、计划和回忆。正如李所说的，她长期以来一直"受到罪恶的吸引"——无论真实的还是虚构的。她从小是在《真实探案秘事》(True Detective Mysteries)杂志的包围中长大的，后来开始读夏洛克·福尔摩斯，并且一直热爱谋杀故事。她还在门罗县法院的露台上旁听了所有那些审判，而且和卡波特不同，她还学过刑法。

不过，卡波特才是那个曾经和凶手有过面对面直接交流的人。一年夏天，他在门罗维尔时，一个16岁的女孩来看望亲戚，喜欢上了卡波特，

---

① 出自《圣经·旧约·诗篇》，原句为 "Deep calleth unto deep at the noise of thy waterspouts: all thy waves and thy billows are gone over me."（你的瀑布发声，深渊就与深渊响应。你的波浪洪涛漫过我身。）

这让10岁的内尔很恼火。("我醋意大发。"她后来说,"杜鲁门一直和玛莎——那个外地来的老女人——在一起。")最终,女孩说服卡波特和她一起逃到几英里外的一个小镇。这场闹剧没有持续多久,卡波特被拖回家,女孩被送回父母身边。13年后,玛莎·贝克(Martha Beck)与一名通过征婚广告认识的男子犯下了一系列谋杀案,这名男子坐过牢,是一名公开的巫毒教徒,两人后来成为臭名昭著的"芳心杀手"。

李和卡波特到达加登城时,他们已经准备好扮演佩里·梅森(Perry Mason)和他的秘书黛拉·斯特里特(Della Street)①了——这是卡波特的伴侣杰克在他们离开之前戏谑地分配给他们的角色。加登城在霍尔科姆沿阿肯色河往南7英里的地方,只有那里有旅馆,采访期间,李和卡波特只能住在加登城。谋杀发生仅仅几个星期后,他们就来到这里,这片土地仍然笼罩在恐惧之中,当地人整夜都不敢关灯。"起初,我们就像是在另一个星球上。"李写道,"地域如此辽阔,活动其间的生灵都显得十分渺小;民众谨慎多疑,对出现的任何陌生人都十分警惕。"

他们住进了沃伦旅馆两间相邻的房间。预料到除纽约以外的地方都物资有限,卡波特打包了一整箱的食物。从一开始,他就对堪萨斯心存警惕,堪萨斯也用同样的方式回敬了他:加登城的大多数人都不知道该怎么对待这支突然闯进他们麦地里的兰花。起初,没人和他说话。他的声音很奇怪,他的衣服很难看,而且在芬尼县的所有人看来,他一定和凶手有联系。卡波特对自己给人留下的印象并非毫无察觉,但是他毫不关心。一个朋友曾提醒他说,霍尔科姆的百姓可能不会喜欢一个"穿着格子马甲跑来跑去问谁杀了谁的小矮子"。

尽管如此,卡波特对于他会遇到多大的阻力仍然估计不足。他本来

---

① 厄尔·斯坦利·加德纳所著的侦探小说《梅森探案集》中的两个主要角色。

计划几天内就完成所有采访，因此只带了几日份的食物。他和李打算每天早上分别出发去调查，然后晚上在酒店碰头，把笔记誊录下来：她使用打字机，他手写，然后他们一起检查修改，就像住在南亚拉巴马大道时一起写故事那样。卡波特总喜欢说自己是一个人肉录音机（他曾多次宣称自己能记下95%、97%和99%的内容，每次都不一样），然而李更像一个人肉摄像机：她有一对善于倾听对话的耳朵，还有一双善于观察布景的眼睛。李会留意观察人们穿了什么，手是怎么摆放的，或者身后的电视在播放什么。是李画出图表，列出清单，记录行程，并按时间顺序整理众多线索。

李和卡波特于12月15日星期二来到镇上，第二天就展开了调查。他们先去了芬尼县的法院，想采访堪萨斯州调查局的特工阿尔文·杜威（Alvin Dewey），但是他谁的采访也不接受。截止到那时，其他记者已经追踪报道这起案件3个星期了，其中许多都是本地人。对杜威和加登城的几乎所有人来说，《纽约客》听起来就像是某个地方杂志，自称为它工作的那个家伙看起来也可能会为《新火星人》（The New Martian）撰稿。杜威让卡波特下次来参加例行记者会，并在来时带上他的证件。

这造成了某种危机。不管他的"报道技巧"有多好，卡波特来到堪萨斯时没有带任何表明他是记者的证件，执法人员也不愿意相信他的话。警方正在处理的这起案件十分敏感，他们想保护调查的完整性，以及克拉特幸存的两个女儿的隐私。她们20出头，在家里其他人被谋杀时早已经搬出去住了。卡波特打了几个电话，找到了兰登书屋的某个人——几乎可以肯定就是主编本内特·瑟夫（Bennett Cerf）——请他帮忙向联邦调查局说情。对方及时给调查局打了电话，但对于卡波特来讲十分不幸的是，联邦调查局查阅了档案，并翻阅了《美国名人录》（Who's Who in America），认定他不够"合法"，因此他们两人无法干预当地外勤人员办案。

卡波特没法继续让杜威替他上诉辩解，因此他和李在无法获取第一手信息的情况下做了他们能做的一切：从当地报纸上收集剪报，在小镇周围收集旅游手册，在咖啡馆和邮局偷听当地人说话。李开始尽可能多地了解有关故事发生地的背景知识，从那里的农业历史到社会和宗教传统，再到最出名的庸医——一个叫约翰·罗米拉斯·布林克利（John Romulus Brinkley）的人，他给男人做山羊腺移植手术，功效类似20世纪早期的伟哥；他的妻子则猛烈抨击伯特兰·罗素（Bertrand Russell），因其宣扬"性爱免费"①，而她和丈夫正打算为此收费。

但是，背景知识是一回事，悲剧本身是另一回事。当李和卡波特试图接触一些可能提供消息的人时，都遭到了拒绝或无视，其中包括克拉特一家的邻居和发现尸体的两个小女孩的亲戚。在最好的时候，外地人都很难融入像霍尔科姆这样的小镇，更别说在这样一个四处弥漫着极度恐惧和悲伤的时期，居民们会竭尽全力地远离外地人，保护自己免受伤害。对忧虑不安的当地人来说，李具备卡波特缺少的一切品质：热情、同理心和亲和力，让他们觉得可以放心地把一切都告诉她。"十分了不起的女士，我真的非常喜欢她。"谈到李时，哈罗德·奈（Harold Nye）这样评价。他是堪萨斯州调查局负责克拉特案件的一名探员。但是一提起卡波特，他便直白地说："我对那个狗娘养的小东西印象不是很好。"

毫无疑问，这种印象不是凭空出现的。当奈和其他三名探员去沃伦旅馆和李他们第一次会面时，卡波特正穿着一件粉色女士睡裙。但是无论这件睡衣还是后来卡波特带奈和他妻子去的堪萨斯女同性恋酒吧，都不能减弱这对夫妇在李身上倾注的热情。关键该案的主要负责人杜威探员也有同样的感觉。"如果说卡波特是来吓唬人的，那么李就可以化解这

————————
① 罗素提倡的是性爱自由（free love），free 也有"免费"的意思。

种惊吓。"杜威说，"她拥有南方人淳朴热情的气质，脸上总是挂着友好的微笑，言语十分得体。"多洛蕾丝·霍普（Dolores Hope）是当地一名新闻作者，她的丈夫名叫克利福德·霍普（Clifford Hope），是克拉特家的律师。她解释说："内尔有点儿管着杜鲁门，充当他的监护人或母亲，为他打破和周围人的坚冰。"

臣服于这位通情达理的南方女士的魅力，并对她不同寻常的朋友感到好奇，小镇从最初的拒绝与陌生人分享它的震惊和悲伤，开始逐渐欢迎这两个外地人前来做客。不仅小镇对两人敞开了大门，其他地方也是如此：李和卡波特很快获准参观克拉特家，尽管那里仍然是受保护的犯罪现场。他们沿着楼梯上楼，来到孩子们的卧室，母亲和女儿的尸体就是在那里被发现的，然后原路返回来到地下室，也就是父亲和儿子被杀害的地方。所有的血都被赫布·克拉特的四个朋友清洗干净了，案发第二天，他们就带着拖把、刷子、抹布和水桶来到现场。当初陈尸的地方如今仍然残留着血迹，整个房子给人的感觉像是墓穴。

卡波特和李驱车15分钟回到镇上，返回沃伦旅馆工作。那天晚上，他写了3页笔记，她写了9页，记下了克拉特家十四个房间的每一个细节。李记录了厨房橱柜的高度、书籍的标题、墙壁的颜色、地毯的图案、壁橱里猎枪的口径、挂画上的签名，以及没有乒乓球的乒乓球桌。她画了一楼、二楼和地下室的平面图，以及房子和周边环境的地图。

这些证据让李开始不由自主地评判曾经住在里面的这家人。在许多方面，克拉特一家就像李家一样，她能凭直觉推断出他们的许多事情，卡波特却做不到。他们在卫理公会那些年，李也每周都去做礼拜，像克拉特家的孩子们一样，她也会自己制作四健会的记录簿。更令人震惊的是，她所出身的家庭与他们几乎没有差别：一个白手起家的父亲，有着远近皆知的好名声；一个疾病缠身的母亲，同样因心理问题远去外地就医，或者长期待在家里，很少出门，因此蒙上了一层神秘色彩。还有各个年龄段的孩子，其中两个已经大到可以搬出去住了；第三个孩子渴望上进——她在日记里表明自己一直在努力取悦父亲，宽慰母亲；第四个孩子是个孤独的人，床边总是放着书。

对卡波特来说，他们仅仅是故事而已；对李来说，他们是曾经生活在这里的一家人。她早已为受害者做了心理侧写。李把他们当成活生生的人，这拉近了她和镇上认识他们的人之间的距离。12月的第三个星期，由于担心两人没地方可去，霍普夫妇打电话到沃伦旅馆，邀请李和她的朋友共进圣诞晚餐。两位作家则担心那个星期他们可能什么也做不了，但是，当法庭和其他机构都因为节假日关闭后，人们的心扉终于敞开了。

在霍普夫妇对这个来自亚拉巴马的奇怪组合表示欢迎后，镇上的其他人也想见见他们，其中包括杜威夫妇。卡波特和李给杜威探员起了个绰号叫"狐狸"——因为他对调查线索守口如瓶（还可能因为他富有魅力，在给图书经纪人的一封信中，内尔充满少女心地记录下了这个典型特征），但杜威的妻子玛丽是新奥尔良本地人，具有南方人热情好客的特质，对大城市来的记者也不例外，她邀请两人共进晚餐。于是他们开始与这家人熟络起来，包括杜威两个年幼的儿子和一只名叫皮特法院的巨大虎斑猫。杜威太太给他们端上了牛油果沙拉、乡村煎牛排、虾、苏特恩白葡萄酒，以及一道用米饭、菜豆和培根煮成的卡真菜①。然而事实证明，这些都不是主菜。就在卡波特和李做客的当晚，杜威探员接到一个电话：谋杀克拉特一家的人在千里之外的拉斯维加斯被捕了。

这个消息让芬尼县的百姓松了一口气，他们上床睡觉时终于可以关

---

① 路易斯安那州土著（原为法国移民后裔）常吃的一种菜式，以辛辣为特色，通常配有主菜、米饭和蔬菜。

上灯，并把3英寸的长钉从窗框里拔出来了，但对卡波特来说，事情却变得复杂了。起初，他并没有计划将调查跟进到底；来到小镇的第一天，他就冷酷地评论说，他甚至不在乎案子能否得到解决。他和李已经采访了几十个人，他有大量的笔记可以带回纽约——对于他一开始想要讲述的故事来说，这些原始素材已经足够了。不过，既然嫌疑犯已经被抓住了，卡波特知道他也需要在书中讲述嫌疑犯的故事，这意味着他和李需要在堪萨斯多待上一段时间。

1月初，当佩里·史密斯（Perry Smith）和迪克·希科克（Dick Hickkock）戴着手铐从警车中走出来时，两位作家已经在芬尼县法院外等候多时，李的脚已经冻僵了，卡波特的耳朵因为严寒变得通红。第二天早上，当两名凶手因一级谋杀罪的指控被传讯时，二人也在现场，希科克宣布放弃预审①时，说话腔调像个牛仔，而史密斯听起来更像牧师。下个星期一，为采访两名凶手，卡波特给每人支付了50美元，李也一起来了。佩里·史密斯的母亲是切罗基人，父亲是爱尔兰人，他坚持要李先坐下他才就座，然后就不愿意多说什么了，只答应会考虑他们的采访。相反，生长于堪萨斯州东部的金发文身师迪克·希科克从一开始就十分配合，他称呼李为"女士"，回答了两人提出的每一个问题，要不是杜威探员把他送回牢房，他能说上一整天。

一个星期后，两人都回到杜威的办公室再次接受采访，并且还有50美元的报酬。这一次，史密斯表现得积极了一些，希科克甚至比上次更加话痨：两人都谈到了为什么把目标锁定在克拉特一家（有谣言说赫布·克拉特的家里放着一个装满现金的保险箱）以及他们逃亡途中去过的地方（那是一条跨越几条州界线和墨西哥边境的复杂路线）。李早就

---

① 刑事诉讼中审判前的程序，以此判断是否有足够证据起诉被告人。

看出卡波特对佩里·史密斯有着过度的好感，部分原因是他们在外表上的相似之处，但更多则是因为他们有着共同的情感经历。这两人都身材矮小，并有着相似的家庭：父亲缺失，母亲酗酒。在李看来，卡波特的写作意图已经十分明显地从惋惜转向同情；他不会花太多笔墨刻画受害人的复杂性，因为所有的精力都要用来描写杀死他们的人。他有了新的主角。

卡波特从对被告的采访中充分了解到他们犯下谋杀罪的原因，李从杜威探员那里为他讨到了部分审讯记录，从中又了解到他们作案的时间、地点以及方式。总之，卡波特认为他已经有了足够的素材，可以着手写作他口中的"非虚构小说"了——这是一种尝试用小说技巧讲述真实故事的体裁。第二天，他和李一起离开了堪萨斯。他们在豪华火车上挥金如土，在芝加哥过了一夜，并于1960年1月18日回到纽约。两人在中央车站分道扬镳，内尔去了市郊的住宅区，卡波特回到了布鲁克林。等到周末，卡波特已经说服《纽约客》的编辑让他把堪萨斯的故事变成一个由多部分组成的系列，并与兰登书屋签署了一份图书合同。

回到纽约后不久，内尔就搬家了。她没有离开约克维尔，而是搬到了南边几个街区外一间更好的公寓，位于东七十七街403号，在那里她既有暖气又有热水。当卡波特庆祝他最新的图书合同时，李在给她的第一本书改错别字。没错，她回到家就开始修改《杀死一只知更鸟》的校样，改过后还必须再给编辑审阅。不过，她还有其他工作要做。一方面是为了赚钱：长久以来她一直在预支《杀死一只知更鸟》的收益，都不知道它能否挣到版税；另一方面是为了帮卡波特的忙。因为两人都清楚，卡波特需要和堪萨斯州的每个人都保持良好的关系，她接受了与克拉特一案有关的任务。在成为堪萨斯州调查局探员之前，阿尔文·杜威曾为联邦调查局工作，李同意为他撰写传记，并发表在最对口的美国杂志《葡萄藤》（The Grapevine）上——它曾是联邦调查局前特工协会的内部通讯杂志。

《葡萄藤》杂志的风格介于校友录和尸检报告之间，李为杜威写的传记也不例外。她的作品夹在已经退休或死亡的特工的证件照以及会议和活动公告之间，也不知道是故意写成这样，还是经过了编辑的暴力修改，它读起来和《葡萄藤》的其他文章别无二致。这篇文章毫不起眼，没有署名，并以油印形式邮寄给调查局的前特工，但这仍然是她自大学以来在杂志上发表的第一篇短文。

作为最不可能八卦的组织的八卦小报，联邦调查局以外的人基本上不知道《葡萄藤》。李的文章在1960年3月的那期杂志上发表，并没有引起太多注意。即使文章上有署名，当时也几乎没有人会知道作者是谁。但是这篇传记达到了它的目的：使卡波特和杜威的关系变得亲密起来。对李来说也是如此。那年春天晚些时候，卡波特因为克拉特家族农场的出售事宜，以及希科克和史密斯的审判，再次和李一起回到了堪萨斯州。这一次，他们带上了摄影师理查德·埃夫登（Richard Avedon），他以时装摄影和名人肖像摄影而闻名。

照片后来刊登在《生活》（Life）杂志上。尽管李没有在上面出现，但是因为那次旅行，她被埃夫登加进了联系人列表。而且她每天都出现在采访现场，就像上次一样。事实证明，她这次的存在比上次更有价值，因为她的一生都和法院有脱不开的关系，而且只差一个学期就能拿到法学学位。3月22日史密斯和希科克出庭受审时，卡波特和李都在法庭上，但是只有她对陪审员的话做了记录。7天后，经过不到1个小时的商议，陪审团认定两人都有罪，并判处他们死刑。"我永远也不会知道，为什么他们从来不看一眼被他们判死刑的人。"李在她的笔记中这样描述那些陪审员，和她在《杀死一只知更鸟》中赋予斯科特的多愁善感如出一辙。几天后，法官将行刑日期定为1960年5月13日。

无论从哪种意义上说，这都是一个可怕的死线。卡波特打算用他写上一本书的方式写这一本书：身处地中海，远离纽约的社交诱惑和工作任务。李倾其所能帮助她的朋友，整理好他们在堪萨斯获得的所有材料，出发前给了他150多页手打的笔记。她把笔记分为十章：小镇一章，自然风光一章，案件一章，四名受害者各一章，两个幸存的女儿一章，他们的采访一章，审判一章。她还在笔记中附上赠言："献给《火与焰》以及《勇敢忍受他的小人物》的作者"，温柔地向卡波特的少年时光致意，并致敬他们在踏上堪萨斯前一起度过的30年。

大概20年后，这些笔记成为她在亚历山大城组织自己的犯罪报道的模板。几乎在每页的顶部、采访内容的上方，李都记下了每一次采访的日期，或者案件调查时间线上对应的日期，以及他们和谁谈过话、在哪里谈的话。所有可能的地方，她都会标注上当时的一个小场景，这样无论过了多久，只要卡波特回顾笔记，他都可以重新被带回到进行采访的起居室、餐厅或者法院。她还帮助卡波特把采访中不同对象说过的话进行整理汇总：关于克拉特太太、克拉特先生、凯尼恩和南希的内容，被分别提取出来集合到一起，并在此过程中不断补充有关犯罪的疑问和理论。

李用这种方式分析了50多个人，包括一些她采访过而卡波特没有采访的人：克拉特家孩子的朋友、克拉特家的邻居、县验尸官、堪萨斯州调查局的探员、侦探、神职人员、法官、治安官、陪审团成员、咖啡馆里闲谈的顾客以及邮局里忧心忡忡的居民。她笔记中的很多人仅仅是因为她才愿意谈起克拉特一案。博比·鲁普（Bobby Rupp），南希·克拉特的男朋友，也是谋杀发生前最后一个见到这家人的人，说如果只有卡波特进行采访，他"很可能会走出屋子"。

李的长篇笔记不仅仅是转录，而是经过细致观察的结果，并且需要敏锐的法律头脑和对美国正史的深厚积累。她为卡波特记录了克拉特夫人袜子的高度和南希·克拉特镜子的长度——甚至记录了不在镜中的人物影像，以及女孩每天早上去学校之前在镜中看到什么样的自己。她总结了法庭证词，解释了法律策略，并提供了陪审团成员的心理侧写。她赠送给卡波特的笔记与谋杀案毫无关系，但是包含谋杀发生地的一切——那里的猫、风俗、骗子和季节。和大多数调查笔记不同，她的笔记更像是一本等待写就的书。

不过，无法直视被判刑者的不仅仅是陪审团。希科克和史密斯要花上好几年时间才能穷尽一切法律手段，不过最终还是要来到绞刑架下。卡波特也花了同样长的时间才想出一个不带感情地书写克拉特一案的方式。最终，在两名凶手都过世之后，他终于完成了《冷血》。这本书就像他一直以来所希望的那样，成了畅销书，但那已经是5年后的事了。彼时哈珀·李早已出版了自己的那本。

19. 死亡与税

　　在所有可能使作家不再写作的原因中——毒瘾、焦虑、抑郁、刻薄的批评、爱情的干扰、孩子的到来、灵感的匮乏、大众的质疑——最不可能的或许是税收。然而，《杀死一只知更鸟》还没在书店上架前，哈珀·李就声称国税局搅得她无法工作。

　　这一不同寻常的声明是由李在堪萨斯州遇到的报纸专栏作家多洛蕾丝·霍普首先记录下来的。作为《女眼看世界》——一个几乎每天都会出现在《加登城电讯报》（Garden City Telegram）上的专栏——的作者，霍普几乎什么都写，从烹饪书到减肥食谱，再到倡议"紧身裤日"。自从她在1959年遇到卡波特和李之后，两位作家就开始频繁出现在她的专栏文章中。第二年，当两人因希科克和史密斯的审判再次回到堪萨斯时，霍普写了篇文章介绍李即将出版的小说。离缴税日①还有两个星期，霍普透露，虽然《杀死一只知更鸟》要到7月才会出版，但文学协会和《读者文摘》已经购买了它的重印和销售权。霍普写道，对大多数作家来说，"这可是中了超级头彩"，但对李来说却并非如此，这意味着她不能再做自由作家——因为"她承担不起赚更多的钱（的税费）了"。霍普继续写道，与其称赞她的书，李"开玩笑地说，她只需要一点点认可——把她的名字刻在未来的火箭上就行，因为她缴的税费估计足够造一个的了"。这有些过于夸张了，但在当时，富人确实被大肆征税，美国战后的繁荣一部

---

① 指联邦政府要求人们提交所得税申报表的截止日期。从1955年开始，缴税日被定为4月15日。

分是由高达90%的税率推动的。据霍普说："李曾抱怨政府将至少获得她收入的70%。"

人们或许会说，钱是造成这一切的根源。此前身无分文、穷困潦倒的哈珀·李，一直住在没有热水的地方，在用门板搭起来的桌子上写作，因为支付不起公交费只能步行，恳求她的经纪人从预付款中多拿出一些钱来支付日常开销，为杜鲁门·卡波特和杰克·邓菲看房子以节省房租，靠花生酱和任何她能从朋友那里顺走的食物为生。那个哈珀·李突然变得如此富有，这让她无法再继续工作了。除了她的经纪人、编辑和姐姐爱丽丝，很少有人确切知道她到底**有多么**富有。爱丽丝在税法方面的专业知识突然变得非常有用。但是，即使那一年李按照70%的税率被征税，她的收入也已经相当于今天的70万美元，即使对现在的小说家来说也是一笔巨款，是她预付款的700倍。

当时她的书甚至还没有出版。《杀死一只知更鸟》在1960年7月11日出版后，立即登上了畅销书排行榜，然后在一篇篇热情洋溢的评论的推动下，排名节节攀升；12月，它登上了所有的年终总结书单和榜单；1961年1月，电影版权售出。不久之后，公众得到消息，霍顿·福特（Horton Foote）将操刀改编剧本，格利高里·派克将出演阿提克斯·芬奇。法国、德国、意大利、西班牙、荷兰、丹麦、挪威、瑞典、芬兰和捷克共和国的出版商购买了海外版权。5月，这本书获得了普利策奖。《杀死一只知更鸟》在发行一周年时已经卖出了50万册，小说改编的电影于1962年圣诞节上映，不久后获得8项奥斯卡提名，并于1963年4月摘得其中3项。荣誉从未间断，销售也鲜少停滞，版税从不短缺，当然，税收也没有止境。

爱丽丝可以给她的妹妹提供所有财务规划方面的建议，但没有人能让哈珀·李心甘情愿地把"恺撒的东西归恺撒"。德高望重的哈德逊·斯特罗德（Hudson Strode）教授曾在亚拉巴马大学教过李莎士比亚，他写信给李，向她倾诉自己有多喜欢她的小说，并问她有没有可能阿提克斯·芬奇并不是A.C.李先生，她回信说："不，阿提克斯曾经是我的父亲。他现在正在教我如何愉快地纳税，但收效甚微！"当李去好莱坞电影剧组探班时，一名记者与她同行，她不停地抱怨，后来那名记者在报道的结尾这样写道："成功没有腐蚀哈珀·李，但改变了她的生活。人们无法相信这本书竟然没能让她立刻成为百万富翁。事实是，税法对头脑精明的电影明星和石油大亨来说可能是件好事，但对作家来说却是灾难。"她的经纪人发现他们正处于一种极为反常的状况中——为收到的支票向作家道歉："一旦支票涌入，我们也无法阻止，我们知道你肯定会想办法留下一些钱。一想到大部分钱都要用来交所得税，我们也非常遗憾。"50多年后，当李80多岁时，她写信祝贺杰出的亚拉巴马历史学家弗吉尼亚·范德维尔·汉密尔顿（Virginia Van der Veer Hamilton）的回忆录《泰迪的孩子：两次世界大战期间在焦虑的南方贵族中间长大》（*Teddy's Child: Growing Up in the Anxious Southern Gentry between the Great Wars*）出版，并警告她最好不要卖出超过300万册："如果超过这个数，你就会被税务员缠住不放！"

正如多洛蕾丝·霍普所指出的那样，这是大多数作家梦寐以求的"麻烦"。刚刚出版的那几年，《杀死一只知更鸟》每年都能卖出100万册。李从每一本书中都能获得版税——包括所有的外国版本和特别版本——外加一部分高额的电影利润，因为安妮·劳丽·威廉斯为她谈妥了一笔极其划算的交易。在这笔交易中，李在最初会少收一些预付金，以换取更大比例的电影永久版税。没有哪一种博彩的回报能如此丰厚，这部电影成了美国的经典电影。自问世之日起，这本书的热度几乎没有下降过，迄今为止已售出约4000万册。

《杀死一只知更鸟》的势头越盛，它的作者似乎就越惨，如果李仅仅是憎恶税收，那么她对宣传的恨已经达到了入骨的程度。该书发行的那年夏天，她写信给一个朋友，说她"去了纽约，在那里出了名；然后去了康涅狄格州适应自己的名气；最后去了东汉普顿——名人习惯了自己的名气后会去的地方"。但是李一直都没有习惯自己的名气。《新闻周刊》发表了一篇介绍她的文章，内容来自李在阿尔贡金酒店接受的采访，当时她装作对自己的名气一无所知。《生活》杂志为李在门罗维尔周围拍摄了一组照片，在漫长而尴尬的拍摄后，李的照片传遍了大街小巷。照片里，她在旧时的校园里踢球，在门罗县法院的阳台上摆拍，假装在巴尼特、巴格与李公司里打字，在她最喜欢的老师格拉迪丝·沃森·伯克特的课上发言，在当地的球场上和一些朋友打高尔夫球，与她的父亲和姐姐一起坐在自家前门廊上看书，并从一栋房子的窗户往里看——那栋房子被认为是怪人拉德利（Boo Radley）家的原型。

每家书店都想让李去做签售，她遇到的每个同学、老师、邻居、服务员、图书管理员、汽水售卖员、房东和高尔夫球童，都想让她在他们自己买的小说上签名，也都想被她写进故事里。她的余生都在应对这种无理的要求。和李家任何一名成员交谈上几分钟，似乎都变成了一种壮举，那些几乎完全不认识的人突然开始冒充她的亲密知己。

李本人对这个冉冉升起的哈珀·李商业帝国毫无耐心可言。然而，即使她开始拒绝接受采访和出席活动，仍然存在着一个问题，那就是邮件。她收到的信件大部分都是赞美性质的，但仍有一部分来信，用污言秽语指责她身为一个南方女人出卖了祖先的土地，或是作为一个白人背叛了自己的种族。李每天都会收到几十封读者来信，她发现自己每一封信都想回复。与其说是出于感谢，不如说是出于义务。在她看来，她的年轻崇拜者似乎尤其值得她这么做；哈珀·李给她的小读者写的回信简直可以塞满一间图书馆。

这样做的后果就是，在《杀死一只知更鸟》出版后的1年里，李写得最多的东西就是信。但她还是设法挤出了一些小短篇：一篇是为《麦考氏》杂志写的文章，讲述了她的朋友，如东方三博士①般的布朗一家和他们送给她的礼物；一篇荒诞的油渣面包食谱，发表在《艺术家和作家的烹饪书》（The Artists' and Writers' Cookbook，1961）上，读起来像是《捶捶打打》时期的作品。文章开头是"首先，抓住你的猪"，并建议未来的大厨"把它运到离你最近的屠宰场"，然后把拿回来的东西用各种方法油炸和烘焙，并将其与玉米粉、盐、泡打粉、鸡蛋和牛奶混合在一起。她警告说，最终从烤箱里取出的东西将会花掉你250美元："一些历史学家断言，仅凭这个食谱，就能让联邦政府垮台。"

1961年4月15日，李在《时尚》（Vogue）杂志上发表了一个两页长的故事，叫作《"爱"的另一种说法》，她的经纪人莫里斯·克雷恩恰如其分地把它称为"内尔·哈珀的《福音》"。表面上看，这是一篇关于爱情的文章，实际上，这是她脑海中闪现的所有文章和作者的一个有趣的大杂烩：塞万提斯、莎士比亚、保罗写给哥林多信徒的第一封信，以及利顿·斯特雷奇（Lytton Strachey）写的维多利亚女王传记。但这篇文章在某些方面也带有自传的性质，里面穿插的一个情节是：一个16岁的男孩在医院偷垂死祖父的汉堡。男孩是她的一个侄子，医院里的男人是李的父亲，当时他的健康状况再次恶化。

李仍在纽约和亚拉巴马州之间来回穿梭。1960年秋天，她回家看望在门罗维尔的父亲和姐姐，然后去尤福拉探望另一个姐姐。在这两个地

① 据《圣经·新约·马太福音》记载，三名来自东方的博士在看到耶稣降生时的星象后，带着礼物前去耶路撒冷朝拜圣婴。

方，她都像一个离家多年的游子一样受到了热情款待。她来回都上了头版新闻，对她来说，不幸的是，照片总是不可避免的。她不怎么喜欢拍照，也不喜欢拍出来的照片，特别是当发现自己不再像童年时那样纤瘦之后，她开始了"减肥——长胖——减肥"的循环，在接下来的10年中一直采用极端的节食方式，周而复始。

从李在《学院行政》发表文章以来，纽约的朋友见证了她是如何经过努力，一步步成为一名作家的，并由衷地为她感到喜悦。李现在住在东八十二街的一套新公寓里，和其中一个朋友成了邻居：马西娅·范·米特（Marcia Van Meter），一个来自马萨诸塞州姐妹会和合唱团的成员，她租下了李隔壁的公寓。有天晚上，两人在地下室洗衣服的时候救了一只脚趾畸形的小猫，她们立即把小猫送到兽医那里，照顾它直到恢复健康，然后用一个篮子把它送到了泰·霍霍夫那里。泰·霍霍夫给它取名谢德拉克，并接纳它成为自己家庭的一员，后来还在她的回忆录《猫和其他人》（Cats and Other People，1973）中给了它绝对的主角地位。

马西娅·范·米特曾在大学理事会担任编辑，后来又在《纽约客》做编辑。她和李一起旅行，在纽约观看棒球比赛，并替对方处理私务。在《杀死一只知更鸟》出版一周年之际，安妮·劳丽·威廉斯和莫里斯·克雷恩给李发了一封电报，这封电报就是由范·米特转交的，上面写着："亲爱的内尔，**明天就是我的一周岁生日了，我的经纪人认为你应该快点儿再写一本书来陪我。你觉得你能在我两岁之前开始动笔吗？**"

李早已竭尽全力去这么做了，但事实证明，写第二部小说比写第一部更难。她需要安静。即使在效率最高的时候，就算写一些简单的情节（比如让一个角色走过房间），也要花上她一整天的时间。现在她的时间太少，干扰太多。她在1960年8月的时候就已经开始抱怨"第二部小说的瓶颈"；次年9月，她告诉一个朋友："我有预感，我将会成为另一个J.D.

塞林格[①]。"并告诫说:"你下半辈子都得花在和别人一起用午餐、鸡尾酒和晚餐上,他们就是**非得**见你一面不可。"

她的经纪人在康涅狄格州有一个旧农舍,李在那里找到了一丝喘息的机会。只要能租到一辆车,或者能搭他们的便车,李就会远离纽约,去那里度过几周的时间。但是她父亲的健康状况持续恶化,1961年年末,他的心脏病再次发作,李又急忙赶回家待了两个月,就为了照顾他。那时,根据她小说改编的电影正在制作中。11月,电影的艺术总监来到门罗县参观,李带他去看了杏树,羽衣甘蓝田,黑人家庭居住的棚屋,可以视作芬奇家的精致住宅,以及很快就会闻名全美国的法院。1月,格利高里·派克也来了,她带他参观了现实中的梅康镇。

赞美信也跟着她回到了家,特别是当她的粉丝意识到:写信寄到亚拉巴马州只需一张邮票,然后在信封上写上李的姓氏就好。杜鲁门·卡波特的眼睛因嫉妒变得比亚拉巴马州所有的松树都要绿,尽管如此,他还是将成功给"门罗维尔的奇迹"带来的代价记了下来。他向一个两人共同的朋友透露道:"不久前她写信说要去亚拉巴马州休息几周:可怜的小宝贝,她似乎有些精神崩溃了。"他给杜威夫妇写道:"可怜的家伙,她快要失去理智了。她说,当一天收到62封信时,她就放弃回复'粉丝来信'了。我希望她能放轻松,更加享受成名这件事。"

2月中旬,李终于回到纽约。在那之后,她曾试图重新开始工作,但还没等安顿下来,她父亲的心脏病又发作了。那是1962年4月12日,当时哈珀·李已经35岁了——距离她母亲和哥哥去世已经过了10年,她也为父亲糟糕的健康状况忧心了10年。多年来,她一直担心他会衰弱到去

---

① 杰罗姆·大卫·塞林格(Jerome David Salinger,1919—2010),美国作家,著有《麦田里的守望者》。

不了办公室，怕有一天他会因关节炎而无法掏出那块漂亮的怀表看时间，或再将那把熟悉的小刀拿在手里，不停地打开、合上。她经常返回门罗维尔帮助爱丽丝和路易丝照顾他，所以当电话打来时，她知道她必须得跨越360英里才能到达他的床边。然而这一次，他再也不会从医院回来了，再也不会一手拄着拐杖，一手扶着女儿或孙儿，缓慢地康复了。哈珀·李的父亲于3天后的圣枝主日①清晨去世。

A. C. 李去世时已经82岁了。虽然他最小的孩子没有成为一名律师，但他对此早已不再失望，随着《杀死一只知更鸟》的出版，他对内尔所选职业的担忧变成了纯粹的骄傲。"我从未想过会变成这样。"他告诉《门罗日报》记者，"某种程度上这算是个惊喜，这种事确实很少发生在去纽约打拼的乡下女孩身上。"他一直都在教她读书，给她书读，但他从未想过她会写出一部深受全世界喜爱的书，他也没想过自己会成为书中主人公的原型。在他去世之前，当有人叫他"阿提克斯"时，他都会答应，有人要他在他女儿的小说上签名时，他也会习惯性地签上阿提克斯的名字；在他去世后的第二年，格利高里·派克领取奥斯卡最佳男演员奖时，就戴着他的怀表。

《杀死一只知更鸟》不是内尔·李父亲的传记，然而她把他的一些重要特征写进了书里，让众人知道了他的美德。因为在当时，读者迫切想相信南方有高尚的白人男性，而且即使在最艰难的时期，好人也能不改初心。那年秋天，李向门罗维尔第一卫理公会捐赠了一笔钱，以偿付为纪念她父母和哥哥进行的墓穴翻修和扩建费用。她家人的葬礼都是在那里举行的。但是，她对家人真正的纪念，将永远是她的作品，所以当回到纽约时，她便试着重拾写作的习惯。

---

① 基督教节日，从复活节前一周的星期日开始。

她在康涅狄格州做过尝试，就在她经纪人的旧石屋里；她也在火岛[①]上、布朗一家在索尔泰尔的避暑别墅里做过尝试；她还在佛蒙特州的西布拉特尔伯勒试过，她的朋友露西尔·沙利文（Lucile Sullivan）在那里为安妮·劳丽·威廉斯工作，先是租了一栋凉亭，然后租了一套公寓。但是无论她去到哪里，悲伤都如影随形，同时还有公众的期许——她称其为"鸟"，仿佛它是活的，游离于她自身之外独立存在。最重要的是，出版社方面施加了压力。尽管在利平科特其他编辑的印象中，霍霍夫是"一条恶犬"，凶猛地保护着她最出名的作家，但是不会有人觉得，几年过去还不出版下一本书对李会有好处。

　　与此同时，卡波特的书也耽搁了，不过不是因为他写不出来。无数次的延期和上诉，让佩里·史密斯和迪克·希科克活了下来。上一年，就在格利高里·派克去门罗维尔参观并看望了李之后，李便和卡波特去监狱探望了他们。卡波特觉得，在他们的命运尘埃落定之前，他不会为他们写上结局。他早已将这本书称为《冷血》，并且已经几乎完成了初稿。1963年4月，他和李最后一次共同前往堪萨斯。卡波特买了一辆新的捷豹，并把它叫作"带轮子的法贝热"[②]。他到门罗维尔来接李——她从圣诞节开始就一直住在那里，而他已经8年没回去过了。他的亲戚举办了一场派对，共有40名朋友来为这两位土生土长的作家庆贺。

　　在卡波特和李两人的双亲中，只有一名还健在。李父母双亡，而卡波特的母亲死于安眠药和威士忌过量。由于门罗县引发的思乡之情，卡波特选择了一条迂回曲折的路线去往加登城，先是在路易斯安那州的什里夫波特停下来看望他的父亲。自从母亲的葬礼后，他已经快10年没有见过他的父亲了。当这个国家的几乎所有记者都前往亚拉巴马报道那里

---

① 纽约长岛南岸一条狭长的障壁岛。

② 国际著名奢侈珠宝品牌，以制作精美的复活节彩蛋著称。

的民权运动时，李和卡波特却把它抛在身后，一路往西驶向堪萨斯州；他们到达加登城时，马丁·路德·金正在写着他的《伯明翰狱中来信》。两位作家在堪萨斯停留了1周——主要是为了让卡波特和他的采访对象见面——然后踏上了回家的漫漫长路，中途他们在科罗拉多州的斯普林斯停下来，在布罗德莫尔度假村庆祝李的37岁生日。

此时，距离两人第一次来到堪萨斯已经过去了3年多。卡波特的书快写完了，他的编辑早已称之为杰作，但是李的另一部小说却被拒了。《最后彩排》是《时尚先生》的约稿，后来被退稿，一部分原因是它的说教意味太浓，还因为它对南方种族主义的描述过于复杂。就像《守望之心》一样，按李的话说，故事的主角是"一些白人种族隔离主义者，他们同时又厌恶和憎恨三K党"。在她看来，《时尚先生》的编辑似乎认为这个设定是"明摆着不可能存在的"，而李反过来认为编辑的这种想法十分荒谬，"按照这种观点，九成的南方人都是明摆着不可能存在的"。

李是对的。她故事里描述的那种人，不仅可能在南方存在，其实他们遍地都是。1961年的盖洛普①民意调查发现，只有不到1/4的美国人赞成自由乘车客的行为，即使最高法院已经宣布在州际交通上实施种族隔离是违宪的。而在大多数持反对意见的人中，有许多人根本分不清"克拉文"和"克列格"②，有的人则是知道这个党，但不赞成其行为。事实上，这其中就包括李本人。当在芝加哥的一次新闻媒体活动上被问及对自由乘车客的看法时，她说："我不认为这种坐上车然后挥舞州法典的行为，除了招致大量关注和暴力以外，能起到什么作用。"（即使不久前，前来门罗维尔采访她的摄影师和记者，就因为想采访一名自由乘车客而被蒙哥马利的暴民殴打。）

----

① 全球知名民意调查和商业资讯公司，由美国著名社会科学家乔治·盖洛普博士创立。

② 克拉文（klavern）和克列格（kleagle），分别指三K党的开会地点和党内高级人员。

《杀死一只知更鸟》被解读为民权的号角，但李的真实观点要更加复杂，任何编辑都不会想出版它。她一直坚持说，她的小说不仅有反歧视的内容，"我的书里有一个普世的主题。"她强调，"这不是一部'关于种族歧视的小说'。它描绘了文明的某一方面，但不一定是南方文明。"尽管这本书的背景深深植根于亚拉巴马州，但李把《杀死一只知更鸟》称为"一部关于人类良知的小说，它具有普世性是因为它可能发生在任何人身上，可能发生在任何有人类生活的地方"。

小说背景设定在20世纪30年代，从而回避了关于种族融合的讨论。和她的小说一样，李自己在民权问题上也出奇地沉默。尽管她的话语可以在这个国家产生巨大的影响力，但她并没有为这场运动发声——即使自由乘车客乘坐着公共汽车穿越亚拉巴马，在街道上游行，而像门罗县这样的农村地区也开始登记非洲裔美国选民。在一封私人信件中，她开玩笑说，虽然自己是全国有色人种协进会的成员，但从未在公开场合与该组织扯上关系。尽管在参议院结束了冗长辩论并最终通过《民权法案》的那天，她人在白宫，但只是在那里和林登·约翰逊一起，祝贺一群高中生获得总统奖学金。无论在这个里程碑性质的法案通过之前还是之后，她都从未在媒体面前提到过这件事。多年后，她赠送了一本写着寄语的《杀死一只知更鸟》给莫里斯·迪斯（Morris Dees）——南方反贫困法律中心的联合创始人。在寄语中，李写道，他"会被人们铭记，因为当好人保持沉默时，他是那个敢于发声的人；当好人袖手旁观时，他是那个采取行动的人"。但是她自己没有发声，她让她的小说来替她说话。

坦白地说，李的小说几乎替她说了所有话。1964年，也就是《杀死一只知更鸟》4岁、李37岁那年，她开始了为期50年的沉默。她最后一次接受采访是和一位名叫罗伊·纽奎斯特（Roy Newquist）的图书评论家，后者曾在其广播节目《复调》（Counterpoint）中采访过杰西卡·米特福德（Jessica Mitford）、伊恩·佛莱明（Ian Fleming）、约翰·福尔斯（John Fowles）、多丽丝·莱辛（Doris Lessing）、莉莲·罗斯（Lillian Ross）以及其他著名作家。纽奎斯特在广场酒店和李见面后就打开了他的磁带录音机，在接下来的1个小时里，他问了李一些问题：关于她的童年和教育，文学技巧和自律，她在纽约的生活，以及身为作家的抱负。

"只要还能写出单词，我就从未停止过写作。"李告诉他。她还说自己的职业其实就是一种地方特产，和粗燕麦粉或羽衣甘蓝没什么两样；她声称南方"和其他地方（比如纽约第82街）相比，天然地就会出产更多作家"。尽管她一直是个作家，但是对自己小说受到的如潮好评完全没有准备；就好像"一棒子打在头上"，使她一直处于"毫无知觉"的状态。这种感觉与她心目中写作的必要状态形成了完全的对立。她说，优秀的作家在对待作品时"有点像中世纪的祭司"，需要与世隔绝来把它做好。"他们写作不是为了与他人交流，"李在谈到称职的作家时说，"而是为了更自信地与自己交流。"

在被媒体报道搅得烦不胜烦的那几年里，纽奎斯特是李遇到的最好的聊天对象。李跟他谈起自己在写作中遇到的种种要求和困难，说得比以往任何时候都多。"有时我担心自己会过度沉迷于写作。"她说，"因为我一旦开始工作，就停不下来。结果就是我会每天把自己关在家里，或者其他写作的地方，即使出门也只是买些纸和食物。就是这样。"李认为，写作对作家来说是一种永无止境的自我探索："一种驱魔仪式。驱除的不一定是他体内的魔鬼，而是他最深切的不满"。

那时，李的自我探索已经成了荒野中漫无目的的流浪，并且她已经流浪了4年。当哈珀·李接受采访时，我们很明显能够看出，她已经决心进行自我隔离。尽管她确实不停地在打字机上敲敲打打，但她并没有写出什么可读的东西。前一年夏天，她的两个姐姐来看望她，开启了三姐妹为期半年的一场探险之旅，她们一起游览了美国的一些地方。第二年，她们又一起去了新英格兰，然后去了魁北克，李终于有机会把她真正的家人介绍给她文学事业上的家人，安妮·劳丽·威廉斯和莫里斯·克雷恩。然而，她不知道的是，来自不同世界的这两伙人碰到一起并非偶然，而是人为促成：双方都很担心她。爱丽丝仍然负责她所有的合同和版税，这意味着她有充分的理由与威廉斯和克雷恩保持联系。他们之间的通信逐渐不再与签字和资产负债表有关，而是更多地开始讨论如何帮助他们在苦难中挣扎的艺术家。他们齐心协力，开始一起照管她的出行，确保她有地方工作，并且监督她的工作。他们引领她在康涅狄格州和纽约，以及纽约和亚拉巴马州之间跑来跑去；他们让她越来越敢于拒绝那些会影响她写作的宣传请求。但是这些似乎都不起作用。克雷恩和威廉斯非常担心，他们认为李最好不要再独自过冬了。

1965年1月，李在门罗维尔度假，炸鸡时油脂着火了，当她试图把火扑灭时，火焰烧着了她的右手。缠了几个星期的绷带，等回到纽约后，她去看了一名整形医生，诊断结果说她需要手术。大概无论何种苦恼都可能以奇怪的方式自我表现出来，不止一个朋友猜测，哈珀·李现实中所受的伤，或许就是她写不出作品的一种隐喻。李伤得非常严重，不得不放弃她的羽管键琴。不过最终，她又能再次握笔了。

杜鲁门·卡波特在给佩里·史密斯和迪克·希科克的一封信中提到了李的烧伤，她自己已经不再那么频繁地和他们通信。他们想在4月15日行刑当天见她一面，正好那也是她父亲的3周年祭日。她没有回他们的电报，当卡波特打电话到旧石屋找她时，她再次拒绝了。那年秋天，仿佛是想重温早年无忧无虑的岁月，她带着高中老师格拉迪丝·沃森·伯克特去了英国旅行。10月7日，两人登上"伊丽莎白女王号"，花了1个月时间参观了她们读过的所有著名英国作家的房子。

李不在的时候，安妮·劳丽·威廉斯写信给爱丽丝，讨论她们共同的被监护人的问题。在去海外之前，李和布朗一家在火岛上度过了漫长的夏天，然后去了康涅狄格州的旧石屋，但是仍然什么都没写出来。"我告诉她，我认为她的第二本书以这样的方式来写会更好。"威廉斯在给李的姐姐的信中写道，"不必按照出版社的时间规划来。"然后她建议李慢慢来，回到亚拉巴马之前都不要再想这本书了。"**但她是一个作家**。"威廉斯特别补充道，仿佛像要说服其他人一样说服自己，"她的下一本书也会成功的，并且会延续第一本书中的一些特色。我把这一切都告诉你，是想让你知道，她从火岛回来时沮丧极了，因为没能带回一部完成了的书稿。"

无论从她的经纪人，还是从她的出版商，或者是从她姐姐那里，全世界得到的消息都是：哈珀·李正在写她的第二部小说。不过，作家本人会不时现身说起自己的进展，透露些更坏的消息。当李罕见地去弗吉尼亚的斯威特布莱尔学院参加公开活动时（她同意出席仅仅是因为之前教过她的一位历史教授当上了该学院的院长），她告诉那里的学生："成为一名严肃作家需要铁腕般的自律力。这个职业要求你，无论脑海里有没有东西都必须坐在那里写作。每天，独自一人，从不间断。与大多数人想的不一样，写作这件事毫无吸引力。事实上，大多数时候它带给你的都是痛苦和心碎"。那是1966年10月。就在两年半以前，李还告诉纽奎斯特说她热爱写作到停不下来。

悲痛、心碎、折磨，此时的哈珀·李在谈到她的工作时，用的都是饱含这一类感情色彩的词，字里行间流露出极度的失落。那年11月，卡波特邀请她参加他著名的黑白舞会时她没去，而是去了纽约的塔里敦，参加约翰逊总统组织的国家艺术委员会会议，但她很少在众人面前发言。

她还去了佛蒙特州和康涅狄格州，虽然也在努力尝试写作，但次数越来越少。莫里斯·克雷恩得了肺癌，二三十岁时困扰李的那种悲伤又回来了，这次还额外加上了她写作时经历的痛苦。

克雷恩在"二战"期间被德国人俘虏，历经惨无人道的折磨后活了下来，但这一次他没能熬过来。在他去世的前一年，李最后一次开车送他回得克萨斯的家，在他还没病得下不了床之前，让他再看一眼家人和在坎宁的农场。他先是吃不下饭，然后没了力气；到最后，他需要旁人24小时的照顾。克雷恩和李的关系太过亲密，有人说他爱上了她。当安妮·劳丽·威廉斯维持公司正常运转的时候，克雷恩很高兴李能照顾在侧。虽然照顾的人不同，但过程却让人十分熟悉：李就像照顾她的父亲一样照顾克雷恩，试图把死亡挡在门外，祈祷它找不到进来的路。但死亡还是不可避免地到来了。1970年4月23日，就在A.C.李去世8年零几天之后，克雷恩去世了。

第二年，安妮·劳丽·威廉斯因为肋骨骨折外加关节炎，以及仍然无法走出丈夫去世带来的悲痛，她关闭了代理公司，这个15年前年轻的内尔·李紧张地放下一叠短篇小说的地方。那个哈珀·李所熟悉的纽约正在发生改变，就像曾经无数次发生过的那样，可能是一个朋友，也可能是一栋建筑。她已经在那里住了22年，几乎跟她搬到纽约开启全新的作家生涯之前在亚拉巴马居住的时间一样长。那年夏天，她遭遇了抢劫，后来向一位朋友透露说，她打算减少在曼哈顿居住的时间。她开玩笑道："我已经受够了这种和瘾君子斗殴的生活，而且我年纪太大，不能再假装纽约是宇宙的中心。"她凄惶地对朋友说："哈珀·李是功成名就了，不过却是以内尔为代价。"

对所有认识她的人来说，这早就是显而易见的事了。不仅第二部小说写得十分艰难，李经历的一切都十分不易。有一段时间，她的姐姐爱丽丝不断和人说起一则匪夷所思的故事——李不在家的时候,她放在曼哈顿公寓的手稿被偷了。但是很快,就连爱丽丝也不再提起与妹妹的写作有关的话题。最后,除了媒体,其他人也都不再过问。世界上只剩下寥寥几个人可以和李谈论写作,没过多久,她又失去了最重要的那一个。1974年1月初,从出版业退休的泰·霍霍夫在睡梦中突然去世。第二天早上,当她的女儿和女婿来到公寓时,他们不得不把谢德拉克带走,那只李和马西娅·范·米特在地下室发现的脚趾畸形的小猫,现在已经是一只脚趾畸形的老猫了。

对哈珀·李来说,封闭内心意味着失落和迷惘。她的小说背景设定在了大萧条时期,因此读起来很有年头,仿佛比实际出版时间早了20年;现在,它的作者似乎也已经成了过去时。大部分纽约人早已忘记她是否还住在那儿,或者说,是否还活着。不过,她公寓楼里的朋友们还记得,每当有人在深夜大声敲打他们的房门时,他们知道那就是她,因为当她喝醉并陷入绝望的时候,曾不止一次这样做过。这些朋友包括乔治·马尔科(George Malko)和他的妻子。乔治是一名作家,是被导师斯塔兹·特克尔(Studs Terkel)带入新闻界的。他们搬进这栋楼时遇到了李,和许多人一样,被她非凡的才华所吸引,同时又为她无法施展才华而难过。

"那段时间她一直酗酒。"乔治·马尔科多年后说道,"虽然轮不到我对她心里的魔鬼指手画脚,但我们都知道它就在那里,残忍地摧毁她的一切。"早上喝杯马提尼酒对李来说不是什么新鲜事,但有一天晚上,当她去马尔科家要一杯伏特加,而乔治撒谎说他们没有时,李为她的行为辩解道:"我刚刚把300页手稿扔进了焚化炉。"当一切正常时,这种冲动只是她性情的一部分;但当她喝得太多时,它就会占据她的全部理智。那些曾在半夜接到过她气势汹汹的电话的朋友可以证明这一点。杜鲁门·卡波特也被同样的魔鬼折磨着，甚至更甚。他曾经向一名记者透露，他的那位朋友"会喝酒，然后骂人，事情发展到最后就会变成这样。她真是不得了，大家真的都很怕她"。

那时，卡波特和李已经不再亲密，但是1976年的一天，他突然打电话给她。当时《人物》杂志正在对他进行专访，不是因为《冷血》出版一周年，而是为了他的新作品，一部揭秘性质的小说，只不过卡波特揭露的是别人的秘密。10年前他就签了这本书的合同，并一次又一次地重新修订合同条款。但和他的朋友一样，他也没能完成这本书。他把这本书叫作《应许的祈祷》（*Answered Prayers*），李可以认出它的出处，因为卡波特引用了阿维拉的圣特蕾莎修女①的话："收到回应的祈祷者会比未收到回应的流下更多的眼泪。"

卡波特打了几次电话，李最终同意和他一起接受采访，并在卡波特位于联合国大厦的住所附近与摄影师哈里·本森（Harry Benson）见面。据本森回忆，这两个曾在树屋上一起玩耍的老朋友走在第二大道上，用外人几乎听不懂的私密语言交谈，甜蜜而充满爱意，就像亲兄妹一样。那时他们之间已经发生了很多事情，包括巨大的嫉妒、愤怒和不和，但是那天，上述这些都没有出现：两人头发灰白，走得比往常更加缓慢。他们一起走在纽约街头，就好像走在儿时熟悉的法院广场。那一年，李50岁，卡波特52岁，但他们依旧可以清晰地回忆起童年，一切就好像发生在昨天一样。李曾向一名记者提道，幼儿园时期，那儿的一个老师因为卡波特书读得太好，用尺子打了他的手。这则插曲虽小，却充分描绘出了在那个南方小镇上，不合群的天才们所过的生活。正是在那次采访中，李以怀念而神秘的口吻说起他们两个："我们被一种共通的痛苦所联结。"

---

① Saint Teresa of Ávila（1515—1582）出生于西班牙阿维拉，是加尔默罗派修道院的改革者，著有多部与宗教有关的书籍，在当时具有重大影响，后被教宗方济各追封为圣人。

无论是不是共通的，这种痛苦已经束缚并压抑李的生活超过15年。她的编辑死了，她的经纪人死了，就在《人物》杂志采访的1年后，安妮·劳丽·威廉斯也死了。等到1977年5月，除了作者，所有帮助《杀死一只知更鸟》来到这个世界的人都走了。如果说那时的李确实写了些严肃文学作品，那这些作品要么从她的公寓里被偷走，要么被烧成灰烬，又或者，她根本就没写出多少。

　　但李还是没有放弃。或许是她和卡波特相聚时那意想不到的甜蜜，重新唤起了她童年时开始写作的快乐，以及要永远写下去的愿望；或许是他们之间创作上的竞争，激起了她内心的渴望，想比在堪萨斯时做得更好；又或许，只是因为她在7月碰巧听说了一个离奇的故事。在见到她的朋友卡波特后不久，内尔收到了亚拉巴马州另一位朋友内德·麦克戴维（Ned MacDavid）的请柬，邀请她参加他在自己位于上西区的餐厅"图书馆"举办的派对。在那里，书籍用来装饰，酒精才是拿来"传阅"的。李一反常态地露了面，和大约300个从亚拉巴马来的人一起纵饮金汤力，他们中大多数人都是来纽约为吉米·卡特竞选总统投票的。那是1976年的民主党全国代表大会，麦克戴维的派对在正式会议开始的前一天晚上举行。他和李从亚拉巴马大学起就是朋友，是他极力说服了李来到现场。乔治·华莱士州长没有露面，但是每隔大约20分钟，餐厅的扬声器就会播放一段1924年的录音，那是之前的一位州长"平凡的比尔"布兰登在提名亚拉巴马州总统候选人时的讲话："亚——拉巴马——人投了二十——四——票给奥斯卡——安德——伍德①。"同样地，亚历山大城的议员们会以同样的频率对任何一个听他讲话的人说："肯尼迪打破了宗教壁垒，卡特也在做同样的事情——打破反南方壁垒。"

---

① Oscar Wilder Underwood（1862—1929），美国民主党政客，第37任亚拉巴马州长，分别于1912年和1924年两次参与总统竞选。

这是大汤姆自芝加哥的噩梦后第一次参与集会，也是他第一次和内尔·哈珀·李有交集。第二年，纽约发生了历史上最大规模的停电，暴力事件集中爆发，这时他写信给李，讲述了威利·麦克斯韦牧师离奇的一生和令人震惊的死亡。不管李对拉德尼本人的看法如何，她从这个百年难得一遇的案件中听出了一本真实犯罪小说的内核。于是，她前往家乡亚拉巴马州，想要将它写成小说。

20. 谣言、幻想、梦、猜测和彻头彻尾的谎言

故事从"砰"的一声枪响开始。美国的谋杀，至少就来到这片大陆上的欧洲公民所知，始于1630年约翰·比林顿（John Billington）向他的邻居开的那一枪。往前推10年，比林顿乘"五月花号"到达普利茅斯种植园，和其他几名住民结怨，其中就包括不幸死在他枪下的约翰·纽科门（John Newcomen）。那时，美洲已经有很多人死于暴力，但是殖民者并没有费心记录土著的死亡，而普利茅斯的居民则非常详细地记录了纽科门的死：他的肩膀被击中，几天后死于坏疽。比林顿被判处绞刑，从而"荣幸地"成为新大陆第一个记录在案的杀人犯。

在美国，从有谋杀发生的那天起，就有作家试图把它们写下来。最早的谋杀记录通常是由案件的直接参与者撰写的：被告写下寻求赦免的供词，执法人员写下夸大自己英勇行为的破案经过，死者家属写下诉状，在绞刑架下布道的牧师写出行刑布道词。当时还没有报酬的法庭速记员，通过复印庭审记录并直接兜售给大众来赚些钱。人们知道谋杀案记录向来都有市场，而这些早期的美国推销员发现，小册子是一种理想的形式，它们印刷成本低廉，流传广泛，并且在任何地方都有市场，因为只要几便士。

这些小册子通常都有着淫秽的标题和恐怖的封面，用粗放的字体和更粗俗的语言来描写流氓恶棍、恐怖凶杀、嗜血恶魔和世纪犯罪。只要审判的案件够吸引人，印刷商们就会制作各自的版本相互竞争，有时仅一个案子就会出十几个不同的版本。1833年，伊弗雷姆·埃弗里（Ephriam

K. Avery）牧师因在罗德岛的蒂弗顿杀害了一名工人而受审，他的故事一共出了21本独立的小册子，读者可以自行在简短叙述、完整叙述、真实叙述、吸引人的谋杀细节、被告调查报告、被告审判报告、辩词、受害者信件传真、案件评论以及对判决结果的维护间自行选择。当埃弗里接连被刑事法庭和教会法庭宣判无罪后，他觉得有必要出版一个自己的版本，一本名为《准确、完整且公正的伊弗雷姆·埃弗里牧师审判报告》（ *The Correct*，*Full and Impartial Report of the Trial of Rev. Ephraim K. Avery* ）的免罪小册子。

这些小册子就是我们现在所说的"真实犯罪小说"的前身，但它们不是美洲殖民者的发明。审判叙事最早可以追溯到《俄瑞斯忒亚》（ *Oresteia* ）中，埃斯库罗斯对阿伽门农和克吕泰涅斯特拉被谋杀的描写，这和《福音书》中以耶稣被告发、定罪并处决而告终的描写一样著名。罪案小册子很早就在英国流行开来，但只有来到作为人性道德试验田的殖民地后，才由宗教难民和囚犯这个奇怪的人口组合发展壮大。犯罪在美国总有现成的读者，新兴的法律机构也渴望从庭审记录中学习并丰富当时的判例法①。一种新兴的民族文学同样在其中看到了将文字记录改编成故事的可能性，从每起案件中一步步学习，如何在跟踪报道整个案情（从实施犯罪到嫌疑人被赦免或判刑）的过程中引导公众的同情心。

随着印刷机抵达港口并运往全国，罪案小册子在美国的发行量激增，直到报纸开始流行后，它的数目才逐渐减少。在案件发展过程中，报纸可以为公众提供及时、多次的案情报道，而不仅仅是最终总结。很快，一种犯罪写作准则开始在美国形成。除了无法无天的牛仔和传奇的

---

① 依据以往案例进行审判的法律。

银行劫匪，主角还包括与政治密切相关的杀人犯，或被指控谋杀的人：比如巴尔托洛梅奥·万泽蒂（Bartolomeo Vanzetti）和尼古拉·萨科（Nicola Sacco），这两名无政府主义者被指控在1920年的一次鞋厂抢劫案中杀害了两个人；还有心理极度异常的杀人犯，如两名学生内森·利奥波德（Nathan Leopold）和理查德·洛布（Richard Loeb），他们杀害了一名14岁的少年，就为了证明他们和尼采所说的"超人"①一样，在智力上高人一等，并凌驾于法律之上。记者们狂热地报道这些案件和其他审判，使其变成一种反常的娱乐形式，并在短时间内开辟了一个利润丰厚的出版市场。

当没有任何记者资质证明的李和卡波特带着笔记本去堪萨斯时，真实犯罪小说早已在美国流行了300多年，不过，是《冷血》一书让犯罪写作登上了大雅之堂。早在20世纪30年代，就有一位名叫埃德蒙·皮尔逊（Edmund Pearson）的图书管理员改行成为犯罪记者，为《纽约客》写了几篇谋杀故事；身为幽默作家、偶尔客串记者的詹姆斯·瑟伯（James Thurber）也是如此。然而，直到卡波特描写克拉特谋杀案的文章分四期在同一家杂志上连载，真实犯罪小说这才得到批评家和学者们的严肃对待。

在那之前，谋杀本身并不是阻碍真实犯罪小说成为严肃文学的原因。谋杀和婚姻一样，长久以来一直是高雅文学最爱描写的情节（比如《罪与罚》，《麦克白》就更不用说了），而像《劳拉》（Laura，1944）和《日落大道》（Sunset Boulevard，1950）这样的黑色电影也获得了奥斯卡金像奖。然而，在卡波特之前，记者们写的犯罪报道每次只有一两页，这些报道在等着小说家、剧作家和编剧来把暴力案件变成谋杀秘事、侦探故事、

---

① 在尼采的"超人"哲学中，超人是超越自身、超越弱者的人，是人类进化的顶点，统治一切的天才。

间谍悬疑片和法庭戏剧。

"新闻是最受低估、最缺乏探索的文学形式。"卡波特曾如此宣称，随后他着手开始，准备让自己成为这个行业的马可·波罗。在约翰·赫西（John Hersey）、约瑟夫·米切尔（Joseph Mitchell）和莉莲·罗斯的作品基础之上，他的非虚构小说借鉴了虚构小说家的写作策略，不是单纯按照时间线排列情节，塑造角色也不再只靠对话和外貌描写，而是在报道中渲染情绪、深化主题，使整个故事超越文本，产生更大的意义。尽管卡波特将由此写出的作品称为"非虚构小说"，但是他坚持认为，忽略"小说"部分的明显疑点，《冷血》的每一行都是纯粹的事实。

然而这句话本身并非事实。不过，卡波特描述霍尔科姆时采用的上帝视角，他对镇子、案件、受害者、凶手、幸存者，以及对决定所有人命运的法律系统的描写，永久地改变了作家写作犯罪小说和读者阅读犯罪小说的方式。威尔基·柯林斯（Wilkie Collins）、埃德加·爱伦·坡（Edgar Allan Poe）、阿瑟·柯南·道尔（Arthur Conan Doyle）、阿加莎·克里斯蒂（Agatha Christie）和西奥多·德莱塞（Theodore Dreiser）的作品中一直受读者喜爱的东西——误导、象征、悬念和心理画像——以前是小说家独有的，现在人们也期望在非虚构犯罪题材作品中看到了。

不是每个人都乐于见到这种小说化的犯罪描写，也不是每个人都相信卡波特的书会像他说的那样"绝对真实"。小说出版1个月后，《堪萨斯城时报》（The Kansas City Times）的一名记者重新报道了案件的大部分内容，发现了一连串和小说不一致的地方，从博比·鲁普并非篮球健将，到南希·克拉特的马的实际价格。1个月后，《时尚先生》一位名叫菲利普·汤普金斯（Phillip Tompkins）的作家也对此展开研究，发现了更多实质性的问题，并在1966年6月发表了《冷血的事实》一文，质疑卡波特的说法。他暗示谋杀并不是有预谋的，两个凶手都有悔意。汤普金斯了解到，当时在行刑现场的人中，没有人能出来证实，史密斯曾像卡波特所说的那样，在绞刑架下忏悔。他认为，即使粗略地看一眼案件卷宗（特别是供词）也能发现凶手与卡波特在《冷血》一书中所描绘的截然不同。

除此之外，更接近案件真相的那些人，也在质疑卡波特的书的真实性。除了指出书中的各种错误之外，堪萨斯州调查局的主要调查员之一哈罗德·奈探员，对于《冷血》中所记载的他对希科克家人的询问提出了异议：事实上，询问不是在晚上进行的，希科克的父母也并不都在场；参与询问的一共有三名探员，不是只有奈自己；而且和卡波特的说法相反，所有探员都如实将嫌疑人受到的指控告诉了他的母亲。对卡波特的所有谴责中，最严厉的也许来自克拉特幸存的两个女儿。两人几乎拒绝了后来的所有采访，并说："杜鲁门·卡波特也提出过类似的采访请求，是想为《纽约客》杂志写一篇文章，他说那将是对这个家庭的'致敬'"，但是后来作家并没有像他曾经保证的那样，在出版之前先把写出来的东西交给她们阅读。两姐妹说，卡波特写了一部"耸人听闻的小说，这让他名利双收，却严重歪曲了我们的家庭"。

卡波特一直等到希科克和史密斯被处决后才出版《冷血》，这意味着至少有两个主要角色无法再对书的内容做出任何更正，或提出任何反对意见。但是哈珀·李还活着，而且活得好好的。她和卡波特一起去了四趟堪萨斯，几乎参与了卡波特所做的每一次采访，包括对凶手的那次。这意味着她比任何人都清楚他们在堪萨斯收集的真相是如何一步步变成《冷血》的，也清楚她的朋友究竟编造了多少情节将这些事实串联在一起。尽管卡波特在公开场合一直坚持说他的小说是百分之百真实的，但在私下里，他对自己捏造事实一事从不遮掩："你对我说过，你第一次听说希科克和史密斯，是在阿尔文把他们的'大头照'——就是背面有关键性数据那张——带回家给你看的那天晚上，你还记得吗？"1961年8

月，卡波特从西班牙的帕拉莫斯给玛丽·杜威和她丈夫寄了封信，他在信中问道："是这样的，我想把这段当作你和阿尔文之间的一幕'场景'。你还记得更多细节吗？（不过我倒是不介意'自行发挥'一下，你就等着瞧吧！）"

然而，哈珀·李对此非常介意。卡波特"自行发挥"的地方数不胜数，远远超出了《堪萨斯城时报》《时尚先生》和其他人发现的，其中包括"佩里·史密斯曾经在牢房里哭泣"的说法，这一情节遭到了知情者的强烈否认。或许最令人恼火的是，卡波特在书的结尾整段编造了杜威探员和苏珊·基德威尔（Susan Kidwell）的墓地对话。李从未公开反对过这些情节或其他任何卡波特捏造的事实，但是在给桑迪·坎贝尔（Sandy Campbell，卡波特在《纽约客》时的顾问）和她的伴侣唐纳德·温德姆（Donald Windham）的信中，她哀叹道："长久以来，杜鲁门置事实于不顾的做法，让我对任何自诩'真实'的描述都嗤之以鼻。"

对非虚构小说的不同定义或许暗示了卡波特和李之间的分歧。这并不让人意外。多年来人们猜测，结束两人友谊的是卡波特对李巨大而无尽的嫉妒，他眼红李因《杀死一只知更鸟》取得的一切成就：普利策奖、奥斯卡金像奖，以及似乎永远都不会下降的销量。然而，就在《杀死一只知更鸟》小说和电影都收获了极高赞誉后，他们两人仍在1962年和1963年一起重返堪萨斯；1966年，李还在《本月之书俱乐部新闻》（Book-of-the-Month Club News）为卡波特撰写了一篇热情洋溢的人物传记，帮助《冷血》进行宣传。"5年多来，"李在那篇文章中钦佩地写道，"卡波特把最好的一切都奉献给了堪萨斯——毫无保留的支持和全身心的参与。"

无论何时，李从不在公开场合表达她对卡波特作品的反对，就算对他日渐堕落的私生活不认可，她也缄口不言。然而卡波特还是推开了她。卡波特的书出版后，两人见面的次数越来越少，即使他们身在同一座城市，住的地方只相距两英里。后来，李向温德姆和坎贝尔透露："直到《冷血》出版后，杜鲁门才把我从他的生活中踢出去。我一直不知道他为什么要这样做，唯一令人感到安慰的是，我发现他对其他几个忠诚的老朋友也做了同样的事。然而，我们的友谊从孩提时代就开始了，我曾经以为这条纽带是牢不可破的"。

尽管卡波特在《冷血》一书中的做法让李感到不安，损害了他们的友谊，但这也给李带来了一个挑战：她能否写出自己所欣赏的那种老派、严苛的报道，以及她的作品能否像同时代作者的那些歪曲事实的报道一样成功。毕竟，卡波特只是当时这样一批作家中的一员：他们试图以虚构手法创作非虚构小说，成员包括诺曼·梅勒（Norman Mailer）、盖伊·特立斯（Gay Tales）和琼·狄迪恩（Joan Didion）。他们的作品以报告文学为基础，但通常还包括心理推测、社会分析或政治宣言。这些作品中包含大量对话，它们大多或全部是虚构出来的；叙事视角有时会无比接近人物的意识，这简直令人难以置信。但总的来说，它们深受大部分读者喜爱。等到1973年，汤姆·沃尔夫（Tom Wolfe）和别人一起合编一本名为《新新闻主义》（*The New Journalism*）的选集的时候，他已经可以令人信服地写道，非虚构小说是"当今美国最重要的文学作品"，它使虚构小说黯然失色。然而，李从来都不认同新新闻记者。当李还是亚拉巴马大学的学生，在学生会大楼昼夜颠倒地度过无数日夜的时候，那里的非虚构和虚构出版物中间就有一排文件柜将二者分隔开来；同样地，李也总是将自己的思想和作品分开。

这种坚持不仅决定了她的风格，也决定了她的主题。在《冷血》中，卡波特选择了一个特殊的案件。他引用一名案件调查人员的话说："在全世界的所有人中，克拉特一家是最不可能被谋杀的"。的确是这样。随后颇受欢迎的真实犯罪作品中的受害者也大多如此。除了家庭暴力，这些书里描述的案件没有几个可以代表这个国家的暴力犯罪。书中的受害者往往是富有的白人，而从统计数据上看，谋杀案受害者更多的是处于经济弱势地位的人和有色人种；书中的凶手通常是谋财害命或精神变态的陌生人，而实际上，大多数凶杀案的受害者都是被他们认识的人杀死的。卡波特专门找寻美国白人内心最恐惧的故事：一个中产阶级家庭，全家人都死于彻头彻尾的陌生人之手。

相比之下，李发现了一起案件，其中仅有律师和执法人员是白人。为了刻画受害者、凶手和幸存者，她将会写到一些与黑人的生死、黑人家庭以及黑人社区有关的故事。即使在当今的非虚构小说中，这也是一个少见的选题，对她来说是一个挑战：因为《杀死一只知更鸟》中的黑人角色固然对故事情节至关重要，但并不像白人角色那样引人注目。不过李已经展示过复述案件的能力，她刻画的案件往往会挑战读者自己的和刑事司法系统的固有偏见。上次泰·霍霍夫阻止了她，这次她想再尝试一下，并且比之前更进一步。《杀死一只知更鸟》双线并行，讲述了两个关于暴力的故事：在一个故事中，黑人汤姆·鲁滨孙因被诬陷犯有强奸罪而死；另一个故事中，尽管白人亚瑟·怪人拉德利杀了人，而且执法人员对此一清二楚，可他们甚至都没起诉他。前者讲述了暴民的力量如何强行扭曲正义，后者描述了执法人员如何实行按个人喜恶执法的"特权"，两者都戏剧化地展示了社会偏见是如何在刑事司法系统中体现出来的。尽管阿提克斯·芬奇是在被人劝说以后，才同意让他的儿子杰姆和邻居怪人拉德利免于因杀害鲍勃·尤厄尔而受审，但是短短几页过后，泰特警长就成功说服他私刑是可以接受的："一个黑人小伙平白无故就送了命，应该对此负责的那个人也死了。这次就让死人埋葬死人吧，芬奇先生，就让死人埋葬死人吧。"①

麦克斯韦案中也有一位"正义使者"，不过是个黑人，他不仅在私下被人们誉为英雄，在公开场合也是。这一点使得李的新书似乎不如上一本"政治正确"，而且情节也要复杂得多：一名黑人被指控为连环杀手，但他同时也是暴力的受害者；一名为黑人辩护的白人律师，同时也从黑人的死亡中获利；看起来像谋杀的犯罪，大部分情况下却被当作诈骗案来审判；在这个南方小镇上，白人和黑人尽管比邻而居，却身处两个截然不同的世界。不过，因为李找到的这个故事是真事，并不是虚构的，所以就算是编辑也不能说故事不可信，或坚持让她为读者简化情节。

李在知道威利·麦克斯韦牧师之前，已经对亚历山大城有所了解。殡仪馆枪击事件发生前一年的夏天，她的侄女——已故哥哥的一个孩子，被叫作"莫莉"的玛丽·麦考尔·李（Mary McCall Lee）——嫁给了亚历山大城本地人，小约翰·罗伯特·查普曼（John Robert Chapman Jr.），人们都叫他"博比"。李去亚历山大城旁听罗伯特·伯恩斯的庭审的时候，感觉自己仿佛回到了家里一样，这不仅仅是因为她在镇上的那些亲戚。那年秋天，令人难耐的酷热中的一切，都让她感到那样熟悉：孩提时，由于天气太热，她曾将门罗县法院台阶上放置的用来降温的冰块铲下来，一边嚼着解暑一边听庭审。和其他孩子一样，大人们期望她不要太引人注目，所以这一次在亚历山大城，她选择以同样的方式行事。她并没有和记者们一起坐在控方旁边为媒体预留的位置上，而是始终保持足够的低调，观察别人而不是被观察。

如果你想像李一样获得真相，法庭是一个绝佳的去处。正如卡尔文·特里林（Calvin Trillin）在他的真实犯罪故事集《杀戮》（*Killings*，1984）

---

① 出自高红梅译本，译林出版社，2012年。

中指出的那样，记者最喜欢法庭，因为在法庭上"被问到问题的人必须回答，不能说自己无可奉告，不能转移话题，顾左右而言他；他们必须回答这个问题，并且要先发誓，保证自己说的是实话。这套程序让记者们十分着迷"。李知道，无论"亚拉巴马州诉罗伯特·刘易斯·伯恩斯案"结果如何，这都有可能是她能找到的最有价值的真实事件。当被告知法庭上不允许使用录音设备时，她向法庭速记员玛丽·安·卡尔（Mary Ann Karr）做了自我介绍，并询问能否购买一份庭审记录。

当初，卡尔遵从自己的内心，从俄亥俄州来到了亚拉巴马州。她的丈夫是当地人，但始终找不到工作，于是他搬到了扬斯敦，白天在一家钢铁厂上班，晚上在一家冰淇淋店工作。卡尔就是在冰淇淋店里遇到了正在值班的他，被他的外表吸引，随后故意打翻了自己的水杯，当他来到桌前收拾时，她便趁机约他出去。最终，两人结了婚并搬到了塔拉普萨县。在那里，上过私立高中和大学的卡尔这才了解到，她丈夫一家不是一般的穷：他们穷到没有电，没有自来水，用的还是露天茅坑。她的母亲在得知这一切后，一度坚信玛丽·安已经"死了并下了地狱"，但卡尔还是选择了去亚拉巴马。她很爱她的丈夫，结婚多年后，他们仍然深深迷恋着对方，总是尽可能地一起吃午饭。这也就是为什么在哈珀·李自我介绍后，卡尔立刻就把这位作家带回她在拉斐特街的家中。

"你是不会认为她有钱的，她穿着打扮就像个贫民。"卡尔回忆道。这位法庭速记员发现，李就算在其他方面也表现得对金钱毫不在意。"她是我这辈子遇到的最好的人。"卡尔回忆说，"为人谦逊，脚踏实地。"卡尔的丈夫给她们做了意大利香肠三明治，三个人一起坐下来谈论案件和巡回法庭。当时，卡尔已经做了8年的法庭速记员，跟随埃弗里法官记录第五巡回法庭的刑事审判和诉讼清单上的其他案件。这意味着她可以利用职位优势给李送上一份大礼——法官、陪审团以及与伯恩斯案有关的几乎所有人的故事。

卡尔还同意在审判结束后给李提供一份庭审记录，不过她预先提醒说这需要一些时间。她使用字母缩略速记法写法庭报告，这个方法是由约翰·罗伯特·格雷格（John Robert Gregg）在将近100年前发明的，用速记法写的"英语"这个词看起来不像"English"，更像"EKG"，而只有在案件上诉时，她才会把完整记录打出来。这个过程很慢，而事实早已证明，对伯恩斯的审判会是个漫长的过程，但李还是答应支付给卡尔费用并愿意等待，无论需要多少钱，无论多长时间。

哈珀·李不着急，因为她哪儿也不打算去。在对牧师产生兴趣后，她让她的侄女莫莉在马丁湖边给她找一间小木屋，住上几个月。罗素服装厂的创始人本·罗素在湖边建造了大约600间小木屋，李住进了其中的一间。罗素放弃了在切罗基断崖北部的巴扎德罗斯特浅滩建造水坝的计划，并拿那块土地与亚拉巴马电力公司交换了马丁湖边上的土地。他把小屋租给员工和朋友，其中包括萨拉和约瑟夫·鲁滨孙夫妇（Sara & Joseph Robinson），他们在镇上经营一家铸铁厂，萨拉在亚历山大城的学校教书，她的学生都称呼她为"萨拉太太"。萨拉太太非常喜欢招待这位小说家住进自己家里，另外，这位小说家从未遇到过她不喜欢的英语老师。

鲁滨孙的小屋在湖的北侧，可以清楚地看到亚历山大城和戴德维尔之间的跨河大桥。这是一座充满乡土气息的房子，由等量的松木、锡皮和纱窗组成，位于科瓦利卡桥附近，很像25年前汉克·威廉斯来马丁湖戒毒时住的那个。对这两位艺术家来说，晴朗的夜晚、平静的湖面和远离尘嚣的田园生活，让他们看到了恢复清醒、重获宁静的希望——尽管李的身边从来不缺伴。刚开始住进来的时候，这位小说家收养了一只黑色的流浪猫，并把它叫作"牧师"；后来，她的朋友马西娅·范·米特从纽约过来，想看看这本书的进展如何，并见见书中主人公的化身——那只猫。

最终，李从湖边的住所搬进了马蹄湾汽车旅馆的一个房间，不仅因为那是镇上最好的地方（被隔离起来的陪审团就住在那里），还因为旅馆归她侄女的丈夫博比·查普曼所有。这栋建筑建于1958年，距离马蹄湾战场南边几英里（旅馆的名字就源于此），有50个房间，就在22号高速公路和280号高速公路的交叉点上。两条公路前者跨越罗克福德、亚历山大城和新赛特，后者从伯明翰一直延伸到佐治亚线。旅馆位置便利，颇受往来亚特兰大的旅客的欢迎，那些买不起小屋但又想去马丁湖游泳、划船或钓鱼的游客也将其视作首选。1967年，查普曼的父母从最初的所有者那里买下了这栋旅馆；3年后，博比从亚拉巴马大学毕业，回到家来经营这个地方。

马蹄湾汽车旅馆建筑形似六边形，有一边是一间办公室，另外五边是五排客房，以游泳池为中心排布。博比最终把旅馆的餐厅改成了便利店，上白班的罗素服装厂员工上班之前可以在那里买咖啡和饼干；他还开了一间名为"马厩俱乐部"的休闲室，之前说的那批白班员工可以在一天结束后回来找点乐子：一部分娱乐来自博比的卖酒执照，由于塔拉普萨县1968年之前都在禁酒，所以这还是头一遭；一部分来自当地演出团队在这里的定期表演。"'马厩俱乐部'成了当地人的'干杯酒吧'[1]。"查普曼后来说，"如果回顾过去，我可能会说我们也有诺姆和克里夫，也许还有一两个山姆和卡拉[2]。"对李来说，比起堪萨斯沃伦旅店的咖啡厅，马厩俱乐部好太多了，最主要是因为，与芬尼县不同，她不仅可以点咖啡，还可以点其他东西。

---

① 1982年起在美国播出的情景喜剧。

② 诺姆、克里夫、山姆、卡拉均为《干杯酒吧》剧中人物。

不过在其他方面，李最初在亚历山大城的经历，与她和卡波特在加登城的经历十分相似。起初，许多当地人都心存疑虑，对于他们声名狼藉的邻居什么话都不敢说。像许多前来追访巫毒牧师故事的白人记者一样，李遇到了很多阻力。"如果牧师还活着，"第二任麦克斯韦太太的朋友说，"没人会和你说话。"即使在去世3个月后，他仍然有能力让许多人感到恐惧。关于他化身厉鬼的故事大量涌现，人们越来越害怕，担心他会在死后回来复仇。"镇上的人都说他已经回来了。"雪莉·安·艾灵顿的亲戚柯蒂斯·琼斯（Curtis Jones）说，"有人看见他在镇上开车。"人们还说，威利·麦克斯韦牧师在选举中投了票，即使他已经死得透透的了；到了晚上，还会有一道神秘的光在他的坟墓上方闪烁。

李还遇到了一个问题：她在堪萨斯的时候几乎没有人能认出她来，但是在亚历山大城就不一样了。《杀死一只知更鸟》的作者在亚拉巴马州不仅仅是出名而已，她还出了名地有钱，出了名地与好莱坞关系密切。几乎每个她想要与之对话的人都会问，她愿意为他们的故事付多少钱，她写的东西改编成电影后会由谁来扮演他们。李曾以为，她的新闻职业道德面临的挑战，主要来自要对事实保持绝对的忠诚，然而，她发现自己正在躲避那些想把他们祖母或他们自己的故事以高价卖给她的人。她抱怨说，即使是牧师的邻居，也认为他们可以把自己的故事卖给电视台制片人。这个故事中最重要的一些角色也是如此。有人曾试图收买罗伯特·伯恩斯，殡仪馆负责人弗雷德·哈钦森有一次告诉李，只要价格合适，他可以安排牧师的遗孀接受她的采访。然而李公开表示，她不会为任何采访付钱，也不会为任何东西付钱，除了笔录和死亡证明之类的官方文件。最终，人们屈服了，并开始配合采访。

他们的话并不总是可靠的。尽管导致牧师出名的原因不尽相同，但人们讲述他的故事的方式一定让李感到非常熟悉。自从《杀死一只知更鸟》出版以来，人们就不断编造自己和她的故事，试图和她扯上关系：假装去过一些实际上他们从未去过的地方，在仅仅有眼神交流的情况下就宣称了解她不为人知的真相，并在有求于她或兴致上来的时候编造彻头彻尾的谎言。很快，她面临的问题就不是没有足够的材料了。每天，马蹄湾汽车旅馆的服务生都会给她送晚餐，并收取50美分的小费，他们眼见她桌子上的材料越堆越高。正如李后来所说的那样，问题在于，她收集到的"谣言、幻想、梦境、猜想和彻头彻尾的谎言，哪怕对于一本像《圣经·旧约》那么厚的书来说，也太多了"。而这些正是哈珀·李不希望在她的书里看到的。

21. 末日回归

　　威利·麦克斯韦牧师已经无法就甚嚣尘上的可怕谣言接受哈珀·李的采访，不过，李的另一位被采访人却非常乐意与她交谈。没有人比魅力四射的汤姆·拉德尼更觉得李富有魅力了。李在马丁湖畔居住的那几个月，他会经常到马蹄湾来找她喝一杯，讨论这个案子，给她介绍采访对象，并检查她的进展。

　　和大汤姆相处很容易，他是李熟悉的类型。尽管比李还小一点，但大汤姆和李的父亲有很多共同点：两人都是小镇律师，并在州议会任职；都是卫理公会的平信徒①领袖以及共济会和商会的成员；而且都是镇上无人不知、广受欢迎的人物。然而，他们的政治理念却水火不容：汤姆在寄给《亚历山大城市观》编辑的多篇文章中所捍卫的联邦政府，正是A.C.在发表于《门罗日报》上关于州权的社论中所强烈抨击的。与此同时，李先生从不肯在高尔夫球场之外的地方脱下外套和帽子，而大汤姆却是个喜欢松开衣领的人。

　　对大汤姆而言，一开始他觉得哈珀·李是一个"害羞、矜持、唯唯诺诺的女人"，但是在看过她与采访对象的互动之后，大汤姆发现她可以"快速地展露微笑并交到朋友"。两人对旅行抱有同样的热爱：就在李离开美国前往牛津的时候，大汤姆也刚服完兵役，登上了一艘去欧洲的船，一路游览了法国和英国，然后去了俄罗斯，看看他口中的"共产主义威

---

　　① 指不担任神职的普通信徒。

胁"。两人也同样热爱政治。李的观点介于文明的自由主义者和不文明的乖戾之人之间，但她知道拉德尼在肯尼迪鸡尾酒会上的故事，并向他提及自己曾为看一眼肯尼迪的总统车队而在联合国等了几个小时。对于拉德尼所不了解的《谷物法》①，李可以做出补充；两人对于托马斯·杰斐逊、杰斐逊·戴维斯和罗伯特·李等人都抱着崇高的敬仰之情。

这个国家最有名的作家对他的案子感兴趣，这简直让大汤姆欣喜若狂。他竭尽所能地确保那本将有他出场的书能够顺利完成。他把关于麦克斯韦牧师的所有资料都放进了一个巨大的皮革公文包（实际上它更像是一个旅行箱），并告诉李，在写完这本书之前她可以一直留着它，无论多久都可以。行李箱里总共有数百页的资料，包括大量的保险文书，多到李甚至可以开一家自己的保险代理公司，以及几十份申请单、表格、保单、收费表和诉讼摘要，更不用说冗长的上诉法庭辩词了。

对李来说，这就是一座金矿，比一个世纪前——当时塔拉普萨县正在经历转瞬即逝的淘金热——从魔鬼脊梁或猪猡山②开采出来的任何东西都要值钱。让她高兴的是，拉德尼藏有几乎每一份与牧师有关的文件的副本，这些文件要么曾出现在他的办公桌上，要么需要他的签名，其中包括信件、起诉书、证人名单、陪审团名单以及与刑事案件有关的其他文件。这些文件可以一直追溯到"亚拉巴马州诉威利·麦克斯韦案"时期，当时的地方检察官亚伦曾试图将牧师定罪为一级谋杀，但失败了。拉德尼甚至复印并保存了第一次谋杀审判时陪审团主席交给法官的手写字条："陪审团裁定被告威利·麦克斯韦无罪"，以及另一张同样判定被告无罪的字条，对象却是6年后杀害牧师的凶手罗伯特·伯恩斯。

---

① 又被称为"玉米法案"，是一项于1815年至1846年强制实施的进口关税法案，用于"保护"英国农夫及地主免受生产成本较低廉的外国进口谷物的竞争。

② 均为塔拉普萨县主要黄金产区。

尽管大汤姆擅长为自己的客户争取无罪释放，但就像告诉其他采访他的记者那样，他坚持对李说他并没有打算在雪莉·安·艾灵顿谋杀案中再次为牧师争取无罪判决。他声称，麦克斯韦曾在去世的几天前来到"动物园"，想知道拉德尼是否愿意做他的代理律师，大汤姆拒绝了。牧师离开时非常生气，他在停车场威胁一名记者说，如果她不把路让开，他就开车从她身上轧过去。李十分清楚拉德尼作为律师为牧师所做的一切，从1967年的土地所有权转让开始，持续了足足有将近10年的时间。所以她有理由怀疑律师的这些说法。她已经参观过麦克斯韦府，也了解到麦克斯韦牧师曾是一个能带来多大利益的客户；此外，大汤姆的所作所为使得他长久以来的坚持，即"每个客户，无论他是否有罪，都应该获得律师的帮助"，变得不再令人信服。

李并不完全相信大汤姆的故事。他把自己描绘得如此高尚，李不由得对其动机产生了怀疑。她后来说："他似乎把自己当成了阿提克斯·芬奇和罗伯特·雷德福（Robert Redford）①的结合体。"坦白地说，当李在他面前拿起电话打给格利高里·派克时，大汤姆可能就已经开始这样看待自己了。李和这位演员开玩笑说，等她正在写的这本书改编成电影后，可以让他出演一个角色；她打趣道，或许会让他扮演一名浸礼会牧师。拉德尼有理由相信，派克可能更想扮演一名能再次为自己赢得奥斯卡金像奖的辩方律师，让在众目睽睽之下杀人的凶手无罪释放的那种。即使只有一丝可能性，也足以让拉德尼积极配合，因为无论李的书拍成电影后是否会叫座，它无疑会成为一本畅销书。

不过，大汤姆所做的一切不仅是出于私利，即使没有奖励或回报，他对每个人仍然非常慷慨大方。当李对他的生活表现出兴趣时，他开心

---

① 美国著名演员、制片人、曾获奥斯卡金像奖最佳导演奖及终身成就奖。

地邀请她进入其中。他带这位作者参观了他家的农场，那儿最初是属于"营房"的一块地，替牧师工作后不久，他就把那块地买了回来。拉德尼在戴维斯顿建了一栋小屋，挖了一个游泳池，在红色谷仓里和草场上养满了马、鸡、山羊、绵羊，还养过一只鸸鹋。像李家一样，拉德尼一家在位于佛罗里达狭长地带的德斯廷有一处海滩房产，但大汤姆不办公的时候更喜欢在农场里待着。"营房"是他拥有的最靠近祖辈土地的地方，离他儿时在沃德利的家和家人们常去的教堂不远。所有和他一起去过那里的人，包括李在内，都会对他竞选演讲中多次说过的一句话产生共鸣："永远不要忘记你从哪里来。"

李自然对这一点感同身受，因为这是他们的共同点。两人都是南方人，尽管是那里的异类，却都不愿意离开自己的家乡：一个是从事文学创作、离经叛道的未婚女性，一个是挑战传统的进步人士；她本可以留在曼哈顿，他本可以在梅森－狄克森线以北的任何地方开始新的政治生涯，但是哈珀·李一次又一次地回到生她养她的小镇，而大汤姆从未真正离开过；两人对南方都非常忠诚，即使在那里他们经常感到失望，得不到认同。

麦克斯韦牧师在南方同样是不受欢迎的存在。但与他们二人不同，即使牧师想离开，也几乎没有任何机会。大迁徙①期间，600万非洲裔美国人去了北部和西部，但还是有数百万人留了下来，其中就有麦克斯韦。民权运动似乎忽略了他居住的这个小镇和其他许多小镇。哈珀·李本能地知道汤姆·拉德尼心中的南方是什么样的，但是她只有通过耐心的研究和不断地与人交流才能了解威利·麦克斯韦心目中的南方。无论在当时还是现在，极少有美国白人这样做过。

---

① 指在1916—1970年，非洲裔美国人因南方落后的经济条件和种族歧视而进行的北上大迁徙。

她和别人进行过一些这样的交流，但是与大汤姆交流更容易一些，她也因此得以了解他的整个家庭。玛德琳不能像她的丈夫那样和李一起在"马厩俱乐部"一待就是几小时，但她很乐意让亚拉巴马州最有名的作家见见她的孩子，他们分别是14岁的埃伦、12岁的弗兰、10岁的霍利斯，还有6岁的托马斯。就在大汤姆放弃政治生涯的那几年，小汤姆长大了，一家人在停车道上踢球时，已经不能再把他放在那里充当本垒板了，他已经大到可以开着拉德尼为孩子们买的消防车到处跑。就是当初亚历山大城消防局用作奖品的那辆车，当时孩子们都没有抽中，于是拉德尼另外给孩子们买了一辆。与此同时，女孩们已经大到可以知道李是谁了，其中一个对李说："除了《杀死一只知更鸟》，我没读过你写的其他作品。"作者的回击把她们都逗乐了："其他人也没有。"

　　像大汤姆一样，玛德琳也非常喜欢李。她回忆道，每当李和拉德尼开始谈论判例法、克里克战争或从他们渊博的知识中想到的任何东西时，她"就坐下来听他们谈话"。和几乎所有见过哈珀·李的人一样，玛德琳也注意到了李的特点，那就是她"一点也不在乎自己在别人眼中的形象"。就在当时大多数女人都必须注意她们嘴里吃进了什么和说出了什么的时候，李却和所有男人一样抽烟喝酒，而且用玛德琳的话说："几乎每场对话都要用上几个脏字"。

　　麦克斯韦的三个太太是牧师的妻子，拉德尼太太是政客的妻子，和她们不同，李谁的妻子也不是。相反，和那些男人一样，定义她的是她自己的工作，她可以自由地把所有时间都花在阅读和写作上。虽然男人们大多数时候都会指手画脚，但没有人能告诉她应该写什么样的报道。真实犯罪小说中有很多女性受害者和古怪的女杀人犯，却几乎没有女性作家。如果愿意的话，李可以将一整天的时间用来思考，或者和威廉·格雷警长以及他的妻子一起，花上6个小时浏览他收藏在家里的犯罪现场照片，然后通宵誊写下警长对于第二任麦克斯韦太太之死的回忆。在曼哈顿，每天都有成千上万的人来来去去，就算公寓的灯亮了一整夜，或是她直到下午很晚的时候才出门，都没有人注意。可是一旦换到别的地方，李的一举一动就都备受瞩目。不过，与门罗维尔不同，在亚历山大城，李仍然可以找到相对的平静。因为住的小屋地处偏远，而且在马蹄湾，每个房间都有各自的私人入口，所以她来去都很自由。李在村落之间驱车往返，一点一点地熟悉马丁湖周围三县的偏僻小道和支路，与所有了解威利·麦克斯韦牧师的人交谈，汽车轮胎都被磨坏了。

在这个过程中，李一直在回顾《亚历山大城市观》和《蒙哥马利广告报》对麦克斯韦一案的早期报道，从中找出了一个令她十分感兴趣的名字。在报道这个故事的所有记者中，只有一名在牧师被枪杀那天在场。李给《亚历山大城市观》编辑部打去电话，是编辑阿尔文·本接的。李向对方解释了她是谁，并询问能否和报社的记者吉姆·厄恩哈特谈一谈。不走运的是，本告诉她那个时间点不行，因为厄恩哈特正在外面执行本的座右铭：新闻编辑部里没有新闻。

当厄恩哈特回到办公桌前的时候，他在打字机上发现了一张留言条，上面写着哈珀·李来过电话。他以为这是个恶作剧。但是当他回电话时，电话的另一端的确是李，希望和他谈一谈他的报道。吉姆热衷于阅读小说、历史记录和他能得到的任何东西。能和李交谈，吉姆兴奋极了。两人一拍即合，并且很快见了面。和大汤姆一样，吉姆最后也把自己关于牧师的一切资料都给了李，那是他母亲为他制作的一本剪贴簿，上面有关于这个案件的所有文章。红色的封面上除了金色的边框之外没有任何标记，但是在里面的塑料保护膜覆盖下，是吉姆写的关于牧师、雪莉·安·艾灵顿和伯恩斯的所有故事，以及他母亲从其他报纸上保存下来的剪报。

不久之后，李和厄恩哈特的父母共进晚餐，并在此后寄给他们一封信，信中对他们的儿子表示出了极大的欣赏。她和吉姆的父亲同龄，比吉姆的母亲稍大一些，但她对这个留着胡子、戴着眼镜的22岁记者颇有好感，这很容易理解：吉姆对亚历山大城罗素家族的发迹史如数家珍，也可以同样自如地谈论福克纳和斯坦贝克①。李从未见过前者，但认识后者，因为和她同属一家文学代理公司。名人录上缺少的知识，吉姆可以通过亚拉巴马秘闻录来补足：像爱丽丝·李一样，他可以飞快地说出该州全部67个县，以及它们的参议院席位。他从12岁起就想成为一名记者，并且已经成长为一名职业道德观念和李一样严谨的记者；不等李提问，他就对"非虚构小说"和其他"伪新闻实践"进行了一番批判。

或许最重要的是，厄恩哈特凭直觉察觉到了哈珀·李在友谊中最看重的品质：谨慎。他没有在《亚历山大城市观》中报道与她来往的事，也从不打听她在写什么或没在写什么，他会回答任何人提出的关于麦克斯韦一案的问题，只要这些问题与李无关。李和厄恩哈特在第二年春天开始保持通信，一直持续了几十年，其间厄恩哈特还曾去过好几次曼哈顿。当吉姆来到这个大城市时，李像母亲一样担心他会被抢劫，把他介绍给经营当地报摊的人，带他和马西娅·范·米特一起去喝酒，并让他像真正的作家那样住在阿尔贡金酒店。他们在德黑兰饭店吃波斯菜，在科吉市长最喜欢的餐馆吃中餐；她甚至带他去了萨尔迪饭店，过去她经常在那里和莫里斯·克雷恩一起吃饭；他们还去了杰克逊·霍尔餐厅吃汉堡。饭后，曾经历过大萧条时期的李会把剩菜带回家，给住在同一层的老妇人"莉莉伯母"。

---

① 约翰·斯坦贝克（John Steinbeck，1902—1968），美国作家，于1962年获诺贝尔文学奖，代表作有《愤怒的葡萄》《人鼠之间》等。

和李一样，厄恩哈特也喜欢音乐，所以当他来到曼哈顿时，李带他去听了交响乐。有一次，在钢琴家阿莉西亚·德·拉罗查（Alicia de Larrocha）演奏莫扎特的时候，吉姆看到李"礼貌地纠正坐在我们旁边的一个年轻人，因为他在错误的时机为音乐鼓了掌"。当然，两人都喜欢书，所以厄恩哈特的到访一定会包含书店之行。李不仅带他去了斯特兰德①，还去了布林莫尔——她最喜欢的一家书店，她曾经在那里的园艺分类区找到过惠特曼《草叶集》的珍本，厄恩哈特在那里花1美元买到了尤多拉·韦尔蒂（Eudora Welty）《三角洲婚礼》（*Delta Wedding*）的初版。他们的文学冒险还包括其他形式，比如去布朗克斯区的伍德朗公墓朝圣，在那里凭吊赫尔曼·梅尔维尔（Herman Melville）。吉姆从《亚历山大城市观》跳槽到《蒙哥马利广告报》后，他在一篇专栏文章中写到了他们的墓地探险，以李能够完全赞同的唯一方式：绝对匿名（"我的朋友，一个在纽约生活了许多年的亚拉巴马人"）。李的姐姐爱丽丝因此给李寄了一份剪报，并随信写道："我喜欢以这种方式在新闻中读到你：只有作者本人、主人公的姐姐和主人公自己能认出写的是谁。"

　　厄恩哈特的报道和他的友谊一样值得信赖。李很快发现他是一个难得的采访对象，从不编造记忆，甚至在对待那些无关痛痒的事情时也是如此。他准确地为她回忆起自己所知道的关于牧师的一切，并对自己不确定的地方坦然承认，以便李从别处获取信息。事实证明，这是一种难能可贵的品质。和亚拉巴马州的其他地方一样，如果你在亚历山大城问旁人一个问题，可能会得到一个天花乱坠的故事，其中包含着人类所有的想象力，或者，你根本就得不到答案。李致力于以事实为基础创作一本书，但是轮到麦克斯韦牧师的故事时，她发现，要找到事实很难，而核实起来更难。和她交谈过的人中有很多根本不知道案件的细节，一部分人早就忘记了，而另一部分人则坚称自己有理由撒谎。

更糟糕的是，这个案件中最关键的一些事实从未得到过证实：与威利·麦克斯韦牧师有关的所有死亡事件中，只有两起被判定为谋杀，而这两起都没有定罪。许多人对牧师的所作所为都有一套自己的看法——最终包括李本人——但无法确切地说出其他四起死亡案件到底是怎么回事，理由是没有彻底尸检，或者当时的毒理学技术还不成熟。尽管如此，李还是拿到了大量尸检报告和死亡证明，并对出具这些文件的专家进行了采访。她开玩笑说，自己"快要被殡葬事务淹没了"。

与此同时，李也深陷其他文件之中。她从戴德维尔和罗克福德的县法院找到了牧师的结婚证和服兵役记录。当她发现麦克斯韦一家人都曾在罗素服装厂工作过时，她找人抄下了牧师和他的第一任妻子的出工记录。她甚至和本杰明·罗素的孙子本·罗素在柳园乡村俱乐部一起喝过鸡尾酒。拉德尼一家是那里的会员。某天，李还获得了一份牧师在1969年为其私生女出具的"合法声明"。

因此，当李采访第一任麦克斯韦太太那些还活着的亲戚时，她有很多细致的问题想问他们。1978年1月16日，她在玛丽·卢的姐妹莉娜·马丁家里见到了她。马丁立即告诉李，她有多么鄙视麦克斯韦牧师，她和丈夫是多么担心玛丽·卢。马丁说，麦克斯韦"对她（指玛丽·卢）很刻薄"，而且"待她不好"，他们都觉得他很危险。当李问起时，埃塞克斯·马丁（Essex Martin）能清楚地回忆起，就在牧师打电话告诉莉娜说玛丽·卢出了事故后，他说："她没出事故，是他杀了她。"

马丁夫妇坚持认为麦克斯韦牧师还杀了他自己的哥哥。他们告诉李，约翰·哥伦布死的那天晚上，他和牧师坐的同一辆车，牧师让他在卡蒂奇格罗夫公墓下车，后来他的尸体就在不远处被人发现。他们确信无疑的态度让李再次去翻看了约翰·哥伦布·麦克斯韦谋杀案的证据，其中包括两份保险文件：第一份是为约翰·哥伦布·麦克斯韦在伊利诺伊州皇家人寿保险公司购买的价值5000美元的保单，日期是1971年3月15日，保单的受益人是威利·麦克斯韦，并使用了牧师自己的邮寄地址；第二份是同一保单的"死亡索赔通知书"，声称约翰·哥伦布·麦克斯韦于1972年2月6日死于"疾病"，要求保险公司将赔偿金的支票寄到同一地址。将两张表格并列放在一起，可以明显发现表格上的字迹是一样的：威利·麦克斯韦牧师替他的哥哥购买了保险，不到1年，他就向保险公司申请了理赔。同样的签名也出现在麦克斯韦为他这个哥哥购买的另外四份保单上。

李的这本书永远不会成为一部**侦探小说**，因为凶手从来都不是一个谜。不过，虽然动机十分明显，可行凶手法却和侦探小说一样令人困惑。麦克斯韦牧师是一个"难以捉摸"的人物，李在给记者里塔·格里姆斯利·约翰逊（Rheta Grimsley Johnson）的信里这样写道。里塔是一名记者，在《门罗日报》就职时就认识李一家了，她希望能就李正在写的书采访一下她。李在亚历山大城汽车旅馆的房间里写了上面那封回绝信，并在信封背面的封口上画了一个马蹄铁图案作为自创的寄件人地址。"他可能不相信自己布道的那些东西，他可能不相信巫毒，"谈到牧师时，李写道，"但他对保险有着深切而坚定的信念。"

牧师持有的大量保单引发了关于他的一系列完全不同的问题，包括他到底通过保险赚了多少钱，以及他究竟是如何花掉这些钱的。地方检察官汤姆·杨曾说过，麦克斯韦"从不拖欠债务，而且信用极好"，并暗示这就是他的邻居讨厌他的原因："或许这就是为什么有些人会嚼舌。你知道的，那是一个贫困的地方"。

但是杨错了。等到1978年1月遗嘱认证过后，一共有18起针对牧师遗产的索赔诉讼，总额接近6.5万美元，金额大小不等：从哈迪电气公司13美元的账单，到戴德维尔银行约4.5万美元的欠款。他在轮胎店和镇上的商店都有未结清的款项，以及未付的汽油、杂货和珠宝账单。牧师去世时负债累累，这意味着他在雪莉·安·艾灵顿被谋杀时也同样深陷债务危机，同时还意味着他在第一任妻子死亡时也是如此。

这清楚地表明了他的动机，然而麦克斯韦的财务状况仍然令人困惑。李发现他的保险赔付金额已经超过了他的债务，所以人们依旧不清楚他用这些钱做了什么，也无法解释为什么这些年来他一直努力做着这么多合法的工作：在罗素服装厂，在采石场，在制浆造纸行业，以及在牧师讲坛上。和之前的执法人员一样，李开始把注意力转向牧师在镇上认识的"女性朋友"们，现在看来，这些关系花费不菲。

大汤姆对麦克斯韦的财务状况了解得没那么多，不过他更喜欢谈论自己的新客户，而不是老客户，因为最近他又重新被大家当成了一个品行高尚的人。虽然就在几个月前，人们还认为他是魔鬼的专属律师。正如他在法庭上因伯恩斯案的判决而受到祝贺一样，现在，拉德尼在全城广受好评。1978年1月20日，他被商会正式评为年度人物，《亚历山大城市观》杂志还发表了一篇社论称赞了商会的这一决定："无论在法庭上还是在议会里，抑或在政界，拉德尼先生总是全力以赴。他的成就无数，他的努力为这个社区和该地区带来了巨大的回报。"

颁奖仪式两天后，哈珀·李再次见到了法庭速记员玛丽·安·卡尔，并给她开了一张1000美元的支票，作为"亚拉巴马州诉罗伯特·刘易斯·伯恩斯案"庭审记录的报酬。她带着将近500页纸离开了，每两行字中间都有一行空白，为注释留出空间。她也终于得以和伯恩斯本人交谈，因为他从布赖斯医院回家了，早已重新开始工作，而且非常乐意谈起枪杀牧师的事。

李很快发现，伯恩斯和希科克或史密斯一点也不像，而且在客厅采访一个杀人犯和在监狱采访一个杀人犯完全不一样。伯恩斯是一个英俊、彬彬有礼的男人，他的妻子崇拜他，他的养女——就是有身体缺陷、与雪莉·安·艾灵顿关系亲密的那个——在两人谈话过程中一直趴在他的腿上不走，就像伯恩斯审判间隙时那样。在李的两次采访中，伯恩斯复述了许多他听说过的关于牧师和他的巫毒术法的事，还补充了一些细节，比如，据说麦克斯韦耳朵上总是戴着晾衣夹，以及在牧师死后，从他的房间清理出来一堆标有奇怪单词的瓶子。伯恩斯告诉李，他敢肯定牧师亲手谋杀了自己的五个亲人，而且还用某种毒药毒死了多尔卡丝·安德森的丈夫。伯恩斯回忆时，李就聚精会神地听，问了很多问题，并和他分享了一些她已经知道的东西。"她什么都知道。"伯恩斯说。然后李告诉他："牧师投保的人数会让你大吃一惊。"

保单全部是真实的，但是巫毒谣言很难证实。尽管如此，李还是对这些指控和孕育它们的文化产生了兴趣，因为她在门罗县伴随着同样的迷信长大，还把其中一部分写进了《杀死一只知更鸟》。"我当时忘了世界上根本没有巫毒这回事。"当斯科特看到怪人拉德利按照她和杰姆的形象雕刻的肥皂小人时，"尖叫一声把它们扔在地上。"[1]对于从未接触且不了解的部分，她也要追根究底。李联系了纽约一家专门出售神秘学书籍的书店，得到了一份图书目录，想看看能否从中了解到关于招魂的其他知识。1926年在书店街[2]开业的塞缪尔·韦泽书店是美国这类书店中最古老的，但是当

---

[1] 出自高红梅译本，译林出版社，2012年。

[2] 指18世纪90年代到19世纪60年代间，纽约市发展并繁荣起来的一片书店林立的街区，其中大部分书店都出售二手书。

李去那儿寻求帮助时，这家店已经搬到了百老汇，成立了自己的出版社，货架上摆放着超过十万本书：从《非洲民间故事集》（*African Folklore*）、《乡间智慧》（*Country Wisdom*）、《超自然秘密》（*The Secrets of Superstitions*），到《神秘的美洲》（*Occult America*）、《灵魂与灵魂世界》（*Spirits and Spirit Worlds*）以及《吸血鬼、僵尸和怪人》（*Vampires, Zombies, and Monster Men*）。

通过阅读她订购的满满一书架的巫毒书籍，李了解了她过去早就知道的那些事：巫毒教是一个广泛且虔诚的信仰体系，信徒遍布世界各地。但是，按照李的推断，其中并不包括威利·麦克斯韦牧师。尽管李很喜欢和汤姆·拉德尼待在一起，可是在调查了有关牧师的流言后，她更倾向于同意汤姆·杨的观点。汤姆·杨认为"所有巫毒教的那一套说辞"都"源于自然迷信、凭空揣测和不计后果的流言蜚语"。她找不到任何证据证明麦克斯韦本人信奉巫毒教，更别说他可以蛊惑陪审团或变成一只黑猫了。根本没有任何证据表明他去过新奥尔良，更不用提跟随七姐妹学习巫毒了。

最激烈地否认巫术说辞的人是牧师的遗孀，一直坚称她丈夫是无辜的。在采访过第三位麦克斯韦太太之后，李终于亲自领教了这位遗孀的特长，就像之前的案件调查人员所说的，她十分擅长翻供，并宣称自己从未说过那样的话。李自己也说："我对她的缺乏坦诚感到失望。"

不过，对于牧师遗孀不肯告诉她的事，李自己找到了答案。她了解到，在牧师被谋杀后，奥菲莉亚·麦克斯韦曾向格伯人寿保险公司提起诉讼，要求对方赔付1.5万美元。被保险人的名字不是她已故的丈夫，而是雪莉·安·艾灵顿。格伯人寿保险公司以保单无效的理由拒绝理赔，不仅是因为保险才购买了不到两年、女孩儿并非自然死亡，还因为申请表上雪莉的签名是伪造的。

得到格伯人寿保险公司的回复后，奥菲莉亚·麦克斯韦放弃了起诉，但是她提起诉讼的行为和她的丈夫如出一辙，也由此引发了一些疑问，比如，麦克斯韦夫妇是否还为雪莉购买了其他保险？更令人不安的是，人们不由得开始怀疑，奥菲莉亚是否可能接替了本来属于牧师的角色，正如他对埃克莱克蒂克小镇上的第一位受害者所做的那样。奥菲莉亚对于继女去世那天的描述一直含糊得令人生疑，对此她给出的解释也从未让人满意：关于她丈夫为什么巡视木材厂到那么晚，或者为什么他们两人在雪莉无照开车离家后，等了那么久才出去找她。

这起案件本身可能已经足够让李感到惊讶了，但那时她还知道一件马丁湖附近的大多数居民都已经忘了的事：奥菲莉亚·麦克斯韦曾是牧师第一任妻子谋杀案的嫌疑人。当李进行案情重现时，就像她和卡波特做过许多次的那样，她发现，在某些案件中，牧师很明显需要用到往返案发现场的交通工具。埃克莱克蒂克小镇那个男人的证词印证了当时流传甚广的猜测：有人在帮助麦克斯韦。问题一直在于，那个人是谁。有些人认为是弗雷德·哈钦森，因为他早就因为杀人骗保被判过刑，一个小镇不太可能有两个手法如此相似的罪犯分别作案。但是，李似乎更怀疑奥菲莉亚·麦克斯韦。

"我确实认为麦克斯韦牧师至少谋杀了五个人。"李在案件总结中写道，"他的动机是贪婪，他在两起谋杀案中有一个共犯，在一起谋杀案中有一个从犯。"李精通刑法，无论在信中还是在导语中，她都措辞严谨，审慎地区别共犯和从犯：前者是在谋杀之前或之后提供帮助的人，后者是案发时在场的人。李开玩笑地跟一个对案件感兴趣的住在奥本的作家说，这个共犯不仅还活着，而且就住在方圆150英里内。

现在，除了其他阻碍调查的因素，李还不得不面对一个尚在人世的共犯。这和克拉特谋杀案抓住凶手前的几个星期不同，当时杰克·邓菲的话让卡波特十分担心自己的生命安全，他甚至曾询问李能否带上一把枪。李当时没有那么做，现在也没有。但她确实告诉过几个采访对象，她担心自己、在亚历山大城的亲人和住在尤福拉的姐姐会受到威胁。不过，她没说到底是牧师的共犯可能会伤害他们，还是与此案有关的其他人想恐吓她不要再碰这起案子。

　　如果说现在的李害怕的是她的写作对象，那么也就是说，长久以来第一次，她害怕的终于不再是写作本身。她一直喜欢悬疑故事，而这个故事，虽然黑暗，却是在对抗她自己内心的黑暗。她正在调查麦克斯韦一案的消息很快传开，接下来的日子开始被约谈和邀请占满。她接受所有邀约，主要是因为这可能为她带来关于牧师的新信息。1978年初夏，她同意和《亚历山大城市观》的工作人员一起参加一个鸡尾酒会。那时，阿尔文·本已经离职，成了拉斐特一家报纸的出版商，比尔·哈彻（Bill Hatcher），一名来自田纳西州克利夫兰的野心勃勃的年轻编辑，被指定为他的继任者。大家都叫他哈奇，他毕业于一所小型卫斯理学院，在家乡的一家报社工作了一段时间，随后才搬到亚拉巴马，运营《奥伯恩简报》（ Auburn Bulletin ）。身为一名同性恋，他在亚历山大城并不自在，但是他在任何一个新闻编辑室都如鱼得水，尽管年纪只有哈珀·李一半大，可他的才智几乎和李相当。这位新上任的主编又招了一些新人，其中就有帕蒂·克里布（Patty Cribb），她是该报"生活观"栏目的编辑。和哈奇不一样，克里布是本地人，毕业于本杰明·罗素高中，在佛罗里达读完本科和研究生后回到了亚历山大城。组织这次鸡尾酒会的正是克里布的母亲。她还邀请了当地的法官C.J.科利，一个与老普林尼[1]和修昔底德[2]同样睿智的人物。

---

[1]　盖乌斯·普林尼·塞孔杜斯（23—79），古罗马作家、博物学家、军人、政治家。

[2]　修昔底德（约前460—前400/396），古希腊历史学家、思想家。

克林顿·杰克逊·科利（Clinton Jackson Coley）生于1902年，是土生土长的亚历山大城人，伴随着亚历山大城一起长大。他表面上是一名银行家和遗嘱认证法官，但对李来说，他是该县最好的历史学家，就算在亚拉巴马州也首屈一指。几乎仅凭一己之力，科利法官就说服国会将马蹄湾改建成国家军事公园，还说服了美国邮政总局发行一枚邮票纪念亚拉巴马人海伦·凯勒（Helen Keller）。他家的房间里放满了出自亚拉巴马州各个历史时期的小摆件，他能一口气告诉你克劳福德夫人当邮递员时，她工作的尼克斯堡邮局负责多少户家庭的信件，接着问你是否听说过约翰·威尔克斯·布斯（John Wilkes Booth），他在离开亚拉巴马之前曾与当地一名青年持刀械斗，后来走上了刺杀亚伯拉罕·林肯的不归路。他有很多本记录当地历史的剪报，书架上堆满了专著、回忆录和家谱；他还拥有与马蹄湾战役有关的所有传单、诗歌、文章和小册子。他的曾祖母埋葬在9号高速公路附近的墓地，离雪莉·安·艾灵顿的尸体被发现的地方不远。他讲述了一个真实的故事：他曾祖母的葬礼盛大且奢侈，葬礼那天，天空突然从晴空万里变得电闪雷鸣，闪电击中了掘墓人正在使用的银铲，把它击得粉碎。科利坚持说，这是上天在警告人们不要铺张浪费。李开玩笑地说，正是因为和科利法官的谈话，她才免于在鸡尾酒会过后增重5磅。

李在1978年6月写信给克里布夫妇，感谢他们的招待。她在信中说："你根本无法打败亚历山大城的人。"然后提前预警说："如果我搞砸了这本书，我也不至于那么失望"，因为她在镇上交到了这么多朋友。不过，李告诉他们，她会在秋天再次从纽约回到亚历山大城，收集写作素材，十分期待到时能再见到他们。那时的她听起来信心满满。"这不是告别。"李说，"因为我会在末日到来之前回来。"

22. 马蹄湾

　　没有什么事件能够书写自身，如果任其发展，那么这个世界永远也不可能自己变成文字，不管一次外出会搜集来多少页笔记、采访记录和文件资料，最重要的一页在最开始时总是空白的。在《记者和杀人犯》（*The Journalist and the Murderer*，1999）一书中，珍妮特·马尔科姆（Janet Malcolm）把报道和写作之间的这种距离称为"深渊"，这是一个可怕的地方，作者极容易被困其间。每个人都对哈珀·李说，她要写的故事注定会成为畅销书，但是没人能告诉她该怎么把这本书写出来。

　　李从亚拉巴马州回到纽约东82街433号，她已经在那里住了十多年。某种程度上，一座房子可以代表一个人。李的房子就像她一样：朴实无华，不引人注目。它位于市中心，却出人意料地远离喧嚣，而且从外面什么也看不出来。几乎没有人知道美国最负盛名的作家就住在那里，藏身于闹市，门牌上写着"李-H"。有一段时间，公寓一楼住着两个音乐家，即在当时已经小有名气的达里尔和约翰，但很快，他们的姓氏霍尔与奥茨①变得更加出名。两人完全不知道自己的邻居是个小说家，更不用说知道她就是哈珀·李了。

　　过去几年，公寓里的其他人都知道住在里面的是谁，但他们也明白不要去恭维她的大作，只需问她外出旅行是去南方还是北方就好，除此之外，他们从不窥探她的私人生活。顶层住的是马尔科一家，她会和他

---

　　① 即"霍尔与奥茨"，由达里尔·霍尔（Daryl Hall）和约翰·奥茨（John Oates）组成的美国知名流行摇滚音乐组合。

们一起惊叹公寓负责人在用着氧气罐的同时还坚持吸烟，并猜测其他邻居都是谁；马尔科家楼下，也就是三楼，住的是本特利夫妇，索尼娅和弗兰克，他们的孩子都非常喜欢李，其中一个儿子后来还成了李的教子；再往下一层住着薇薇安·韦弗（Vivian Weaver）和伊莱恩·亚当（Elaine Adam），她们曾在外交关系协会工作，后来给朋友们当编辑和打字员，其中包括作家帕特里克·丹尼斯（Patrick Dennis），他在《欢乐梅姑》（Auntie Mame）中的题献词就是写给她们的。当时的人称呼她们俩为"薇薇和亚夫人"，两人喜欢把自己的公寓变成沙龙，让人们可以轻松地喝着鸡尾酒聊天。李并不是一个与世隔绝的人，但相比之下，她更喜欢去其他人那里参加社交活动，或者在市区内的博物馆和餐馆里与别人见面。她像保护自己的内心一样保护自己的私人空间，许多亲密的朋友已经认识她几十年了，还从未踏进过她的公寓。

对李这样一个富有的人来说，那套公寓太过简朴，不过，她还是设法在里面建了一座私人博德利图书馆①。有一次，李做了一个噩梦，梦到自己被赶出了家门。第二天，她就清点了一遍自己的全部财产，并将清单拿给住在街道对面的朋友厄尔和西尔维娅·肖里斯（Sylvia Shorris），提醒他们说，如果某一天她的梦变成了现实，这些东西就会被丢到路边："一张破破烂烂的床、一套桌椅、大约3000本书和世上仅有的两台手动打字机——其中一台还坏掉了。"她恳求他们，在那种情况下"先救打字机"。李的藏书是她真正的伙伴，她从很小的时候就开始收集这些书了，其中有布莱克、华兹华斯和托马斯·哈代（Thomas Hardy）的诗集，以及她崇拜的美国当代作家的作品，包括玛丽·麦卡锡（Mary McCarthy）、约翰·厄普代克（John Updike）、彼得·德弗里斯（Peter De Vries）、约翰·齐

① 即牛津大学图书馆，是英国第二大图书馆。

弗（John Cheever）和弗兰纳里·奥康纳（Flannery O'Connor），还有历史、犯罪故事、法律书和她最喜欢的五本小说：塞缪尔·巴特勒（Samuel Butler）的《众生之路》（*Way of All Flesh*，1903）、亨利·菲尔丁（Henry Fielding）的《汤姆·琼斯》（*Tom Jones*，1749）、普鲁斯特的《追忆似水年华》、理查德·休斯（Richard Hughes）的《牙买加的狂风》（*High Wind in Jamaica*，1929）和马克·吐温的《哈克贝利·费恩历险记》。

打开汤姆·拉德尼给她的巨大公文皮包，还有从亚拉巴马带回来的其他行李，李发现自己快要被麦克斯韦相关的资料淹没了。除了官方文件和记录之外，还有亚历山大城的小册子、活动方案、宣传页和亚拉巴马州历史的复印件，以及她所做的采访笔记和录音带，采访对象包括牧师的邻居和雇主，他的遗孀奥菲莉亚·麦克斯韦，罗伯特·伯恩斯，主持雪莉葬礼并在伯恩斯庭审中做证的 E.B. 小伯波牧师，阿尔文·本，玛丽·卢·麦克斯韦的姐妹莉娜·马丁，玛丽·安·卡尔，格雷警官，詹姆·埃弗里法官。当然，还有拉德尼一家。

第一次读《冷血》的时候，李应该能清晰地看出，这本书是如何利用他们在堪萨斯获取的资料拼凑起来的。但是把这一过程反过来——从她自己的采访笔记中看出一本书的轮廓——则是完全不同的事情。首先，她必须找到一种能够将所有材料组织起来的方法。当初是李帮卡波特把所有资料井井有条地分成了十个部分，然而她并不十分清楚该怎么将麦克斯韦的案子归类、划分才最好。案件的背景很明确，但是犯罪活动、受害者和审判过程都纠缠在一起，很难厘清。讲故事的最简单方式就是按时间顺序，但是因为这个故事中有警方调查、刑事审判和民事诉讼，而且其中几个还是同时进行的，麦克斯韦案的时间线就像翻花绳一样纵横交错。

她需要一个能够统领整个故事的主角，糟糕的是，对于这个故事而言，主角是谁并不明显。当然，故事是围绕麦克斯韦牧师展开的，但他不可能被塑造成主角，因为他的大部分生活，无论是被指控谋杀之前还是之后，都没有详尽的记录，而且，他的生活对于李来说是陌生的。罗伯特·伯恩斯也是重要角色，然而，虽然他在殡仪馆开枪的那一幕非常精彩，但这就是他对这起戏剧化事件做出的唯一贡献了，在故事情节展开的大部分时间里，他甚至都没住在镇上。故事里还有很多执法人员——实际涉及的执法人员数量太多了，因为死亡事件前后跨越了7年、两个县，涉及几个执法机构。可是没有一个人像杜威探员那样英勇破案，给凶手戴上手铐并送上法庭。事实上，这一系列案件中没有一个得到正式解决。"犯罪医师"是个很有意思的人，但是他带领的犯罪调查小组也没能解决任何案件，所以他们也不太可能是主角。即使大众对法医学的兴趣日益增加，他们也不能成为故事的中心。

接下来就是众多检察官和辩护律师。从开始写作以来，李就一直在写律师的故事。虽然地区检察官不能成为故事的主角——因为没有一个人参与了所有的案件。但是李喜欢优秀的辩护律师，而汤姆·拉德尼恰好就是，再加上拉德尼曾经替牧师打了10年官司，随后又替杀害牧师的凶手辩护，如果以他为主角，就可以很容易地把故事从头到尾连起来。他还是一个复杂的人物，泰·霍霍夫曾建议李不要写这种人。拉德尼在震惊整个塔拉普萨县的保险诉讼中获利颇丰，牧师能够逃脱制裁，他起到了至关重要的作用，这就引起了库萨县的公愤，但罗伯特·伯恩斯的无罪释放又帮他在马丁湖一带恢复了声誉。

拉德尼的政治抱负和他的法律才能一样出众，选他做主角，李将有机会写到种族在亚拉巴马州政治机器和美国司法系统中所起的作用。困难在于，麦克斯韦一案并不是一个典型的有关种族和正义的寓言。李十分清楚，读者并不希望看到《杀死一只知更鸟》的作者讲述黑人连环杀手的故事。虽然人们有充分的理由怀疑，假如牧师的受害者中有一个是白人，调查结果肯定会有所不同。同样真实的是，南方的执法人员往往太过急于判定非洲裔美国人犯有暴力或其他罪行。不得不说的是，在威利·麦克斯韦牧师的案子中，马丁湖一带的执法人员并没有玩忽职守，他们曾拼尽全力试图定牧师的罪，动用了一切资源，却一次又一次地失败。

尽管汤姆·拉德尼不是一个完美的主角，但是他和堪萨斯城的杜威探员一样，是一个出奇好用的角色。从亚历山大城打电话来询问李进展如何的人不多，拉德尼便是其中一个，而且主动提出可以为她做任何事，以帮助李完成这本书，他能做的是：分享记忆，追踪信息，为她牵线搭桥，或者以她需要的其他任何方式提供帮助。李发现大汤姆虽然从不吝啬他的时间，但他所叙述的麦克斯韦或他自己的生活并非完全可靠。或许这只是因为粗心，毕竟我们都会有记错几年前发生的事的时候。后来谈起大汤姆时，李哀叹道："他对事实的记忆让我非常沮丧"。

但是，更让李感到困惑的不是拉德尼对于外界的描述，而是他讲述的关于自己的故事。李回忆道："（他的）心理活动，让我对这个人十分好奇。"她当时就明白了，无论拉德尼是一名多么优秀的律师，不管他代表谁，他代表的首先是他自己。她和亚历山大城的很多人都交谈过，由此知道，并非每个人都折服于拉德尼的魅力。几年后，李将其直白地说了出来，并警告读者说："如果你追求准确性，那就去核实他所说的一切；如果你想要一名英雄，那就虚构一个。"

李所追求的是准确性，但等到开始动笔的时候，她发现真相还是不够。首先，重现佃农儿子的生活十分困难。历史不等于真实事件，它只是书面记录，而构成书面记录的各种资料通常会忽略贫穷的南方黑人。李可以在《亚历山大城市观》中查到汤姆·拉德尼的整个职业生涯、服役记录以及他成功的家庭，但是当她查找麦克斯韦牧师的信息时，只能找到他的罪行。这反映了南方和其他一些地方对待黑人的方式：不仅将其当成罪犯，还要将其视为无耻之徒，并彻底地无视——包括李的父亲自己经营的报纸，上面经常提到李一家人，只会偶尔有一个"黑人新闻"专栏。当然，黑人有自己的报纸，可就算是那些报纸，也没有在麦克斯韦生前提到过他，只有当牧师被枪杀后，《美国黑人》（*Afro-American*）和《墨色喷气机》的记者才报道了这件事。要想写下威利·麦克斯韦牧师的一生，作家只能依靠口述历史了解他的过去，而口述者则可能出现记忆错乱或受人指使，或者，单纯地不想对陌生人吐露心声。而且，除了牧师的罪行之外，还有一些事情光靠口述是无法掌握的。

李坐在桌前，日复一日，试图透过或是围绕未知的部分写一本书。她曾经幻想过一种专为作家建造的居士修道院，可以在政府的允许下把作家关在里面，除了面包和水什么也不给。她自己并没有那么自律：她喜欢睡到很晚才起，临近中午才开始写作，中间休息一下，再吃个晚饭，然后一直写到深夜。她习惯先全部手写，然后每天临睡前在打字机上打出一份全新的手稿，只保留其中的精华，她称为"去除糟粕"。李最终还是买了一台奥利韦蒂牌打字机来代替那台她用了很久的皇家牌打字机。"我写作的速度非常慢。"李承认，"状态好的时候一天工作8小时也只能得到一页不会扔掉的手稿。"不过她需要的东西很少："纸、笔和私人空间。"她曾开玩笑地说道，随后又稍微修改了一下这份清单："一大壶咖啡十分有用，但不是必需品。"

李喜欢说的一句话是，其他人也不是必需的。"你能依靠的只有自己，没有别人。"谈起写作的时候，她曾经这么说过。但事实上，《杀死一只知更鸟》的问世离不开泰·霍霍夫大量的编辑意见。"如果不是利平科特的编辑这么字斟句酌的话，"莫里斯·克雷恩曾写道，"我们就不会有一本这么好的书。"但是克雷恩和霍霍夫都已经去世,只剩下李,没有人能从文学上指导她如何把手稿修改成一本可以出版的书了。当李坐下来写一本真实犯罪小说时,她已经比她的文学代理公司活得都长了(克雷恩和威廉斯把他们的大部分客户都转给了由安妮·劳丽的朋友创办的麦金托什与奥蒂斯出版公司),甚至包括她的出版商(利平科特被哈珀和罗出版公司收购,也就是后来的哈珀柯林斯出版集团)。

李总是独处,但其实外出采访对她更加有益,因为与人打交道可以减轻她的抑郁倾向。但是现在,她又一次孤身一人和打字机待在了一起,除了写作就是写作。她每天的待办事项只有一件:写一本书。即使有时她的确能写出些东西,但是她永远无法把这件事从清单上画掉。把牧师的故事变成一本现在被她称为《牧师》(*The Reverend*)的书,这件事并不像看上去那么简单。很快,她当初离开亚历山大城时那股对于"再次回来"的乐观,变成了现在"末日"一样的悲观。

在李的公寓里陪伴她的许多书中,有一本丹尼尔·笛福(Daniel Defoe)的《鲁滨孙漂流记》(*Robinson Crusoe*),用她自己的话说,她已经读过无数遍了。克鲁索遭遇海难后被困在岛上28年,李对此肯定感同身受,她在纽约也已经28年了。在那里,她被孤独包围,艰难地写着一本似乎并不想被写出来的书,她一定时不时感到自己正身处"绝望岛"①。她的父亲和克鲁索的父亲一样,都希望她待在家里,可她还是出去冒险了。现在,她独自一人待在公寓里,度日如年。

一直以来,李都对外界隐瞒着一些事情,但是她无法瞒过自己的家人。她的两个姐姐一如既往地照看着她。在投身新书写作3年后,李接受

---

① 《鲁滨孙漂流记》中,鲁滨孙·克鲁索将自己被困的那座小岛取名为"绝望岛"。

了二姐路易丝·康纳的邀请，去尤福拉和她住一段时间。尤福拉距离亚历山大城100英里，离佐治亚州不远。薇姿现年64岁，从内尔10岁时起，她就住在巴伯县了，当年舍曼将军[①]从尤福拉东部出发进军海上，至今那里仍有大量的历史建筑，全是哥特、希腊、古典，以及几乎其他所有值得复兴的建筑风格。小镇在建立之初曾坐落在查特胡奇河的岸边。但是，在塔拉普萨河被马丁大坝"驯服"40年后，美国陆军工程兵部队在尤福拉附近又修建了一座水坝，由此形成了沃尔特·F.乔治水库；又过了1年，那里建起了一个野生动物保护区，以保护因水力发电工程而失去家园的鹳、猎鹰、秃鹰和短吻鳄。拥有保护区、水库和这些历史建筑的尤福拉，被哈珀·李评价为"整个亚拉巴马州最可爱的小镇"。

路易丝之前曾多次邀请李住进自己在乡村俱乐部路的家中，她已经习惯了"作家的姐姐"这一角色，并且对于"要与全世界人分享她的童年"这件事，很久以前就已经妥协。《杀死一只知更鸟》出版后，她接受过几次采访，并向一些朋友透露过，内尔的一夜成名让她十分震惊。路易丝在给一个朋友的信中写道："本以为一生都要靠我们资助的小妹妹，转瞬之间，身价就超过了我们所有人。"包括内尔推掉了所有工作避免更高的所得税，不再公开电话号码以阻挡记者和成堆的粉丝，这些都令路易丝惊诧不已。

然而，路易丝依旧过着她妹妹永远不会过的那种生活，1981年内尔来看望她时，她已经这样过了几十年了。路易丝的丈夫两年前刚刚去世，在两人结婚40多年之后，他给路易丝留下了两个已经成家立业的孩子。她的两个儿子后来都当上了教授：以父亲的名字命名的赫舍尔·H.康纳三世（Herschel H. Conner），又被称为汉克，在佛罗里达大学新闻系教电信

---

① 威廉·特库姆塞·舍曼（William Tecumseh Sherman, 1820—1891），美国南北战争时期联邦军著名将领，提出了"向海洋进军"的作战方案。

学；以舅舅的名字命名的埃德温·李·康纳（Edwin Lee Conner）已经是范德堡大学的一名研究员，并且将要去肯塔基州立大学教授英国文学。路易丝取得了她的两个姐妹都没有取得的成就：她成家了。于是她成了规则制定者，除了在玩填字游戏时出出主意，在一起回忆过去时进行补充，她还会强行纠正她小妹妹的写作习惯。

那年1月，李给格利高里·派克和他的妻子维罗妮卡写了一封信，祝贺他们结婚25周年，并告知他们自己的工作进展。"路易丝像刻耳柏洛斯①一样保护着我的隐私，"她在表示完祝贺后说，"傍晚之前都不允许我去钓鱼，而是像科莱特的丈夫②一样把我关在走廊尽头的房间里。"就像李对合作多年的老朋友派克所说的那样，路易丝为李提供食物、住所，并强迫她写作。这对李来说是有益的。

这种交流对李来说是很少见的。除了卡波特，李大部分时间都避免和其他作家打照面，尽管她有无数机会和他们交朋友。事实上，她与文学圈保持距离的原因近乎滑稽。作为一名战后的南方小说家，有人认为李与卡森·麦卡勒斯（Carson McCullers）关系密切并受其影响，然而李完全不认识她，而且对方十分憎恨她，认为她"偷窃了我的文学遗产"；至于弗兰纳里·奥康纳，李从来没见过她，可对方却把《杀死一只知更鸟》贬低为"小孩子才会看的东西"；还有尤多拉·韦尔蒂，李非常崇拜她，但是后来了解到，她认为李不过是昙花一现。即使李可以和一些作家成为朋友，比如南方小说家兼传记作家雷诺兹·普莱斯（Reynolds Price），以及编辑兼小说家斯特林·劳伦斯（Starling Lawrence），她也很少跟他们谈论

① 希腊神话中看守冥界入口的恶犬。

② 西多妮-加布丽埃勒·科莱特（Sidonie-Gabrielle Colette，1873—1954），法国著名女作家，曾提名诺贝尔文学奖。在第一段婚姻中被迫成为丈夫威利的枪手，为了逼科莱特写出更多作品，威利甚至将其锁在房间里。

自己的作品。李的朋友众多，交游广泛，从街对面的教授到诊所的接待员。和他们一样，李和作家朋友们的友谊也基于这样一种共识：她永远不会谈论自己的作品，而他们也永远不会问。他们中的许多人已经认识哈珀·李很多年了，却从未提起过"那只'鸟'"或"那本书"，而且几乎没有人问过她自那以后写了什么。

在1981年第一个星期所写的那封信中，李对格利高里·派克的"乐于交谈"表示了感谢，并写道："这很奇怪，不在这个圈子里的人（也就是所谓的'艺术圈'，啧啧），对那种强烈的孤独感没有概念。"为了让派克体会到自己在过去3年里写《牧师》这本书的感受，她引用了记者吉恩·福勒（Gene Fowler）的话："写作很容易，你所做的就只是坐在那里盯着白纸，直到血液凝聚到你的前额。"自从《杀死一只知更鸟》出版，在经历了几个月的狂喜之后，写作对她来说就不再那样容易了；虽然此前的做法让她获得了成功，却使她现在的生活变得更加困难。她对派克说，她"写第一部小说的时候没人在乎；现在，仿佛有人站在身后盯着我写作，呼吸喷在我的脖子上。但是除非我的作品达到卓越的程度，否则我是不会让其他人看到的"。李的新知更鸟似乎越来越像一只信天翁，知道她新书的人越多，压在她身上的负担就越重："我的经纪人想要纯粹的血腥暴力和尸检噱头，我的出版商想要另一本畅销书，而我想要问心无愧，不欺骗读者。"

李不愿写任何骇人或低俗的东西，然而真实犯罪故事通常都与暴力有关，畅销书也经常都是抓人眼球的。无论麦克斯韦故事里的那些谋杀是多么令人不可思议地不着痕迹，任何一个作家，如果想按时间顺序记录这个故事，就都必须以可怕的场景来开头和结尾，它们分别是：一个女人被重击而死，一名男子面部中枪。李不想对死者不敬，把他们的死写得像庸俗的三流小说，但她也不想让她的读者或出版商失望。她在第一部小说中将暴力场景包装得十分隐晦，在当时人看来，它甚至适合儿童阅读，小说也因此获得评论家的一致好评，并迅速成为有史以来销量最高的书。这简直不可思议。所有这些成就，无论是文学上的荣誉还是疯狂的销量，其中任何一项都很难再复制，更别说两者都做到了。虽然人们开玩笑说，哈珀与罗出版公司就算出版李的购物清单也能引起轰动，但是李不希望以自己的名义出版任何不如自己以前作品的东西——毕竟，如果仅仅是为了再出版一本书，她其实可以把《守望之心》交出去，这本书的手稿就躺在李家寄存在门罗县银行的保险箱里。

正好相反，她想写一些新东西，不管面临什么挑战，包括但不限于：写作的困难、案件本身的谜团以及大众对哈珀·李新书的期待。两个月后，李再次给格利高里·派克写信（这一次是从门罗维尔寄出的），在信中吐露了她对《牧师》一书新的担忧："当然，我可能会因为正在写的这本书而遭到起诉直至输掉底裤，甚至不得不出卖灵魂来保住肉体。不过到了那时再担心也不迟！"

在李对新书的所有担忧中，这点也许是最奇怪的。卡波特也有过同样的担忧。当时，他的竞争对手，一位名叫戈尔·维达尔（Gore Vidal）的作家称，希科克和史密斯承诺让他来写他们的人生故事。那时《冷血》还在写作中，那场官司让卡波特有些焦虑，但其实最后什么也没发生。（不过卡波特倒**的确**被戈尔·维达尔以诽谤罪起诉过，因为卡波特爆料说，维达尔曾因醉后失态被肯尼迪家族赶出白宫。但那场起诉伤敌一千自损八百，并以两个作家达成庭外和解而告终。）同样地，在《杀死一只知更鸟》出版后，李本人也曾险些被起诉。尽管她喜欢跟人抱怨说，门罗县的每个人都在她的小说中找到了自己的影子，但是住在南亚拉巴马大道的博尔韦尔一家却找到了切实证据，还差一点因此向李提起诉讼。

关于博尔韦尔夫妇，在门罗维尔一带流传着这样一个传说：他们年幼的儿子曾和两个大一点的男孩一起闯入了一家药店，并因此被送到了劳改所。但博尔韦尔先生从警方那里接手了他儿子的监护权，自那以后就将其锁在自己家里。和怪人拉德利一样，有时人们会看到桑尼·博尔韦尔（Sonny Boulware）从家中的百叶窗后面向外偷看；等到再长大一些以后，据说他会在晚上偷偷出来在小镇上游荡。博尔韦尔夫妇还有一个大一点的女儿，《杀死一只知更鸟》出版后，因为书中对其家庭的描写，她找了一位律师想起诉李。利平科特赶紧发表了一篇措辞谨慎的声明，解释说这部小说是虚构的作品，与现实的任何雷同之处都纯属"巧合"。但李还是吓坏了。自那之后，她要求自己的父亲再也不要在公共场合把自己称为阿提克斯。

所以，李担心自己可能会被起诉也不无道理。不过她清楚地知道出版商有法律团队，在出版任何有争议的东西之前都会先让法律顾问审查一遍，并且出版商也要承担一部分责任。除此之外，几乎所有麦克斯韦事件的相关人员都非常期待被李写进书里。或许李担心的是，拉德尼一家可能会不喜欢她对他们的描写，然后起诉她。然而大汤姆是她的头号支持者：他仍然会每年打一两次电话来询问这本书的进展，到纽约来看望她，和她谈起这本书；每当被问到与李的《牧师》有关的问题，他都表达了希望该书尽快出版的愿望。

李也可能是担心麦克斯韦家族的成员会起诉她。因为在牧师被谋杀后，他们中一些人曾威胁要对媒体采取法律行动。但是李采访过奥菲莉亚·麦克斯韦，她清楚地知道这位遗孀说的话有多少是真的——确切地说，有多少不是真的，而且李一定会在真实犯罪小说中提前加上"据称"和"据信"一类的限定语。对罗伯特·伯恩斯而言，虽然他被无罪释放，但无论如何，他从未否认过枪杀牧师这件事。此外，在李的两次采访中，他都十分配合。和拉德尼一样，他也一直希望李能讲述他的故事。

不管李害怕的是什么，她找到了一种熟悉的方式，可以减轻她的担忧和其他所有压力：缺少事实，找不到理想的主人公，不熟悉非洲裔美国人的生活，还有在歧视黑人的阴暗社会里探讨黑人犯罪所产生的道德上的不安，再加上与自私的南方上流阶级在一起时那种深深的愉悦也让李十分不适。李的酗酒成了某种丑闻，虽然不是尽人皆知，但早已在家人和朋友中传开了。李的父亲在门罗县是出了名的滴酒不沾，她的长姐甚至不喝咖啡，而李却变成了一个拒绝不了威士忌和伏特加的女人，如果没有这些，手边的任何酒都行。据说喝多了之后，李会在正式晚宴上当着一群陌生人的面用唇舌发出讨人厌的咂咂声，并愤怒地冲回到把她请出去的派对上，恳求他们再给她一杯酒。李的朋友们知道，酒精能把他们智慧的杰基尔变成阴晴不定的海德①。他们中的一些人——杜鲁门·卡波特、汤姆·拉德尼，甚至还有门罗维尔的一个无良牧师——在哈珀·李的友谊圣殿中犯下了滔天大罪，他们向媒体泄密说李有酗酒问题。特别是拉德尼，他曾经对《牧师》一书延迟出版给出了过于直白的解释并被记录在案："我认为她（哈珀·李）在这本书和一瓶苏格兰威士忌之间做了艰难的斗争，最终苏格兰威士忌赢了。"

和《杀死一只知更鸟》或者说写作一样，喝酒也是李的一个禁忌话题，一旦触及这个话题，即使曾经和李关系密切的人，就算不被逐出李的交友圈，也至少会被她疏远。李之所以和在纽约的一个朋友伊莎贝尔·赫兰德（Isabelle Holland）渐行渐远，就是因为对方成了匿名戒酒互助会的传道者。赫兰德的母亲是田纳西州七代人中的最后一代，她把儿子

---

① 出自罗伯特·路易斯·史蒂文森（Robert Louis Stevenson，1850—1894）的《化身博士》（*Strange Case of Dr Jekyll and Mr Hyde*，1886），故事讲述的是医生杰基尔发明了一种药水，将自己分裂成善恶两种人格，其中杰基尔是善的代表，海德是恶的代表。

送去了马萨诸塞州的寄宿学校，女儿去了英国寄宿学校。李的这位朋友，也就是被叫作贝儿的伊莎贝尔，本想成为英国的女亨利·詹姆斯（Henry James）①，却没有在那里交到朋友。回到美国后，她搬到纽约，成为利平科特的宣传经理。赫兰德负责《杀死一只知更鸟》的媒体事宜，自己也创作了多本小说。她自己在不喝酒的时候写得更好，但是当她劝说李也这么做时，两人的友情就变得岌岌可危了起来。

李在亚历山大城遇到了匿名戒酒互助会的另一名支持者。科利法官不仅通过建设公园和发行邮票给亚拉巴马州带来了荣誉，受严厉的长老会父母的影响，他还把戒酒会带到了他的家乡，召集了一群杰出人士，很快便在镇上获得了威望。"我生命中全部有价值的事情，"法官在戒酒40年后说，"都源于一个决定，那就是远离酒瓶。"不过，目前李仍然深陷其中。

我们不知道两人是否聊过关于酒的问题，但科利和李无疑谈到了他们对马蹄湾共同的热爱。向国会提出保护战场的议案时，科利把自己变成了一名克里克战争专家。李待在亚历山大城的时候，也常常回想起那场战斗，不仅仅是因为她住的汽车旅馆就是以此命名的，在创作《牧师》的时候，她还重读了最喜欢的历史学家阿尔伯特·詹姆斯·皮克特（Albert James Pickett）写的大量关于克里克族的文章。生于1810年的皮克特以为报纸写文章为生，同时渐渐成了一名历史学家。他花了17年时间收集素材，最后写成了巨著《哥伦布时期的亚拉巴马州史，以及少量的佐治亚州及密西西比州史》（*History of Alabama and Incidentally of Georgia and Mississippi, from the Earliest Period*, 1851）。

---

① 美国作家，长期旅居欧洲。

皮克特的书出版于1851年，印过几次之后就停印了。这对业余爱好者和专业历史学家来说，都是一个巨大的损失，特别是在李的家中，李的父亲就像崇敬《圣经》一样崇敬这本书。皮克特是我们现在所说的"口述历史"的先驱，因为他所写的事件几乎都刚发生不久，所以能够采访到许多事件亲历者，包括克里克战争双方的老兵和遗孀。

李喜欢皮克特写的历史，并在唯一一次公开演讲的最后谈到了他。她一直以来都在读皮克特的作品，但在当时，读他的书也是为了调剂。1983年2月，她写信给吉姆·厄恩哈特，证实了一则后者听到的传言：没错，那是真的，她将在尤福拉参加一个活动；不，她对此并不感到高兴。李随后解释了她是如何被迫同意在亚拉巴马历史文化遗产庆典上发表演讲的。这一切都要从她姐姐路易丝的一封信开始说起，路易丝应邀加入活动组织委员会，"因为尤福拉遍地都是历史和遗产。"在第一次活动规划会议上，活动的组织者意识到"薇姿是哈珀·李的姐姐，"路易丝在信中写道，"这迅速给我们招致了麻烦。"

李强加给家人和朋友的大多数规矩都得到了他们的默许，没有人能确切地说出他们怎么会知道不能提《杀死一只知更鸟》，或者问李接下来打算写什么。但是在给厄恩哈特的信中，李列举出其中几条规矩，以及她身边的人为什么要遵守这些规矩。谈到自己的长姐，她写道："爱丽丝使出浑身解数才让我在收到薇姿的那封信以后重新和她讲话。我感到自己被亲姐姐背叛了。"李显然不是装腔作势，而是真的愤怒了。尽管如此，那一年圣诞节，在理解了姐姐所承受的压力后，李同意参加这个活动。"我答应了，但必须按我说的来。我有很多个'不'：不在晚间上台演讲，不接受采访，不过度宣传，不收高额出场费。"李提出这些要求时，她的外甥、路易丝的儿子汉克也在场。因为李不愿意提及《杀死一只知更鸟》，这让活动组织者十分沮丧，因此汉克答应代替小姨读一段她的小说。李恳请吉姆祝她好运，并闷闷不乐地说："如果不是要帮助姐姐摆脱困境，我才不想提到那本书。"

尽管如此，那年春天听李演讲的人中，没有一个能够发现她的惊慌和轻蔑。如果说他们确实看出了什么的话，那就是这位著名作家看上去有些紧张，而不是恼火。她演讲的题目是《传奇故事和终极历险》。她的演讲十分切题：首先抨击了美国习惯抛弃过去的行为，要么抹去历史，要么美化历史，还特别提到了发生在南方的危机，然后话题转向了她最喜欢的历史学家。"我非常荣幸，"她说（尽管这话可能不是真的），"可以提醒我这一代人（我们都读过皮克特的那本书），并告诉年轻人：尽管书中写的都是真实发生的事，皮克特的《亚拉巴马州史》依然称得上是一部充满传奇和冒险的作品，甚至连约翰·杰克斯（John Jakes）①都会佩服得五体投地。"

虽然杰克斯写的通俗历史小说广受欢迎，但在李看来，与皮克特和他的真实历史故事相比，杰克斯简直不值一提。她说，皮克特的写作风格"介于麦考利②和布尔沃-利顿③之间"，他书里的角色比电视上的任何角色都好。李在举办演讲的尤福拉高中的小礼堂里，列举出一个个亚拉巴马州历史上的人物，就像皮克特书里写的那样：赫尔南多·德索托（Hernando de Soto）④于1540年率先在这片无人踏足的土地上开辟出一条道路，他穿过的地方后来成了马丁湖；英国兄弟约翰和查尔斯·卫斯理（John & Charles Wesley），他们在南方宣传自创的教派⑤；自称与俄国沙皇的

---

① 美国作家，被誉为"美国历史小说教父"。

② 托马斯·巴宾顿·麦考利（Thomas Babington Macaulay, 1800—1859），英国诗人、历史学家、政治家。

③ 爱德华·布尔沃-利顿（Edward Bulwer-Lytton, 1803—1873），英国作家和政治家。

④ 文艺复兴时期欧洲探险家，曾花3年时间在如今的美国东南部进行探险。

⑤ 两人创立了卫理公会。

弟弟有染的交际花①；詹姆斯·阿代尔（James Adair），他在与克里克人一起生活了30年后，跳出来宣布他们实际上是犹太人；肖尼族②战士特库姆塞酋长为了证明自己的理论，即"与奸诈的白人战斗是上天赋予肖尼族人的使命"，声称要让大地震颤，紧接着，新马德里断层就发生了一场大地震。

但是到这儿，李停了下来，她发现了一件奇怪的事：皮克特的历史并没有延续到联邦时期，这本书到亚拉巴马州在1819年加入联邦时就结束了，而大多数亚拉巴马人则认为，那个时候，亚拉巴马的精彩故事才刚刚拉开序幕。对于皮克特为什么停下来，李有自己的看法。她说："我认为他是不愿意写下克里克人、切罗基人、奇克索人和乔克托人③的最终命运，虽然一切在他有生之年就已经尘埃落定。"相反，他的叙述在安德鲁·杰克逊的军队与克里克人"交战"后便戛然而止。李继续说道："这场战斗从一开始就已经预示了它的结局。正如我们都知道的，在战役爆发几个小时后，结局就到来了。"接下来，李说出了自己对这位历史学家的看法。当时坐在高中礼堂里的听众里，没有一个人意识到李的这句话究竟有何深意。她说："我想，皮克特把他的心落在马蹄湾了。"

这样看来，皮克特并不是唯一一个把对自己而言十分重要的那部分落在塔拉普萨县的人。李也在那里留下了一些东西，就算没把心留在那儿，或许，她的勇气已经永远地遗落在那里了。30年来，她第一次离写

---

① 美国高级应召女郎哈丽雅特·布莱克福特（Harriet Blackford, 1848—1886），又名范妮·李尔（Fanny Lear），据说曾在俄国与亚历山大三世的堂弟尼古拉大公有过一段风流韵事。

② 北美土著部落之一，居住在田纳西河沿岸。

③ 皆为美洲原住民族群。

出另一本书那么近：不是想写一本书的念头，不是在写一本书的谣言，而是一本真实、有血有肉的书，包含了调查、采访、情节、人物，甚至一些篇章。但她所写的，仍然只是一本不知道该如何变成《杀死一只知更鸟》的《守望之心》，没有一位新的莫里斯·克雷恩或泰·霍霍夫来帮她。事实上，她生命中的另一位人生导师也即将抛弃她。很快，促使她动笔写这本真实犯罪小说的人就不在了，那人也是让她开始从事写作这一行的重要原因之一。

1984年8月25日，在距离60岁生日还有1个月的时候，杜鲁门·卡波特在洛杉矶去世。1年前的这个时候，他还在从蒙哥马利回门罗维尔的路上，虽然用药过量，但侥幸活了下来。现在，加利福尼亚的验尸官在尸检报告上写下：病人患有肝病，但体内同时发现有巴比妥类药物、可待因和安定，死亡似乎是又一次用药过量导致的，尽管无法证实这是意外还是人为。听到这个消息后，吉姆·厄恩哈特给李打了个电话，但是李没有接，于是他又发了一封电报。几个小时后，李回了电话，悲伤地说了一句："我的老朋友……"然后就陷入了沉默。

1个月后，在纽约市舒伯特剧院举行的追悼会上，李参与了一场名为"蒂凡尼的礼遇"的演出，和威廉·斯蒂伦（William Styron）、利奥·勒曼（Leo Lerman）、约瑟夫·福克斯（Joseph Fox）以及佐伊·考德威尔（Zoe Caldwell）一起悼念卡波特并阅读他作品的选段。钢琴家及歌手博比·肖特（Bobby Short）演唱了两首歌曲，其中一首来自卡波特作词的音乐剧。最后，台上播放了卡波特的生前录音，作家那标志性的奇特嗓音从录音机里流出，充满了整个大厅。那是他朗读的《圣诞记忆》，一个关于他童年时在门罗维尔的短篇故事。他的声音让人们回想起法院的钟声和山核桃壳被砸碎时发出的咔嚓声，整个剧院都弥漫着一股玉米片和蜂蜜的甜香。哈珀·李比舒伯特剧院里的其他人感触更深。对她来说，这不仅仅是一个故事：这是他们一去不复返的人生，就像他的生命一样。

　　葬礼结束后，在场数百名卡波特的崇拜者还有文学界人士鱼贯而出，李和从堪萨斯远道而来的杜威夫妇一起，到位于中央公园以南的桑迪·坎贝尔和唐纳德·温德姆的公寓里吃晚饭。在这场小型的追思会上，他们吃了用卡波特的配方做出来的黄油烤鸡，并谈起他们这位饱受折磨的朋友。卡波特曾服用戒酒硫来戒酒，并多次进了戒毒所，但是每当他从那里出来、回到陶森州立大学的讲台上时，都是语无伦次的。他还在"54俱乐部"①嗑药、吸食可卡因，甚至还在因酒驾被捕后与南安普敦的一名法官发生了争执。他去做了面部提拉和植发，但是任何美容都无法掩盖他对自己的伤害。哈珀·李仍然能够回忆起他意气风发的少年时代，并清楚地看到抑郁和毒瘾对一个人和爱他的人造成了什么样的影响。卡波特十多年来一直不断说起《应许的祈祷》，但从未把它写完。在他死后的那几年，有传言说他把书稿放在了一个公交车站的储物柜里。

　　同时流传的还有与李那本未完成的书有关的谣言。这就是为什么，在卡波特去世3年后，一位住在奥本大学的作家联系到了李，并向她询问麦克斯韦案件的相关情况。麦迪逊·琼斯（Madison Jones）只比李大1岁，相较于李的一本作品，他已经出版了七本小说。和李一样，他也对犯罪感兴趣，他的新书《杀人季》（Season of the Strangler，1982）就取材于发生在佐治亚州哥伦布市的一系列谋杀案，由12个相互关联的故事组成。琼斯打电话到门罗维尔，想和李谈谈。李的姐姐爱丽丝转达了这个消息后，1987年6月5日，李给他写了一封回信。

　　那时，琼斯已经和牧师的一个外甥谈过了——这个人也曾试图联系哈珀·李。"我知道，以我已故叔叔威利·麦克斯韦牧师为原型的书会大

---

　　① 20世纪70年代美国纽约的传奇俱乐部，是美国俱乐部文化的代表。

卖。"史蒂夫·托马斯（Steve Thomason）1个月前曾给她写信道，"对此我毫不怀疑。"而他之所以坚持这样说，是因为"人们仍在谈论他，就好像他还活着一样"。托马斯邀请李去他在亚历山大城的家里做客，并说："如果没有你，我将不得不找一些无名作家代笔，或者索性自己来写这个故事。"

李不确定这两人是否在合作，因此她分别给他们写了回信。给"托马斯先生"的信里，她只写了短短三句话以示回绝：感谢他的来信；表明自己"无意购买任何信息，或与任何人进行金钱上的交易"；然后告诉他可以随意处置他叔叔的故事。她给麦迪逊·琼斯的回复要更长、更详尽，既总结了她在亚历山大城收集资料时的收获，又列出了她在那里遇到的一系列令人望而却步的困难。她告诉琼斯，在这个故事上花费了这么多时间后，她学到了五件事：

第一，我可能比其他任何人都清楚麦克斯韦牧师究竟做了什么；

第二，我已经积攒了足够多的谣言、幻想、梦、猜测和彻头彻尾的谎言，长度相当于一本《圣经·旧约》；

第三，我所得到的关于案件的铁证数量太少，尚不足以写出一本小说；

第四，从卡蒂奇格罗夫到戴德维尔，始终有人希望我能从他们那儿买线索，而其中一些线人是不可靠的；

第五，没有一盘磁带长得足够装下人类的虚荣。

从李第一次听说威利·麦克斯韦牧师的故事，到她最终放手，已经过去了10年时间。李宣布，她能找到的就只剩下传说了。并告诉琼斯，说如果他想的话，就尽管去调查吧。对她而言，这一切已经结束了。

23. 漫长的告别

　　杜鲁门·卡波特的《冷血》出版时，哈珀·李曾撰文为其宣传，在文章结尾，她推测说："堪萨斯人接下来将卷入一场找寻杜鲁门足迹的游戏中。"这是一个十分奇怪的说法。卡波特热爱宣传，早在他去世之前，他在堪萨斯或其他地方的经历就已经没什么可供挖掘的了。而相比之下，李是如此神秘，甚至连她的秘密里都有秘密：不光是她写了什么，还有怎么写的；不光是她什么时候停笔的，还有为什么。

　　在《杀死一只知更鸟》出版后的17年里，读者始终想知道李接下来会写什么。在她敲开马丁湖畔住户的门做调查的那几年，他们中的一些人知道确切内容，但是不知道这些内容什么时候才会公开出版。而且许多人都知道《牧师》这个书名。一名女子声称她曾见过书封。大汤姆也曾不止一次从李那里听说，这本书马上就要交给出版商了，或者印刷厂已经有了样稿。大汤姆的一个朋友还记得，李在某天晚餐时曾说过，她已经写完了大部分内容，但在写结局时遇到了点困难。李给纽约的朋友写过一封信，信中说，在放弃这本书的时候，她已经写了2/3。有人说路易丝在她尤福拉家中的餐桌前读完了整本书，并宣布它比《冷血》更好。亚拉巴马大学的一名英国教授从李的老朋友詹姆斯·麦克米兰那里听说，李写完了整本书，但被她的出版商拒稿了，因为这本书"主题太过敏感"。麦克米兰的女儿也听说这本书已经全部完成了，但是被锁在一个手提箱里，要等李死后才会出版。

　　李来到亚历山大城时是那么热切，追查她的故事时是那么志在必得，

《牧师》的问世似乎近在眼前，但是她的第二本书就像耶稣的第二次降临一样遥遥无期。她花了几年时间创作《牧师》，有时是在尤福拉，在她姐姐刻耳柏洛斯般的监视下。在巴伯县写作的那段时光过去3年后，李的新文学经纪人朱莉·法洛菲尔德（Julie Fallowfield）说："据我所知，李小姐一**直**在写作。"9年之后，法洛菲尔德对另一名记者说了同样的话："她一直在写些什么。"

哈珀·李一直在写作，这对任何认识她的人来说都是显而易见的，哪怕只是因为李会在每一封信里提醒他们。李的信件简直可以建成一座档案馆，里面不仅有她的生活，她在外地或本地的冒险经历，还有她的思想。在写书时，她可能会为了一个句子苦思冥想，绞尽脑汁；但在她的信中，她有着堪比尤多拉·韦尔蒂的听觉、沃克·埃文斯（Walker Evans）似的观察力、约翰·多恩（John Donne）一般的精准和与多萝西·帕克（Dorothy Parker）不相上下的睿智，而且还通常有着乔治·艾略特（George Eliot）式的长度。这些信件包括她与住在全国各地的朋友和家人的通信，以及写给世界各地的崇拜者和学生的回信，当他们收到作家一对一的回复时，往往会激动不已。

这些信还揭露了李的另一面：她喜欢小额赌博，同时还"毒舌"地对赌场做过评价（她在1990年给朋友的信中写道："上帝能为我这个罪人设计的最可怕的惩罚，就是将我的灵魂永远禁锢在大西洋城的泰姬陵王牌赌场。"），她完全可以胜任体育比赛的解说员［就凭她在1963年对当时的"热点头条"做出的评论，ESPN①就应该聘请她。当时沃利·巴茨（Wally Butts）和"大熊"·布莱恩特（Bear Bryant）被指控在佐治亚大学对亚拉巴马大学的一场足球比赛中作弊］，她喜欢记录世界各地的酒吧民

---

① 娱乐与体育节目电视网，一家24小时播出体育节目的美国有线电视联播网。

谣（包括托马斯·哈代最喜欢的《来吧，到酒更便宜的地方来》，歌词不断重复着，"来吧，把酒壶装满！来吧，到老板更慷慨的地方来！来吧，到隔壁的酒馆来！"），曾对谋杀案进行过饱含同情又令人捧腹的报道["我完全理解她为什么要这么做。"李在1976年谈到莉兹·波登（Lizzie Borden）①杀人案时做出了这样的评价，"任何人，如果被迫穿上那样一条又厚又长的衬裙，还要在早餐喝羊肉汤，天黑之前肯定会忍不住杀人的。"]，她的信里甚至还包括附录，其中一些是以诗歌的形式写成的。她曾经给纽约的一位朋友寄去一篇爱德华·李尔（Edward Lear）②风格的指南，标题是《对经常大声朗诵的亚拉巴马人发音特征的社会学研究》。在解释完自己的发音特点后，她开玩笑地说："我在任何方面都十分正确，包括下雨的时候穿橡胶雨靴／但是人们纷纷侧目，仿佛我当众脱了裤／只因我把邓西嫩③说成了邓孙。"（作为莎士比亚的忠实粉丝，李年轻时曾记错了《麦克白》中的那个地名，这件事给她留下了不可磨灭的创伤。）这样的押韵诗整整有近一页，一行比一行有趣，但同时表明了李长期以来与外界格格不入——即使在那些她原本就擅长的领域，"因为在这座城市，人们不能说博士和智者狂傲自恃／区别高知和懒汉的，不是你的穿着，而是你为何焦灼！"

李的叙述引人入胜，但并不会跑题，而是像八爪鱼一样一直牢牢贴合着主题。她发表过大量描写门罗维尔和曼哈顿地区生活的文章，并且尝试过新闻报道，所有这些都表明，哈珀·李写的纪实小说不会逊色于她的虚构小说。然而她写的东西对每个人来说都是个谜。"她一直在写作。"当谈到《杀死一只知更鸟》出版后的几十年里内尔都在干什么，她

---

① 美国女性，因涉嫌用斧头谋杀父亲和继母被起诉，最后被无罪释放。

② 19世纪英国著名打油诗人、幽默漫画家。

③ 莎士比亚《麦克白》中的一个地名。

的姐姐爱丽丝说："我想她是在写一些短篇，想把它们整合成一个长篇。对此她说得不多。"

无论写了什么，哈珀·李都没有将其出版。但现在说她是"一鸣惊人"仍为时过早，她独特的叙事风格要在一段时间之后才能得到广泛认同，在当时，这种形容听起来既奇怪又少见，特别是对于小说家来说。李不像拿破仑或墨索里尼，他们很早就出版了自己的第一部小说，但因为其他追求而放弃了这条道路；她也不像J. D. 塞林格，虽然只出版了一部长篇小说，但发表了许多短篇故事和中篇小说；不像奥斯卡·王尔德，虽然只有一部小说，但写了一堆戏剧；也不像多萝西·戴（Dorothy Day）和托马斯·默顿（Thomas Merton），主业是神圣的宗教事业，写一部小说只是兼职；或者莱昂内尔·特里林（Lionel Trilling）和哈罗德·布鲁姆（Harold Bloom），他们虽然只是将各自宣扬的思想写进了一部小说里，但他们还写了无数的文学评论；甚至不像艾米丽·勃朗特（Emily Brontë）等文学天才，如果不是英年早逝，很可能会创作出更多的小说。

不，李不像他们中的任何一个人。曾有人将她和玛格丽特·米切尔（Margaret Mitchell）以及拉尔夫·埃利森（Ralph Ellison）相提并论，这两人的第一部小说均非常成功，但是到了后来，他们就销声匿迹了。现在，李永远地成了他们中的一员。埃利森的《隐形人》（*Invisible Man*）于1952年问世，在接下来的40多年里，他一直在写第二部小说，但是当他在1994年去世时，留下的只有2000页的笔记。米切尔曾是安妮·劳丽·威廉斯的客户，并且凭借她的第一部也是唯一一部小说，获得了普利策奖和国家图书奖，她的遭遇一定曾让威廉斯和克雷恩，甚至后来听说这件事的李本人感到恐惧。米切尔在1949年的一次车祸中丧生，但那时《飘》（*Gone with the Wind*，1936）已经出版13年了。米切尔至少有因"二战"和在红十字会志愿服务的经历带来的心理创伤作为借口，更不用说还有胸膜炎、视力问题和"自我贬低"的倾向①，这是她对其他作家表示敬畏的方式。米切尔给出了借口，埃利森留下了遗稿，然而李这两者都没有，对此她甚至都不屑于装装样子。

写作瓶颈只是一种症状，而不是疾病本身。这个词描述的只是无法写作这种现象，却没有解释原因。这种症状是英国人发明的，或者至少是诗人塞缪尔·泰勒·柯尔律治首先给出的详细说明，但是针对李的情况，显然，一种美国式的解释会更为适用。哈珀·李是在一种酒气熏天的美国文学环境中成长起来的，当时威廉·福克纳（William Faulkner）声称，如果身边没有一杯威士忌他就无法写作，欧内斯特·海明威（Ernest Hemingway）则更甚，说他每天要喝掉1夸脱②的威士忌，并且一有机会就要喝上几杯干马提尼和甜莫吉托。李认识约翰·斯坦贝克，和她的好友杜鲁门·卡波特一样，两人的酗酒是众所周知的，而且李对咖啡的热爱并不逊于酒精。

毫无疑问，李确实喝得太多了，而且她喝多以后就会变得难以相处。但是，到底是酗酒导致了李的写作障碍，还是李的写作障碍导致了她酗酒，人们不得而知。这两种情况也都有可能是内心深处的某种不幸导致的——就李的情况而言，也可能是很多种不幸。然而，不幸本身也不足以解释写作上的失败。其他作家，包括很多李认识的人，都是在对抗酒精、抑郁和完美主义的过程中写作的。这些障碍中的任何一个都不足以解释为什么李没能再写出一本书，即使每一项都给她的写作增加了困难。

我们也无法确定，在对抗这些困难的过程中，李到底是在哪一刻彻

---

① 米切尔曾因阅读评论家对其作品的负面评价而产生自我怀疑，致使其在写作上遇到瓶颈。

② 1夸脱约为1.14升。

底放弃的。正如克尔凯郭尔①所观察到的，随着人生不断地向前，我们对过去的理解不断加深。甚至，很可能连哈珀·李自己都不知道她到底是在哪一刻放弃再写一本书的。如果去读李的日记（有传言说李始终保持着写日记的习惯），上面不太可能明确写着："某周二早上或周六晚上，李决定放弃完成第二本书"。更不可能彻底剖析她做出这个决定的原因：是出于理性还是感性，或者她为何如此坚定地放弃？或许就像爱丽丝说的那样，是因为李的手稿在约克维尔的公寓内失窃了。但即使这是真的，手稿的丢失对李来说是一个毁灭性的打击，她也完全可以再写一份出来。无论损毁了多少页手稿，都不应该阻止李再写出新的来。

曾经有一段时间，哈珀·李的脑海中充满了各种各样的写作灵感。她曾在1958年给迈克尔和乔伊·布朗写过一封信，那是李收到他们的圣诞礼物后的第二年，她坚持要一分不差地偿还他们礼物钱外加利息，因此向他们"抵押了自己作为贷款担保"。在信中，李列出了她想在接下来15年里写的东西：

（1）种族小说

（2）维多利亚时代小说

（3）格雷厄姆·格林（Graham Greene）②先生称之为消遣的东西

（4）我要把（1958年的）门罗维尔撕个粉碎

（5）关于联合国的小说

（6）1910年的印度

所有这些想法——除了一个之外——都没有完成，甚至有没有开始动笔都不知道。但是"没有完成"这四个字，就像爱与失去一样，是分

---

① 索伦·克尔凯郭尔（Søren Aabye Kierkegaard，1813—1855），丹麦神学家、哲学家和作家，现代存在主义创始人。

② 英国小说家，作品融合侦探、间谍和心理分析等多种元素。

不同程度的。一件事未完成的程度可能有高有低：它可能完成了1/3或者一半，完成另一半可能要花上两年甚至20年。奇怪的是，一本书越接近完成，某种意义上，它"未完成"的感觉就越强烈。一些构思，比如"格雷厄姆·格林先生称之为消遣的东西"，能够大大激发人的想象力。想象李会在脑海中构思出什么样的惊悚故事是一件十分有趣的事，它也许像《密使》（ *The Confidential Agent*，1939），只不过在李的故事中，主人公被派去亚拉巴马州买棉花①，或者像《一个被出卖的杀手》（ *A Gun for Sale*，1936），只不过莱文最后回到了塔斯卡卢萨的家②。即使李动笔写出了这样一本书，其未完成度也不会高于"我要把（1958年的）门罗维尔撕个粉碎"，她最初的作品《守望之心》写的就是这个题材，但最终还是放弃了。

这也就是为什么，在李所有未完成的作品中，没有一本书的未完成程度像《牧师》一样高。写这本书时，李正处于全盛时期，并且雄心勃勃，她不仅在给朋友的私人信件中提到过这本书，还一反常态地与同事和陌生人谈起过它。她在事件调查上花费了大量的时间和金钱，并且为了方便采访而长期居住在外地。所有这些都表明了她写作这本书的诚意，而事件本身也表明，它有成为一本书的潜力。

未完成是一种情感状态，也是一个时间和美学概念。许多艺术家会不断修改并重新审视自己的作品，即使在很久之前评论家和公众就认为他们的作品已经"完成"了。完美主义者经常拒绝画上句号，并很难将他们的作品交给编辑、经纪人和读者去阅读。李就是这样的一个完美主义者。"十年了 / 你的诗还挂在那儿，无法完成吗？"罗伯特·洛威尔（Robert Lowell）曾在一首十四行诗中问他的朋友伊丽莎白·毕肖普

---

① 格雷厄姆小说里的情节，主人公D是一名特工，被派到英国确保一宗煤炭交易顺利进行。

② 同为格雷厄姆的小说，主人公莱文是一名杀手，最后被警察射杀。

（Elizabeth Bishop）。毕肖普的用词挑剔是出了名的，据说她把诗歌钉在浴室的镜子和厨房的记事板上，把尚未确定的词空出来，然后一挂就是好几年。

哈珀·李写作可能是为了获得自我满足或是为了后代，而不是为了同代人。外界认为李在放弃后一定会感到挫败和遗憾，但事实并非如此。或许李对这一点毫不在意。"自怨自艾是一种罪过。"她曾在1963年对一名记者说过。那时《杀死一只知更鸟》才出版了3年，但她已经很焦虑了："这是一种变相自杀。"

李很残暴，不仅对待自己的情感需求十分冷酷，对他人的也是一样。"人们大概是因为太无聊才去研究精神病学，我对心理医生之类的人一向没有耐心。当今时代的女性觉得自己受到了压迫，于是去看心理医生，这让我忧心不已——她们需要的也许仅仅是多做点家务而已。"对于20世纪60年代的女性诉求来说，这是一份奇怪的诊断书，它暴露出李对于阶级、心理健康和家庭生活的看法是很不成熟的。不过公平地说，李发表这番评论时，精神分析正在美国掀起一股热潮，她很可能只是对这种狂热趋势感到恼火。在当时，无论什么人、什么事都可以拿来做精神分析，包括那些正在艰难创作第二部小说的作家。然而，李的家中就有一个精神脆弱的母亲，她自身情绪的不稳定也使得最亲近的人饱受困扰。所以对于李来说，她居然能做出如此毫无同情心的评论，这一点令人十分震惊。虽然李家有女佣帮忙做家务，但是无论什么原因，家务劳动都不是治疗心理疾病的良药。

至于李对家庭生活的看法：《杀死一只知更鸟》中并没有出现由父母和孩子组成的三人家庭，李本人也对这种组合持怀疑态度。她的生命中不乏朋友和家人，但是并没有亲密的恋人，即使有，也被李千方百计地隐藏了起来。曾经有人认为她和卡波特是一对儿。对此她开玩笑地说，他们唯一的共同点就是都对男人有兴趣。不管李感兴趣的是男人还是女人，也不管这个玩笑是真是假，她似乎从来没有付诸实践过，包括与莫里斯·克雷恩的绯闻在内。与此同时，她极力否认任何暗示她是同性恋的说法，尽管她与马西娅·范·米特保持了数十年的亲密关系，这使得许多与她关系密切的人产生了同样的怀疑。

女同性恋可能是卡波特编造谣言时唯一放过她的一点。她的这位发小曾在不同场合多次暗示，她和亚拉巴马大学的一名法学教授有过性质恶劣的婚外情，并差点和另一名已婚男子重蹈覆辙。似乎没有任何证据能够证明前者，至于后者，卡波特后来收回了自己的话。但是，无论在他生前还是死后，李都被卡波特本人的恶名烦扰着。"乔治·普林普顿（George Plimpton）[1]的那帮喽啰正忙着搜寻美国的每个角落。"李在1986年写道。很快，他们就到门罗维尔来找她了。李不在那里，所以普林普顿没能采访到她，即便如此，他仍旧把李写进了《杜鲁门·卡波特：一个活在朋友、敌人、熟人和仇人回忆里的作家波澜壮阔的一生》（*Truman Capote: In Which Various Friends，Enemies，Acquaintance，and Detractors Recall His Turbulent Career*，1997）里。

1988年，由杰拉尔德·克拉克（Gerald Clarke）所著、经卡波特本人授权的传记出版后，李写信给历史学家考德威尔·德莱尼（Caldwell Delaney），建议阅读时"手里拿着盐瓶，以便随时下咒"[2]，并特别谴责了"杜鲁门恶毒的谎言，他说我母亲精神错乱，并曾两次试图杀死我，可她是那样善良——这就是爱他的回报"。克拉克在书中暗示卡波特对自己的人生道路不够负责，李对此异常愤怒。"毒品和酒精并不是导致他精神错乱的原因，而是他精神错乱的结果。"她写道。但她接着说道，就算精神

---

① 美国记者、作家和文学编辑。

② 西方认为盐瓶倒了是不吉利的。

错乱，她的朋友也应该对自己的人生负责。李的这种说法证明了，她要么缺乏逻辑，要么完全没有同情心。"西方世界的大多数人都掌控着自己的命运。"李曾在别处说过，"命运没有造就我们，是我们创造了自己的人生。没人要求我们来到这个世界上，但是既然我们来走了这一遭，就应该竭尽全力做到最好。"

信仰和行为之间总会存在差距，但你不必犯下像威利·麦克斯韦牧师那样的罪恶。使徒保罗曾向罗马人宣扬身体和灵魂二元论，无论哈珀·李对其在门罗维尔的邻居所持有的悲观新教教义①多么嗤之以鼻，无论她如何开玩笑说，上帝比她失去听力的姐姐爱丽丝还要聋，李在出生和成长的过程中，都被灌输了这样一种信念：她相信道德上的完美不仅是可能的，而且是个人选择的结果，尽管她花了很长时间才放弃一种选择，做出另一种选择。这个过程中的某个时刻，她戒掉了对健康有害的两件事：一个是喝酒，另一个则是写作。她给麦迪逊·琼斯写了封回信，告诉这位小说家，麦克斯韦案子现在完全归他了。彼时，她已经将自己从来自四面八方的期望中解脱了出来。在经历了30年暗无天日的生活之后，她的行文变得更加轻快，她从此不再痛苦，并几乎再也没有提到过写作。

"书成功了，/生活失败了。"伊丽莎白·巴雷特·布朗宁（Elizabeth Barrett Browning）曾写道。的确，在李的一生中，《杀死一只知更鸟》成功了。1993年，她告诉经纪人朱莉·法洛菲尔德，自己对于给《杀死一只知更鸟》周年纪念版写引言"毫无兴趣"。"请别给《知更鸟》加上引言。"她写道，"尽管这本书今年就33岁了，但它从未停印，而我尽管默默无闻，却仍然活着。引言会抑制快乐，扼杀期待的乐趣，打击好奇心。

---

① 新教认为人得救不是靠宗教仪式，而是靠信心，行为亦来自信心。

唯一的好处是，在某些情况下，它让人们对正文的失望来得晚一些。《知更鸟》仍然说着它必须说的话，这么多年，就算没有引言，它也存活了下来。"《杀死一只知更鸟》35周年纪念版出版时，哈珀柯林斯集团将这封拒信用作了前言。

就在写拒信的那年，李参加了亚拉巴马大学的校友纪念仪式，尽管她自己不算校友，因为没等毕业她就辍学了。不过，当年举行毕业典礼时，她还是去接受了学校授予她的荣誉学位。李的两次露面似乎标志着某种转变，她开始愿意承认她写了一部杰作，哪怕只有这一部。1997年，她接受了另一个荣誉博士学位，这次来自莫比尔的斯普林希尔学院（Spring Hill College）。之后不久，一位由环球影城赞助的导演，查尔斯·吉斯亚克（Charles Kiselyak），开始拍摄一部纪录片，讲述李的小说被改编成电影的过程。他采访了许多参与制作电影的人，包括演员格利高里·派克、编剧霍顿·福特和导演罗伯特·马利根（Robert Mulligan）。吉斯亚克还在哈珀·李的帮助下在门罗县待了一段时间，他写的一篇关于汉克·威廉斯的文章给李留下了深刻印象。李陪同着他的团队，为他推荐采访对象，包括从小就认识她的邻居和她的家人。尽管李拒绝出现在镜头前，但是在采访她在门罗维尔高中的老师艾达·盖拉德（Ida Gaillard）时，可以听到她在镜头外的笑声。这部纪录片的名字叫作《可怕的对称》（*Fearful Symmetry*），片名出自李最喜欢的诗人威廉·布莱克（William Blake）的一句诗，影片旁白听起来似乎是李自己写的："所谓'名声'不过就是两个字而已，无聊是属于富有而愚蠢的北方佬的事。"

纪录片的采访对象里有一位亚拉巴马大学的英语教授，她是南方人，但性格火暴，跟甜美毫不沾边。克劳迪娅·杜斯特·约翰逊（Claudia Durst Johnson）写过几篇关于《杀死一只知更鸟》的学术分析文章，并将其扩展为一项名为"危险边界"（Threatening Boundaries）的批判性研究。研究内外，克劳迪娅一直在为这部小说辩护，无论小说被嘲笑幼稚平庸，或因使用种族歧视称谓而受到攻击，还是被指责缺乏自由主义思想。李同意和克劳迪娅见面，因为老朋友吉姆·麦克米兰成功说服了她，说她至少应该和一个欣赏自己作品的人在同一个房间里坐一会儿。不管克劳迪娅第一天在塔斯卡卢萨"采访"李时说了什么，她对这个亚拉巴马人来说一定带有某种魔力，因为李在拒绝了一打想要为她写传记的作家后，宣布将由克劳迪娅来为她作传。然而，李几乎是在同一时间公布了这个项目的"死讯"，因为她让克劳迪娅承诺在一切尘埃落定之后才能开始。而所谓"尘埃"指的是带骨灰的那种。

克劳迪娅搬到加利福尼亚州后，这位未来的传记作者和传记的主角经常互相通信和打电话，但李还是坚持一定要在她去世之后才能开始写传记，即使她的姐姐路易丝身上已经开始出现老年痴呆的迹象。"最近她的记性越来越差了。"李在给一位全家人共同的朋友写信时说。最终，薇姿离开尤福拉去了佛罗里达，在那里的一家辅助型养老院度过了生命的最后几年。这种疾病使她与熟人之间的距离越来越远，有时，她甚至都认不出自己的亲姐妹。

李虽然仍在纽约和门罗维尔之间往返，但是次数越来越少。在纽约的时候，她会去科特剧院看演出，在大都会艺术博物馆和弗里克博物馆看展，在谢伊体育场看大都会棒球队的比赛，在西村珍珠生蚝吧吃午餐，在离她公寓不远、位于第二大道以北街区的伊莱恩斯酒吧喝酒。纽约市公共图书馆改用电脑查询目录之后，她就不再去了，但仍然会定期到家附近的社群图书馆看书和借书。在门罗维尔的时候，她要么待在自己的房间（爱丽丝家中带有嵌入式书架的那一间），要么去沃尔玛超市买文具，从用了几十年的信箱里取回自己的邮件，并且经常在阿特莫尔的文德克里克赌场玩老虎机。她会去小猪商店①买食品杂货，在戴维鲇鱼屋吃晚饭。而且，虽然已经身价千万，她仍然会自己拿衣服去自助洗衣店。爱丽丝那时已经90岁高龄，依然在从事法律工作，她最麻烦的客户仍然是内尔·哈珀·李。她的所有合同，包括国内再版和国外版本，电影版权、舞台版权以及其他任何请求，只要与那部世界上最受欢迎的小说有关，就全都由巴尼特、巴格与李律师事务所经手。

2003年1月16日，亚拉巴马州州长唐·西格尔曼（Don Siegelman）正式宣布设立"汤姆·拉德尼日"。哈珀·李和该州的其他人会在报纸上看到，前参议员霍威尔·赫夫林（Howell Heflin）、前国会议员龙尼·弗利波（Ronnie Flippo）和其他几十位政要到场观礼，见证这位民主党代言人获此殊荣。那时，大汤姆的四个孩子都已经结婚生子，一群孙子孙女到场为他庆祝。作为一名颇有资历的政治家和社区杰出人士，拉德尼比他年轻时结下的任何一个仇人都活得更久，尽管年事已高，这名毫无底线的民主党人仍然在一如既往地为了把南方变成蓝色②而努力。他制定了后来的"拉德尼规则"，即如果候选人在过去4年里没有为该党提名的候选人投过票，就不能以民主党人的身份参与竞选。

那年秋天，内尔·哈珀·李77岁，爱丽丝·李马上就要92岁了，姐妹俩参观了亚拉巴马州历史档案馆来庆祝爱丽丝的生日。档案馆位于蒙哥马利，就在州议会大厦的街对面，大汤姆曾在那里为他最后一次竞选拍摄全家福。档案馆里，两姐妹坐在一张桌子前，工作人员取来阿尔伯特·詹姆斯·皮克特的笔记、草稿和地图，放在桌子上。内尔和爱丽丝

---

① 美国本土连锁零售经销商，是当地超市的鼻祖。
② 美国大选中使用红色和蓝色来表示各州选举票数的分布情况，红色表示共和党在该州获得的普选票数更多，蓝色则表示民主党更占优势。

一页页地翻阅这位历史学家的资料，仔细阅读其中一部分内容——皮克特正是将这一部分写成了她们都十分喜爱的那本书。之后，她们查阅了一卷立法法案，这卷法案中有一项被爱丽丝称为"爸爸珍视的法案"，该法案要求各县平衡预算。接着，她们查看了自1930年以来的门罗维尔手绘地图，爱丽丝仍然可以凭借记忆挨家挨户地指出里面住的是谁。

姐妹两在位于南亚拉巴马大街的房子里度过了童年，20世纪50年代，就在父亲把它卖掉然后举家搬到西大街后不久，那里被一家冰淇淋店所取代。将内尔和杜鲁门家隔开的石墙仍然有一部分屹立着，但在墙的另一边，曾经是福克家的地方现在变成了一片空地。20世纪60年代，《杀死一只知更鸟》的电影布景设计师来到门罗维尔，寻找合适的电影拍摄地点，那时他们发现，门罗维尔早已太过现代化，不再适合充当梅康镇了。和亚拉巴马州还有美国其他地方的小镇一样，这里充斥着快餐店和连锁店，早就失去了本来的样貌。这些连锁店取代了几十年前爬满道路两旁的葛藤，街对面的博尔韦尔家已经变成了一个加油站，那棵有着神奇树洞的橡树先是洞口被水泥填满，然后被砍得只剩下了树桩。

2003年，就在两姐妹去档案馆过生日的同一年，阿尔文·本正在为自己撰写回忆录。他带着几章手稿来到爱丽丝的律师事务所，想知道她的妹妹能否为其写推荐语。几天后，他的稿子寄了回来，还附带一张哈珀·李写的便签："阿尔文·本在长期以来的记者生涯中认真负责，并不时于报道中流露出可贵的勇气，他将这一切生动地写进了这本回忆录中。"虽然对《亚历山大城市观》的前编辑写的这本传记大加赞赏，李仍然拒绝自己动笔或让任何人为她写传记。当得知有人未经授权就出版了一本她的传记时，李警告她的朋友们，不许再跟作家查尔斯·希尔兹（Charles Shields）讲话了。希尔兹在2006年出版的《知更鸟：哈珀·李画像》（*Mockingbird: A Portrait of Harper Lee*）成了第一部关于李的完本传记。

然而，李家两姐妹做出了另外的选择，她们决定接受《芝加哥论坛报》（Chicago Tribune）记者玛丽亚·米尔斯（Marja Mills）的采访。她在为报纸写了一篇哈珀·李的简介后搬到了李的隔壁，想要写一本书，内容貌似是关于门罗县的。李本人花了很多时间和米尔斯待在一起，不仅在米尔斯第一次来访期间邀请她到爱丽丝的家里做客，还在这位记者住在门罗维尔期间和她一起去黑人聚居地"探险"。然而后来，当回忆录完成，并以《隔壁的知更鸟：与哈珀·李一起生活》（The Mockingbird Next Door: Life with Harper Lee，2014）为标题出版时，李拒绝承认这本书，并称自己无意参与传记的写作。

李一向不情愿出现在报纸上，同时也不愿意出现在舞台和银幕上。李的不满随着门罗维尔县将其小说改编成戏剧、观众人数和演出场次越来越多而日益增加。很快，更让她头疼的东西出现了：两部讲述《冷血》写作过程的电影同期上映。在这两部打擂台的电影中，她都成了主要角色，先是由凯瑟琳·基纳（Catherine Keener）扮演，然后是桑德拉·布洛克（Sandra Bullock）。李把两部电影都看了，她称赞了菲利普·西摩·霍夫曼（Philip Seymour Hoffman）在《卡波特》（Capote，2005）中扮演的卡波特，然后对《声名狼藉》（Infamous，2006）中强加给她的服装——短裤加平底鞋——表示了不满。对于一个40多年来不懈逃离公众视线的人来说，这无异于耶利哥之墙①的倒塌。为此，她一反常态地进行了不止一次的抵抗。

2006年4月，李就电影《卡波特》给《纽约客》的编辑写了一封信。这是她的署名第一次出现在此类杂志上。"许多所谓'在《冷血》创作过程中发生的事'均为编剧捏造。"她控诉道，"电影里对威廉·肖恩

---

① 出自《圣经·旧约·出埃及记》，是一堵坚不可摧的约旦城墙，其坍塌导致了耶利哥城在战争中落败。

（William Shawn）行为的描述简直假得荒唐。"李在信中只用了76个字就纠正了其中两个错误：一、她从来没和肖恩通过电话；二、肖恩从未陪卡波特去过堪萨斯。李没有在信中提到自己是谁，也没有解释为什么她比电影制作人知道得还多，但是信件结尾处的签名（"亚拉巴马州门罗维尔县，哈珀·李"）说明了一切。又或者，这个落款一如既往地什么也说明不了：即使在纠正电影不准确的地方时，她仍然对自己的朋友在《冷血》一书中编造事实的行为保持沉默。

　　然而紧接着，比出名更糟糕的危机找上了李。2007年3月17日星期六的午夜时分，李出现了严重的中风，直到星期一，两位朋友才在家中发现她，迅速把她送到了16个街区外的西奈山医院。她被确诊为左边瘫痪。住在纽约的一些新老朋友前来看望她，其中包括乔伊·布朗，她带来了炸鸡和八卦，这是李最喜欢的两样东西。但是李不想在纽约休养，而是打算搬到伯明翰。那年5月，她乘坐美国铁路公司的"新月号"列车回到了位于亚拉巴马的家，就像她在过去60年里常做的那样，只不过这次坐的是特殊乘客包厢。这条路线在她第一次搬到纽约时就是这样，这些年来从未变过：晚餐时抵达首都，早餐时抵达亚特兰大，等到第二天午餐时，她就回到了亚拉巴马。

　　李瘦了20多磅，不过在几个月的高强度物理治疗之后，她恢复了一些活动能力。等到2007年11月5日，李已经康复了不少，这足以让她回到华盛顿特区，站起来握住乔治·布什（George W. Bush）总统的手，接受他授予的自由勋章。这是自约翰逊上台后她第一次访问白宫。李仍然留着一个男孩子气的发型，和《杀死一只知更鸟》最早出版时作者照片上的发型没什么不同。当众人的视线都汇聚到她身上时，她看起来和40年前一样惊讶。

这将是李最后一次离开亚拉巴马州。她回到门罗维尔以后，被安置在了梅多斯，一家位于21号公路辅路旁、有16个房间的单层辅助型养老院。粉丝的信也随之而来，无论她搬去哪里都是如此。有一天，一位出生在亚历山大城的作家戴维·布拉斯菲尔德（David Brasfield）寄来了一封信，想知道李对麦克斯韦的案子了解多少。2009年1月9日，李回信说，她自己的调查只"得到了一大堆谣言和一小撮事实"。布拉斯菲尔德最后写了一个粗制滥造的虚构故事，借用了李的标题《牧师》，而且显然还借用了李的身份：故事中有一位名叫亨特·詹姆斯的女性小说家，她在结尾处还是没能逃脱被谋杀的命运。

　　几个月后，在2009年6月，爱丽丝·李回复了另一封关于麦克斯韦的信。这封信来自一个名叫舍勒林·贝尔耶乌（Sheralyn Belyeu）的女人，她的丈夫从亚历山大城的救世军[①]那里给她买了一本《大英百科全书》（*Encyclopaedia Britannica*）。贝尔耶乌在哈珀斯费里[②]的词条旁边发现了一张哈珀·李写的卡片，落款是1978年6月11日，这是她写给克里布夫妇的，感谢他们在她离开小镇前举办的鸡尾酒会。贝尔耶乌想知道李是否介意公开这封信。爱丽丝同意了她的请求，尽管言辞悲戚："无论你做了什么，或者将来打算做什么，"她写道，"都不会'影向'（原文如此）哈珀·李，因为她完全不打算在将来（写下）这段经历。她身体虚弱，近乎失明，因中风而左半边瘫痪。"

　　爱丽丝和她的妹妹都有严重的视力问题。哈珀·李的黄斑变性已经十分严重，她连一张纸都看不见，更别提在上面写字了。她的信，曾经

---

① 基督教组织，成员身着军装，以街头布道、慈善活动和社会服务著称。

② 美国西弗吉尼亚州东北部城镇。

有着堪比"摩西五经"①的情节和保罗神学讲义的句法，现在却变得很短，且字迹潦草，除了偶尔重复使用的文学典故之外，什么都没有了。中风后的那段日子，特别是回到门罗维尔后的那几年，李的信缩水成了便条，这些"信"成了她的身体与衰老对抗过程中的信使，提醒她眼睛、耳朵和脑子已经越来越不中用了。李的听力变得很差，已经无法再接电话。而且根据大多数人的说法，她可以记起过去发生的事，但是记不住现在的。

2009年10月，路易丝·李·康纳在佛罗里达州的盖恩斯维尔去世，她的姐姐和妹妹由于身体原因都无法参加葬礼。5年后，也就是2014年11月，爱丽丝·李去世，享年103岁，去世之前仍然在从事法律工作。那时，家族的法律事务所已经搬离门罗县银行，并在招牌上又加了一个名字，托尼娅·卡特（Tonja Carter）。卡特起诉了李的前文学经纪人，然后接手了她的工作。爱丽丝·李去世3个月后，卡特替她的客户宣布了一条令人震惊的消息：哈珀·李将要出版一本新书。

这则消息几乎立刻传遍了全国。当传到亚历山大城时，每个人都认为这本书就是《牧师》。汤姆·拉德尼于2011年8月7日去世，对他的家人来说，一想到李终于要和全世界分享他的故事，这简直让人悲喜交加。李中风的前一年，拉德尼的儿子托马斯还在亚拉巴马大学遇到了她，他的父亲在听说了这次相遇后，给内尔写了一封短讯。"时光飞逝。"他说，"在冷酷的死神把我俩带走之前，我非常想再见你一面。"

李回信说："我很高兴见到了年轻的托马斯，他比我上次看到的时候长大了不少！"确实如此。现在，托马斯自己也成了一名律师，在"动物园"执业。当年李在亚历山大城调查时，他只有几英尺高，而当李寄

---

① 希伯来圣经的最初五部经典，分别是《创世记》《出埃及记》《利未记》《民数记》和《申命记》。

出那封信时，他已经有了自己的孩子。孩子们加上表亲和几个姑姑——他们和托马斯一样，都留在了塔拉普萨县——可以组成两个足球队，而且他们也确实这么做了：每年圣诞节前，全家人都会聚在一起，庆祝"拉德尼碗"的传统。距离李搬进马丁湖畔的小屋和大汤姆帮助罗伯特·伯恩斯无罪释放，已经过去了30年。"不敢相信你的**孙辈**都已经上高中了。"李写道，"你和玛德琳现在一定挂着拐杖走路了吧。"

李的那封信中没有提到威利·麦克斯韦，也没提拉德尼多年前给她的装满文件的公文包，更是对《牧师》这本书只字不提。无论这位作家曾给她的采访对象承诺过什么，现在的李一项都没能兑现，甚至没有给出一个解释。不过，她曾给过拉德尼一家一个芝麻粒大小的理由来维持他们的信念，即她会写他们的故事。大汤姆死后，他最大的外孙女，玛德琳·普莱斯（Madolyn Price），大女儿埃伦的女儿，在整理遗物时发现了李的那封信，信中附带的内容简直令人难以置信，那似乎是《牧师》的某一章。奇怪的是，虽然李花了那么多时间调查这个故事，这4页手打书稿的内容却都是虚构的，麦克斯韦仍然是麦克斯韦，但是大汤姆却变成了乔纳森·托马斯·拉金四世。故事里他是一名律师，在这一章的开篇接到麦克斯韦的电话，对方在电话里说自己被警方指控谋杀了自己的妻子。接下来讲述了拉金一家的历史，一直说到他们从爱尔兰沿海搬到阿巴拉契亚山麓亚拉巴马州的一小块土地上，这与《杀死一只知更鸟》开篇的叙述技巧基本相同，只不过后者描写的是芬奇一家，从康沃尔一路写到了克里克战争。尽管这与大汤姆的家族史并不相符，尽管大汤姆在现实中的出身已足够显赫，可他在小说中更加出类拔萃，命中注定要成为"亚拉巴马州历史上前所未有的律师兼政治家"。这一发现让小玛德琳意识到，为什么她的外祖父一直固执地坚信哈珀·李会写他的故事。当然，这也让她开始好奇这本书剩下的部分讲的是什么。

小玛德琳试着给作者写信，希望至少能要回她外祖父那个装满文件的大公文包。她从外祖母那里了解到，这些文件借用了出去且从未归还。虽然没有得到直接的回复，但她最终从托尼娅·卡特那里听说，年迈的作家早已弄丢了这些文件，同时丢失的还有与她外祖父有关的记忆。当时这个消息让拉德尼一家心碎不已，因为这或许意味着作者的记忆正在衰退，更糟糕的是，她可能已经毁掉了自己写的与麦克斯韦一案有关的任何东西，甚至包括她全部的调查结果。不过现在，他们想知道，这些假设是否都是错的，这本新书是否就是《牧师》。

它不是。2015 年 2 月 3 日，世人终于得知，即将出版的这本书实际上是 58 年前哈珀·李交给莫里斯·克雷恩的手稿，原始的、未经编辑的《守望之心》书稿。李仍然住在梅多斯，无法直接与媒体交流，于是托尼娅·卡特替作者发布了一份声明，她说哈珀·李对于此次出版"高兴坏了"。

所谓的哈珀·李的"新书"原来是她最早写出来的书。亚历山大城的人不得不接受这样一个现实，即：他们可能永远无法读到李所写的威利·麦克斯韦牧师的生平故事了。关于牧师的谣言终于全部平息，就像之前的所有流言一样。毕竟那个时候，距离牧师去世已将近 40 年，距离他的律师去世也快 5 年了。很快，那个想要写下他们两人故事的女人也会消逝。

如果愿意的话，你可以在一天之内探访他们所有人。和生前一样，他们死后也待在离家很近的地方，被埋在了亚拉巴马州的红土里。走过和平与亲善公墓那悬挂着美国国旗的标志性锻铁拱门，牧师的墓就坐落在最右边，和他众多亲人的安息地离得不远，只有一块低矮的石头和一块朴素的铜牌，上面写着"威利·麦克斯韦"，除了他的服役记录之外，再没有其他细节了。在他的出生和死亡年份之间画着一个简单的十字架。

　　离开和平与亲善墓地，沿22号高速公路向东北方向行驶，你会看见一处停车标志，在举行牧师的葬礼前，执法人员正是在那儿待命。一直往前走，松树变得越来越细，房子变得越来越宽，就到了280号高速公路。如果在那里遇上了红灯，你可以向右看一看曾经的马蹄湾汽车旅馆，现在成了戴斯酒店。穿过十字路口，22号高速公路就变成了李氏大街，沿着这条街进到镇子里，你会在右侧看到罗素服装厂摇摇欲坠的断壁残垣，如今纺织业已经大部分转移到了拉丁美洲，接着便来到了亚历山大城市法院的新附楼，这栋建筑是以科利法官的名字命名的，然后是法院广场和"动物园"。绕环岛转一圈，朝杰斐逊大街驶去，哈钦森殡仪馆被烧毁之前就位于那里。

　　从环路大道向西走，就会到达亚历山大城公墓。宏伟的前门从早到晚一直敞开着，在此期间，无论你什么时候来，都可以找到一块长方形的灰色石板，和大汤姆的体形差不多"大"。约翰·托马斯·拉德尼的墓碑上写着"亚拉巴马州立大学董事会主席"，以纪念他曾在蒙哥马利一所曾经是黑人大学的院校任职；上面还写着"亨廷顿学院董事"，以纪念他为卫理公会所做的贡献；"美国陆军军法署上校"，纪念他为国家尽到的义务；"亚拉巴马州参议员"，是为了纪念他在州政府的工作；在墓碑的顶部也是最醒目的地方则写着"亚拉巴马州民主党议员先生"。

　　当你准备离开亚历山大城时，走切诺基路出城，沿这条路一直到马丁湖，从马丁大坝以北的科瓦利卡桥上穿过，而后向南经过埃克莱克蒂克，沿路向西，蜿蜒经过韦塔姆卡，在那里，8000万年前，一颗三个足球场那么大的流星从外太空猛地坠入亚拉巴马州，永远地改变了这个州的地貌；继续前行，你会经过塔拉普萨河与库萨河交汇的地方，两条河流各自向前奔流，直到入海；继续驾车穿越州府蒙哥马利向南行驶，在那儿，无论哪一条路都直通西边的门罗维尔。当看到伯恩特科恩的标志时，你就知道快到了，等看到老法院的水塔和圆顶时，你离得就更近了。老法院现在成了一座博物馆，放置在玻璃柜里的展品中，有一块老橡树的残骸。

2016年2月19日凌晨，89岁的哈珀·李在梅多斯去世，距离她在那里学会读写的、位于南亚拉巴马大道的家只有几条街。李的葬礼是非公开的，她被安葬在希尔克雷斯特公墓的家族墓地里，和她的父亲、母亲还有姐姐葬在一起。找到那块上面写着"李"的墓碑后，你会发现，在它的前面还有四块碑，最左那块墓碑上原本可以刻很多字，但是如果你把堆积在上面的似乎总是无穷无尽的硬币扫到一边，就会发现上面刻的碑文不是"普利策奖得主"或是《杀死一只知更鸟》作者"，甚至都没有"作家"两个字。墓碑上只写着"内尔·哈珀·李"。

后记

在她去世前的很多年里，内尔·哈珀·李都没有提起过麦克斯韦的案子。尽管她追求真相，但是当涉及自己的生活和工作时，这种真相就很难获得了。《牧师》一书就像启发了这本书的那个男人一样，永远成了一个谜。作者和作品之间形成了奇怪的对应，李和她的书就像曾经的麦克斯韦一样，引发了无数的"谣言、幻想、梦、猜测和彻头彻尾的谎言"。

在李去世1年后，李的遗产管理人联系上了汤姆·拉德尼的家人。几个星期后，他的大女儿埃伦从亚历山大城开车来到门罗维尔，我在门罗县法院见到了她。我们一起步行穿过马路，来到街道对面李的家族律师事务所。

在里面等着我们的，是一个巨大的皮革公文包，上面覆盖着厚厚的一层灰尘，自1977年秋天以来就一直由李保管。打开公文包后，我们发现了吉姆·厄恩哈特的母亲制作的那本红色的剪报簿，还有一系列文件夹，里面装满了案件记录、证词、信件、马丁湖周边地图、文章影印件、一份古怪的小册子、一张磁带录音机的保修书，以及两份完整的法庭笔录。

在一个标有"玛丽"的文件夹里，误放着李在亚历山大城调查采访时的一页手打笔记，与她在堪萨斯州为杜鲁门·卡波特制作的笔记相同——那些笔记现在被保存在纽约公共图书馆。拉德尼一家让我再看一遍这些资料，然后把它们和那一章内容放到一边，接着继续思考那本书余下的部分会是什么样的。

除了公文包里的东西之外，内尔·哈珀·李的遗产是保密的。她的全部文学作品，包括《牧师》剩下的部分，无论存在与否，仍然不予出版，且不为人知。

致谢

我注意到，《杀死一只知更鸟》之所以能成为一本人人喜爱的书，要归功于一位文学经纪人和一位编辑的不懈努力。我很感激于能够拥有自己的莫里斯·克雷恩和泰·霍霍夫，甚至在我自己还没意识到的时候，爱德华·奥尔洛夫（Edward Orloff）就知道我可以写出一本书。虽然每个作家都应该有一个经纪人鼓励她创作，但很少有人能如此幸运，找到一个像他这样亲切和蔼的经纪人。就安德鲁·米勒（Andrew Miller）而言，他是每个作家都梦寐以求的编辑：耐心，稳重，知识渊博，从美国铁路公司到克尔凯郭尔，他无所不知。他在克诺夫出版社的许多同事也在这本书的创作过程中给予了帮助，包括桑尼·梅塔（Sonny Mehta）、扎基娅·哈里斯（Zakiya Harris）、保罗·博加兹（Paul Bogaards）、克里斯·吉莱斯皮（Chris Gillespie）、露丝·利布曼（Ruth Liebmann）、杰西卡·珀塞尔（Jessica Purcell）、蕾切尔·弗什莱瑟（Rachel Fershleiser）、麦迪逊·布洛克（Madison Brock）、贝特·亚历山大（Bette Alexander）、英格丽德·斯特纳（Ingrid Sterner）、丽莎·蒙泰贝洛（Lisa Montebello）、贝蒂·卢（Betty Lew）和来自亚拉巴马的尼古拉斯·拉蒂默（Nicholas Latimer）。我被他们对这本书的热爱所感动，并对此由衷地感激。对威廉·海涅曼出版社的杰森·阿瑟（Jason Arthur）也是如此。第一次听到他的声音，我就知道他是一位绅士，他对内尔的信心感染了我。我唯一期望的就是没有辜负他对朋友的缅怀。

在此特别感谢拉德尼一家，感谢他们从未失去信心。他们已经等了很久，等待这个故事被人讲述出来，我很感激他们愿意让我来讲述这个故事。十分遗憾我无缘得见大汤姆，但他为我们留下了亚拉巴马州最温馨、最热情的家庭。我非常感谢埃伦对于父亲记忆的妥善保管，也非常感谢小玛德琳不厌其烦地向我讲述她外祖父的故事。一如既往，红潮队加油！

吉姆·厄恩哈特比其他任何人都让我更加了解哈珀·李，不仅因为他分享了过去的经历，还因为他的性格让我知道了，哈珀·李看重朋友身上什么品质。厄恩哈特同时也是亚拉巴马州一名极其优秀的记者，我感谢他一直以来作为朋友对我的鼓励。将那本借给哈珀·李40年的剪贴簿归还给他，是我在为写这本书做调查的过程中，最喜欢的一段经历。另一名记者，维恩·史密斯，告诉了我很多关于这起案件和深南部其他案件的信息。他是一名非常了不起的记者，已经过去了40年，可他依然愿意为一个初出茅庐的新人翻找之前的笔记。

注释中包含了对各个图书馆及其管理员的鸣谢，但我想特别感谢希瑟·托马斯（Heather Thomas）和她在国会图书馆的同事，他们通过"咨询馆员"功能帮我找到了每一篇与麦克斯韦牧师、汤姆·拉德尼和哈珀·李有关的文章，以及数量惊人的亚拉巴马州秘事。

感谢亚拉巴马州行走的百科全书，黛安娜·麦克沃特（Diane McWhorter），她将一封著名的信从这本书和我的生活中删除，但是用智慧弥补了二者，这是我永远报答不了的。

特别感谢本·费伦（Ben Phelan），一位卓越的真相调查员，他对亚拉巴马州的了解会让阿尔伯特·詹姆斯·皮克特大吃一惊。他会一直不厌其烦地追根究底，问"你是怎么知道的"。我还要感谢戴维·哈格隆德（David Haglund）、萨莎·韦斯（Sasha Weiss）和尼古拉斯·汤普森（Nicholas Thompson），没有他们，我永远也不会通宵开车去亚拉巴马，并且写下在那里的发现时的乐趣也会因此减半；贝卡·劳丽（Becca Laurie），或许是唯一一个能媲美内尔·哈珀·李的"助理研究员"，更不用说她还是一个如此可爱的朋友和亲切的私人调查员；菲利普·古列维奇（Philip Gourevitch），他不仅在早期给予我必要的助推，而且和拉丽莎·麦克法夸尔（Larissa MacFarquhar）一起，给我树立了深入调查、恪守职业道德的新闻界榜样；戴维·格兰（David Grann），多亏了他的书，我才能写出这本书，他在一开始的热情改变了一切；以及埃利奥特·霍尔特（Elliott Holt），他在这本书的写作过程中助我良多，其亚拉巴马的出身也给了我很多启发。特别感谢卢佩·卢彭（Luppe Luppen）在门罗维尔狂欢节期间的招待，同时特别感谢杰克逊斯盖普小镇的所有人，以及阿曼达·格里斯科姆·利特尔（Amanda Griscom Little）和劳拉·露丝·维纳布尔（Laura Ruth Venable）。

牙买加·金凯德（Jamaica Kincaid）、热纳瓦·罗伯逊-德沃雷特（Geneva Robertson-Dworet）、斯科普和凯特·沃瑟斯坦（Scoop & Kate Wasserstein）、弗朗西丝卡·马里（Francesca Mari）和莱斯利·贾米森（Leslie Jamison）都让这本书变得更好，也使我受益良多。能拥有一个这样的朋友已经是一种福气了，而我居然拥有如此之多，简直让我受宠若惊。

我将永远感激埃德·康纳（Ed Conner）和汉克·康纳（Hank Conner）同我分享他们对"多迪姨妈"的回忆。尤其是埃德，他用幽默、智慧、真诚和亲切让李在记忆中复活，与他交谈，我感到十分愉快。同样感谢劳拉和戴维·拜尔斯（Laura & David Byres）的战前粗燕麦粉、杯子早餐和一流的款待。

我的父亲和母亲，桑迪和比尔·塞普（Sandy & Bill Cep），无论发生什么都毫无保留地爱着我，我对他们的感激之情难以言表。他们超负荷地努力工作，让他们的孩子能受到教育，做自己想做的任何事。我相信，他们从未想过把我培养成一名作家，但我也相信，没有哪个作家的父母能比他们做得更好。我希望他们知道，能够成为他们的女儿，一直以来，我是多么骄傲。

我的姐妹，梅琳达（Melinda）和凯特琳（Katelin），一直包容着我对文字的热爱以及长时间的大量写作。她们中的一个人教我阅读，另一个人则是我的第一读者，她们的笑容、爱和信念让我的生活变得丰富而快乐。同时，她们源源不断地提供便笺本、记号笔、机械铅笔和互联网，让这本书变得更加完美。

我还要感谢我的"犯罪同伙"，无论什么事都一起做的伙伴，凯瑟琳·舒尔茨（Kathryn Schulz）。漫漫长路上，她忍受了我的一惊一乍、杞人忧天，我的歌单、玩偶和简陋的食物。没有她，我不可能写出这本书，或其他任何东西。

注释

序言

对于审判的描写，我主要依据当地以及其他地区和国家级媒体的新闻报道、庭审记录，以及我对玛丽·安·卡尔、罗伯特·伯恩斯、吉姆·厄恩哈特、玛丽·林恩·布莱克蒙（Mary Lynn Blackmon）、阿尔文·本、利伍德·埃弗里（Leewood Avary）、玛德琳·拉德尼和詹姆斯·阿贝特的采访。我还要特别感谢《亚历山大城市观》、《戴德维尔记录报》（The Dadeville Record）、《库萨报》（The Coosa Press）、《蒙哥马利广告报》、《美国黑人》、《墨色喷气机》和《安尼斯顿星报》（The Anniston Star）。

1.断水截流

对于马丁湖及其周边社区的历史，以及20世纪初亚拉巴马州乡村的描述，我要感谢《库萨县遗产》（Heritage of Coosa County）；《塔拉普萨县遗产》（Heritage of Tallapoosa County）；《马丁湖》（Lake Martin），谢弗（Elizabeth Schafer）著；《亚历山大城》（Alexander City），沃尔斯（Peggy Jackson Walls）、奥利弗（Laura Dykes Oliver）合著；《历史的河流》（Rivers of History），杰克逊（Harvey Jackson）著；《他们是介么说的》（That's Waht They Say），理查森（Paul Richardson）著；《上帝的所有危险》（All God's Dangers），罗森加滕（Theodore Rosengarten）著；《现在让我们赞美名人》，阿吉和埃文斯著；《亚拉巴马》（Alabama），罗杰斯（Williams Warren Rogers）、沃德（Robert David Ward）、阿特金斯（Leah Rawl Atkins）、弗林特（Wayne Flynt）合著；以及《亚拉巴马》

（Alabama），汉密尔顿（Virginia Van der Veer Hamilton）著。我还从一些未出版的私人回忆录中了解到很多信息：本·罗素的《本杰明·罗素和罗素土地公司的历史》；本·卡尔顿（Ben Carlton）的《基诺－基亚诺：基诺社区的那时那地》；还有伊内斯·沃伦的无标题回忆录。对于麦克斯韦牧师早期经历的描写，我查阅了地区报纸的报道、当地法院记录、兵役记录、全国人口普查记录和庭审记录。非常感谢亚历山大城阿黛尔·罗素图书馆和戴德维尔马蹄湾地区图书馆的工作人员。

2 "道德等价物"：William James, "The Moral Equivalent of War," *McClure's Magazine, Aug.* 1910, 463–68.

3 "每一条游手好闲的河流"："Montgomery Men Originators of Cherokee Development—Martin," *Montgomery Advertiser,* Nov. 8, 1925, 3.

4 "从河流中汲取能量"：*Mt. Vernon–Woodberry Co. v. Alabama Power Co.,* 240 U.S. 30 (1916) 5.

10 "美国本土的'日耳曼民族'"：Langston Hughes, "Nazis and Dixie Nordics," *Chicago Defender,* March 10, 1945, reprinted in Hughes, *Langston Hughes and the "Chicago Defender,"* 78–80.

11 "没有人能"：Frank Colquitt, interview by author, Feb. 3, 2016.

11 "你会觉得那人"：David M. Alpern and Vern E. Smith, "Seventh Son," *Newsweek,* July 4, 1977, 21.

2. 福音牧师

关于玛丽·卢·麦克斯韦死亡的细节，我查阅了警方报告、调查笔录，玛丽·卢的尸检报告和死亡证明、庭审记录、法律文件以及新闻报道。感谢理查德·罗珀（Richard Roper）博士和我一起浏览尸检报告，并从专业的角度回顾此案及她在犯罪实验室的那段经历。对于牧师的工作以及更宽泛的马丁湖区工业历史的描述，我参考了《绿色黄金》(*Green Gold*)，费科 (James Fickle) 著；《月光回忆录》(*Moonshine Memories*)，埃利森 (Thomas Allison) 著；《库萨县遗产》；《塔拉普萨县遗产》；《二十世纪的亚拉巴马》(*Alabama in the Twentieth Century*)，弗林特著；当地和其他地区的新闻报道；《亚拉巴马森林报》(*Alabama Forests*) 的存档；并得到了以下人员的帮助：来自马蹄湾地区图书馆的雷吉娜·斯特里克兰 (Regina Strickland)、克拉拉·威廉斯 (Clara Williams)、阿尔文·本、吉姆·厄恩哈特、帕特里夏·威尔克森 (Patricia Wilkerson)、格拉迪丝·肖克利 (Gladys Shockley)、沃恩·史密斯、杰奎琳·布什·吉登斯 (Jacqueline Bush Giddens)、小保罗·普鲁特 (Paul Pruitt Jr.)、弗兰克·科尔基特、本尼·诺伦 (Benny Nolen)、克拉克·莎莉 (Clark Sahlie)、亚拉巴马林业协会的萨姆·杜瓦尔 (Sam Duvall) 和克里斯·艾萨克森 (Chris Isaacson)、亚拉巴马浸礼会历史委员会的洛内特·伯格 (Lonette Berg)、得克萨斯大学奥斯汀布里斯科中心的安德鲁·柴尔德里斯 (Andrew Childress) 和理查德·格尔里斯 (Richard Gilreath)，以及特洛伊公共图书馆的卡伦·布拉德 (Karen C. Bullard)。

14 "牧师遇到了"：Undated testimony by Dorcas Anderson, responding to questions from Charles Adair and Tom Radney, 5.

15 "我回到"：Ibid., 4.

16 "是我拥有的最杰出、最可靠的一名员工"：Vern Smith, Telefax reporting notes, "RE: THE REV. WILLIE MAXWELL," June 23, 1977, *Newsweek* Clipping Archive, 1933–1996, Subject File CDL 1232, Briscoe Center for American History, University of Texas at Austin.

17 "我们只要把自己收拾干净就够了"：Ibid.

18 "我往往需要把所有树都标记出来"：Frank Colquitt, interview by author.

18 "福音牧师"：Appeal to the Court of Civil Appeals of Alabama (301 So.2d 85), 13.

19 "他的祷告可以使": Vern Smith, Telefax reporting notes.

20 "她经常和我说": Undated testimony by Dorcas Anderson, 5.

21 "承认该婴儿为": Declaration of Legitimation, 49:312, Probate Court of Tallapoosa County, Alabama.

21 "结婚的那一刻，她就永远和这个人绑在一起了": Lena Martin, interview by Nelle Harper Lee, Jan. 16, 1978, from Lee's unpublished reporting notes.

23 "我们不是为了证明谁有罪或谁无罪": Paul Till, "These Crime Fighters Rarely See the Scene," *Advertiser- Journal Alabama Sunday Magazine,* July 2, 1972, 5.

24 "女性朋友": Undated intake notes from Tom Radney's law firm.

25 "尊敬的先生": W. M. Maxwell to Old American Insurance Company, Aug. 19, 1970, Defense Exhibit 3 from Maxwell Deposition on May 11, 1973.

3. 死亡抚恤金

关于人寿保险、保险欺诈和保险业种族偏见的历史，我查阅了《投资人生》（*Investing in Life*），莎伦·安·墨菲（Sharon Ann Murphy）著；《欺诈》（*Fraud*），巴莱森（Edward Balleisen）著；麦格拉梅里（Gabriel McGlamery）的文章《基于种族的承保和丧葬保险之死》（*Race Based Underwriting and the Death of Burial Insurance*）；以及希恩（Mary Heen）的《吉姆·克劳人寿保险费率之终结》（*Ending Jim Crow Life Insurance Rates*）。关于威利·"下毒"·麦克斯韦以及弗雷德·哈钦森的情况，我主要依据了新闻报道、警方记录，并获得了科琳·汉科（Colleen Hanko）以及克利尔沃特警察局的协助。为了再现威利·麦克斯韦牧师与保险业的互动，我参考了新闻报道、法庭记录、警方记录、州调查档案、庭审笔录，并寻求了以下人物的帮助：雪莉·查普曼·约克（Sheree Chapman York）、斯坦利·李·查普曼（Stanley Lee Chapman）、雷·詹金斯（Ray Jenkins）、戴维·斯托里（David Story）、约翰·登森（John Denson）、吉米·贝利、埃德·雷蒙（Ed Raymon）、斯坦·莫里斯（R. Stan Morris）、理查德·艾伦（Richard F. Allen）、丹尼斯·赖特（Dennis M. Wright）、戴维·米勒（David Miller）、艾什顿·霍尔姆斯·奥特（Ashton Holmes Ott）、凯伦·斯特里克兰（Karen Strickland）、特里·斯韦提奇（Terri Svetich），以及威利·鲁滨孙（Willie Robinson）和亚历山大城市警察局。

36 "讲了一个和之前完全不同的故事"：Ray Jenkins, "Minister Slain After Giving Stepdaughter's Eulogy; He Is Called a Suspect in Her Death and Four Others," *New York Times*, June 21, 1977, 16.

37 "几乎快把……召集了一个遍"：Radney to Robert Richard, Oct. 28, 1971.

4.第七子的第七子

关于巫毒的历史，我参考了《南方黑人的民间信仰》（*Folk Beliefs of the Southern Negro*），帕克特（Newbell Niles Puckett）著；《美国的胡都》（*Hoodoo in America*），《骡子和人》（*Mules and Men*），以及《告诉我的马》（*Tell My Horse*），赫斯顿（Zora Neale Hurston）著；《胡都·招魂·巫术·符咒》，海厄特著；《星星落在亚拉巴马》，卡默著；《奴隶宗教》（*Slave Religion*），拉博托（Albert Raboteau）著；《巫毒和胡都》（*Voodoo & Hoodoo*），哈斯金斯（Jim Haskins）著；《非裔美国人民间故事注释》（*Annotated African American Folktales*），盖茨（Henry Louis Gates）、塔塔（Maria Tatar）合著；《蛇与彩虹》（*The Serpent and the Rainbow*），戴维斯（Wade Davis）著；《招魂故事和种族界限》（*Conjure Tales and Stories of the Color Line*），切斯纳特（Charles Chesnutt）著；《法国区》（*French Quarter*），阿斯伯里（Herbert Asbury）著；《巫毒和力量》（*Voodoo and Power*），罗伯茨（Kodi Roberts）著；《美国巫毒》（*American Voudou*），戴维斯（Rod Davis）著；《非裔美国人宗教体验的多样性》（*Varieties of African*

American Religious Experience*），平（Anthony Pinn）著；以及《新奥尔良的巫毒》（*Voodoo in New Orleans*），塔兰特（Robert Tallant）著。感谢芬尼莫尔艺术博物馆属研究图书馆的档案管理员珍·彼得斯（Jen Peters）和乔·费斯塔（Joe Festa）帮我找到卡尔·卡默作品集，感谢昆西大学的帕特里夏·托姆恰克（Patricia Tomczak）帮我找到海厄特民俗作品集。关于威利·麦克斯韦牧师的具体描述，我参考了死亡证明、庭审笔录、法庭记录、当地和其他地区的新闻报道、阿尔文·本和保罗·琼斯的回忆录，以及对罗伯特·伯恩斯、费恩·史密斯、阿尔文·本和吉姆·厄恩哈特的采访。

40 "过分信仰"：Raboteau, *Slave Religion,* 76.

41 "迪克西故事地图"：Hurston, *Dust Tracks on a Road,* 104.

41 "没有人能确切知道"：Hurston, *Mules and Men,* 185.

43 "我遇到麻烦了"：Carmer, *Stars Fell on Alabama,* 216.

44 "我去到路易斯安那州的新奥尔良"：J. T. "Funny Papa" Smith, "Seven Sister Blues" (1931).

5.纯粹恐惧

　　除了那些已经感谢过的人，我还要感谢亚拉巴马州历史档案馆的弗雷德·格雷、南希·鲍尔斯（Nancy Powers）、诺伍德·克尔（Norwood Kerr）和斯科蒂·柯克兰（Scotty Kirkland），以及亚拉巴马州上诉法院的查德·卡尔（Chad Carr）。同时感谢拉德尼家族允许我使用汤姆·拉德尼的法律档案，以及内尔·哈珀·李的文学遗产，即她在麦克斯韦案件中的调查资料。

48 "他 是 一 个 好 人"：Lou Elliott, "Five Tragic Deaths Preceded Minister's Shooting," *Montgomery Advertiser,* June 19, 1977, 7A.

49 "他们说是有人"：Ibid.

49 "他和他的任何家庭成员……不得"：Undated "Release Agreement" with Central

Security Life Insurance Company, signed by Willie J. Maxwell, witnessed by Otis Armour of Armour Funeral Home.

51 "我去拿些鱼": *Independent Life and Accident Insurance Company v. Willie J. Maxwell* (301 So.2d 85), 36.

53 "人们真的开始害怕他了": Vern Smith, Telefax reporting notes.

53 "他们只是不知道": Phyllis Wesley, "Minister's Body Attracts Curious," *Montgomery Advertiser,* June 23, 1977, 2A.

53 "大多数人纯粹是被这个男人吓怕了": Vern Smith, Telefax reporting notes.

57 "瘆人的晚上": Roth, *Patrimony,* 109.

58 "保险代理人每次来": *Independent Life and Accident Insurance Company v. Willie J. Maxwell* (301 So.2d 85), 158.

6. 没有例外

对雪莉·安·艾灵顿和威利·麦克斯韦牧师谋杀案的描写，我主要依据当地、其他地区和国家的新闻报道，警方报告、尸检记录、庭审记录，以及对吉姆·厄恩哈特、费恩·史密斯、罗伯特·伯恩斯、阿尔文·本、詹姆斯·阿贝特、戴维·斯托里、伊夫林·吉利（Evelyn Gilley）和理查德·罗珀博士的采访。我还要感谢雷·詹金斯、伊丽莎白·肖尔斯（Elizabeth F. Shores）、凯瑟琳·考夫曼（Kathryn Kaufman）、阿曼达·麦克唐纳（Amanda McDonald）、戴夫·弗里德曼（Dave Friedman）、戴维·阿尔珀恩（David M. Alpern）、迈克尔·恺萨（Michael Keza）、费利斯·阿莱西娅·佩里（Phyllis Alesia Perry）、小保罗·普鲁特、亚拉巴马州法医科学部的爱丽丝·哈尔西（Alice Halsey）和亚历山大城市警察局。

60 "我已经祷告并思考了": Elliott, "Five Tragic Deaths."

61 "对此他也毫无办法": Ibid.

62 "简单地说一下": Colquitt, interview by author.

64 "能够充分解释": Vann V. Pruitt Jr., "Memorandum to File" for the Department of Toxicology and Criminal Investigation, May 20, 1976.

64 "不会有任何证据的": Lynda Robinson, email to author, Feb. 2, 2018.

64 "他们一定想": Mary Dean Riley Hicks statement from the investigative files as quoted in Jones, *To Kill a Preacher*, Kindle loc. 789.

65 "他问我的手'有多脏'": Aaron Burton statement from the investigative files as quoted in Jones, *To Kill a Preacher*, Kindle loc. 721.

66 "麦克斯韦牧师来到我家": Calvin Edwards statement from the investigative files as quoted in Jones, *To Kill a Preacher*, Kindle loc. 756.

68 "不再是雪莉了": Alvin Benn and Jim Earnhardt, "Death Probe Pushed," *Alexander City Outlook*, June 15, 1977, 4.

69 "他们不让我": Ibid.

71 "我们每个人都注定会走上": Jim Earnhardt, "Maxwell Gunned Down at Funeral," *Alexander City Outlook*, July 20, 1977, 1.

71 "她看起来……有些不一样": Vern Smith, Telefax reporting notes.

71 "你杀了我妹妹": Earnhardt, "Maxwell Gunned Down," 1.

71 "他们把我的小教堂搞得一片狼藉": Ibid., 4.

72 "有人开枪了": James Earnhardt, "The Scene / A Death Mourned ... a Life Taken," *Alexander City Outlook*, June 20, 1977, 1.

72 "我以为有人": Earnhardt, "Maxwell Gunned Down at Funeral," 4.

72 "我当时太害怕": Ibid.

7. 是谁在锅里?

77 "现在隔离,将来隔离": Frady, *Wallace*, 144.

77 "你知道我为什么输掉了": This conversation was first recorded in ibid., but recounted in these exact words by Wallace's aide Seymore Trammell in McCabe and Stekler, *George Wallace*.

77 "卑鄙下流的外来投机分子": Frady, *Wallace*, 133.

80 "用黑人的选票": Bentley, "Election of Tom Radney and the Transition Era of Southern Politics," 6.

80 "黑人的支持是……": *Tuskegee News*, May 5, 1966, 1.

80 "你很容易就能看出来": H. H. O'Daniel, political advertisement, 1966.

81 "是谁在锅里": H. H. O'Daniel's political advertisement.

82 "勤奋工作，廉政奉公": Tom Radney, "An Open Letter to the Voters of Elmore, Macon, and Tallapoosa Counties," *Alexander City Outlook*, May 2, 1966.

8.玫瑰是红的

对汤姆·拉德尼早期政治生涯的描写，除了上面提到的那些报纸，我还查阅了《南方信使报》（*The Southern Courier*）的存档。多亏范德堡电视新闻档案库，我才得以看到丹·拉瑟对拉德尼的采访，也多亏约翰·肯尼迪图书馆的劳丽·奥斯汀（Laurie Austin），我才能读到拉德尼与肯尼迪家族的通信。感谢拉德尼家族为我提供的与汤姆有关的所有剪报、演讲，以及他在1968年民主党全国代表大会后的几周内收到的来信。要特别感谢玛德琳·拉德尼，每当谈论起丈夫的政治生涯时，她都会毫无保留。

84 "不得不用更多的时间": Mary Ellen Gale, " 'State's Pretty Jumbled Up,' Radney Tells Auburn People," *Southern Courier*, Nov. 11–12, 1967, 2.

85 "听起来有点傻": Sean Reilly, "JFK Refocused Lives in the Public Service," *Anniston Star*, Nov. 21, 1993, 12A.

85 "爱德华·肯尼迪……表现出了": Senator Tom Radney, interview by Dan Rather,

CBS News Special: "Democratic Convention," Aug. 26, 1968.

87 "玫瑰是红的"：Don F. Wasson, "Threats Move Radney to Give Up Politics," *Montgomery Advertiser,* Sept. 1, 1968, 1.

87 "我会在凌晨三点被电话惊醒"：Carolyn Lewis, "A Threatened Alabaman Bows Out: Supporter of Sen. Ted Kennedy Says He's Harassed," *Washington Post,* Sept. 28, 1968, E1.

87 "然而，我不认为"：Wasson, "Threats Move Radney to Give Up Politics," 1.

88 "乔治·华莱士在这里埋下了"：Lewis, "A Threatened Alabaman Bows Out," E2.

89 "到了晚上"：Ibid., E1.

89 "我和我的妻子已经决定好了"：Wasson, "Threats Move Radney to Give Up Politics," 1.

90 "我只希望能"：Ibid.

90 "永远不会再成为……候选人"："Radney Re-emphasizes Decision 'Never Again to Be Candidate,' " *Alexander City Outlook,* Sept. 5, 1968, 1.

90 "公开地表达立场"："Freedom from Abuse," *Birmingham News,* Sept. 3, 1968.

90 "离开政坛的决定"："Sen. Radney's Decision," *Alabama Journal,* Sept. 2, 1968, 4.

90 "拉德尼……无可指摘"："The Price of Politics," *Hammond Daily Star,* Sept. 18, 1968, 1A.

90 "我为你感到骄傲"：Esther Lustig to Radney, Sept. 4, 1968.

90 "我不同意你的观点"：Margaret J. Vann to Radney, Oct. 6, 1968.

90 "有很多人"：Kenneth Noel to Radney, n.d.

90 "我们多么希望这糟糕的日子"：Jay Murphy to Radney, Oct. 5, 1968.

91 "我是一个黑鬼"：Edward L. Sample to Radney, Oct. 4, 1968.

91 "那些……电话……太可怕了"：E. B. Henderson to Radney, Oct. 2, 1968.

91 "继承……未竟的事业"："The Southern Committee on Political Ethics," *Del Shields's Night Call,* Sept. 30, 1968.

91 "嘿，我们想"："Threats Against Radney Taper Off," *Birmingham Post-Herald,* Sept. 12, 1968.

9. 为正义而战

92 "在那里，大多数人的共识"：Tennyson, "Locksley Hall," in *Selected Poems,* 59.

94 "我并没有"：Steve Taylor, "Radney's Retirement Is a Short- Lived One," *Anniston Star,* Sept. 28, 1969, 5.

94 "我不会为自己改变决定而辩解"：Don F. Wasson, "Radney to Seek State's 2nd Spot," *Montgomery Advertiser,* Sept. 21, 1969, 1A– 2A.

94 "这一次，我是为正义而战"：Taylor, "Radney's Retirement," 5.

94 "鲜血、汗水和泪水"：David Marshall, "Our Problem Is Economic, Radney Says," *Birmingham News,* March 1970, 1.

95 "我不输给亚拉巴马州的任何人"：Anne Plott, "Sen. Radney Says 'You Have to Pay Bill' for Education," *Anniston Star,* March 17, 1970, 3.

95 "我为我的南方传统感到骄傲"：Mel Newman, "Radney Hits Those Who Talk of Closing the Public Schools," *Florence Times—Tri Cities Daily,* Dec. 5, 1969, 1.

96 "载有黑人孩子的巴士"：Ellen Price, interview by author, Feb. 3, 2016.

96 "不是挫败，只是失望"：Tom Radney, "Concession Speech," May 5, 1970.

10. 麦克斯韦府

　　关于亚拉巴马州法院和法院大楼的历史，我主要依据的是《塔拉普萨县遗产》；《马丁湖》，谢弗著；《亚历山大城》，沃尔斯和奥利弗著；《从权力到服务》(*From Power to Service*) 和《新南方城市的律师们》(*Lawyers in a New South City*)，鲁玛尔 (Pat Boyd Rumore) 著；《激辩与棺材》(*Catfights and Coffins*)，费泽斯 (Anne Herbert Feathers) 著；以及《正义的时节》(*Season for Justice*)，迪斯 (Morris Dees) 著。感谢汤姆·拉德尼曾经的客户和同事愿意分享他们的故事，特别是莫里斯·迪斯，他曾在一场令人难忘的官司中战胜了拉德尼。十分遗憾无法在这里讲述**"贝里诉梅肯县教育委员会"**的故事。

97 **"在新领地建立法院"**：National Society of the Colonial Dames of America in the State of Alabama, *Early Courthouses of Alabama, Prior to 1860* (Mobile, Ala., 1966), 52.

104 **"有着荷马时代游吟诗人般记忆的人"**：Cash, *Mind of the South*, 28.

104 **"陪审员很少会判"**：Darrow, quoted in Sutherland, Cressey, and Luckenbill, *Principles of Criminology*, 411.

11.和平与亲善

关于精神错乱抗辩的历史和它面临的挑战，我参考了拉普波特（J. R. Rappeport）的《精神错乱抗辩：逃脱谋杀罪名？》，载《马里兰州医学期刊》（*Maryland State Medical Journal*）1983年第32期第3卷；詹姆斯·格雷克（James Gleick）的《逃脱谋杀罪名》，载1978年8月21日的《新时代》（*New Times*）第22-28页；麦克·麦克莱兰（Mac McClelland）的《他们会一直在这里直到死去》，载2017年10月1日的《纽约时报杂志》（*New York Times Magazine*）；以及弗雷德曼（Lawrence Fredman）的《美国历史上的罪与罚》（*Crime and Punishment in American History*）。感谢联邦调查局的劳伦·麦吉恩（Lauren McGuinn）和中央亚拉巴马社区学院的丹尼塔·帕斯利（Denita Pasley）给予的帮助。

107 **"他们可能是来"**：Wesley, "Minister's Body Attracts Curious," 2A.

108 **"巫毒术士……被害"**：*Baltimore Sun,* June 22, 1977, A3.

108 **"巫毒萨满离世"**：*Sumter Daily Item,* June 22, 1977, 6B.

108 **"怕他怕得要死"**："Slain Minister: As Mysterious in Death as He Was in Life," *Gadsden Times,* June 24, 1977, 2.

108 "整个城镇都如释重负": Vern Smith, Telefax reporting notes.

108 "没有理由": Alvin Benn, "Will Maxwell," *Alexander City Outlook*, June 22, 1977, 4.

109 "活在一场噩梦中": Alvin Benn, "Mrs. Maxwell: 'It's Like I'm Living in a Nightmare,'" *Alexander City Outlook*, June 20, 1977, 1.

109 "我讨厌所有这些报道": "Slain Minister: As Mysterious in Death as He Was in Life," 2.

110 "他们的烦恼和悲伤": Funeral Program of the Reverend Willie Maxwell.

110 "我们没什么好隐瞒的": Jim Earnhardt, "Hundreds Attend Maxwell Funeral," *Alexander City Outlook*, June 24, 1977, 1.

111 "一个杀人犯和流离失所之人": Phillip Rawls, "... To Help Touch Somebody... ," *Montgomery Advertiser*, June 24, 1977, 1.

111 "魔鬼不能把摩西": Ibid.

111 "我希望他妈的不会": Elizabeth F. Shores, "Minister Slain at Stepdaughter's Funeral Buried," *Birmingham Post-Herald*.

114 "拉德尼像丝绸": Alvin Benn, "Radney vs. Young," *Alexander City Outlook*, Sept. 28, 1977, 1.

115 "大多数审判就像一锅熬过头的玉米糊": Alvin Benn, "Sometimes Drama Blooms," *Montgomery Advertiser*, May 10, 1981, 5A.

115 "你欺负我的家人": *State of Alabama v. Robert Lewis Burns*, 109.

115 "我没有别的选择": Ibid., 111.

116 "旋转门": 这一表达出现在当时有关该案的大部分报道中，地区检察官汤姆·杨律师也曾多次在庭审中重复这一说法; see ibid., 12.

12. 汤姆对汤姆

所有引用均出自庭审记录。

13. 小镇的来客

所有引用均出自庭审记录。

14. 霍姆斯的话

除非另外说明，所有引用均出自庭审记录。感谢亚拉巴马州精神健康部门的史蒂夫·戴维斯（Steve Davis）和黛安娜·杜宾（Dianne Durbin）在调查布赖斯医院时给予的帮助。

140 "现在，冷血的杀人犯": Phyllis Wesley, "Trial Unfolds Like Film," *Montgomery Advertiser*, Sept. 29, 1977, 2.

140 "在某种程度上……杀死威利·麦克斯韦": Gleick, "Getting Away with Murder," 22–28.

141 "首要要求": Holmes, *Common Law*, 41–42.

15. 消失行动

对于内尔·哈珀·李生平的描写，我得益于早期传记作者、记者和研究人员们的工作，尤其是基思（Don Lee Keith）的《和哈珀·李的下午》（*Afternoon with Harper Lee*）；丹奈·罗明·鲍威尔（Dannye Romine Powell）的《卡波特与朋友：不只是树篱的缺口？》（*Capote and Friend: More than a Gap in the Hedge?*），《奥德萨美国人》（*Odessa American*）1977年9月4日5D刊；德鲁·朱贝拉（Drew Jubera）的《找到一只知更鸟：寻找哈珀·李》（*To Find a Mockingbird: The Search for Harper Lee*），《达拉斯时代先驱报》（*Dallas Times*）1984年2月5日刊；凯西·坎普（Kathy Kemp）的《知更鸟不会唱歌》（*Mockingbird Won't Sing*），《罗利新闻和观察家报》（*Raleigh News and Observer*）1997年11月12日刊；黑兹尔·罗利（Hazel Rowley）的《知更鸟之国》（*Mockingbird Country*），《澳大利亚人书评》（*Australian's Review of Books*）1999年4月刊；希尔

兹（Charles Shields）的《知更鸟》（*Mockingbird*），马登（Kerry Madden）的《哈珀·李》（*Harper Lee*），米尔斯的《隔壁的知更鸟》，以及克雷斯波诺（Joseph Crespino）的《阿提克斯·芬奇》（*Atticus Finch*）。对于在本章出现和贯穿整个第三部分的信息，非常感谢下列各位的额外帮助和鼓励：玛丽亚·米尔斯、德鲁·朱贝拉、丹奈·罗明·鲍威尔、克里·马登、简·堪萨斯（Jane Kansas）、苏·科恩（Sue Cohen）、贝丝·埃亨·费希尔（Beth Ahearn Fisher）、德拉·罗利（Della Rowley）、彼得·麦克洛伊（Peter McIlroy）、艾伦·门登霍尔（A·len Mendenhall）、罗德尼·库珀（Rodney H. W. Cooper）、沙林·卡特（Sharlyn Carter）、奇普·库珀（Chip Cooper）以及其他不愿透露姓名的人。感谢已故的马里昂·皮特曼·艾伦如此精确地复述自己与哈珀·李的对话，生动地重现了她们的那段时光。感谢吉米·卡特总统图书馆的尤兰达·洛根（Youlanda Logan）找到了那本带有题记的书。

145 "约翰……你知道内尔·李在哪儿吗"：Maryon Pittman Allen, interview by author, Feb. 19, 2017.

145 "她到底……做什么"：Ibid.

145 "就好像她躲在"：Ibid.

146 "致罗莎琳·卡特"：Inscription courtesy of the Jimmy Carter Presidential Library.

147 "我们被……联结"：Patricia Burstein, "Tiny Yes, but a Terror? Do Not Be Fooled by Truman Capote in Repose," *People,* May 10, 1976, 16.

16. 某种灵魂

关于哈珀·李的一生有许多误传，我已经尽力不让它们出现在我的书里。几乎每一次对于哈珀·李童年的书写都让她和她的家人备受打击，但是他们只质疑过克拉克在《卡波特》中对其母亲精神状况的描述，除此之外没有澄清过任何谣言。玛丽亚·米尔斯和玛丽·麦克多纳·墨菲（Mary McDonagh Murphy）对爱丽丝·李的采访，路易丝·康纳的来信，以及《杀死一只知更鸟》出版后不久《星期日纪事问询杂志》（*The Sunday Ledger-Enquirer Magazine*）对她的采访，都给了我很多帮助。除此之外，我主要依据的是《门罗日报》的存档。李家的邻居玛丽·哈伯德（Marie Hubbird）的私人口述史也让我有很多收获，她从内尔6岁起就认识她，一直到内尔出版《杀死一只知更鸟》之前。我还利用了李在大学期间的作品，以及那几年认识她的人们的回忆。感谢亨廷顿学院霍顿纪念图书馆和亚拉巴马大学胡尔图书馆的埃里克·基德韦尔（Eric Kidwell）。有太多来自门罗维尔小镇和门罗县的人需要感谢，但我依然想感谢简·巴斯比（Jane Busby）、苏珊·沃德（Susan Ward）、斯蒂芬妮·罗杰斯（Stephanie Rogers）、凯西·麦考伊（Kathy McCoy）、马蒂·皮克特（Marty Pickett）、埃迪·马泽特（Eddie Marzett）牧师、托马斯·莱恩·巴茨（Thomas Lane Butts）牧师、克罗夫特家族、道恩·黑尔（Dawn Hare）、蒂姆·麦肯齐（Tim McKenzie）和珍妮特·索亚（Janet Sawyer）。感谢玛格丽特夫人堂的詹姆斯·菲什威克（James Fishwick）和奥利弗·马奥尼（Oliver Mahony）帮我调查李在牛津大学的时光，感谢哥伦比亚大学珍本和手稿图书馆的汤姆·麦克库乔（Tom McCutchon）帮忙查找安妮·劳丽·威廉斯的论文。

148 "我们有必要讨论"：Harper Lee to Annie Laurie Williams, June 4, 1959, Annie Laurie Williams Papers, Rare Book & Manuscript Library, Columbia University.

150 "神经紊乱症"：Marja Mills, "A Life Apart: Harper Lee, the Complex Woman Behind a 'Delicious Mystery,' " *Chicago Tribune*, Sept. 13, 2002, 1.

151 "宴请了宾客"："Misses Faulk and Lee Delightfully Entertain," *Monroe Journal*, Feb. 13, 1930.

152 "是什么造成了这种混乱？"："League Program for Next Sunday Night," *Monroe Journal*, Jan. 26, 1939.

154 "世界上最神秘的人": Clarke, *Capote*, 9.

154 他们都是"不合群"的人: Gloria Steinem, "Go Right Ahead and Ask Me Anything (and So She Did): An Interview with Truman Capote," *McCall's*, Nov. 1967, 150.

155 "杜鲁门·卡波特少爷": *Monroe Journal*, June 13, 1935.

155 "她是……少数几个……老师之一": "The Enduring Power of *To Kill a Mockingbird*," 47.

156 "那是什么东西？": Plimpton, *Truman Capote*, 38.

157 "解脱出来": Nelle Lee, "Idealistic Editor-Author Has Head in Clouds, Feet on Ground," *Huntress*, Jan. 17, 1945, 2.

157 "勤奋的法学院学生": Mary Williams, " 'Little Nelle' Heads Ram, Maps Lee's Strategy," *Crimson-White*, Oct. 8, 1946, 1.

159 "亲爱的，我太逊了": Nelle Lee, "Some Writers of Our Time: A Very Informal Essay," *Rammer-Jammer* 21, no. 3 (Nov. 1945): 14.

160 "A. C. 李父女律师事务所": Elizabeth Otts, "Lady Lawyers Prepare Homecoming Costumes," *Crimson-White*, Nov. 26, 1946, 14.

17. 礼物

　　对于哈珀·李早年在纽约的经历的描述，包括《杀死一只知更鸟》的写作、编辑和出版，我主要参考了哈珀·李、莫里斯·克雷恩和泰·霍霍夫的采访，三人之间的通信，安妮·劳丽·威廉斯在哥伦比亚大学的论文，哈珀·李的自传体散文《圣诞节对我来说》（*Christmas to Me*），泰·霍霍夫在利平科特公司时写的评论文章《作者与其读者》（*Author and His Audience*）和《文学协会评论》（*The Literary Guild Review*），朱贝拉的《找到一只知更鸟》，沃尔特（Walter Eugene）的《捞月亮》（*Milking the Moon*），以及后期对乔伊和迈克尔·布朗的采访。感谢查尔斯·惠利（Charles

Whaley）和彼得·布滕海姆（Petter Buttenheim）对《学院行政》的回忆，感谢希瑟·托马斯按照标题找到所有与哈珀·李相关的报纸文章。感谢乔纳森·伯纳姆（Jonathan Burnham）允许我查阅哈珀柯林斯馆藏的资料，并感谢凯瑟琳·休梅克（Kathleen Shoemaker）和基拉·塔克（Kira Tucker）在埃默里大学玫瑰图书馆的帮助。同时感谢以下各位的帮助：简·堪萨斯、史蒂夫·卡思雷尔（Steve Cuthrell）、路易丝·西姆斯（Louise Sims）、蕾切尔·麦克戴维（Rachel McDavid）、克拉丽莎·阿特金森（Clarissa Atkinson）和苏富比拍卖行的贾斯廷·考德威尔（Justin Caldwell）。

162 "内尔和我是好朋友"：Brown, as quoted in Murphy, *Hey, Boo.*

164 "一团混乱"：Nelle Lee to P. J. Cuthrell, n.d. (This letter is on stationery from Sabena Airlines, where Cuthrell worked with Lee until 1954.)

165 "爸爸是个务实的人"：Louise Conner, quoted in Tom Sellers, "Writing Giants from Small Beginnings Grow," *Sunday Ledger- Enquirer Magazine,* Dec. 4, 1960, 4.

166 "我更像是在改写"：Hal Boyle, "Harper Lee Still Prefers Robert E. and Tom Jefferson," *Alabama Journal,* March 15, 1963, 11.

166 "没有什么能替代"：Harper Lee, quoted in Newquist, *Counterpoint,* 409.

167 "阴郁人物"：Michael Brown, "A Woman's New York," *Poughkeepsie Journal,* Dec. 5, 1951, 6.

168 "我为他做了一些事"：Lee to Harold Caufield, June 16, 1956, Rose Library, Emory University.

169 "弗朗西丝卡·达里米尼"：Lee to Harold Caufield, dated "Sunday," Rose Library.

169 "曾达的囚徒"：Lee to "Dears," dated "Sunday," Rose Library.

169 "坐在那儿听你儿时的同学"：Ibid.

170 "永远甜蜜的土地"："Lee, Nelle Harper," Author Cardfile, box 210, Williams Papers.

170 "老木头脸"：Unsigned letter from someone in the office of Annie Laurie Williams to Harper Lee, Jan. 7, 1961, Williams Papers.

170 "你为什么不……写一部": Harry Hansen, "Miracle of Manhattan——1st Novel Sweeps Board," *Chicago Sunday Tribune Magazine of Books,* May 14, 1961, 6.

171 "你可以给自己放一年假": Harper Lee, "Christmas to Me," *McCall's,* Dec. 1961, 63.

171 "他们存了一些钱": Ibid.

171 "不在乎我写的东西能否": "Alumna Wins Pulitzer Prize for Distinguished Fiction," University of Alabama *Alumni News,* May–June 1961, 15.

172 "《猫叫》": "Lee, Nelle Harper," Author Cardfile.

172 "让许多北方人了解到": Crain to Evan Thomas, April 10, 1957, HarperCollins Collection.

173 "童年时光": Crain to Lynn Carrick, June 13, 1957, HarperCollins Collection.

174 "真正作家的光芒": J. B. Lippincott Company, *Author and His Audience,* 28.

174 "情节线索混乱不清": Tay Hohoff, "We Get a New Author," *Literary Guild Book Club Magazine,* Aug. 1960, 3– 4.

174 "更像一连串逸事": J. B. Lippincott Company, *Author and His Audience,* 28.

174 "她打骨子里就是一名作家": Michael Brown, as quoted in Murphy, *Hey, Boo.*

174 "我们反复讨论": J. B. Lippincott Company, *Author and His Audience,* 29.

176 "贵格会希特勒": Harper Lee to Doris Leapard, Aug. 25, 1990.

177 "等她回家": Dyer, "The Enduring Power of *To Kill a Mockingbird*," 37.

177 "一天晚上,我坐在这里": Ibid.

18. 深渊召唤

关于哈珀·李与杜鲁门·卡波特合作的细节,我要感谢沃斯(Ralph Voss)的《杜鲁门·卡波特和〈冷血〉的遗产》(*Truman Capote and the Legacy of "In Cold Blood"*),内布拉斯加大学新闻与大众传播学院的《冷血:一场谋杀,一本书,一份遗产》(*Cold Blood: A Murder, a Book, a Legacy*),克拉克的《卡波特》,以及普林普顿的《杜鲁门·卡波特》。感谢以下众人的帮助：拉尔夫·沃斯和格伦达·布鲁姆贝洛伊·韦瑟斯（Glenda Brumbeloe Weathers），罗斯玛丽·霍普（Rosemary Hope），保罗·杜威（Paul Dewey），罗恩·奈（Ron Nye），道格拉斯·麦克格兰斯（Douglas McGrath），劳伦斯·格罗贝尔（Lawrence Grobel），戴维·艾伯豪夫（David Ebershoff），杰拉尔德·克拉克，杜鲁门·卡波特基金会的艾伦·施瓦茨（Alan Schwartz），芬尼县公共图书馆的卡莉·史密斯（Carly Smith），堪萨斯投资局的劳拉·格雷厄姆（Laura Graham），查德·阿维顿基金会的埃琳·哈里斯（Erin Harris），纽约公共图书馆布鲁克·罗素·阿斯特珍本和手稿阅览室的塔尔·那丹（Tal Nadan）、凯尔·特里普利特（Kyle Triplett）和卡拉·德拉特（Cara Dellatte）。

178 "助理研究员": George Plimpton, "The Story Behind a Nonfiction Novel," *New York Times Book Review,* Jan. 16, 1966, 2.

178 "他说这将是": "'In Cold Blood'... an American Tragedy," *Newsweek,* Jan. 24, 1966, 60.

179 "她一直想": Powell, "Capote and Friend," 5D.

179 "这是来自深渊的召唤": "'In Cold Blood'... an American Tragedy," 60.

180 "我醋意大发": Mills, *Mockingbird Next Door,* 166.

180 "起初，我们就像是": Harper Lee, "Truman Capote," *Book-of-the-Month Club News,* Jan. 1966, 6.

180 "穿着格子马甲……的小矮子": John Barry Ryan, as quoted in Plimpton, *Truman Capote,* 168.

181 "合法": "Office Memorandum to Mr. DeLoach," Dec. 21, 1959, Federal Bureau of Investigation file on Truman Capote.

182 "十分了不起的女士": Nye, as quoted in Plimpton, *Truman Capote,* 170.

182 "如果说卡波特": Dewey, as quoted in Dolores Hope, "The Clutter Case: 25 Years Later KBI Agent Recounts Holcomb Tragedy," *Garden City Telegram,* Nov. 10, 1984.

183 "内尔有点儿管着杜鲁门": Ed Pilkington, "In Cold Blood, Half a Century On," *Guardian*, Nov. 15, 2009.

186 "非虚构小说": 卡波特曾在《冷血》出版前后多次使用这一说法; see, for example, Plimpton, "Story Behind a Nonfiction Novel," 1.

187 "为什么他们从来不看": Harper Lee's Notes, reel 7, box 7, folders 11–14, Capote Papers, Manuscripts and Archives Division, New York Public Library.

188 "献给《火与焰》以及《勇敢忍受他的小人物》的作者": 哈珀·李的完整献词为"谨将这些笔记献给《火与焰》以及《勇敢忍受他的小人物》的作者,以及那个一直以来像个男子汉一样勇敢忍受他的小人物"; reel 7, box 7, folders 11–14, Capote Papers.

189 "很可能会走出": Voss, *Truman Capote and the Legacy of "In Cold Blood,"* 195.

19. 死亡与税

对于《杀死一只知更鸟》所获得的成功的描写,主要依据《门罗日报》和其他报纸的新闻报道,多洛蕾丝·霍普在《加登城电讯报》中对李和卡波特的长期大量记录,安妮·劳丽·威廉斯存放在哥伦比亚大学的李家姐妹和她们代理人的通信,哈珀·李和杜鲁门·卡波特在那些年里写的其他信件,以及罗伊·纽奎斯特在其广播节目《复调》和唐·李·基思在《新三角洲评论》(*New Delta Review*)中对李的两次深度访谈。至于人们记忆中的内尔·哈珀·李,则要感谢乔治和伊丽莎白·马尔科、索尼娅·本特利·洛根(Sonya Bentley Logan)、梅丽莎·本特利(Melissa Bentley)、亚历克·本特利(Alec Bentley)、哈里·本森、布鲁斯·希金森(Bruce Higginson)、哈里·芒特(Harry Mount)、贝丽尔·巴尔(Beryl Barr)、吉姆·奥黑尔(Jim O'Hare)以及李身边其他不愿透露姓名的人。感谢哈里·本森分享他拍摄的李和卡波特的照片,并讲述了拍摄照片那天的回忆。感谢乔治·巴尼特（George M. Barnett）对1976年民主党全国代表大会的回忆，包括宣布"奥斯卡·安德伍德当选总统"的那场派对。对于那场派对的描写，我还查阅了《纽约时报》和《亚拉巴马日报》。感谢蕾切尔·麦克戴维分享其父及亚拉巴马大学其他校友对于李的回忆，同时感谢多纳·马修斯（Dona Matthews）、费利斯·考夫曼（Felice Kaufmann）博士、约翰·卡纳汉（John Carnahan）、艾琳·伯蒂斯（Irene Burtis）、梅西·克罗泽（Maisie Crowther）、肯·洛佩兹书店、伯明翰公共图书馆的吉姆·巴格特（Jim Baggett）、林登·约翰逊图书馆的玛格丽特·哈曼（Margaret Harman）、布罗德莫尔精神病院的贝丝·戴维斯（Beth Davis）、派克峰图书馆区的托尼·米勒（Toni Miller）、《时尚先生》的杰伊·菲尔德恩（Jay Fielden）和亚历克斯·贝尔斯（Alex Belth），以及布鲁克斯纪念图书馆的珍妮·沃尔什（Jeanne Walsh）。

190 "这可是中了超级头彩"：Dolores Hope, "The Distaff Side," *Garden City Telegram*, April 4, 1960, 4.

192 "不，阿提克斯曾经是我的父亲"：Lee to Strode, March 6, 1961, Hudson Strode Papers, Hoole Library, University of Alabama at Tuscaloosa.

192 "成功没有腐蚀"：Bob Thomas, "No Complaints by Harper Lee on Hollywood," *Corsicana Daily Sun*, Feb. 9, 1962, 6.

192 "我们也无法阻止"：Annie Laurie Williams to Alice Lee, Sept. 1, 1964, Williams Papers.

192 "如果超过这个数"：Lee to Hamilton, Jan. 11, 2009, File 816.11.82, Virginia Van der Veer Hamilton Papers, Department of Archives and Manuscripts, Birmingham Public Library.

193 "去了纽约，在那里出了名"：Lee to John Darden, n.d.

194 "首先，抓住你的猪"：Harper Lee, "Crackling Bread," in Barr and Sachs, *Artists' & Writers' Cookbook*, 251–52.

194 "内尔·哈珀的《福音》"："Lee, Nelle Harper," Author Cardfile.

195 "减肥——长胖——减肥" 的循环: Alice Lee to Annie Laurie Williams, Sept. 9, 1963, Williams Papers.

195 "亲爱的内尔"：Williams and Crain to Lee, telegram, July 12, 1961, Williams Papers.

195 "第二部小说的瓶颈": Lee to Bell, Aug. 17, 1960, MA 5134, Morgan Library & Museum.

195 "我有预感": Lee to Bell, Sept. 13, 1961, MA 5134, Morgan Library & Museum.

196 "不久前她写信说": Capote to Andrew Lyndon, Sept. 6, 1960, in Capote, *Too Brief a Treat*, 292.

196 "可怜的家伙": Capote to Alvin and Marie Dewey, Oct. 10, 1960, in Capote, Too Brief a Treat, 299.

197 "我从未想过": Vernon Hendrix, "Father of Novelist: Monroeville Attorney's Reactions Varied over Daughter's Book," *Monroe Journal*, Sept. 8, 1960.

198 "一条丧家之犬": Edward Burlingame, as quoted in Jonathan Mahler, "Invisible Hand That Nurtured an Author and a Literary Classic," *New York Times*, July 13, 2015, C1.

199 "《最后彩排》": The title is referenced in the Esquire editor Harold Hayes's rejection letter to Lee, Oct. 27, 1961, Williams Papers.

199 "一些白人": Lee to Harold Caufield, Nov. 21, 1961, Rose Library.

199 "我不认为这种": Bob Ellison, "Three Best-Selling Authors: Conversation," *Rogue*, Dec. 1963, 23.

200 "我的书里有一个普世的主题": Ramona Allison, "Nelle Harper Lee: A Proud, Tax- Paying Citizen," *Alabama Journal*, Jan. 1, 1962, 13C.

200 "会被人们铭记": Inscription courtesy of Morris Dees.

201 "我就从未停止过写作": Newquist, *Counterpoint*, 404, 408, 405, 410.

201 "有时我担心": Ibid., 405.

203 "我告诉她，我认为": Williams to Alice Lee, Oct. 8, 1965.

203 "成为一名严肃作家需要": Karen Schwabenton, "Harper Lee Discusses the

Writer's Attitude and Craft," *Sweet Briar News*, Oct. 28, 1966.

204 "我已经受够了": Lee to John Darden, Dec. 20, 1972.

205 "那段时间她一直酗酒": George Malko, "Remembering Harper Lee," *Times Literary Supplement*, May 18, 2017.

206 "会喝酒，然后骂人": Jubera, "To Find a Mockingbird," 21.

206 "流下更多的眼泪": Capote, as quoted in Inge, *Truman Capote*, 301.

207 "亚——拉巴马——人投了二十——四——票": Ray Jenkins, "Alabama Delegation Feasts upon Nostalgia," *Alabama Journal*, July 12, 1976, 1.

207 "肯尼迪打破了宗教壁垒": Alvin Benn, "Radney Sees Carter Breaking Region Barrier," *Montgomery Advertiser*, July 9, 1976, 9.

20. 谣言、幻想、梦、猜测和彻头彻尾的谎言

有关犯罪写作的历史和新新闻主义报道，我主要依据麦克达德（Thomas McDade）的《谋杀编年史》（*Annals of Murder*），诺克斯（Sara Knox）的《谋杀》（*Murder*），沃尔夫和约翰逊的《新新闻主义》，温加滕（Marc Weingarten）的《一群不说实话的家伙》（*Gang That Wouldn't Write Straight*），博因顿（Robert Boynton）的《新新新闻主义》（*New New Journalism*），以及普里斯特曼（Martin Priestman）的《剑桥犯罪小说导读》（*Cambridge Companion to Crime Fiction*）。关于卡波特的"非虚构类小说"引发的反响，我主要依据的是沃斯的《杜鲁门·卡波特和〈冷血〉的遗产》，菲利普·汤普金斯的《冷血的事实》（《时尚先生》1966年6月1日刊），哈珀·李在《本月之书俱乐部新闻》为杜鲁门·卡波特撰写的介绍，以及文章发表几年后两人的通信。关于人们对内尔·哈珀·李在亚历山大城的回忆，感谢玛德琳·拉德尼、艾伦·普莱斯（Ellen Price）、罗伯特·伯恩斯、吉姆·厄恩哈特、阿尔文·本、玛丽·安·卡尔、帕特里夏·克里布（Patricia Cribb）、

安·泰特（Ann Tate）、里塔·格里姆斯利·约翰逊、马里昂·皮特曼·艾伦、布鲁克斯·兰伯特（Brooks Lamberth）博士、琳达·鲁滨孙（Lynda Robinson）、杰拉尔德·麦克吉尔（Gerald McGill）、本·罗素和凯瑟琳·伯恩斯（Catherine Burns）。同时感谢下列众人提供的回忆："马厩俱乐部"的本·伯福德（Ben Burford）和"舍维6"乐队（Chevy 6），以及斯蒂尔沃特斯的罗布·"加比"·威瑟林顿（Rob "Gabby" Witherington）。同样感谢以下各位的帮助：黛安娜·麦克沃特、麦迪逊·琼斯四世、拉尔夫·沃斯和格伦达·布鲁姆贝罗伊·韦瑟斯、特拉华大学图书馆特藏馆的柯蒂斯·斯莫斯（Curtis Smalls）和耶鲁大学拜内克图书馆的安妮·玛丽·门塔（Anne Marie Menta）。

210 "《准确、完整且公正的伊弗雷姆·埃弗里牧师审判报告》": McDade, *Annals of Murder*, 14.

212 "新闻是最受低估": Plimpton, "Story Behind a Nonfiction Novel," 1.

213 "杜鲁门·卡波特也提出过类似的采访请求": Patrick Smith, "Sisters, Family: Surviving Clutter Daughters Hope to Preserve Their Parents' Legacy," *Lawrence Journal-World*, April 4, 2005.

213 "你对我说过……你还记得吗？": Capote to Alvin and Marie Dewey, Aug. 16, 1961, in Capote, *Too Brief a Treat*, 326.

214 "长久以来，杜鲁门……的做法": Lee to Windham and Campbell, Sept. 28, 1984, YCAL MSS 424, box 11, Beinecke Library, Yale University.

214 "5年多来": Lee, "Truman Capote," 7.

215 "直到……杜鲁门才把我从他的生活中踢出去": Lee to Windham and Campbell, Sept. 28, 1984.

215 "当今美国最重要的文学作品": Wolfe, preface to *New Journalism*, by Wolfe and Johnson.

215 "在全世界的所有人中": Capote, *In Cold Blood*, 85.

216 "一个黑人小伙平白无故送了命": Lee, *To Kill a Mockingbird*, 369.

218 "这套程序让记者们十分着迷": Trillin, *Killings*, xv.

218 "死了并下了地狱": Mary Ann Karr, interview by author, Feb. 13, 2017.

218 "你是不会认为": Ibid.

220 "'马厩俱乐部'成了": Alison James, "Local Store to Become Walgreens," *Alexander City Outlook*, Dec. 1, 2012.

221 "如果牧师还活着": Vern Smith, Telefax reporting notes.

221 "镇上的人都说": Rheta Grimsley, "At His Own Murder Trial: Many Expected Maxwell," *Theopelika-Asburn News*, Sept. 27, 1977.

221 "她抱怨说": Lee to Madison Jones, June 5, 1987, box 12, folder 2, Madison Jones Papers, Rose Library.

222 "谣言、幻想、梦境、猜想": Ibid.

21. 末日回归

　　除了那些已经感谢过的人，我还要感谢法耶·福克斯（Faye Fox）和舍勒林·贝尔耶乌的帮助。我有机会查阅汤姆·拉德尼的档案，以及哈珀·李对麦克斯韦案件调查的一些补充材料，这些在引用时已经标注，同时也是描写其调查过程的参考。根据一些受访者的回忆，李在采访时使用一台磁带录音机，不仅如此，在李收集的麦克斯韦的文件中还找到了一张便携盒式磁带录音机的保修书，以及一份塞缪尔·韦泽书店的图书目录。《门罗日报》和《亚历山大城市观》的旧报纸存档有助于对比汤姆·拉德尼和A. C.李的政治观点。我查阅了伊莎贝尔·威尔克森（Isabel Wilkerson）的《其他太阳的温度》（*Warmth of Other Suns*）来描写大迁徙。关于李在种族问题上的写作，我参考了由《守望之心》引发的对其作品的一些批评，来自以下几位：罗珊妮·盖伊（Roxane Gay）、亚当·戈普尼克（Adam Gopnik）、角谷美智子（Michiko Kakutani）、基斯·莱蒙（Kiese Laymon）、黛安娜·麦克沃特、杰斯曼·沃德（Jesmyn Ward）和伊莎贝尔·威尔克森。感谢斯科蒂·柯克兰让我查阅亚拉巴马州档案与历史部收藏的科利法官的档案，感谢伊芙琳·帕克特（Evelyn Puckett）分享她对于父亲的回忆。

223 "害羞、矜持、唯唯诺诺": Jubera, "To Find a Mockingbird," 21.

223 "共产主义威胁": "Tom Radney's Personal Background" on Radney campaign brochure, 1966.

224 "陪审团裁定被告": Handwritten verdict slip from *State of Alabama v. Willie J. Maxwell* (Indictment No. 1494, Tallapoosa County Circuit Court, Fall Term 1971). From the files of Nelle Harper Lee.

225 "他似乎": Lee to Madison Jones, June 5, 1987.

226 "永远不要忘记你从哪里来": Appeared in various speeches by Tom Radney as recounted by Madolyn Radney.

227 "我没读过你写的": Jubera, "To Find a Mockingbird," 21.

227 "就坐下来": Madolyn Radney, interview by author, Feb. 25, 2015.

229 "非虚构小说": Jim Earnhardt, " 'Literary Journalists' Goes Beyond Reporting the Facts,"*Montgomery Advertiser*, Nov. 18, 1984, 4B.

230 "礼貌地纠正坐在我们旁边的一个年轻人": Earnhardt, email to the author, May 18, 2017.

230 "我的朋友，一个在纽约生活了许多年的亚拉巴马人": Earnhardt, "Dust of Others Stirs Imagination," *Montgomery Advertiser*, Feb. 12, 1983, 1B.

230 "我喜欢以这种方式": Harper Lee to Earnhardt, Feb. 16, 1983.

231 "快要被……淹没了": Lee to Rheta Grimsley Johnson, Feb. 21, 1978.

231 "待她不好": Lena Martin, interview by Nelle Harper Lee, Jan. 16, 1978, from Lee's

unpublished reporting notes.

231 "她没出事故"：Ibid.

232 死于"疾病"："Death Claim Notice" on Policy 529744 with Crown Life Insurance Company of Illinois, signed by Willie J. Maxwell.

232 一个"难以捉摸"的人物：Lee to Johnson, Feb. 21, 1978.

232 "从不拖欠债务"：Jim Stewart, " 'Voodoo Priest' Buried, but Whispers Live On," *Atlanta Constitution*, June 24, 1977, 23A.

233 "无论在法庭上"："Radney: Good Choice for Man of the Year," *Alexander City Outlook*, Jan. 23, 1978, 4.

234 "她什么都知道"：Burns, interview by author, Feb. 13, 2017.

234 "我当时忘了"：Lee, *To Kill a Mockingbird*, 80.

235 "所有巫毒教的那一套说辞"：Stewart, " 'Voodoo Priest' Buried, but Whispers Live On," 23A.

235 "我……感到失望"：Lee to Madison Jones, June 5, 1987.

236 "我确实认为"：Ibid.

238 "你根本无法打败"：Lee to Louise and Patricia Cribb, June 11, 1978.

238 "这不是告别"：Letter from Harper Lee to Louise and Patricia Cribb, June 11, 1978.

22. 马蹄湾

　　我的调查有着奇怪的开始：我先去了东82街433号，长久注视着门铃上哈珀·李的名字。多亏了德鲁·朱贝拉讲述的他在那栋大楼里早期的经历，同时感谢以下众人对这座建筑、里面的住户及邻居的回忆：里奇林营销有限责任公司的凯特·理查森（Kate Richardson）、约翰·奥兹（John Oates）、迈克尔·坦纳（Michael Tanner）博士、布鲁斯·希金森（Bruce Higginson）、贝丝·福尔曼（Beth Forman）、索尼娅·本特利·洛根、亚历克·本特利、乔治、伊丽莎白·马尔科以及西尔维娅·肖里斯。关于李在尤福拉的生活，我主要依据她当时的通信，以及一些人的回忆：马库斯·史密斯（Marcus Smith）牧师、安·史密斯（Ann Smith）、杰里·以利亚·布朗（Jerry Elijah Brown）和其他不愿透露姓名的人。至于李对诉讼的恐惧，我依据的是她的通信，一些不愿透露姓名人士的回忆，以及玛丽·哈伯德的口述历史。我很荣幸得以阅读和研究哈珀·李交给汤姆·拉德尼的那一章书稿，非常感谢他的家人给予许可。那份未出版的手稿，为书中描述的李从非虚构小说转向虚构类小说的写作，提供了重要的信息。对于阿尔伯特·詹姆斯·皮克特的描写，我不仅查阅了他的历史著作，还参考了李的《传奇故事和终极历险》（*Romance and High Adventure*）和欧文（Owen Marie Bankhead）的《阿尔伯特·詹姆斯·皮克特概述》（*Albert James Pickett, a Sketch*）。还要感谢阿里·舒尔曼（Ari Schulman），帕特里克·凯瑟（Patrick Cather），马蹄湾国家军事公园的马修·鲁滨孙（Matthew Robinson），密西西比档案与历史部的贝蒂·乌兹曼（Betty Uzman），杜克大学戴维·鲁宾斯坦珍本和手稿图书馆的阿什利·扬（Ashley Young）和萨拉·塞登·伯格豪森（Sara Seten Berghausen），电影艺术与科学学院玛格丽特·赫里克图书馆的克里斯汀·克鲁格（Kristine Krueger），以及弗吉尼亚创意艺术中心。

239 "深渊": Malcolm, *The Journalist and the Murderer*, 69.

240 "一张破破烂烂的床": Lee to Earl and Sylvia Shorris, Nov. 20, 1993.

243 "（他的）心理活动": Ibid.

243 "如果你追求准确性": Ibid.

244 "去除糟粕": Joseph Deitch, "Harper Lee: Novelist of the South," *Christian Science Monitor*, Oct. 3, 1961, 6.

244 "我写作的速度非常慢": Ramona Allison, " 'Mockingbird' Author Is Alabama's

'Woman of the Year,' " *Birmingham Post Herald*, Jan. 3, 1962.

244 "纸、笔和私人空间": Lee to Leo B. Roberts, Jan. 26, 1961, Archives and Information Center, Huntingdon College Library.

244 "你能依靠的只有": Vivian Cannon, " 'Mockingbird' Author Wants to 'Disappear,' " *Mobile Register*, March 21, 1963, 1.

244 "如果不是利平科特的编辑": Crain to Bonner McMillion, Jan. 1962, as quoted in Ari N. Schulman, "The Man Who Helped Make Harper Lee," *Atlantic*, July 15, 2015.

246 "整个亚拉巴马州最可爱的小镇": Lee to Gregory and Veronique Peck, Jan. 6, 1981, Margaret Herrick Library, Academy of Motion Picture Arts and Sciences.

246 "本以为一生都要靠我们资助的小妹妹": Louise Conner to Anna Coine Cravey, Sept. 22, 1961, Huntingdon College Library.

247 "路易丝……保护着我的隐私": Lee to Gregory and Veronique Peck, Jan. 6, 1981.

247 "偷窃了我的文学遗产": Carr, *Lonely Hunter*, 433.

247 "小孩子才会看的东西": O'Connor to "A.," Oct. 1, 1960, in O'Connor, *Habit of Being*, 411.

248 "乐于交谈": Lee to Gregory and Veronique Peck, Jan. 6, 1981.

248 "写作很容易": Lee slightly misquoted this line from Gene Fowler, which she had most likely encountered when it appeared in print a few months earlier in Randolph Hogan, "Writers on Writing," *New York Times Book Review*, Aug. 10, 1980, 35.

248 "……的时候没人在乎": Lee to Gregory and Veronique Peck, Jan. 6, 1981.

249 "当然，我可能会因为正在写的这本书而遭到起诉": Lee to Gregory and Veronique Peck, March 4, 1981, Herrick Library.

250 "巧合": This is from Tay Hohoff's essay for *The Literary Guild Review*, which was reprinted as an editorial in various newspapers, including *The Eufaula Tribune*, May 26, 1960.

251 "我认为她（哈珀·李）在……之间做了艰难的斗争": Jubera, "To Find a

Mockingbird," 21.

252 "我生命中全部有价值的事情": Joe Patton, "Judge Coley: Active Life for 'Semi-retired' Banker," *Alexander City Outlook*, May 4, 1978, 3.

253 "因为尤福拉遍地都是": Harper Lee to Jim Earnhardt, Feb. 18, 1983.

253 "爱丽丝使出浑身解数": Ibid.

254 "我非常荣幸": Lee, "Romance and High Adventure," 15.

254 "介于……之间": Ibid.

255 "我认为他是不愿意": Ibid., 19.

256 "我的老朋友": Earnhardt, email to author, May 31, 2017.

257 "我知道": Thomason to Lee, May 10, 1987, box 12, folder 2, Jones Papers.

258 "无意购买": Lee to Thomason, June 5, 1987, box 12, folder 2, Jones Papers.

258 她学到了五件事: Lee to Jones, June 5, 1987, box 12, folder 2, Jones Papers.

23. 漫长的告别

在探索哈珀·李后期写作生涯时，我受益于珀斯诺克（Ross Posnock）的《放弃》（*Renunciation*），琼·阿克塞拉（Joan Acocella）的《封锁》（《纽约客》2004年6月14日刊），贾米森的《恢复》（*Recovering*），莱恩（Olivia Laing）的《回声泉》（*Trip to Echo Spring*），凯利（Stuart Kelly）的《佚书之书》（*Book of Lost Books*）；迪克·施拉普（Dick Schlaap）的《22只看不见的知更鸟》（*22 Invisible Mockingbirds*），载1964年5月24日的《旧金山观察家报》（*San Francisco Examiner*）；莱波（Jill Lepore）的《乔·古尔德的牙齿》（Joe Gould's Teeth），马尔科姆的《记者和杀人犯》，以及大都会博物馆布鲁尔分馆的"未完成"主题展。哈珀·李晚年的许多朋友和熟人都与我分享了他们的回忆和过去的信件，虽然其中一些人不愿透露姓名，但仍然要感谢以下各位的帮助：西尔维娅·肖里斯、桑迪·穆里根（Sandy Mulligan）、哈莉·福特（Hallie Foote）、塞西莉亚·派克（Cecilia Peck）、查尔斯·吉斯亚克、斯塔尔·劳伦斯（Star Lawrence）、罗伯特·韦尔（Robert Weil）、克劳迪娅·杜斯特·约翰逊、玛丽亚·米尔斯、托马斯·莱恩·巴茨、辛西娅·兰福德（Cynthia Lanford）、凯文·豪威尔（Kevin Howell）、乔治·兰登格（George Landegger）、韦恩·弗林特、南希·安德森（Nancy Anderson）、佩妮·韦弗（Penny Weaver）、范妮·弗拉格（Fannie Flagg）、休·范·杜森（Hugh Van Dusen）、黛博拉·迪克莱门蒂（Deborah DiClementi）和玛丽·希金斯·克拉克（Mary Higgins Clark），同时感谢威廉·普莱斯（William Price）、德鲁·朱贝拉、爱丽丝·霍尔·皮特里（Alice Hall Petry）、玛丽·麦克多纳·墨菲、卡罗琳·斯帕克斯（Caroline Sparks）、米歇尔·迪恩（Michelle Dean）和纽约社会图书馆的卡罗琳·沃特斯（Carolyn Waters）。

259 "堪萨斯人接下来将卷入": Lee, "Truman Capote," 7.

259 "主题太过敏感": Allen J. Going to William T. Going, July 11, 1987, as quoted in Alice Hall Petry, "Harper Lee, the One- Hit Wonder," in *On Harper Lee*, 159.

260 "据我所知": Jubera, "To Find a Mockingbird," 19.

260 "她一直在写些什么": "Harper Lee, Read but Not Heard," *Washington Post*, Aug. 17, 1990, C2.

260 "最可怕的惩罚": Lee to Doris Leapard, Aug. 25, 1990.

260 "热点头条": Lee to "Dears," April 3, 1963, Williams Papers.

261 "到酒更便宜的地方来": Lee to Sylvia Shorris, Oct. 20, 1993.

261 "我完全理解她为什么要这么做": Lee to Mel Yoken, May 22, 1976.

261 "社会学研究": Harper Lee, "Some Sociological Aspects of Peculiarities of Pronunciation Found in Persons from Alabama Who Read a Great Deal to Themselves," included with letter to Harold Caufield, n.d., Rose Library.

261 "她一直在写作": Alice Lee, "Harper Lee: My Little Sister," *Guardian*, July 11, 2015.

262 "带来的心理创伤……和'自我贬低'的倾向": Brown and Wiley, *Margaret Mitchell's "Gone with the Wind,"* 11.

264 "抵押了自己作为贷款担保": Lee to Claudia Durst Johnson, n.d.

265 "你的诗还挂在那儿，无法完成吗？": Lowell, "For Elizabeth Bishop 4," in *Collected Poems,* 595.

266 "自怨自艾是一种罪过": Boyle, "Harper Lee Still Prefers Robert E. and Tom Jefferson."

266 "我对……之类的人一向没有耐心": Hal Boyle, "In the South We Are Still in the Victorian Age," *Pensacola News,* March 15, 1963, 4A.

267 "乔治·普林普顿的那帮喽啰": Lee to Donald Windham, Aug. 3, 1986, YCAL MSS 424, box 11, Beinecke Library.

267 "杜鲁门恶毒的谎言": Lee to Delaney, Dec. 30, 1988, as quoted in Shields, *Mockingbird,* 270.

268 "西方世界的大多数人": Boyle, "Harper Lee Still Prefers Robert E. and Tom Jefferson."

268 "书成功了，/生活失败了": Browning, *Aurora Leigh,* 243.

268 "请别给《知更鸟》": Mary B. W. Tabor, "A 'New Foreword' That Isn't," *New York Times,* Aug. 23, 1995, C11.

269 "所谓'名声'不过就是两个字而已": Kiselyak, *Fearful Symmetry.*

270 "她的记性越来越差了": Lee to Gorman Houston, June 20, 2003, Alabama Department of Archives.

272 "爸爸珍视的法案": Alice Lee to Family and Friends, n.d., Huntingdon College Library.

272 "在长期以来的记者生涯中认真负责": Alvin Benn, "Memories of Me and Nelle," *Montgomery Advertiser,* Feb. 20, 2016.

273 "许多所谓……均为编剧捏造": Harper Lee, "Mr. Shawn and Ms. Lee," *New Yorker,* April 10, 2006, 5.

274 "星期六的午夜时分": Alice Lee to Jim Earnhardt, July 30, 2007.

275 "一大堆谣言": Lee to Brasfield, Jan. 9, 2009, as quoted in Varicella, *Reverend*.

275 "无论你做了什么": Alice Lee to Sheralyn Belyeu, June 22, 2009.

276 "时光飞逝": Radney to Lee, Feb. 2, 2006.

276 "我很高兴": Lee to Radney, Feb. 17, 2006.

277 "律师兼政治家": "The Reverend" unpublished manuscript, 3, Radney Family Archives.

278 "高兴坏了": Statement provided by Harper Collins, relayed from Tonja Carter, Feb. 5, 2015.

后记

感谢埃伦·普莱斯邀请我陪她前往巴尼特、巴格、李和卡特律师事务所，感谢小玛德琳、安娜·李（Anna Lee）和卡森让我第一个查看大汤姆公文包里的内容，他们一如既往地慷慨而有耐心。特别感谢内尔·哈珀·李的遗产管理人及时归还了公文包，让我得以将其用在自己的研究中。

参考书目

除了数不清的报纸杂志文章外，本书还有赖于以下书籍、采访文章及纪录片。

Agee, James, and Walker Evans. *Let Us Now Praise Famous Men*. Boston: Mariner Books, 2001.

Allison, Thomas R. *Moonshine Memories*. Montgomery, Ala.: NewSouth Books, 2014.

Asbury, Herbert. *The French Quarter: An Informal History of the New Orleans Underworld*. New York: Basic Books, 2008.

Ayers, H. Brandt. *In Love with Defeat: The Making of a Southern Liberal*. Montgomery, Ala.: NewSouth Books, 2013.

Baldwin, James. T*he Evidence of Things Not Seen*. New York: Henry Holt, 1995.

Balleisen, Edward J. *Fraud: An American History from Barnum to Madoff*. Princeton, N.J.: Princeton University Press, 2017.

Barr, Beryl, and Barbara Turner Sachs. *The Artists' & Writers' Cookbook*. Sausalito, Calif.: Contact, 1961.

Bartram, William. *Travels Through North and South Carolina, Georgia, East and West Florida*. Savannah, Ga.: Beehive Press, 1973.

Benn, Alvin. *Reporter: Covering Civil Rights and Wrongs in Dixie*. Bloomington, Ind.: AuthorHouse, 2006.

Bentley, Charles A., Jr. "The Election of Tom Radney and the Transition Era of Southern Politics." Unpublished term paper, Fall 1967, Auburn University.

Berendt, John. *Midnight in the Garden of Good and Evil*. New York: Vintage Books, 1999.

Bloom, Harold, ed. *Modern Critical Interpretations: Harper Lee's "To Kill a Mockingbird."* Philadelphia: Chelsea House, 1999.

Boynton, Robert S. *The New New Journalism: Conversations with America's Best Nonfiction Writers on Their Craft*. New York: Vintage Books, 2005.

Brown, Ellen F., and John Wiley Jr. *Margaret Mitchell's "Gone with the Wind": A Bestseller's Odyssey from Atlanta to Hollywood*. New York: Taylor, 2011.

Browning, Elizabeth Barrett. *Aurora Leigh*. New York: Oxford University Press, 1998.

Bunch- Lyons, Beverly. " 'Ours Is a Business of Loyalty': African American Funeral Home Owners in Southern Cities." *Southern Quarterly* 53, no. 1 (Fall 2015): 57—71.

Capote, Truman. *The Grass Harp: Including A Tree of Night and Others Stories.* New York: Vintage Books, 1993.

———. *In Cold Blood: A True Account of a Multiple Murder and Its Consequences.* New York: Vintage Books, 1994.

———. *Other Voices, Other Rooms.* New York: Signet Books, 1948.

———. *Too Brief a Treat: The Letters of Truman Capote.* Edited by Gerald Clarke. New York: Vintage Books, 2005.

Carmer, Carl. *Stars Fell on Alabama.* Tuscaloosa: University of Alabama Press, 2000.

Carr, Virginia Spencer. *The Lonely Hunter: A Biography of Carson McCullers.* Athens: University of Georgia Press, 2003.

Cash, W. J. *The Mind of the South.* New York: Vintage Books, 1991.

Cason, Clarence. *90° in the Shade.* Tuscaloosa: University of Alabama Press, 2001.

Chesnutt, Charles W. *Conjure Tales and Stories of the Color Line.* New York: Penguin Books, 1992.

Clarke, Gerald. *Capote: A Biography.* New York: Ballantine Books, 1988.

Crespino, Joseph. *Atticus Finch: The Biography.* New York: Basic Books, 2018.

Davis, Rod. *American Voudou: Journey into a Hidden World.* Denton: University of North Texas Press, 1998.

Davis, Wade. *The Serpent and the Rainbow: A Harvard Scientist's Astonishing Journey into the Secret Societies of Haitian Voodoo, Zombis, and Magic.* New York: Simon & Schuster, 1985.

Debo, Angie. *The Road to Disappearance: A History of the Creek Indians.* Norman: University of Oklahoma Press, 1979.

Dees, Morris. *A Season for Justice: A Lawyer's Own Story of Victory over America's Hate Groups.* With Steve Fiffer. New York: Touchstone, 1991.

Dewey, A. A. "In Cold Blood Country." *New Letters* 43, no. 2 (Winter 1976): 105—12.

Dyer, Geoff. *Out of Sheer Rage: Wrestling with D. H. Lawrence.* New York: Picador, 1997.

"The Enduring Power of *To Kill a Mockingbird.*" *Life,* June 26, 2015.

Faust, Drew Gilpin. *Republic of Suffering: Death and the American Civil War.* New York: Vintage Books, 2008.

Feathers, Anne Herbert. "Catfights and Coffins: Stories of Alabama Courthouses." *Alabama Review* (July 2008): 163—89.

Fickle, James. *Green Gold: Alabama's Forests and Forest Industries.* Tuscaloosa: University of Alabama Press, 2014.

Flynt, Wayne. *Alabama in the Twentieth Century.* Montgomery: University of Alabama Press, 2006.

———. *Mockingbird Songs: My Friendship with Harper Lee.* New York: Harper Collins, 2017.

Forney, John. *Above the Noise of the Crowd: Thirty Years Behind the Alabama Microphone.* Huntsville, Ala.: Albright, 1986.

Frady, Marshall. *Wallace.* New York: Random House, 1996.

Friedman, Lawrence M. *Crime and Punishment in American History.* New York: Basic Books, 1994.

Gates, Henry Louis, Jr., and Maria Tatar, eds. *The Annotated African American Folktales.* New York: Liveright, 2018.

Goodman, James. *Stories of Scottsboro.* New York: Vintage Books, 1995.

Gosse, Philip Henry. *Letters from Alabama, U.S., Chiefly Relating to Natural History.* Mountain Brook, Ala.: Overbrook Press, 1983.

Gray, Fred. *Bus Ride to Justice: Changing the System by the System: The Life and Works of Fred D. Gray, Preacher, Attorney, Politician.* Montgomery, Ala.: NewSouth Books, 2002.

Greenhaw, Wayne. *Alabama on My Mind: Politics, People, History, and Ghost Stories.* Montgomery, Ala.: Sycamore Press, 1987.

Grobel, Lawrence. *Conversations with Capote.* New York: Plume, 1985.

Hamilton, Virginia Van der Veer. *Alabama: A History.* New York: W. W. Norton, 1977.

Haskins, Jim. *Voodoo & Hoodoo: Their Tradition and Craft as Revealed by Actual Practitioners.* Lanham, Md.: Scarborough House, 1990.

Heen, Mary L. "Ending Jim Crow Life Insurance Rates." *Northwestern Journal of Law and Social Policy* (Fall 2009): 360—99.

Hemphill, Paul. *Lovesick Blues: The Life of Hank Williams.* New York: Penguin Books, 2006.

The Heritage of Coosa County, Alabama. Louisville, Ky.: Heritage Publishing Consultants, 2000.

The Heritage of Monroe County, Alabama. Louisville, Ky.: Heritage Publishing Consultants, 2000.

The Heritage of Tallapoosa County, Alabama. Louisville, Ky.: Heritage Publishing Consultants, 2000.

Hohoff, Tay. *Cats and Other People.* Garden City, N.Y.: Doubleday, 1973.

———. *A Ministry to Man: The Life of John Lovejoy Elliott.* New York: Harper & Brothers, 1959.

Holland, James W. *Andrew Jackson and the Creek War: Victory at the Horseshoe.* Tuscaloosa: University of Alabama Press, 1968.

Holmes, Oliver Wendell, Jr. *The Common Law.* Mineola, N.Y.: Dover, 1991.

Hughes, Langston. *Langston Hughes and the "Chicago Defender": Essays on Race, Politics, and Culture, 1942—62.* Edited by Christopher

C. De Santis. Chicago: University of Illinois Press, 1995.

Hurston, Zora Neale. *Dust Tracks on a Road.* New York: Harper Perennial Modern Classics, 1996.

———. "Hoodoo in America." *Journal of American Folklore* no. 174 (Oct.– Dec. 1931): 317—417.

———. *Mules and Men.* New York: Harper Perennial Modern Classics, 2009.

———. *Tell My Horse.* New York: Harper Perennial Modern Classics, 2008.

Hyatt, Harry Middleton. *Hoodoo-Conjuration-Witchcraft-Rootwork: Beliefs Accepted by Many Negroes and White Persons, These Being Orally Recorded Among Blacks and Whites.* 5 vols. Hannibal, Mo.: Western, 1970.

Inge, M. Thomas, ed. *Truman Capote: Conversations.* Jackson: University of Mississippi Press, 1987.

Jackson, Harvey H., III. *Inside Alabama: A Personal History of My State.* Tuscaloosa: University of Alabama Press, 2004.

———. *Rivers of History: Life on the Coosa, Tallapoosa, Cahaba, and Alabama.* Tuscaloosa: University of Alabama Press, 1995.

Jamison, Leslie. *The Recovering: Intoxication and Its Aftermath.* New York: Little, Brown, 2018.

Johnson, Claudia Durst. *Reading Harper Lee: Understanding "To Kill a Mockingbird" and "Go Set a Watchman."* Santa Barbara, Calif.: Greenwood, 2018.

———. *"To Kill a Mockingbird": Threatening Boundaries.* New York: Twayne, 1994.

Jones, E. Paul. *To Kill a Preacher.* New York: Page, 2018.

Kasprzak, Perry. "Don Lee Keith Is Dead: A Student's Acquaintance with a Maverick New Orleans Journalist." *Southern Cultures* 12, no. 1 (Spring 2006): 92—103.

Keith, Don Lee. "An Afternoon with Harper Lee." *Delta Review* (Spring 1966): 40—41, 75, 80—81.

Kelly, Stuart. *The Book of Lost Books: An Incomplete History of All the Great Books You'll Never Read.* New York: Random House, 2006.

King, Florence. *Confessions of a Failed Southern Lady.* New York: St. Martin's Press, 1985.

Kiselyak, Charles. *Fearful Symmetry: The Making of "To Kill a Mockingbird."* Universal City, Calif.: Universal Home Video, 1998.

Knox, Sara L. *Murder: A Tale of Modern American Life.* Durham, N.C.: Duke University Press, 1998.

Laing, Olivia. *The Trip to Echo Spring: On Writers and Drinking.* New York: Picador, 2013.

Lee, Harper. *Go Set a Watchman.* New York: HarperCollins, 2015.

———. "Romance and High Adventure." *In Clearings in the Thicket: An Alabama Humanities Reader: Essays and Stories from the 1983 Alabama History and Heritage Festival,* edited by Jerry Elijah Brown, 13—20. Macon, Ga.: Mercer University

Press, 1985.

———. *To Kill a Mockingbird.* New York: Warner Books, 1982.

Lepore, Jill. *Joe Gould's Teeth.* New York: Random House, 2016.

J. B. Lippincott Company. *The Author and His Audience: With a Chronology of Major Events in the History of J. B. Lippincott Company.* Philadelphia: J. B. Lippincott, 1967.

Lloyd Parry, Richard. *Ghosts of the Tsunami: Death and Life in Japan's Disaster Zone.* New York: MCD/Farrar, Straus and Giroux, 2017.

Lowell, Robert. *Collected Poems.* New York: Farrar, Straus and Giroux, 2003.

Madden, Kerry. *Harper Lee.* New York: Viking, 2009.

Malcolm, Janet. *The Journalist and the Murderer.* New York: Vintage Books, 1990.

Martin, Thomas W. *The Story of Horseshoe Bend National Military Park.* Birmingham, Ala.: Southern University Press at Birmingham Publishing Company, 1959.

McCabe, Daniel, and Paul Stekler. *George Wallace: Settin' the Woods on Fire.* [Alexandria, Va.]: PBS Home Video, 2000.

McDade, Thomas M. *The Annals of Murder: A Bibliography of Books and Pamphlets on American Murders from Colonial Times to 1900.* Norman: University of Oklahoma Press, 1961.

McGlamery, J. Gabriel. "Race Based Underwriting and the Death of Burial Insurance." *Connecticut Insurance Law Journal* 15, no. 2 (2008—09): 531—70.

McWhorter, Diane. *Carry Me Home: Birmingham, Alabama: The Climactic Battle of the Civil Rights Revolution.* New York: Simon & Schuster, 2013.

Meacham, Jon, ed. *Voices in Our Blood: America's Best on the Civil Rights Movement.* New York: Random House, 2003.

Mills, Marja. *The Mockingbird Next Door: Life with Harper Lee.* New York: Penguin Press, 2014.

Moates, Marianne M. *Truman Capote's Southern Years: Stories from a Monroeville Cousin.* Tuscaloosa: University of Alabama Press, 2008.

Monroe County Heritage Museum. *Images of America: Monroeville.* Charleston, S.C.: Arcadia, 1999.

The Monroe Journal Centennial Edition, 1866– 1966. Monroeville, Ala.: Monroe Journal, 1966.

Murphy, Mary McDonagh. *Hey, Boo: Harper Lee and "To Kill a Mockingbird."* First Run Features, 2010.

———. *Scout, Atticus, and Boo: A Celebration of Fifty Years of "To Kill a Mockingbird."* New York: Harper, 2010.

Murphy, Sharon Ann. *Investing in Life: Insurance in Antebellum America.* Baltimore: Johns Hopkins University Press, 2010.

Newquist, Roy. *Counterpoint.* New York: Simon & Schuster, 1964.

O'Connor, Flannery. *The Habit of Being: Letters of Flannery O'Connor.* Edited by Sally Fitzgerald. New York: Farrar, Straus and Giroux, 1988.

Opal, J. M. *Avenging the People: Andrew Jackson, the Rule of Law, and the American Nation.* Oxford: Oxford University Press, 2017.

Owen, Marie Bankhead. "Albert James Pickett, a Sketch." *Alabama Historical Quarterly* 1, no. 1 (Spring 1930): 113—15.

Petry, Alice Hall, ed. *On Harper Lee: Essays and Reflections.* Knoxville: University of Tennessee Press, 2008.

Pickett, Albert James. *History of Alabama and Incidentally of Georgia and Mississippi, from the Earliest Period.* Tuscaloosa, Ala.: Willo, 1962.

Pinn, Anthony B. *Varieties of African American Religious Experience: Toward a Comparative Black Theology.* Minneapolis: Fortress Press, 1998.

Plimpton, George. *Truman Capote: In Which Various Friends, Enemies, Acquaintances, and Detractors Recall His Turbulent Career.* New York: Nan A. Talese, 1997.

Posnock, Ross. *Renunciation: Acts of Abandonment by Writers, Philosophers, and Artists.* Cambridge, Mass.: Harvard University Press, 2016.

Priestman, Martin, ed. *The Cambridge Companion to Crime Fiction.* Cambridge, U.K.: Cambridge University Press, 2003.

Puckett, Newbell Niles. *Folk Beliefs of the Southern Negro.* New York: Negro Universities Press, 1926.

Raboteau, Albert J. *Slave Religion: The "Invisible Institution" in the Antebellum South.* New York: Oxford University Press, 1978.

Richardson, Paul. *That's Waht They Say: A History of East Alabama, Chambers, Randolph, Tallapoosa, and Lee Counties.* Lafayette, Ala.: Solo Press, 2011.

Roberts, Kodi A. *Voodoo and Power: The Politics of Religion in New Orleans, 1881–1940.* Baton Rouge: Louisiana State University Press, 2015.

Rogers, William Warren, Robert David Ward, Leah Rawl Atkins, and Wayne Flynt. *Alabama: The History of a Deep South State.* Tuscaloosa: University of Alabama Press, 1994.

Rosengarten, Theodore. *All God's Dangers: The Life of Nate Shaw.* Chicago: University of Chicago Press, 1974.

Roth, Philip. *Patrimony: A True Story.* New York: Vintage Books, 1996.

Rumore, Pat Boyd. *From Power to Service: The Story of Lawyers in Alabama.* Montgomery: Alabama State Bar Association, 2010.

———. *Lawyers in a New South City: A History of the Legal Profession in Birmingham.* Birmingham, Ala.: Association Publishing Company, 2000.

Schafer, Elizabeth D. *Lake Martin: Alabama's Crown*

Jewel. Charleston, S.C.: Arcadia, 2003.

Shields, Charles J. *Mockingbird: A Portrait of Harper Lee.* New York: St. Martin's Press, 2006.

Sutherland, Edwin H., Donald R. Cressey, and David F. Luckenbill. *Principles of Criminology.* 11th ed. Lanham, Md.: General Hall, 1992.

Tallant, Robert. *Voodoo in New Orleans.* Gretna, La.: Pelican, 2012.

Tennyson, Alfred. *Selected Poems.* New York: Penguin Classics, 2007.

Trillin, Calvin. *Killings.* New York: Ticknor & Fields, 1984.

Varicella, Christamar. *The Reverend.* Self-published, 2012.

Voss, Ralph F. *Truman Capote and the Legacy of "In Cold Blood."* Tuscaloosa: University of Alabama Press, 2011.

Walls, Peggy Jackson, and Laura Dykes Oliver. *Alexander City.* Charleston, S.C.: Arcadia, 2011.

Walter, Eugene, as told to Katherine Clark. *Milking the Moon: A Southerner's Story of Life on This Planet.* San Francisco: Untreed Reads, 2014.

Weaks, Mary Louise, and Carolyn Perry, eds. *Southern Women's Writing: Colonial to Contemporary.* Gainesville: University of Florida Press, 1995.

Weingarten, Marc. *The Gang That Wouldn't Write Straight: Wolfe, Thompson, Didion, Capote, and the New Journalism Revolution.* New York: Crown, 2005.

Wilkerson, Isabel. *The Warmth of Other Suns: The Epic Story of America's Great Migration.* New York: Random House, 2010.

Windham, Donald. *Lost Friendships: A Memoir of Truman Capote, Tennessee Williams, and Others.* New York: Morrow, 1987.

Wolfe, Tom, and E. W. Johnson, eds. *The New Journalism.* New York: Harper & Row, 1973.

图书在版编目（CIP）数据

疯狂时刻：谋杀、欺骗及哈珀·李最后的审判 /
（美）凯西·塞普著；赵地译. -- 福州：海峡文艺出版
社，2020.7（2021.4重印）
ISBN 978-7-5550-2271-8

Ⅰ.①疯… Ⅱ.①凯… ②赵… Ⅲ.①传记文学—美
国—现代 Ⅳ.①I712.55

中国版本图书馆CIP数据核字(2020)第092404号

FURIOUS HOURS: MURDER, FRAUD, AND THE LAST TRIAL OF HARPER LEE
Copyright © 2019 by Casey N. Cep
This edition arranged with McCormick Literary
through Andrew Nurnberg Associates International Limited
Simplified Chinese edition © 2020 by United Sky (Beijing) New Media Co., Ltd.
All rights reserved.
著作权合同登记号：图字13-2020-031

疯狂时刻：谋杀、欺骗及哈珀·李最后的审判

〔美〕凯西·塞普 著；赵地 译

出　　版：海峡文艺出版社
出 版 人：林玉平
责任编辑：蓝铃松
编辑助理：张琳琳
地　　址：福州市东水路76号14层 邮编350001
电　　话：（0591）87536797（发行部）
发　　行：未读（天津）文化传媒有限公司

选题策划：联合天际·文艺家工作室
特约编辑：刘　默　王茗一
营销编辑：钟建雄
装帧设计：艾　藤
美术编辑：程　阁　梁全新

印　　刷：三河市冀华印务有限公司
经　　销：新华书店
开　　本：880毫米×1230毫米 1/32
印　　张：11.25
字　　数：280千字
版次印次：2020年7月第1版　2021年4月第2次印刷
书　　号：ISBN 978-7-5550-2271-8
定　　价：78.00元

关注未读好书

未读 CLUB
会员服务平台

威利·麦克斯韦牧师，照片拍摄时他已结束兵役回家，在马丁湖一带的教堂传教（图片来自《亚历山大城市观》）

麦克斯韦牧师为亲属购买的保险的冰山一角，被保险人包括他的几任妻子、兄弟、姑妈、侄子、侄女和他自己的子女

雪莉·安·艾灵顿，麦克斯韦夫妇的继女，被谋杀时与这对夫妇生活在一起（图片来自《亚历山大城市观》）

牧师在雪莉·安·艾灵顿的葬礼上被枪杀后，吊唁者纷纷逃出小教堂，随后聚集在哈钦森殡仪馆门口（图片来自《亚历山大城市观》）

全国上下的报纸杂志都对威利·麦克斯韦离奇的人生和他遭遇的令人震惊的谋杀进行了报道

抬棺人将麦克斯韦牧师覆盖着国旗的灵柩抬出和平与亲善浸礼会教堂（图片来自《亚历山大城市观》）

奥菲莉亚·麦克斯韦正从亡夫的葬礼上离开（图片来自《亚历山大城市观》）

年轻时的汤姆·拉德尼律师，照片摄于他的办公室（图片由拉德尼家族提供）

伦特·奥丹尼尔 1966 年竞选州参议员时的宣传
册，他试图在竞选中采用"阻止黑人投票"的
方针打击汤姆·拉德尼（图片由拉德尼家族提供）

拉德尼一家在
州议会大厦前，
图为拉德尼于
1970 年竞选副
州长时拍摄的
官方宣传照片
（图片由拉德
尼家族提供）

汤姆·拉德尼与罗伯特·伯恩斯和薇拉·伯恩斯夫妇一同离开提讯听证会（图片来自《亚历山大城市观》）

审判首日，罗伯特·伯恩斯与其家人一起坐在被告席上（图片来自《亚历山大城市观》）

伯恩斯案陪审团的法庭速写（图片来自《亚历山大城市观》）

罗伯特和薇拉·伯恩斯一起等待陪审团的裁定结果（图片来自《亚历山大城市观》）

拉德尼一家,从左到右分别为:玛德琳、埃伦、大汤姆、霍利斯、弗兰和托马斯,照片摄于伯恩斯审判时期(图片由拉德尼家族提供)

大汤姆与玛德琳及所有孙辈的合影。中间一排从左到右分别是:抱着威廉·洛维特的玛格丽特·哈维,抱着塞西莉亚·拉德尼的玛德琳·普莱斯·柯比,抱着拉德尼·洛维特的安娜·李·普莱斯,伊丽莎白·哈维和芬利·拉德尼;前排从左到右分别是:托马斯·洛维特,安德森·拉德尼和卢克·哈维(图片由拉德尼家族提供)

在亚拉巴马大学学习期间的内尔·哈珀·李，照片摄于《捶捶打打》办公室（图片来自亚拉巴马大学图书馆特藏，The University of Alabama Libraries Special Collections）

哈珀·李和父亲 A. C. 李在位于门罗维尔西大街的自家门廊上（照片由唐纳德·霍尔布鲁克拍摄，出自盖蒂图片社生活图片集）

1976 年，哈珀·李和杜鲁门·卡波特走在纽约市第二大道（照片由哈里·本森拍摄）

李家三姐妹：哈珀、爱丽丝和路易丝，1983 年在尤福拉的亚拉巴马历史遗产节上（图片来自《尤福拉论坛报》）

亚历山大城马蹄湾汽车旅馆，哈珀·李调查期间就住在里面，这也是伯恩斯案审判期间陪审团被暂时隔离的地方（图片来自提克诺兄弟股份有限公司）

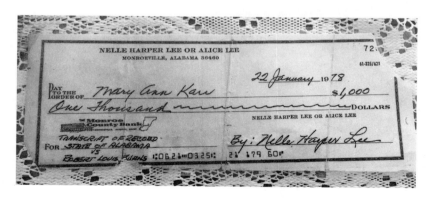

哈珀·李给法庭速记员玛丽·安·卡尔开的支票，包括整行备注

哈珀·李在门罗维尔梅多斯养老院自己的房间里（照片由佩妮·韦弗拍摄）

纽约市东82街433号的访客们可能永远都不会注意到，"1E"号门铃按钮旁边名牌上的"LEE-H"
就属于鼎鼎大名的作家哈珀·李，即使她已经在这间公寓住了几十年